新潮文庫

人の砂漠

沢木耕太郎著

目次

人の砂漠

おばあさんが死んだ

1

ひとりの老女が死んだ。

老いは誰にでもやってくる。人は老い、やがて間違いなく死んでいく。とすれば、七十二歳の老女が死ぬことに不思議はないはずである。役所の統計に従って六十五歳以上を老人とすれば、日本には八百九十万人の老人がいることになる。その老女の死も、単なる八百九十万分の一の死ということですべては片付くはずのものだった。

普通であれば地方新聞の三行記事にもならないひとつの死が、小さい記事とはいえ全国紙の社会面で報ぜられたのは、その死の隣りにもうひとつの奇怪な老人の死が伴われていたためであった。

「静岡県浜松市上西《かみにし》町の借家で一人暮らしの末、栄養失調と老衰のため二十一日に同市内の病院に収容されたまさびしく死んだ老女宅の奥六畳間からミイラ化した実兄の死体が二十三日午後、あとかたづけに来た同市福祉課員らに発見された。

浜松東署で検視をした結果、この老人も老衰または病死で、書き残された老女のノートから四十九年七月四日に死亡、そのままの姿でフトンに安置されていたものとわかった。老女は死んだ実兄のほか身寄りもなく、また葬式を出す金もないまま、死体と生活を共にしていたとみられている。

老女は無職佐藤ちよさん（七二）。二十日に自宅内で『ウーン』というちよさんの悲鳴を聞きつけた近所の人が救急車で同市内の日赤浜松病院に運んだ。が、翌二十一日、消えいるように死亡。一人暮らしの老人の死として、市福祉課が死後の世話をすることになった。

このため、二十三日午後二時ごろ、同課員らがあとかたづけと葬式の準備をしようとちよさん宅に入ったところ奥六畳間の敷きっ放しのフトンの上に男の死体があった。全身茶褐色でミイラ化しており、裸で毛布を抱え込むようにしており、外傷などはなかった。

浜松東署でさらに調べたところ、死体はちよさんの実兄で東京都文京区生まれ無職敏《とし》勝《かつ》さん。同室内にあったちよさんのノートには『四十九年七月四日、諸症状病を起こし、生命を終わる』と記されていた。このことから同署は、敏勝さんが一昨年七月に七十八歳（当時）で息を引きとって以後、ちよさんは死体をそのままの状態で安置、自分は死体のわきに座ブトンを敷いて寝起きしていた、とみている。

ちよさんは七年前から同家を借りて住んでいたが、人が出入りするのを極端にきらい、民生委員や警察官が巡回訪問しても雨戸のすき間から話をするだけ。中には入れず『施設に入れ』といった忠告にも『他人の世話になるのはいやだ』と断わっていた、という。ちよさんは旧制大学を出たと生前話しており、自宅に残された十冊のノートには英語などでビッシリと書き込みがしてあった」

この、事件ともいえぬ事件が、全国紙の紙面を飾ったのは、なによりも「ミイラ」の存在が記者たちの眼に猟奇的に映ったからだった。どの新聞も「ミイラの兄と一年半・老女も餓死」といった見出しを掲げていることからもわかる。しかし、日々あふれるように流れてくる事件の洪水の中で、ぼくがその老女の死に躓《つまず》き、ふと足をとめたのは、決して「ミイラ」だけが理由ではなかった。

まず、英語などで書き込みがしてあったという「ノート」である。新聞記事に付された小さなぼんやりした写真からは、乱れた文字の、断片的な、ほとんど呪文《じゆもん》に近い文章を読み取ることができた。

「四九・六・二五（火）　EXHAUST　総《すべ》テ断絶　自決
四九・六・二九（土）　ETERNITY
四九・七・四（木）　細胞ノ死滅　POISON化ハ永年蓄積遂《つい》ニ癌化《がんか》シ　諸症状病ヲ起シ生命ヲ終ル
四九・七・一〇　ETERNITY解決セズ　無理無駄デアル」

ＥＴＥＲＮＩＴＹは永遠、ＥＸＨＡＵＳＴは疲れたとでも訳すのだろう。兄の死の前後を記したと思われるこのノートには、解読不能な暗号がちりばめられているようだった。何から「総テ断絶」されたのか、ＥＴＥＲＮＩＴＹを解決するとはどういうことだったのか、そして何が「無理無駄」であったのか。老女の残したノートの他の部分には、どのようなことが書かれてあるのだろう。読んでみたい、とぼくは思った。

ぼくが老女の死に躓いたもうひとつの理由は、「他人の世話になるのはいやだ」という言葉だった。餓死を目前にしながら、なお他人の施しを受けたくないと頑強に主張する。その拒絶の意志のようなものが、強くぼくを撃ってきたのだ。

「ミイラ」の存在と英語まじりの「ノート」、そして外界を拒絶するかのような「言葉」。この三つのものの中には、新聞の見出しである「老人の孤独な死」というだけでは充分に収まり切らない、暗く深い闇《やみ》が横たわっているような気がした。

「ミイラ」と「ノート」と「言葉」の間には鋭い亀裂《きれつ》が走っている。しかし、その鋭さは八百九十万人の老人たちの、その「生と死」の断面の鋭さを、あるいは象徴しているのかもしれなかった。

ひとりの老女が死んだ。二月二十一日、春にはまだ遠い、北東からの風が吹く寒い日の午後だった。

2

二月二十日の午後四時頃、会社員倉田昇《くらたのぼる》の妻、義江《よしえ》は、私道を隔てた向かいの家から、低い呻《うめ》き声のようなものが聞こえてくるのに気がついた。

倉田夫妻は浜松市の新市街とでもいうべき上西町の文化住宅に住んでいた。地番一〇五七の向かいの空地に三軒の賃貸家屋が建ったのは七年前のことである。そのうちの二軒は何度も借主が変わったが、私道を挟《はさ》んで対面している一軒だけは、同じ借主が七年間住みつづけていた。そこには二人の老人が住んでいた。入居した翌日から、一度として雨戸を開けることもなく、その老人たちはひっそりと暮らしつづけた。

倉田義江は夕餉《ゆうげ》の惣菜《そうざい》を買いに近くのスーパー・マーケットに出かけようとして、その家の中から呻き声を聞いたのだった。あるいは猫の鳴き声かもしれない、とも思った。構わず買物に行こうと思ったが、どうしても気になって仕方ない。町会長や民生委員から、この家には老人がひとりで暮らしているのでどんなことが起こるかわからない、ひとつ何かと気をつけて見ていてくれと頼まれたことが、頭の片隅にひっかかっていたのかもしれない。

その家には長く二人の老人が住んでいた。近所の人々は夫婦だと考えていたが、兄妹ということだった。町籍簿にも自分たちの手でそのように書いて提出していた。だが、この一年半ほど前から兄の姿がふっつりと見えなくなっていた。ひとり残った老女は《躰《からだ》を悪くしたので、東京に行って療養している》と家主などには説明していたという。

倉田義江は二度、三度と家の周りを歩きまわった。やはり呻き声は人間のもののようだった。南向きの六畳間に面した一番はじの雨戸を、彼女は力をこめてはずした。家の内部は暗かった。七年にして初めて見る部屋の内部だった。一歩なかに入ると、激しい異臭が鼻をついてきた。石油と汚物の臭《にお》いが混じり合った、胸がむかつくような臭気だった。部屋の中は、畳の目が見えないほどさまざまなものが散乱していた。それらに埋まるようにして、老女が俯《うつぶ》せになって倒れ、呻いていた。老女は汚物にまみれ、痩《や》せ細っていた。倉田義江はその姿を見つけると慌《あわ》てて外に飛び出した。家に戻り、一一九番に通報した。

《上西町です、おばあさんが死にそうです!》

とまず叫んだ。

浜松救急隊の大川重雄は、同僚の二人と共に、中部瓦斯《ガス》の巨大なガスタンクを目印に上西町の現場に急行した。老女は強度の栄養失調に違いない、と一目でわかった。部屋中に、しゃぶりつくした梅干の種がいくつも散らばっているのが大川の眼にとまった。タンカに移す時、老女は激しく暴れた。まず、将監《しょうげん》町の黒川内科病院に運んだが、手の施しようがないということで、救急車は、高林町にある浜松日本赤十字病院に向かった。

その日、赤十字病院の内科の宿直医は吉原真だった。救急隊の手によって運び込まれた患者を見て、吉原は激しい衝撃を受けた。学校を出て五年、それ以来いったい何千、何万の患者を診てきたことだろう。しかし、これほど凄《すさ》まじい患者を見たことはなかった。

躰は糞《ふん》にまみれ、尿《にょう》が染《し》みつき、衣服は洋服か寝巻なのかさえわからなくなっていた。恐らく一年以上も洗濯をしてないのだろう。そして何カ月も風呂《ふろ》に入っていないようだった。垢《あか》がこびりつくというより、垢が皮膚になっていた。

個室がひとつも空いていなかった。廊下に寝かせるわけにはいかないので、六人部屋の三六一号室に、とりあえず入れた。看護婦が老女の躰を丹念に拭《ふ》いたが、躰に染みついた臭いは消えず、異臭は三六一号室ばかりでなく、その階全体に漂うかのようだった。

明らかに栄養失調だった。それも強度であったために脱水症状をおこしていた。はたしてあと一日もつだろうか。吉原はそう思った。皮膚は干からびていた。下半身から冷たくなりかけていた。脈は触診によっても測れなかった。点滴をしようにも針を刺す血管が見つからない。大腿部《だいたいぶ》の肉を切り、血管を探し、血管を切り、そこから流し込むようにして点滴した。

それまでに、吉原も何人かの行き倒れや栄養失調者を診たことはあった。しかし、現代という時代にどうしたらこの老女のように壮絶な栄養失調になれるのか、彼には疑問だった。

しばらくして、浜松市役所から福祉課員がやって来た。救急隊からの連絡を受けたのだ。はじめ救急隊からの連絡では「佐藤キヨ」ということだった。福祉課のリストには、その名に該当する老人はいなかった。人口五十万人の浜松市に、老人のみの世帯は千三百三十二を数える。その中で、ひとり暮らしの老人世帯は七百九十。七百九十のリストの中に「佐藤キヨ」はいなかった。

係長の村田健造が首をかしげていると、ケース・ワーカーの森壮一が、それは「佐藤千代」の間違いではないかといい出した。森は上西町一帯を担当するケース・ワーカーだったのだが、ちょうど一カ月前、佐藤千代の家を訪ねていた。その時の強烈な印象から、「餓死寸前の老女」であるなら、佐藤千代に違いないと直観的に思えたのだ。再度確認し直すと、やはり佐藤千代だった。村田と森はとりあえず病院に急いだ。彼らが医師に容体を訊《たず》ねると、どのくらいもつかわからないという答えが返ってきた。

看護婦の勤務には、日勤、准夜《じゅんや》、深夜とあるが、その日深夜勤務にあたり、老女の看護を受け持ったのは岡善子だった。躰は衰弱しきり、意識もほとんどなかったが、名前を呼ぶと《はい》と応《こた》えた。《わかる?》と訊《き》くと《わかる》と呟《つぶや》いた。

しかし、老女は、医師にとっても看護婦にとっても、あまりよい患者ではなかった。

ベッドの上で激しく暴れた。心電図をとろうとすると、どこにそのようなエネルギーが隠されていたのか驚くほど暴れた。それは単に苦痛からというだけではない拒絶の態度だった。医師の吉原に向かって、畜生、この野郎、馬鹿《ばか》野郎と、呻くように罵《のの》しりつづけた。なぜだかはわからないが、この人は自分たちをひどく憎んでいるようだ、と吉原には思えてならなかった。

そして、老女が憑《つ》かれたように呟いていたのは、自分は医者であるということと、文子という娘がいるということだった。しかし、その住所は誰もわからなかった。一カ月前に訪ねたケース・ワーカーの森も、身寄りの住所を教えておいてくれという申し出を、にべもなくはね返されていた。

深夜になると、老女はいくぶん静かになった。罵声《ばせい》も発しなくなった。そのかわりに、

《おかあさん、おかあさん……》

と哀《かな》しげに叫ぶのを二度ほど岡善子は聞いている。七十二歳の老女が《おかあさん》と叫ぶ姿に、岡は少し背筋が寒くなるのを覚えた。

夜が明けて、ほとんど測れなかった脈がようやく六十まで数えることができるようになった。医師も看護婦も一時は好転したかと思った。

しかし、午前十時過ぎに、村田、森らの福祉課員が、老女のために新しい寝巻と下着を買って、持って来た時には再び危篤《きとく》状態に陥っていた。前日、課員同士が囁《ささや》いていた

《やっぱり葬式は土曜か日曜になるのかな》という勘が当りそうだった。奇妙なことに、福祉課が扱う老人たちは、参会者の都合を考えたわけでもあるまいが、どういうわけか土曜か日曜に葬式が行なわれるようにしてひっそりと死んでいく。もっとも、福祉課員にとっては、それは休日にも仕事をしなくてはならないということであったが。

老女の容体は悪化の一途を辿《たど》った。部屋は三六一号室から三六六号室に移された。三六六号室は看護婦室のすぐ隣りにあり、壁はガラスの素通しになっている。一刻も眼を離せない患者、つまり危険な状態の患者を入れる個室だった。

意識がどんどん低下していった。瞳孔《どうこう》その他の反応がすべて鈍くなってきた。医師はやがてホスミンを射った。心臓の刺激剤とでもいうべきものだが、これによって助かったという例があるわけではない。医師の気休め、といって悪ければ死を確認するためのひとつの儀式といってよい。

正午を過ぎて、老女はすべての反応力を喪《うしな》った。医師は人工呼吸を試みたが、再び心臓が動き出すことはなかった。午後零時十三分、吉原は老女の死を確認した。まさにそれは「確認」に過ぎず、死はそのかなり前に訪れていたようだった。

「死亡年月日　昭和五十一年二月二十一日午後零時十三分

死因　心不全（心不全の原因は高度栄養失調兼脱水症）」

医師、吉原真は死亡診断書にそう記した。

午後零時半、福祉課に佐藤千代死亡の報が入った。近親者を探す手掛りはまったくなかった。千代に関しては住民票の登録すらされてはいなかったのだ。身寄りのない孤老の死には、福祉課が葬式などの諸事一般を引き受けなくてはならない。しかし独断で事を運ぶのはためらわれた。ひとりきりの老人の葬式を課員の手で済ますと、それまで放っておいた身寄りが現われ《どうして勝手に焼いてしまった、一目だけでも会いたかったのに》といい出す例が少なくなかったからだ。遺体はひとまず浜松医科大学で保管してもらうことにした。

ケース・ワーカーの森壮一は、千代の借家に近親者か知人を探す手掛りになるものが残されているかもしれないと考えた。しかし、その家の持ち主である湧田《わきた》良二は、その日の朝から浜松商工会議所の経済部会研修会で関西に出かけていた。犯罪者でもないのに、いくら死んだとはいえ無断で他人の家に踏み込むわけにはいかなかった。すぐにも家主を同道して探したかったが、湧田は翌日の日曜日の夜までは帰らないという。仕方がない、月曜日に改めて出直して、家主と共に家に行こう。葬式はそれからでも遅くない。森はそう考えた。

二月二十三日、佐藤千代が死んでから二日後の月曜日、森は家主の湧田と共に、生前、佐藤千代が住んでいた上西町の家に赴いた。午前中は湧田の家業である海産物の卸しが忙しいため、上西町に行くのは午後になった。着いたのは午後二時を少し過ぎていた。

雨戸を開け、中に入った。二人とも激しい臭いに胸がむかついた。部屋の内部の惨状は彼らの予想をはるかに超えていた。畳の上に石油コンロが三つ転がっていた。使いつぶしてはそのままに放置しておいたらしい。大きな葛籠《つづら》が二つあり、その周りに古い布団《ふとん》が積んであった。空罐《あきかん》、ノート、紙屑《かみくず》、衣服などが散乱していた。電燈を点《つ》けると、薄暗い裸電球が、常人には用を足せないほどの明るさでボォーと灯《とも》った。次の四畳半につづく廊下には、石油の空罐がいくつも転がっていた。その時点ではわからなかったが、それは四畳半へ人を入れないためのバリケードのような役割りを持たされていたのだ。それを脇《わき》に片付け、四畳半を覗《のぞ》くと、六畳以上の乱雑さだった。あまりの凄まじさに二人は呆然《ぼうぜん》とした。とうてい二人だけの手にあまると判断した森は、倉田宅で電話を借り、手の空いているケース・ワーカー二人に応援を頼んだ。一方、湧田も役所側が三人でこちらが一人というのでは申し訳ないと店の若い衆を呼び寄せた。やがて他の地区を担当しているケース・ワーカーの佐々木知春と秋山進吉がやって来た。それと前後して、店員ではなく湧田の息子の清と妻の常子が姿を現わした。

しかし、六人になったからといってどのように片付けていいのかわからなかった。とにかく身寄りの手掛りを探すことが先決だということになり、それぞれが思い思いに調べ始めた。

六畳には十冊以上のノートが残されてあった。幾何の図形のようなものを丹念に描いたもの、記録のようなもの、あるいは金銭出納帳のようなものもあった。湧田と森は、そのノートを一頁《ページ》ずつ繰り始めた。湧田常子は葛籠を開けた。その中には、きれいに洗われ、きちんと畳まれた白衣が何着も重ねてしまわれていた。品はあまりよくないが新品の反物があり、真っ白なサラシの反物もあった。

何に必要だったのか、アメリカ製の斧《おの》、ノコギリ、ハンマーが転がり、旧式なドイツ製のカメラが見つかったりもした。湧田の息子の清と、ケース・ワーカーの佐々木、秋山の三人は四畳半の方に行った。

部屋の中央にはグシャグシャになった布団が敷かれ、隅にはやはり大きな葛籠があった。他の隅には、小さな文机《ふづくえ》があり、その上に小さく暗い豆電球がぶらさがっていた。湧田清は、その文机の近くから小さな手帳を発見した。どうやら住所録を兼ねているらしい。目的のものが見つかったことを知らせようと思い、六畳に戻ろうとして、何気なく、部屋いっぱいに敷かれている布団を見た。白いものが点々と散らばっている。よく見ると、蛆《うじ》の殻のようだった。佐々木も布団に視線を向けた。布団の中央の微《かす》かな盛り上がりが何となく気になって、端を少しめくり上げた。そこには石があった。と、少なくとも佐々木には思えた。茶褐色のつやつやした塊が眼に入った。まるで水石のようだなと感じたのだ。しかし、それが何であるか判断はつきかねた。さらにめくり上げると、次第にその茶褐色の塊の全体があらわになってきた。胴、腕、足……が見えるに到《いた》り、それが人体だということが理解できた。三人は息を呑《の》み、叫び声を上げて部屋から飛び出た。その声に六畳にいた三人も驚き、常子は家の外に走り出て、そのまま自分の家に帰ってしまった。

残りの五人はもう一度四畳半に戻り、もう少しはっきりと確認しようとした。それは間違いなく人間の躰だった。毛布に覆《おお》われていた頭部を見ると、明らかに死んでおり、しかも死後かなり過ぎているようだった。死体は右側頭部を枕《まくら》につけ、くの字形になって横たわっていた。老人の死体のようであった。異様に感じられたのは、布団で覆われているとはいえ、全身が素裸にされていたということである。

皮膚は茶褐色に変色し、しかもその変色の度合いは一様でなく、濃淡のまだらができていた。まだ見たことはないが、もしこの世にミイラというものがあるとすれば、これこそミイラというのではなかろうか。森は慌てて倉田宅に走り、再び電話を借りた。福祉課の村田係長に、至急、警察に電話するよう頼んだのだ。

福祉課から浜松東署の刑事課に通報されたのは、午後三時近かった。

しかし、どこで混乱したのかその報《しら》せが刑事課長の松尾重安まで届いた時には、《葛籠のある四畳半から死体が見つかった》というものが《四畳半にある葛籠から死体が見つかった》に変わっていた。《スワッ事件！》と刑事課員は張り切った。葛籠から死体が出てくるとは、かなりの事件に違いないということで、刑事課長を先頭に通常の事件の倍近い捜査官が現場に急いだ。

現場を見て、その誤解に気づき拍子抜けがしたが、死体の状態が尋常でないことは確かだった。松尾刑事課長は、この種の死体鑑別のエキスパートである検視官の杉浦俊朗が静岡から到着するのを待った。

死体は前後の事情から推察すると、一年半前に東京へ治療に行ったはずの兄、敏勝に間違いなさそうだった。やがてやって来た杉浦検視官も一年以上たった死体であることを認めた。そして、これほどの期間に腐乱もせず白骨化もしなかったことに驚きながら、検視をつづけ、最終的には外傷が一切ないことを確認した。老衰か餓死に近い病死であろうとも述べた。すると、それを裏付けるかのように、千代が書いたと思われるノートの断片が発見された。どういうつもりなのか、その部分だけが赤鉛筆で菱形《ひしがた》に囲われていた。

「四九・七・四(木)　細胞ノ死滅　POISON化ハ永年蓄積遂《つい》ニ癌化《がんか》シ　諸症状病ヲ起シ生命ヲ終ル」

松尾刑事課長は、これを敏勝の病状記録とみなし、敏勝の死を病死と認定した。千代がすでに死んでいることもあり、自動的に捜査は打ち切られることになった。その決定が下されたのは、すでに外が暗くなりかかっている頃だった。

それにしても、なぜこのような死体の残り方をしたのだろう、と誰もが疑問に思った。森の機転により検視官より早く現場に到着した四天堂医院の菅生《すごう》章一院長によれば、このような例は数万例にひとつという珍しいものだとのことだった。奥羽の修験僧たちが作る生仏、つまりミイラでもこれほど見事に姿が残るわけではない。いくつかの要件が偶然に、しかも完璧《かんぺき》に満たされて奇跡的に作られたミイラである、と解説した。

まず、内臓が腐らなかったこと。それは餓死に近いような死であったために、胃や腸の内部が空であったのだろう。雨戸を常に閉め切っていたために直射日光が当らなかった。部屋を密閉していたために空気が還流しにくかった。古い布団がぴったりと素裸の躰を覆っていた……。

ミイラは、警察の手を離れて、再び福祉課の手に委《ゆだ》ねられた。ケース・ワーカーの森は棺《かん》を急いで注文し、ひとまず市の霊安場である斎場会館に安置することにした。次に、ミイラと同時に発見された小さな手帳に書き込まれていた人々に連絡をとり始めた。その中に「佐藤定雄《さだお》」という名を見つけて、森はさっそく電話した。

確かに定雄は千代の兄であった。しかし七年前にすでに死んでいるとのことだった。電話口に出た定雄の妻は、自分たちは関係のない人間であること、長く会っていないこと、娘の結婚が二週間後にひかえていることを述べ、二人の死については一切関与したくない旨《むね》を宣言した。

森が当惑すると《われわれ以上に近しい者がいるから、そこに電話してほしい》といい、電話番号を教えてくれた。佐藤文子。千代の養女であるという。

埼玉県に住む文子に連絡すると、きわめて冷静に応対し《今晩は遅いので行かれないが、明日そちらに出向く》といった。

遺体の処置などすべては彼女が来てからだ、と森は思った。

佐藤敏勝のミイラ死体が発見された翌日、昼すぎになって、千代の養女という佐藤文子が市役所に姿を見せた。四十過ぎの静かな、どちらかといえば暗い表情の女性だった。

自分は間違いなく千代の養女である、といった。千代のもうひとりの兄である正勝《まさかつ》の長女として生まれた。つまり千代の姪《めい》に当るのだが、未婚の千代のもとへ養女として貰《もら》われた。しかしここ四年以上も養母とは会っていない。気性の勝った千代の側から絶縁されたというのだ。

佐藤文子は、自分自身のことはもちろん、死んだ二人についても、またその兄弟や家系についてもほとんど語ろうとしなかった。文子は養母である千代のことを「あの人」といいつづけた。「あの人」は変わった人だったんですよ、「あの人」は……。

断片的な文子の話からケース・ワーカーの森壮一が理解できたのは、千代も敏勝も生まれは東京のかなりの家であり、千代は東京で歯科医の専門学校に学び、戦後は松本で開業していたという程度のことだった。敏勝は千代の実兄であり、歯科技工士の資格を持っているところから、常に二人で仕事していたという。二人共に結婚歴は一度もない。従って、敏勝には直接の身寄りがないことになる。敏勝は若い頃から躰《からだ》が弱く、千代は自分が敏勝の面倒を見ると決めていた、ともいう。

森は、千代の死とその前後のいきさつを、おおざっぱに文子にしたあとで、初めて千代の家を訪ね、追い返された一月前の出来事を語っておこうと思った。それは、どうしてこうなるまで放置しておいたのだと責められないようにするための予防線でもあった。

一月十九日午後、市役所の森のところに家主の湧田が相談に来た。湧田も途方に暮れていたのだ。店子《たなこ》の老人がひとり暮らしをしている。雨戸を閉め切り、しかも部屋の畳の上で石油コンロを使い、煮炊《にた》きまでしているらしかった。いつ火事を起こすかわからない、いつ死んでしまうかわからない、どうかいまのうちに手を打ってくれと近所の人から激しい突き上げを食ったのだった。半年余りもとどこおっている家賃はいくらでも我慢はできたが、この突き上げに困惑してしまった。

以前には、町会長や民生委員が「老人ホーム」に入らないかと勧めに行ったこともあるが、凄まじい剣幕で追い返されている。町内担当の巡査が家の中の様子を知ろうと、どうにかして内に入れてもらおうと試みたが、やはり失敗した。

湧田の事情を聞き終わると、森はその場で腰を上げ、これから行きましょうといった。その素早さには、相談に行った湧田の方が慌《あわ》てたくらいだ。老人福祉課の課員をひとり、保健所からひとりを連れて、計四人が上西町の佐藤千代宅を訪問した。

千代はいつものように雨戸を少し開けると、そこから顔を見せ、応対した。決して訪問者を家に上げようとはしなかった。二十分ほど立ち話をしてから、四人は口ぐちに家に上げてくれと頼んだ。拒否されたが粘り強く頼むとついに折れた。千代はやっと雨戸を一枚開けた。

湧田にとって、それが初めて家の内部を見る機会だった。家主でありながら、そして七年も貸していながら、それまでただの一度も家に入れてもらったことがない。敏勝の姿が見えなくなってからは、よく家賃を受け取りに出かけたが、雨戸すら開けてくれず、東向きの畑に面した窓を少し開けて、金の受け渡しをするくらいだった。

千代を前に四人が対面して坐《すわ》るような形になった。当りさわりのない世間話をしている間は、千代も普通の話し方をしていた。四人がすぐ気がついたのは、千代の眼がひどく悪いということだった。その証拠に、ひとりが話し、他のひとりが話し始めても、千代の眼球はそちらに正確に向かなかった。

森は素早く家の内部を観察した。彼女の生活振りが判断できる何かがないものかと思ったのだ。たとえばカレンダーがかかっている。それをどこで貰ったかという些細《ささい》な手掛りからでも、その生活の一端はうかがえるものなのだ。しかし、その部屋には、何ひとつ世間とつながっているものが見出せなかった。

無礼とは思ったが、眼が悪いことを見越して、そこいらに散乱している封筒や葉書をそっとひっくり返して見たが、水道や電気の通知といったものばかりだった。

若い課員が、《おばあさん、どんなものを食べて暮らしているの》と何気なく訊ねると、千代は激昂《げっこう》した。

《肉を食べようと魚を食べようと、そんなことはあんたたちの知ったことじゃない！》

巻き舌で唇を震わせながら激しく罵《ののし》った。それがやっと落ちついた頃を見計らって、森が婉曲《えんきょく》に老人福祉法の話を切り出した。すると、再び千代は興奮した。

《保護なんかは絶対に受けない！》

と叫ぶようにいった。自分は歯科医である。保護など受けようものなら医師会からつまはじきにされるだろう。再び開業することができなくなる。開業なんかは金の一千万もあればできるのだ……。

しかし、もしものことがあるといけないから、と森が口をはさんだ。

《余計なお世話だ。だいいち、他人の世話になんかなるのは真っ平だ！》

千代はそして、自分にもしものことがあれば、自分の姑《しゅうとめ》が近くにいるから面倒を見てもらうといった。千代には結婚歴がないから、かつて一度も姑は持ったはずがない。しかし、その時の森には、その哀《かな》しい嘘《うそ》が見抜けなかった。千代はまた、娘も近くにいるといった。近くとはどこだと訊《たず》ねた。あっちだ、と北を指さした。それは宮武町の辺りだった。後にそれを聞いた町会長は、宮武町の町会長に連絡をとり町籍簿を調べたが該当者はいなかった。確かに娘はいたが、しかも東北の方向の埼玉県にいたが、それは随分遠い「近く」だったのだ。

ついに森はあきらめた。保護行政に強制権はない。市民の側から望み、申請を受けてはじめて機能する。嫌がる老人を無理に老人ホームに拉致《らち》するわけにはいかない。頑《かたく》な人だが、気候がよくなり春にでもなれば気持も和らぐかもしれない。四人はそういいながら帰途についた。しかし、森の眼の底には、《他人の世話にはならん》といった時の表情の厳しさが、印象深く焼きついた……。

佐藤文子は、森の次に家主の湧田と会った。文子はジャーナリストを極度に避けようとしていたため、福祉課も気を遣い、別室を用意してそっと二人を会わせた。文子は迷惑をかけて済まないと謝罪した。

湧田は、店子とはいえ佐藤兄妹のことをほとんど知っていないことに、自分ながら驚いていた。それとなく質問したが、文子はまったく答えようとしなかった。

佐藤千代と敏勝の死に関して、残された問題は三つあった。

ひとつは遺体をどうするかということだった。それは二体とも浜松医大に献体するということを文子が了承したので、簡単に解決した。千代はすでに浜松医大に行っていたが、敏勝もその日のうちに送り込まれた。

　次は経済的な問題だった。死に際して二人にかかった費用をどうするかということだ。文子からは公の援助を受けたいとの申し出があった。千代については治療費の総計が一万七千六百九十九円。葬式代は二人の合計で十二万百九十円だった。これをすべて市が負担することにした。

　問題のもうひとつは、借家に残された二人の家財道具の処置である。文子は、千代が書き残したノートを含め、そのすべてを遺棄してくれと頼んだ。ただひとつ持ち帰ったのは住所録がわりの小さな手帳だった。迷惑が他の親戚《しんせき》に及んではいけないから、というのだった。

　その晩、湧田は妻の常子と話し込んでしまった。話し疲れて、ふっと沈黙したあとで、常子がしんみりと《千代さんは死んでよかったのかもしれない》と呟《つぶや》いた。生きている時にミイラが発見されなくてよかった、もしかしたら、と常子はいった。千代さんは、あの家のあの部屋で死にたかったのかもしれない、死ねるように頑張りさえしたのかもしれない。常子には、なぜかそう思えてならなかった。

3

ぼくが浜松に向かったのは、佐藤千代の死が報ぜられてから半月ほどした金曜日だった。市役所で福祉課の村田と森に会った。

ケース・ワーカーとしての任務はすべて果し終わっていた森は、しかし、佐藤千代の死に関していくつかの「割り切れなさ」を感じているようだった。

佐藤兄妹はなぜ雨戸を閉め切るような生活をしつづけたのか。それはいつからなのか。敏勝はミイラになっていたが、果して偶然なのか。歯医者という高度な技術を持ちながらどうしてここまで追い込まれなくてはならなかったのか。近親者の冷ややかさは何に起因しているのか。残された家財、たとえばアメリカ製の古い斧やハンマーをなぜ大事にしていたのか……。

それは同時に、ぼく自身の疑問でもあった。そして、結局のところ、それらは「佐藤千代は、なぜあのような死に方をしなければいけなかったのだろう」という疑問に収斂《しゅうれん》されていく。

佐藤千代が住んでいた上西町の貸家は、ぼくが浜松に行く前日に、解体屋の手によって七万円であとかたもなくとり壊されていた。

家主である湧田良二は、かつて浜松城下の出入口であり商いで賑《にぎ》わったという木戸町で、海産物の問屋をしていた。佐藤千代の住んでいた家を見せてほしいと頼むと、快く案内してくれた。

《いいところに来ましたね。ほんとはもう壊そうと思って解体屋に頼んであるんですが、この雨で延び延びになってるんです》

ところが上西町に着くと、湧田は《ああ、壊れてる！》と申し訳なさそうな声をあげた。一足ちがいだった。

湧田は、戦時中の統制経済下に余儀なく転業させられたが、新しく始めた海産物問屋が戦後ようやく軌道に乗り、いくらかの貯《たくわ》えができた。それを元手に老後のことを考えて、七年前に三軒の貸家を建てた。六畳・四畳半・台所・風呂《ふろ》・便所という間取りの一戸建てだった。佐藤千代は建設中に申し込んできた第一号の店子だった。家賃一万二千円、敷金三月分。

千代は、宮武町で歯科医をしているということだった。家賃は、毎月一日から五日までの間に、キチンキチンと同居人の敏勝が持ってきた。第一号の店子なので全面南向きの、最もいい家を貸したが、雨戸を閉め切って生活しているので意味がなかった。しかし、当時は、むしろいい人に家を貸したと夫婦して喜んでいたくらいだ。というのは、建設業者の手抜き工事に会ったために、その貸家は欠陥ばかりで、店子から多くの不満が出た。しかし佐藤千代の家からはひとつの苦情も持ち込まれたことがなかったのだ。

湧田の妻・常子には、千代が《器量があまりよくなく、色が黒い》のに対し、敏勝は《小柄だが美しく色が白い》という印象が強く残っている。

《家賃を持ってきたときなんか、店の乾物をあげると、ありがとうございますって、こちらが恐縮するくらい丁寧に頭を下げて……》

家賃が滞るようになったのは、ここ一年くらいのことだった。いい店子だったのにこんなことになって、といって常子は口ごもった。

佐藤千代は、数年前まで浜松で歯医者をしていたという。調べてみると、確かに宮武町の松竹堂という歯科医のところで働いている。しかし、松竹堂は昭和四十七年七月一日をもって廃業しており、主人と妻は郊外の大島町に引っ越していた。歯科医を隠退しての悠々自適の生活をしていることだろうと想像していたが、実際に訪ねてみるとかなりつましい生活をしているようだった。

《儲《もう》ける商売がとうとうできなくてね、今じゃ、息子に小遣いを貰ってる境遇さ》

元松竹堂主人の金田源一は、衒《てら》うことなくそういった。

確かに、佐藤千代は四十三年から四十七年にかけて、足かけ五年ほど松竹堂で働いた。受付をしていた妻の政子には、勤務態度のいい、真面目《まじめ》な人だったという印象がある。

朝九時から夕方五時までだったが、朝は八時頃には来ていたし、帰りも遅くまで診てくれた。ある時など、五時過ぎに来た患者を政子が断わろうとすると、せっかくだからといって診たこともある。しかし、金田の記憶では、技術は古く、粗末なものだった。そして、何よりも、大事な眼が悪かった。カルテを書き込む際にも、とんでもない部分に症状を書き入れたりすることが多かった。

多くの人が佐藤千代は無愛想だったというが、政子にはどうしてもそうは思えない。浜松に来たばかりの頃は、八百屋の二階を間借りしていた。やがて上西町の家に移って行ったが、僅《わず》かながら心を許した政子に千代はよく「不安」を訴えていた。千代の借家は、東側がちょっとした崖《がけ》になっており、ドンヅマリという印象もあった。千代は、そのことに神経質なくらいこだわっていた。火事や地震になったらどこへ逃げたらいいかわからない、といった。そんな折に、千代の口から昔話がされることがあったという。自分は娘時代に関東大震災に遭遇し、すべてを失ない、家は没落した……そういう話だった。

なぜ、千代は松竹堂で働くようになったのか。

昭和四十三年のある日、突然、松竹堂の玄関先に佐藤千代がやって来た。一度玄関に入っただけで、ここはとても働きやすそうだと思った、だからぜひここで使ってもらえないか、とかなり勝手なことをいうのだ。今いる掛川の歯医者はひどい人で、ひどい扱いを受けたあげく、放り出されようとしている。住んでいる部屋の電気も水道も止められ、給料もくれないのだ。若い女が来て以来、自分を邪魔者にして辛《つら》くあたる、ともいった。

千代が松竹堂にやって来たのは、その前に飛び込んだ袋井《ふくろい》の歯科医に、自分のところは不要だが、浜松の松竹堂に行けば何とかなるかもしれない、と紹介されたからなのだ。金田は、断わられると行くところがないという千代に同情したこともあり、傭《やと》うことにした。引っ越す金もないというので五千円を渡した。

やがて千代は、兄の敏勝と移ってきた。二人は傍目《はため》にも仲がよく見えた。こんな老人たち二人に、電気や水道を止めるなどというひどいことをするのは許せない。松竹堂の夫婦は、会ったこともない掛川の歯科医に大いに憤慨した。

佐藤千代が、ひどい目にあわされたと金田に語った掛川の歯科医とは、前館《まえだて》秀一という人物だった。腰の曲がった、今はもう八十近い老人である。

前館によれば、千代が語ったような事実は何もなかった、という。以前に開業していた家を明け渡さなくてはならなくなり、医院を新築するに際して、佐藤千代を傭いつづけるわけにはいかなかったので、解雇しただけだという。傭い入れる時、医院の裏の家を二人に貸していたのだが、それも明け渡さなくてはならなかったので、出ていってくれと申し入れた。行く所がないと居坐ったので、自分ではなく家主の方で水道や電気を止めたのだ。給料をくれないというのも、解雇したというこちらの申し出を認めなかっただけではないか……。

しかし、前館だけの話ではどちらの話が正しいのか、まして、どうしてここまで両者の関係がこじれたのかの原因はつかめそうもなかった。

ただ、言葉の端ばしから察するに、前館は佐藤千代の技術を軽蔑《けいべつ》しきっていたようである。あんなもの、あんなもの、と繰り返した。そばから前館の半分ぐらいの年齢の妻が、説明を加えた。

《ふつうは一本の歯を抜くのなら、その歯をスッと抜けばいいんだけど、あの人のやり方は、周りの歯までコンコン叩《たた》いて、その歯をせめていくというようなものだったらしいですよ》

前館の友人である掛川旅館の井上秋雄によれば、佐藤千代みたいに《ひでえ歯医者のバアさんはいない》ということになる。

十年程前、前館歯科に行った時のことだ。奥歯の治療に行くと、そこに佐藤千代がいた。

《歯を見るなりこんな歯は治療できない、というんだ。こんな合金ばっかりの歯は診たくない。診たくないといっても、この歯は前館でやってもらったんだぜ、といったんだ。するとと全部はがして金にするのでなければ診たくないといいやがる。そんなひどい言い

草があるかと飛び出したくらいだ。前館もあのバアさんにゃ、客を減らされてるよ》

確かに、前館歯科にとって、佐藤千代は無用であり、邪魔になったのかもしれない。そして、すぐ首を切った。

佐藤千代が掛川に来たのは「歯科評論」に出ている求人案内を見てのことだった。だが、実際に一年も働かないうちに解雇されてしまった。彼女にとってみれば、それは腹の立つことだったろう。そして途方に暮れてしまったにちがいない。彼女は、必死に他の勤め口を探す……。

もし前館がいう通りにあまりひどい腕だったとすれば、佐藤千代は掛川にくる前はどこで働いていたのだろう。

《大宮の草加さんのところです。だから……》

前館は、だから信用して傭ったのに、といいたいらしかった。

大宮の草加医院には確かに三十七年頃にやってきている。草加医院の草加茂の兄、武が歯科医師会の理事をやっているところから、妙なことで傭うことになった。

歯科医師会では、その年、会員の洗い直しをやろうということになり、会費も払えないようなボーダー・ラインの会員をチェックしていった。その中に、松本で開業していながら、廃業寸前に追い込まれている佐藤千代がいた。兄の武が可哀《かわい》そうに思い、弟の医院に送り込んだのだ。草加茂も、できることなら、旧式になってしまった千代の技術

を叩き直し、何とかひとりで生きていけるだけのものを身につけさそうとしたが、ついに駄目だった。叱《しか》ると、

《先生はすぐ怒るんだから……》

といってすぐ身を引いてしまう。とうとう草加も諦《あきら》めた。

佐藤千代は、診療所の横に建つ古い洋館の二階で、敏勝と暮らしていた。

当時、看護婦だった宮崎喜美子によれば、《女医にあるまじき不潔さだった》という。洋服にフケがいつでもいっぱいついていた。無精の爪《つめ》を伸ばし、垢《あか》をためていた。部屋に行くと、魚のくんせいの臭《にお》いがした。それをオカズに酒を呑《の》むらしかった。灰皿に煙草《たばこ》の吸い殻を山のようにためていた。と宮崎は佐藤千代への非難をひとつずつ挙げていった。

だが、佐藤千代の歩いた土地を遡行《そこう》しながら、結局なにひとつ本質的なことは見えてこなかった。人の数だけ異なる佐藤千代が語られた。しかし、それをいくら組み合わせてもついに、佐藤千代の像を結ぶことがない。それは、佐藤千代という人間が、ついに他者と真の意味で関わり合うということがなかったことを、物語っているのかもしれなかった。

佐藤千代と敏勝の本籍地は、東京都文京区久堅《ひさかた》町七四番地である。しかし、この番地

にゆかりの家や人物は誰も住んでいない。関東大震災で、恐らくこの地を離れたのだろう。そして中野区上高田一丁目五〇番地に一家で移り住んだのだ。

一家とは、父・幸太郎、母・タカ、それに五人の兄妹。敏勝を頭に、正勝、定雄、千代、なつ。

父母はもちろんすでに亡《な》く、兄妹の中でただひとり生きているのが正勝だった。小平《こだいら》に住んでいた。夜、正勝の家を訪ねると、その長男である正彦が応対に出た。

《敏勝についても千代についても、話すことは何もないよ。ぼくはまったく会ったことないんだから関係ないさ。親父《おやじ》だって何十年も会ってないさ。話す義務なんかない。帰れよ。あんな死に方して、こっちは迷惑なだけなんだから。親父？　躰《からだ》こわして入院しているよ。親父に話なんかさせないぞ。この家はぼくがとりしきってるんだ。親父だってそう思ってるさ。兄妹といったって何の感情もないさ。関係ないよ、それだけさ》

千代の兄妹の世代から話をきくことは不可能そうだった。近親者で存在しているのは、姪《めい》や甥《おい》である。とりわけ姪で養女になっている文子の行方だ。文子ならば充分に知っているはずであった。だが住所がわからない。役所にも決して教えてくれるな、といって来たらしい。だが、埼玉に住み、独身で、電話を持っている女性となれば、時間さえかければ探し出すのは難しくなかった。

埼玉県の三郷《みさと》市に住む佐藤文子の家を訪れると、文子は小さな文化住宅で小犬とテレビを見ていた。佐藤千代の名を出すと、顔色が変わった。《喋《しゃべ》ることはない》と冷たく突き放された。

しかし、いったいどうしてそのように隠そうとするのか。ぼくには、むしろそのほうが奇妙だった。

文子はもともと正勝の長女であり、正彦とは異母兄弟になる。あるいきさつによって、文子は千代の手で育てられることになった。文子が成人し、千代の手から離れていく時、千代はこういったという。

《気にしなくていいのよ、あんたなんか趣味で育てたんだから》

その挿話《そうわ》を「ウッカリ」洩《も》らした以外は、ついに文子は取材に応じてくれなかった。話しても、千代は決して喜ばないからというのだ。

別れ際《ぎわ》に、少し皮肉そうに文子がいった。

《千代は秘密が好きな人でしたが、その秘密主義が密室の中で大爆発してしまい、こんどは素裸にされてしまったわけです……》

そして、《そういう意味では可哀そうな人ですね》といって玄関の戸を閉めた。

ひとりずつ、戸籍上の類縁者をひとりずつ訪ねて行ったが、正彦とその妻礼子の話以上のものを引き出すことはできなかった。

近親者のすべてが、千代の死を恥じていた。

佐藤千代の、死に到《いた》る軌跡を辿《たど》るための道筋は、三つあった。ひとつは生まれてから終《つい》の棲家《すみか》となる浜松の上西町へやってくるまで、千代が転々とした土地を逆に遡行すること。ひとつは千代の親兄弟を中心に、近親者を探し出すこと。そしてもうひとつが千代の出た学校の同級生から、友人を見つけることだった。

佐藤千代は東京で歯医者の学校を出たといっていたらしい。明治三十六年生まれの千代が、女学校を出たのは恐らく昭和初年頃である。その頃の女性の歯科医養成所としては、本郷と大森に二つの専門学校があった。東洋女子歯科専門学校、日本女子歯科医学専門学校がそれである。前者は戦後の学制改革で消滅し、東洋女子短期大学という普通の女子大になり、後者も一時は消滅したが、最近になって神奈川歯科大学として復活した。東洋女子短大に残されている戦前の卒業生名簿には、佐藤千代の名は載っていなかった。

神奈川歯科大学のある横須賀《よこすか》に行くと、キャンパスにはほとんど男子学生しか歩いていなかった。学校の性格が基本的に変わっていたのだ。教務関係の大きな金庫に、古ぼけた和紙の卒業生名簿がしまわれてあった。その第四回生、昭和参年度卒業生という中に、間違いなく佐藤千代の名があった。名簿の備考欄には、当人が卒業証書を紛失したため再発行をしたという記述があった。

佐藤千代と親しかった友人を探すために、名簿を筆写させてほしいと頼んだが、大学側に断わられた。つまらぬことで卒業生に時間をとらせたくないから、というのだった。仕方なかった。写すことは諦めたが、そのかわりに、名簿にのっている名を二人だけ頭に叩き込んだ。もちろん、彼女たちが結婚していれば、すべては徒労に終わる。賭《かけ》のようなものだ。しかし、もしかしたらその名のままで開業しているかもしれない。そして、その目算は見事にあたった。そのうちのひとりである栗山八洲子《くりやまやすこ》が、東京で未婚のまま開業しつづけていた。だが、栗山を見つけられたのは、ぼくが幸運だったからでは決してなかった。佐藤千代の同級生五十七名中、結婚して姓が変わった人は僅かに十九名しかいなかったのだ。そのことを不思議がると、栗山八洲子は白いものが多くなった髪に手を当て、静かにいった。

《そうですね、今の女性と違って、その頃は職業婦人になるというのは大変な覚悟が必要でした。世間の見る眼も違っていましたし、また女性が背負っているものの重さも違っていました。親兄弟、一族郎党がその細腕一本にかかっていたり、結婚に破れて自活の道を得るために来ていたり、必死だったのです。現に、クラスの方で十歳も年上の未亡人がいらっしゃいました。現在も八十二歳で元気に開業していますよ》

栗山自身も親の面倒を見ているうちに婚期を逸したといって笑った。

《でも、七十にもなればそれはかえって気が楽なのよ。毎年クラス会は旅行に出るのだけれど、御主人に気兼ねしながらお金を使わなくて済むし、好きなように生きていける

ものね》

そのクラス会に、もちろん佐藤千代が来たことは一度もない。同窓会が発行している名簿には、名前の横に「不明」と書き込まれている。卒業して数年のうちに連絡しても返事がこなくなったという。

栗山には、佐藤千代の記憶がほとんどない。それは他の同級生に訊《たず》ねてみても同じだった。その中のひとりに卒業アルバムを借りた。校舎のあった鈴ヶ森周辺や教師たちの写真のあとに、卒業生の写真が載っている。幸運なことに、全員が一緒に写っている記念写真ではなく、ひとりひとりが手札大の大きさで写されてある。その中に佐藤千代もいた。円い眼鏡をかけ、気性の激しさを口許《くちもと》に秘めながら、微《かす》かに左を向いて写っていた。

同級生たちの断片的な話を総合すると次のようなことだった。

目立たない人だった。記憶に残っていないのは、あるいは東洋から転校してきたためとも考えられる。当時は両校ともよくささいなことからストライキ事件が起こり、ストライキが長びくと、東洋は日本に、日本は東洋に転校していくケースが多かった。あるいは、佐藤も転校生だったかもしれない。卒業してからは、一、二年学校に残り、やがて上高田で開業したらしい。

誰もがその程度にしか知らなかった。そして、こうつけ加える人もいた。

《久世《くぜ》先生のところに行けば、いろいろわかるかもしれませんよ。あの先生は佐藤さんをとても可愛《かわい》がっていたようだから》

久世明広は、かつて日本女子医専で教授をしていたが、現在は浅草で開業医をしている。連絡をとると、佐藤千代などという学生は知らない、といった。思い出すかもしれないので、二、三分でもいいから写真を見てもらえまいか、と頼んだ。老人にはそんなことに構っている時間はない、それに喋っても誤解されるばかりだし、といった。しかし、もうかつての佐藤千代につながる糸は、この一本しかなくなっていた。少し粘った。すると久世は電話ならいいといった。改めてかける時間を指定してくれた。しかし、その時間に連絡すると、急用ができたとかで不在だった……。

すべての糸は切れてしまった。あとは再び浜松に戻るより手はなかった。

大宮の草加歯科をやめて掛川に移っていったのは、昭和三十九年だった。草加が理由を訊ねると、

《少しでも南に行けば暖かいでしょう。兄さんの躰にもいいと思いましてね》

と答えた。佐藤千代にとって、「南」とは太陽の光が豊かに降りそそぐ、希望の、その最後のシンボルだったのかもしれない。やがて掛川から浜松に移る。確かに、浜松は掛川より僅かに南であった。しかし、この時になっても、果して佐藤千代は「南」への希望を持ちつづけることができたのであろうか……。

4

佐藤千代と敏勝の兄妹が、餓死という危険を孕《はら》んだ生活に一歩足を踏み入れたのは、それまで勤めていた松竹堂が廃業せざるを得なくなったことを、その直接の契機としていた。

千代の歯科医としての技術がいくら古く、また拙劣であるといっても、地方都市の小さな医院で、傭われ医になるくらいはどうにか可能だった。松竹堂での給料は月七万円、それに年二回のボーナス。決して多い額ではなかったが、老人が二人でつましく暮らしていけないというほどではない。家賃を払い、こざっぱりした服を着て、甘いものを茶請けに買うくらいの生活はできた。

しかし、そのすべての生活が崩壊してしまったのは、昭和四十七年のことである。

松竹堂の主人である金田源一には、歯科医としての正式な免許がなかった。永年の歯科技工士としての経験から、いつの間にか治療もするようになっていた。いわば「モグリ」医であったのだ。普通の歯科医はカタだけをとり、それを技工士に出して義歯を作らせるのだが、金田はそれをひとりでやった。そのため患者にピッタリする歯を作ることができた。しかも安い。上手で安いということで、近隣での松竹堂の評判は高かった。

だが、無免許で「医院」の看板は掲げられない。松竹「堂」と名づけたのも、それがひとつの理由だった。金田が千代を傭ったのも、正式な免許を持っている医者が、どうしてもひとりは必要だったからだ。もちろん治療の主役は金田だった。

ところが、四十七年になって、思いもかけぬことが起こり始めた。各新聞紙上で悪徳歯科医が俎上《そじよう》にのせられ、無免許医、モグリ医の摘発キャンペーンが執拗《しつよう》につづけられた。金田はもしかしたら自分も摘発されるのではないかと恐れた。彼の親しい知人の言葉に従えば、

《少しばかりおっかなくなったし、伜《せがれ》たちもひとり立ちできる年頃になった。ここらが潮時だと判断したんだろうさ》

ということだった。

佐藤千代は、傭ってもらえたとまったく同じ理由によって職を失なわなくてはならなかった。すでに六十八歳になっていた。しかも眼はますますひどくなっている。どこか別の歯科医に傭ってもらうということは絶望的だった。

歯科医という独特な技術を持ち、それを持っていることで自らを持していた者が、老いによってその技術そのものに裏切られていく。しかも「哀れさ」は技術が衰えるということ自体にあるのではない。

松竹堂を廃業する際、金田は、職を失なうであろう佐藤千代を可哀そうに思い、家も

診療室も器材もすべて譲るから、自分ひとりで独立し、もう一度だけ開業してみないか、と勧めた。千代はしばらく考えたあげく、結局その提案を受け入れなかった。自分がどの歯医者のところに行っても客に敬遠され、松竹堂に来てからも《あの先生はいやだ》と客に囁《ささや》かれていたことを、おそらくよく知っていたのだ。哀れなのは、この年になってこのような形で「己」というものを知らなくてはならないことなのだ。

職を失なってからの生活振りは、社会との唯一《ゆいいつ》の接点である松竹堂を離れたこともあって、ほとんどわからなかった。手掛りは何もない、と失望していた。ところが、ただひとつ、残されていたものがあった。住んでいた家も取り壊され、家財も処分され、ノート類もすべて廃棄されたはずであった。しかし、たった一冊だけ、佐藤千代の書いたノートが残されてあった。末尾に佐藤敏勝の死亡のいきさつが書いてあるノートだけは、突然、何かの事件に発展するかもしれぬという配慮から、役所に保管されてあったのだ。

ノートは昭和四十八年一月一日からの克明な金銭出納帳だった。普通のノートに罫線《けいせん》をひいただけのものだったが、表紙に青のマジック・インキでDAILY CASH BOOKと書いてあった。そのノートの一頁《ページ》一頁《ページ》からは、切迫した激しい息遣いが聞こえてくるかのようである。

ノートには、日付、曜日、買物に出た時刻、品名、購入した店名、金額、合計でいくら支出したか、ということが細い字で書き込まれている。その僅《わず》かな間に、短い単語で自分の感懐を述べているところが数カ所ある。金銭の欄はすべて(+)と(−)で表記され、その上にはどの頁にもBALANCEと書き込まれている。切迫した印象を受けるのは、日々、現在手元に残っている現金はどれほどかを書き出していることである。

このノートを書き始めている四十八年一月一日は、松竹堂が廃業してから正確に六カ月目にあたる。その理由はいくつか考えられるが、やはり預金を喰い潰《つぶ》していくことに不安を感じたからであろう。

ノートは、たとえば次のように記されている。

「四八・三・二九（木）ＰＭ２〜７

（駅前）ニボシ—一〇〇

干物《ひもの》アジ三枚—一〇〇

（松）ゴシキ揚ゲ—一〇〇

（ニチイ）白アンヤキ一〇ケ—一〇〇

ブドウパン二ケ—一二〇

（前）ミカン二袋—二〇〇

（ほ）焼ラーメン四ケ—八八

茶菓子マンジュウ—八五

マグロフレーク罐《かん》―六五」

そして、一万三千五百二十九円からこれらの総計九百五十八円をマイナスし、「現在一万二千五百七十一円」と末尾にしめる。もっとも、この金額が全財産というわけではなく、郵便局にある程度は預金してあった。それを少しずつ取り崩しては、生活費に充《あ》てていたのだ。それが不安でなかったはずはない。この頃の千代がどのような心の動かし方をしていたのかは明瞭《めいりょう》につかめないが、金銭の出納以外の断片的な単語に、世間に対する敵意のようなものが透けて見えることがある。

「四八・三・二（金） 暴風中 誠意ナキ新聞ノタメ 郵便ポスト移動ノタメ 玄関戸ガラス破損 最悪ノ連続最悪々々

四八・三・四（日） 連日毎日ネズミ被害大ナリ 昨年一〇月頃ヨリ益々《ますます》猛

四八・六・六（水） STOP STOP EXHAUST 永久断絶 総全面拒否 STRAIGHTニ自我道ヲ行ク」

これが、四十九年に入ると、次のような記述も見えてくる。

「四九・四・二六（金） 世間近隣情勢悪化ケワシ

四九・四・三〇（火） 強風

四九・五・一（水） 超インフレ」

この出納帳に記載洩れがないとすれば、二人はたとえば四十八年六月の一カ月を、その頃一万四千四百円になっていた家賃を含めても、僅か二万四千六百七十七円でやりくりしていることになる。それにしても、収入がほとんどない以上、預金通帳を眺めれば、自分たちがあと何カ月生きられるかは歴然とわかったにちがいない。確かに、出納帳には、一円の端数をもゆるがせにしない、という殺気のようなものがこめられている。

職業から見離され、扶養してくれる子供もなく、次第に金が底をついてくるという、かなり苛酷《かこく》と思える老後を、千代は何を支えとして過ごしていたのだろう。

千代の人生を足ばやに取材しながら、いつでもぼくの頭の片隅にこびりついていたのは、その疑問だった。そして、取材が終わりにさしかかっても、それは依然として小さな謎《なぞ》として残りつづけた。

しかし、ふたたび浜松に赴き、松竹堂の元主人と話している時、不意に「千代の晩年」を明々と照らす重い事実が顕《あら》われてきた。

大島町の金田の家で、茶菓をすすめられながら、雑談していた時のことである。無意識にいつも持ち歩いている千代のノートのコピーを、手で弄《もてあそ》んでいた。ちょっと見せてくれないか、と金田がいった。そして、パラパラと頁を繰りながら、出納の部分を眺め《おかしいな》と呟《つぶや》いた。

千代の出納帳には、品物を買うと必ずそれを買った店の名が記されている。それは「ニチイ」「ほ」「松」といった符丁《ふちょう》で表わされている。「ほ」はほてい屋、「松」は浜松で一番大きな松菱《まつびし》というデパートにちがいない。金田は、それが奇妙だといった。これらの店は浜松駅周辺の繁華街に集中している。上西町からは若者の足でも三、四十分はかかる。そこをとぼとぼと毎日のように歩いていたらしいのだ。しかし、奇妙だというのはそのことではない。千代は駅近くの繁華な場所に行くことを極度に嫌っていた。歯科医の会合があるから行って下さいと頼んでも、駅のそばだからというだけで行かなかったくらいだ。千代が松竹堂に勤めていた五年間にも数えるほどしか行っていないはずの場所だった。それがノートを見ると、買物のたびに駅前に行き、デパートをすべて回って帰ってくるらしい。しかも、買ってくるものといえば、近くの商店で買えるものばかりではないか。そういわれれば確かに奇妙だった。

その時、ふと敏勝がこの頃をどう過ごしていたのか気になった。

《さあ何をしていたんでしょうね、私たちは会わないようにしていましたから……》

妻の政子が話をひきとった。なぜ会わないようにしていたのだろう。

《いえね、千代さんから頼まれていたんですよ。うちが歯医者をやめたということを、兄さんには知らせないでくれって。うっかり口をすべらすといけないから会わないようにしてたんですよ。それに躰《からだ》の具合が悪くなったのか、向こうさんからも来なくなりましてね》

事情が一挙に理解できた。そうだったのか、と腹の底から唸《うな》った。買物にしては異様に長すぎる外出時間の意味もわかった。

それは恐らく次のようなことだったのであろう。

千代は駅前に行くなどやはり好きではなかった。しかし職を失ない、にもかかわらず職を失なったことを知らせまいとすれば、何らかの演技をしなくてはならなかった。再び職を得ることは不可能だということを彼女は知っていた。これからの二人の前にあるのは絶望的な人生だけだということも知っていた。だからこそ、敏勝にだけは知らせたくなかったのだ。働きに行くといっては駅前に行き、何軒ものデパートを歩き回る。やはりそれが最も金のかからぬ時間の潰《つぶ》し方だったのだろう。食品売場で惣菜《そうざい》を買い、五時間余りも時間を潰して帰途につく。日によっては「帰雨　バス　六〇」という記述がノートにある。つまり雨でも降らない限りバスには乗らず、小一時間もかけて長い道のりを歩いた。だが、千代にとっては、道は長ければ長いほどよかったのかもしれない。

千代の、敏勝に対するこの心遣いの細やかさは、しかし妹の兄に対するそれを微妙に超えているような気がしてならない。彼女にとって、苛酷な老後を生きつづける意味は、敏勝の存在の中にあったのではないか……。

四十八年以降、しだいに敏勝の躰の状態は悪化していった。買物にコンデンス・ミルクと便秘薬の名が、ひんぱんに出てくるようになる。

敏勝が若い頃から病気がちの躰だったということは、千代の口から多くの人がきいていた。草加歯科の元看護婦である宮崎喜美子は《若い頃に大変な熱病を患《わずら》った》ときかされた記憶がある。湧田の妻、常子は《大病を背負ってる》と覚えていた。いずれにしても病弱であり、激しい運動はできない躰だった。だから、千代が働きに出て金を稼《かせ》ぎ、敏勝は家で食事の仕度をした。

《関東大震災ですべてをなくしてしまったので、私が学校を出るために兄さんに応援してもらったことがある。だから兄さんの面倒は私が見なくてはならない》

金田の妻、政子は千代がそう語ったのをよく覚えていた。

それらの誰もが敏勝を《品のいい、色の白い、きれいなおじいさんでした》とほめた。彼の美しさは、病弱者特有のものであったかもしれない。

敏勝の躰が悪くなっていったであろうことは、出納帳の末尾の二頁を使ってビッシリ書き込んである「病状ノート」によっても推察できる。千代はカルテのようなつもりで記している。しかし、それはぼくらが読んでも正確には理解できない。内容よりも冷静に書き記しておこうという気力の激しさに、まず圧倒される。単語や文章には、誤りや混乱が見られる。意味は理解できないが、しかし、敏勝がどんどん悪化していく恐怖に耐え、カルテを記すことで自分の精神の安定をはかろうとしている、その息遣いの必死さは耳に届いてくるかのようだ。

「四八・三・一八　ＴＲＡＮＩＮＧ効果大　精神疲労大　ラクニトール不足
四八・四・三（火）　ＴＲＡＮＩＮＧ・ＭＥＬＩＴ大　毒掃ＰＯＩＳＯＮ　痰《たん》出不足
四八・五・一六（水）　ＰＯＩＳＯＮ　ＥＸＨＡＵＳＴ　合理　調節　浪費後仕末空費大
四八・六・六（水）　ＴＲＡＮＩＮＧ再検討　第一次ＰＯＩＳＯＮノ移動効果ハ確実然《しか》シ神経ノ過労大ニシテ翌日頭痛　身心手足頭脳力減退タルコト明ニ感知シタ　コレハＰＯＩＳＯＮノ移動第二個所ニ於《おい》テ　全身ニＰＯＩＳＯＮ現象ヲ表シタルモノデアル（過去ノ還元デアル）　ＰＯＩＳＯＮ老化ヲ認ムルガ如何《いか》ニコレヲＥＸＨＡＵＳＴトル方法　調節――二〇分間ヲ限度ニ　超過スル時二回制ヲ取ル　其前ニＢＯＷＥＬＬ清浄ヲスル　ＲＡＫＵＮＩＴＯＬＬ　ＤＯＫＵＳＯＧＵＮ　其後四五分間充分ノ休養ヲトリ身心回復
四八・八・一四　ＰＯＩＳＯＮ増大不可　自然調節アルノミ
四九・一・一二（土）　不可抗力
四九・四・二六（金）　突然偶発（昨夜早寝ニ拘《かかわ》ラズ）下剤効ナク　目マイ食ナシ
四九・六・二四（月）　ＴＲＡＮＩＮＧ効果充分ナレド継続ハＰＯＩＳＯＮ化シ便秘シ　下剤ヲ必要　頭脳茫然《ぼうぜん》ス」

そして、カルテは、冒頭の章に掲げた六月二十五日と二十九日の記述になり、突然、七月四日の「諸症状病ヲ起シ生命ヲ終ル」で、雪崩《なだ》れのような終結をみる。

敏勝の死は、千代から生きる「ハリ」を奪ってしまった。出納帳も七月四日を境にほとんど記されなくなり、最後の記述は、

「四九・一〇・二（水）　祭花キフ　五〇〇円」

というものだ。このような経済状態になってもまだ祭の寄付をしているということに、胸をつかれる思いがする。ともあれ、少しずつ、千代は自分が生きるということに無関心になっていく。

近所の人は、時折り、川沿いをヒョロヒョロと歩いて、近くの八百屋《やおや》に買物に行く千代を見ている。だが、やがてそれすらも見なくなった。たまに新生を買いに煙草屋《たばこや》へ来るところを見るくらいになった。身なりもひどくなった。千代の死後、家主の湧田が調べたところでは、長期にわたって風呂《ふろ》は使われていそうになかった。

千代は敏勝の死体と共に暮らした。実に一年七カ月の長きに及ぶ。新聞記者は、葬式を出す金もなく、役所の世話になりたくないために死体を放置した、と解釈した。そして、それが偶然「ミイラ」になったと四天堂病院の院長は説明した。果して、そうなのだろうか。

敏勝の死後、千代はシッカロールを買っている。しかも三罐もである。敏勝は素裸に

されて布団《ふとん》にくるまっていた。布団のくぼみ具合から考えると、恐らく千代はその横に寝ていただろうといわれる。

千代の死の報道と前後して、毎日新聞の「赤でんわ」欄にもうひとりの老女の死が報ぜられた。それによれば、その老女は旅館の従業員をしていたが、ひとり暮らしのアパートで脳出血のために死んだ。死後二日たって発見されたが、部屋からは二百万円の預金通帳とキリッとした青年が写った手札大の写真が出てきた。ふと老女を可哀《かわい》そうに思った係官は、昔、老女が芸者をしていたという花街に赴いた。そこでかつての同輩を見つけることができ、この写真が芸者時代の恋人であり、戦死した彼の写真を抱いて今まで生きつづけてきたことを知らされる。記事は、骨となった老女が「今は社会福祉法人『助葬会』の納骨堂でさびしく眠っている」という平凡な文句で終わるが、挿話自体は決して平凡ではない。絵に描いたような話だが、絵に描いたような話というのが現実の世の中に、そう多く起こるわけではないのだ。

ところで、佐藤千代にとって敏勝の死体とは、この老女における手札大の「写真」と同じ意味を持っていたのではなかったか。

隣家に住む倉田義江は、敏勝の姿が長く見えないのが不審だった。急にラジオの音が聞こえなくなったのも、不審さを増す原因だった。敏勝が元気な姿を見せていた頃は、ラジオが好きらしく、よくラジオがかかっていた。死んでいるのではないだろうか。そう思って、町会長に相談してみた。惣持寺の住職でもある町会長の能塚栄昌が訪ねていくと、躰の具合が悪いので、東京の病院に行っていると答えた。
その答えで、倉田義江は一時的に納得したが、やがてまた不審に思うようになった。もしそうだとしたら、夜、客が来た様子もないのに、四畳半の部屋の雨戸を通して聞こえてくる、低く静かな千代の声はいったい誰に話しかけているというのだ……。

5

敏勝が死んだことで、佐藤敏勝を戸主とする戸籍は消滅した。しかし、その原戸籍を眺めているうちに、不思議なことに気がついた。敏勝、正勝、定雄、千代、なつの五人兄妹は、すべて幸太郎とタカの間の子であるはずなのにもかかわらず、
「定雄　出生　明治参拾六年九月六日
千代　出生　明治参拾六年拾二月参日」
と記されてあったのだ。どちらかがタカの子ではないはずだ。しかし、タカが定雄の家で死んでいるところからすると、千代がタカの子でなかった可能性が強い。敏勝の戸籍にも不思議はあった。両親の結婚する以前に生まれ、しかも母方の戸籍に入っていた。あるいはタカの連れ子であったのかもしれない。とすれば、同じ父母を持ちながら、二

人の血はつながっていなかったかもしれないのだ。二人の顔はまったく似ていなかったという多くの人の証言の意味は、あるいはそういうことの結果だったかもしれない。

しかし、最晩年の二人にとって血の問題はほとんど何の意味も持たなかったろう。身を寄せ合って生きているということで、辛うじてすべての逆境に耐えられたのだ。少なくとも、千代にとっては、病弱で美しい「兄」そのものが、「生」の目的だったのかもしれない。

敏勝の死後、千代もその家で死ぬことを望んでいたように思える。赤十字病院での医師たちへの激しい「憎悪《ぞうお》」は、死なせてくれない者たちへの抗議と受け取れなくもない。ケース・ワーカーの森壮一は、《千代さんの死は自損行為ではなかったか》と今になって考える。

臨済宗の僧侶《そうりょ》でもある町会長の能塚栄昌は、千代の死後、成仏《じょうぶつ》するようにと無人になった上西町の家で読経《どきょう》した。お布施には、古ぼけた財布に残されてあった、千代の最後の現金を貰《もら》った。財布の中には二百五十七円入っていた。

佐藤千代が死んだのは二月二十一日だった。病院の人たちに記憶されている最後の言葉は《おかあさん》である。

残されたノートに書き記されている最後の文章は、今までとは異なる震えるような細い字の、なぜか英文であった。

Only bit —— become finish all my body.

ほんの少しの「何」が肉体を滅ぼそうとしていたのか。傍線の部分の単語は、どうしても判読できなかった。

棄《す》てられた女たちのユートピア

1

かにたへの道順——新宿または両国駅より房総西線にて、館山《たてやま》駅まで急行で二時間、駅前より国鉄バス①にて市営住宅前まで二〇分、あと徒歩五分。（かにた婦人の村・要覧）

ここにひとつのデータがある。

精神病	27名
精神病質	66名
精神薄弱	112名
身体障害	25名
その他の病弱	8名
精神病院入院	27名

梅毒　　　　６名
（入所時の実態―延べ入所者124名中）

このデータから、ひとはどんな場所を想像するだろうか。精神病院？　精薄者施設？　身障者施設？　――そのどれでもない。しかし、同時にそのすべてでもある。

「かにた婦人の村」。ここは売春婦のための養護施設である。正式な名称は、「婦人保護長期収容施設」。しかしそれは同時に精神病者や精薄者、身障者の施設でもある。なぜなら、ここに生活する元売春婦たちは、同時に精薄者であったり、身障者であったりという、いくつもの重荷をひとりで背負っているからだ。いや、そのようないくつもの重荷を背負ったものだけがくる場所、それが「かにた婦人の村」なのである。

千葉県館山、温暖な房総半島にこの施設はある。海沿いの小高い丘を切り拓《ひら》いたのだ。晴れた日には、海の向こうに富士が美しく姿を現わす。「かにた婦人の村」はその名の通り、「施設」でないことは確かなのだ。

普通の婦人保護施設は「更生」を金科玉条とし、社会に送り返すことだけに専念する。女たちにとって、施設は仮の宿にすぎない。一方、かにた村では《此処《ここ》こそ生きるべき土地だ》といわれる。女たちは長期にわたって、むしろ「一生」といってもよいのだが、この村で生きていく。全国でも、このような「施設」は他に一カ所もない。各地の保護施設で、社会復帰の見込みがないと判断された者が、ここに送り込まれてくる。施設にとって、かにた村は厄介者の「姥捨山《うばすてやま》」なのだった。

かにた村は棄《す》てられた女の里であった。

しかし、施設にとっての「姥捨山」が、女たちにとっても「姥捨山」であるとは限らない。それどころか、弱い者が「弱者」としてではなく「人間」として存在できるような社会を創《つく》ろうという理念の下に、独特の村づくりが模索されてきた。いわば、それは「弱者の楽園」とでもいうべき共同体を目指しての歩みだった。そしてその努力は中絶することなく、キリスト者深津《ふかつ》文雄《ふみお》を中心として地道に持続されてきた。

「持続」というとき、かにた村の経てきた七年の重さは、ぼくらに測ることができないほど重いものだったろう。しかも、かにた村の「持続」には、単なる現状維持ではない、ある種の展開があった。かにた村は独自の文化を持ちはじめたのである。たとえば、村人の焼く陶器には素晴らしいものが混じり始めた。村は「弱者の楽園」に向かって歩を一歩一歩、着実に進めていた。しかし……。

東京放送の「テレビ・ルポルタージュ」のディレクターである田中良紹に、かにた村のあらましを聞かされた時、まず浮かんだのは「しかし」という思いだった。何が「しかし」なのかは定かでなかったが、「しかし」と強く思ったのである。

田中良紹は、社会から棄てられたかにたの女たちの、社会を見返す鋭い視線そのものをドキュメントしたい、といった。そして、彼ら五人のスタッフが社会に属する人間である以上、その鋭い視線は彼ら自身に向けられるはずであった。

ぼくはといえば、田中の誘いを受け入れ彼らと共にかにた村へ行くことで、この「しかし」という思いがいったい何なのか確かめたいと考えていた。

2

用地二九、七六二㎡は、もと海軍航空隊の砲台であったところを払い下げたもの。急斜地のみで整地に多大の工夫を要したが、温暖にして冷涼、眺望無比である。（かにた婦人の村・要覧）

あれがかにた村だと指さされたとき、少し戸惑った。小高い丘にそびえる白い三階建てが、想像より瀟洒《しょうしゃ》だったからだ。周囲には民家も並び、かなり開けていた。「かにた婦人の村」と大書された掲示板を過ぎて、急な坂を登り切ると、もうそこが白い建物の前である。村の全景が見渡せる。

約九千坪の敷地に、山荘風の建物が点在している。AからF寮までの六棟に、それぞれ十四、五人が、合計すると八十七人の女性が暮らしている。白い三階建ては「管理棟」と呼ばれる本部で、施設長深津文雄を含め十八人の職員が寝起きしている。計百五人、これがかにた村の住人のすべてである。他に建物としては、食堂、浴場、それに五つの作業棟などが散在している。

ぼくらが管理棟に入ろうとすると、玄関前で洗車していた婦人が、優しく微笑《ほほえ》みながら《いらっしゃいませ》といった。とても聞き取りにくかったのだが、後できくところによれば、彼女は次第に喋《しゃべ》れなくなっている、という。

彼女、四十四歳になる吉田さんは、警察官の娘だった。ミス小倉に選ばれるほどの容姿であり、幸せな結婚をして一児をもうけた。ところが突然、進行性の脳性梅毒が発病した。父親が梅毒持ちだったため、彼女は先天性梅毒として生まれてしまったのだ。離婚させられたのちは、行くあてもなく売春をしていた。進行性の脳梅のため、かにた村へ来てからも、年々さまざまの能力を失ない続けているという。そして今、彼女の言葉はただの音にすぎない。半分以上は聞き取れないのだ。彼女に許されていること、それは「書く」ことである。食後のちょっとした自由時間に、ノートへ短い散文詩を書きつけることが、彼女の生きることの全《すべ》てであった。彼女は、後に見せてもらったかにた村の文集にも、「もつれた糸」という題で実に見事な散文詩を書いていた。

「一体何処《どこ》でこんなに縺《もつ》れたのか、昨日の続きはこんなじゃなかった。一昨日でも、その前の日にもあんなに上手に解けたのに。暗い小部屋の隅っこにじっとうずくまって糸を解いて居た。どうしてこんなにこんがらかったのか。こうなる筈《はず》ではなかったのに何処でこんなになったのだろう……」

現代の医学では、彼女が廃人に近づくのをどうしようもないという。

管理棟の会議室で、施設長の深津文雄に初めて会った。この村をほとんど独力で創り上げた人だ。六十二歳になる。

《ここに来るような女はゴミかクズだよ。狂暴だったり気が違っていたり、赤ん坊と同じ頭脳しかなかったり……ここでは草むしりのできる奴《やつ》は、極めて優秀なんだ。ここはゴミ捨て場だよ》

聞いている側がドキッとするような喋り方をする。牧師ではあったが教会風でなく、理想家でありながら徹底した実際家風であり、宗教家でありながら政治的である——この奇妙な第一印象の彼は、ぼくの出会った「大人」の中でも、最も「怪物」風の人物といってよかった。

《ゴミは確かにマイナスだ。しかし、マイナスとマイナスを乗じればプラスになる、という数学上の常識は、現実社会ではありえないことなのだろうか？　いやあるはずだと信じてここまでやってきたのさ》

そして、あれを見てほしい、と深津は窓の外を指さした。そこでは、二十人ほどの女たちが数人の男子職員と共に、崖《がけ》工事をしていた。十メートル余りの崖にセメント壁を作っていたのだ。

かにた村は、急な斜面を切り拓いて台地にしたため、崖が多い。そして崩れやすかった。役所ではラチがあかない。それなら、と自分たちで始めたのだ。長い年月が必要だったが、いまやっと完成しようとしている。遠くから見ると、そのコンクリートの壁は、村を守る長大な城壁のようでもあった。

この城壁が、かにた村の「力」のシンボルだとすれば、管理棟の玄関に置いてある一メートルほどの立派な大壺《つぼ》は、かにた「文化」の象徴だった。これを創った石倉さんは、今年で五十一になるが、粗暴でどんな仕事にも不向きだった。ところが粘土を与えるや、またたく間に立派な陶工になってしまったのである。そして、次々と素晴らしい陶器を創り出した。

《ぼくは社会に証明したいんだ。あなた方の棄てた女たちは、こんなに素晴らしく豊かなんですよって……》

村内を一通り案内してくれたあとで、これからは自由に歩き回ってくれて結構と深津はいった。

《ただし、村の中で勝手に煙草《たばこ》を吸わないこと。女たちに住所をきかれても教えないこと》

かにた村では禁酒禁煙だったから、初めの注意は頷《うなず》けた。だがあとのはどういう意味か。それに対する深津の答えは、それまで見聞きしてきた「楽園かにた」とかなり異なった色調を帯びていた。

《ここの女は寂しいから、男に住所を教えてもらっただけで、もう結婚の約束かなんかをしてもらったように思い込んでしまう……》

その日、夕食をすませたあとのクラブ活動は「童話」だった。

かにた村における一日の生活のサイクルは、ざっと次のようなものだ。

まず六時に起床する。清掃のあと七時半に朝食。八時半から各自の作業を始める。十二時昼食。二時から作業を再開し、四時半に終える。五時夕食。その後は風呂《ふろ》やクラブ活動などで自由にすごす。だが村の外に出ることは許されない。九時就床、十時には消灯しなくてはならない。

クラブ活動は毎日あり、女たちは好きなものに出る。合唱、華、琴、卓球、学習など。講師はすべて職員が分担して受け持っている。童話クラブは半年前にやってきた桜井やよいの受け持ちだった。彼女は新潟大学を卒業したての二十三歳、宮沢賢治の心酔者だ。出席するのは、二十歳から五十代まで、かにたの全世代におよぶ二十名ほどである。クラブ活動とはいえ、桜井の読む賢治の童話をみんなで静かに聞いているだけだ。

「よだかの星」――醜いよだかは鳥仲間の笑われ者だ。鷹《たか》は鷹で、勝手にオレの名を使うなという。市蔵という名に改めるか死を選ぶかと迫られて、よだかは哀《かな》しく星になりたいと思う。ある晩、とび立ち、死ぬほど飛び続け、天に向かう。彼が死んでしまったそのとき、体は青い美しい光となって燃えはじめる……。

その話を聞いて、いっちゃんは《あたしも星になりたかった……》と呟《つぶや》いた。

《わたしもね……》と佐竹さんが口をはさんだ。佐竹さんは眼のクリクリッとした少女のようなおばあさんである。米兵相手のオンリーで赤線にもいたらしい。彼女の癖は、寮の近くで人を見ると《よってらっしゃいませよ》ということだ。ぼくもいわれたし、また桜井もいわれたという。桜井の場合には、いま忙しいから寄れないわと断ると、《マア、お上手ばっかり》と少し睨《にら》む真似《まね》をしたそうである。

《わたしもね、小さい頃、お父さんと一緒に正月の朝風呂にいって、その途中、背中におぶわれて、そこから明けの明星が見えたのよ。わたしもあんな星になりたいな、と思ったの……》

佐竹さんがいうと、隣りのひとりが即座にぶちこわした。

《なにいってんのよぉ、あんたがなれるわけないじゃないよ》

クラブが終わったあとで、桜井はこんなふうに話した。

《ここに来る人たちは、人間関係でズタズタになり絶望しきってやってくる。だから、

お互いが平気で傷つけ合ってしまう。……ここはユートピアなんかじゃないですよ、人間が住むところですもの》

彼女が入って、すぐに脱走事件がおきた。見つかったときは再び売春婦になっていた。そんなにまでして逃げ出したいかにた村とは何だろう、ここもやはり「施設」にすぎないのではないか——桜井は思い悩んでいた。

テレビ取材陣、とりわけディレクターの田中もまた思い悩んでいた。彼がドキュメントしたかったのは、社会を見つめる女たちの鋭い視線だった。だが、彼女たちは「シャバ」の人間に対して意外なほど優しかった。純粋に好意的な反応しか示さなかった。トッカカリがひとつ消えた。田中はレポーターを誰か連れて来るべきだった、と後悔し始めていた。内的に充分な理由を持っている「人物」がこの村を歩かないかぎり、ただ単なる日常しか撮りえないという予感があったのだ。悪い予感がするぜ、と田中は苦笑した。

3

役人仕事ではうまくゆくまい——といわれた、この施設の設置経営を担当したのは、社会福祉法人〈ベテスダ奉仕母の家〉であって、婦人保護施設〈いずみ寮〉を七年間経営した経験にもとづき、深津文雄牧師ほか多くの奉仕女を送り込んで、内外多数の後援会員の支援と委託都道府県の措置費によって、この事業を経営している。（かにた婦人の村・要覧）

七時半からの朝食は、全員が大食堂に集まる。
朝―パン・レモンティー・ハム・レタス・バター・ジャム・ママレード
昼―ごはん・鶏肉《とりにく》と大根の煮付・ほうれん草のおひたし・わけぎのみそ汁・たくあん
夜―ごはん・ロールキャベツ・納豆・ジャガイモのみそ汁・漬物
標準的な一日のメニューである。豪華とはいえないが、よく考えられ、うまく調理されている。中でもおいしく感じられるのは朝食だ。自家製のパンが素敵だ。前日焼いたばかりで、毎日種類が変わる。ライ麦パン、炒卵《いり》いりのパン、ブドウパン……。ママレードも農園でとれる甘夏利用の自家製だ。
量はほとんど自由、好きなだけ食べられる。ある時、女たちがデザートに出た甘夏みかんを、そこで食べずに持ち帰ろうとした。すると深津は鋭く叱責《しっせき》した。
《持ち帰るな！　腹に貯《た》めるのはよいが、倉に貯めるのは罪悪だ。誰にもそんな権利は

ないのだよ》

ここに来る女たちは、それまでの境遇から、いくら三食心配せずに食べられるのだと聞かされても、信じられない。出されたものを自分のベッドの傍《そば》に大事そうにしまっておく。そして、カビがはえるようになっても、食べずにとっておくのだ、という。その習性が七年たってもまだ抜けない。

朝食のあと数分間は歌の練習である。グレゴリオ聖歌だ。深津がラテン語を噛《か》んで含めるように教え、自ら歌って覚えさせる。毎朝のことだが、女たちもそれに応《こた》え懸命に歌っている。

何日かすると、重病のためこの朝食の席に出てこない人がいることに、気がついた。そのひとりに城田さんがいた。

かにた村の歴史について語ろうと思えば、彼女に触れないわけにはいかない。もし彼女が深津文雄の前に現われなかったら、今日のかにた村は存在しないかもしれないのだ。

城田さんは、深川森下町の裕福な商家に生まれた。だが、しっかり者の母の死後、父親が他人の借金の保証人になったばかりに破産した。十六歳で神楽坂《かぐらざか》の芸者屋に「売ら」れ、「水揚げ」のときに強烈な淋《りん》病をうつされて入院。遊廓《ゆうかく》に回され、それからは娼妓《しょうぎ》として台湾、南洋を転々とした。終戦後、日本に帰ってからも、シーメン相手、米兵相手のオンリー、遊廓、売春バーなど……西日本の各地を流れ歩いた。名前も品千代からジュリーに変えた。しかし、疲れてしまい、豊橋で知り合った学生と三崎で心中を図ったが、自分だけ生き残ってしまった……。日系ハワイの老人と出会ったことが契機になって、東京で「堅気」になろうと決心する。ホームで東京行きの汽車を待っているとき、売店の傍で男が読んでいる「サンデー毎日」が無性にほしくなった。他に「週刊朝日」も「週刊読売」もあったのに、なぜかそれが読みたかったのだ、という。買ってパラパラめくると「慈愛寮」という更生施設が紹介されていた。これだ、と思って彼女はそこに直行した。

慈愛寮では、自ら求めて入ったこともあって優等生だったが、間もなく発病。梅毒・関節リューマチ・膣部糜爛《ちつぶびらん》・腹部穿孔《せんこう》・腸管癒着《ゆちやく》という、すさまじい五つの病名がつけられた。

少しよくなった頃、行方知れずだった親兄弟と再会。家に戻ったが《水商売でもやったら？》という義母とうまくいかず、慈愛寮に戻ろうとしたが受け入れてくれなかった。思いあまっているとき、慈愛寮に派遣されていた奉仕女から、深津文雄を紹介され、相談に行った。それが二人の出会いである。昭和三十二年の秋のことであった。

当時、深津はキリスト者の実践運動の拠点として、奉仕女制度を日本ではじめてつくっていたが、彼女たちを働かせる「場」のないことに頭をいためていた。彼は、聖書の大胆な読み込みを恐れ、いたずらに口舌の徒になり下がっている既成の教団に、見切りをつけていた。

奉仕女（ドイツ語でシュウェスター）は、一生を奉仕のためにつくすことを決意した女たちだ。だが一生を投げ出すにふさわしい「場」とはなにか？　果してそのような「場」を見つけ出してあげることができるだろうか。

その惑いの頃、深津は城田さんと巡り会ったのだ。行くところもなく困惑している彼女を見て、「売春婦だ」と思った。そのとき彼は、イエスの足元にとりすがり涙で足を洗い、長い黒髪で拭《ぬぐ》った、あのマグダラのマリアを思い浮かべていたのかもしれない。罪深いが故《ゆえ》に許されるものも大きい、とイエスはいった……。

以後、彼は「売春婦のための施設」を作るべく奔走する。売春防止法が施行された昭和三十三年、東京・大泉に「いずみ寮」ができあがる。

当初、脱走の連続で二人に一人は逃げ出す始末だった。だが、多くの協力者が現われた。医師・奈良林祥《ならばやしやすし》、今はイスラエルのキブツに入った石田友雄、早大在学中から協力してくれた山川宗計……。今はすべて去ったが、これらの協力で、どうにか軌道に乗りはじめた。そんなある日、婦人運動の闘士、久布白《くぶしろ》オチミが矯風会《きょうふうかい》の面々とやってきた。寮生との歓談の席で、ひとりの寮生が立ち上がった。

《私たちは社会に出ても、ほんとに自活できる能力も体力もない。帰るところもない。

このような境遇の者のためにも、皆が力を合わせて生産し、それによって自活する場所がほしい、その工場がほしい……》

城田さんであった。すると久布白は、財布からパラパラとおかねを出し《この私の全財産からはじめてごらんなさい、自分たちで》といった。久布白の全財産とは僅《わず》か五十二円だった。

この時から、深津文雄は「更生するための施設」ではなく、「生き続けるための場」作りに専念する。彼らはそれを「コロニー」と呼んだ。女たちのある者はそれを作ってほしいと国会にデモをかけた。

千葉のあそこにコロニーができそうだ、そんな噂《うわさ》を聞いて、城田さんはひとりでそこを見にいった。ああ……ここが私たちのカナンなのだろうか……。

館山に「かにた婦人の村」ができたのは、昭和四十年四月のことであった。総工費一億円、国から一割がでて、残りは深津が「乞食《こじき》」した、という。

いずみ寮から、コロニーづくりを志向する城田さんなどを連れていき、残りは全国から、各地の施設で引き受けてくれない女たちを受け入れることにした。

覚悟していたとはいえ、館山の駅で初めて女たちを出迎えたときの暗澹《あんたん》たる気持は今でも忘れられない、と深津は苦笑する。いったいこの女たちとどうやって暮らしたらよいのか？

東京見物に行くといって騙《だま》されて館山に連れてこられる女もいた。ほんとに「姥捨《うばすて》山《やま》」だった。帰る、といってハンストをした女もいる。

寮での話といえば、一晩に何人の客をとったことがあるとか、やっているとき膣痙攣《けいれん》をして困ったとか、非常に暗鬱《あんうつ》なものばかりだ。その上、彼女たちには「しょせん男なんてエラそうなことをいっていても、裸になれば体をほしがる動物だ」という抜きがたい信念がある。

深津を誘惑する女もいた。二人きりの部屋で突然気絶したふりをして、抱かれるようにしむける。

《愛にはファーザーの愛というものもありうるんだということ、それを教えるのは、いわば男性としての雪辱戦《せつじょくせん》でもあったのです》

このような女たちに深津はいった。

《俺はお前たちと一緒に、この土地で死んであげるぞ》

それは殺し文句だった。彼女たちに、今まで誰が「共に死のう」といってくれたか。そして、深津は間違いなくここで骨を埋める気だった。

「腹に貯めろ」と深津が寮生を叱《しか》った日の晩、ぼくは彼の部屋でゆっくり話を聞くことができた。

《腹に貯めても倉に貯めるなというのが、この村を律する倫理なのですね?》とぼくは訊《たず》ねた。

《そう、そして社会の悪の根源はそこにあると思う。誰でも腹一杯食う権利はあるんだ。食うだけならこの世の中はうまくいく。倉に貯めようとする奴が出てくるから、世の中がうまくいかなくなる。強い者と弱い者がはっきりしてくるからだ。強者の論理が弱者を蹴《け》散《ち》らす。弱者はいったいどうしたらいいのだ。ぼくは、強い者がちの社会を否定する。弱者と強者の社会におけるバランスを崩したいんだな。弱者が弱者としてではなく人間として存在できる様な基地をまず作ろうと思って、この村を始めたわけだ。この様な基地を無数に作って社会を覆《くつがえ》せばいい。中国だってそれができたじゃないか》

《いわば、もうそれはコンミューンを意味することになりますね》

《コンミューンといえば、もうそれは徹底的なコンミューンにすべきなんだ。ぼくは唯《ゆい》物《ぶつ》主義者ではないがコミュニストだよ》

《そんなことをいうと教団から批判されませんか》

ぼくがいうと、深津は笑った。

《そんなのには慣れてるよ。一度ぼくの著書が発禁にされた事もあるし。でも、いくら教会が空理空論をもてあそんでも世の中は一向に変わらないんだ。人を批判する暇があったら、自分も泥水につかって実践すればいい。必要な事はイエス的な世界を現世に作る事だ。ぼくはイエスだったらどうするであろう……と考えながら、この村を運営してきた。死んだ赤岩栄が「イエスは私だ」といった。正しいと思う。「私はイエスだ」といえばおかしいが、「イエスは私だ」と思って実践することは必要なのだ》
「イエスは私だ」という言葉には、確かにある種の決断が存在する。××主義者という名の教条主義者には決していえない言葉かもしれなかった。
《教条主義というのは、ある人が経験した事実を、今度は自分が経験せずに真実だと主張することだ。イエスの言葉は真実だと叫ぶ事が重要なのではなく、イエスの言葉でいかに死んでしまったも同然の人を生きかえらすか、が問題なのだ》
確かにかにた村では、人びとが「復活」しはじめていた。その秘密はどこにあったのか。
《簡単なことだよ。人間は食って寝れば働きたくなる。それを信じただけだ、あくまでもね》
だが、それは言葉でいうほど簡単なことではなかったろう。この村には何よりも精神障害を持った人が多くいる。注意をひきつけようとして卒倒すると本当に気を失なってしまう恵美ちゃん。仕事をやりたくないと思うと、みるみる足が膨《ふく》れてしまう木村さん。ある日、上野さんが脱走した。彼女は激しい妄想《もうそう》によって、深津文雄に私は嫌われ、いつか監獄に押し込められるのだ、と固く信じていた。その日、火災予防のために消防職員が三人やってきた。彼女は、とうとう警官が捕えにきた、と思い込み、おもいあまって脱走したのだった。彼女はやがて町中で発見され、病院に入院させられた。

《ある所まで行くと、もう集団生活の中で精神的な治療をすることが不可能になってくる。そこで病院に入れるのだが、彼女たちにとっては脅威なんですよ、病院が。便所まである独房のような個室に入るわけでしょ、〝放り込まれる〟と感じるんですね。ある人は、そういう鉄格子《てつごうし》の窓で鍵《かぎ》のかかる部屋をこの村の内部にもたないで、こんな異常な女たちを百人もかかえているのは無謀だ、ともいうんですよ。でもね、そんなのはいやでしょ、誰だって。ぼくはやっぱり鍵のかからない世界を作り上げたいんでこの村をやってるんですからね》

確かに、鉄格子にしがみついている仲間を見るなどというのはあまりに無惨《むざん》すぎる。《どうしても駄目なら病院にまかせる。それまでは彼女たちを信じなきゃいけない。どこまでも人間を信じるのが信仰だからね。見たこともない神なんて信じなくていい。イエスなんてただの人間さ。神を信じる暇があったら、人間を信じろって職員にもよくいうんだ。だって目の前にいるじゃないか》

村ができて七年、彼女たちは「零点」から少しずつ這《は》い上がってきた。その姿をよく見てほしい、深津はそういった。

確かに、その七年間の変化には、極めてドラマティックなものがあったろう。しかし、カメラはそれを把《とら》えうるか。テレビは果して歴史を描けるのか。この作品でテレビ・ドキュメンタリーの制作が二本目の田中は、まだ俺にはわからない、といった。

ぼくは、かにた村についた翌日から、寮生と共に食事をし、仕事をすることにしていた。ノートを持って話を聞き回ったところで、何がわかるわけでもあるまいと思えたからだ。それに、何よりも、テレビの撮影風景を眺めているより、いっしょに「生き」た方がおもしろそうだったからである。

4

作業は、各自の希望によって、適したものを選び、一時間一〇円内外の報償をうける。土曜日は作業を休み、清掃と買出しを行なう。日曜日は休日とし、寮ごとに炊事をする。行事を盛んに行ない、治療に役立たせる。(かにた婦人の村・要覧)

朝食が済むと、八時半から作業がはじまる。寮生ばかりでなく職員も、作業指導員という名称はつけられているが、共に汗を流す。作業の内容によって、九つの班に分けられている。

一班―手芸　二班―現在なし　三班―農業　四班―園芸・土木　五班―調理・清掃　六班―製陶　七班―製パン・製菓　八班―洗濯・浴場　九班―営繕
ぼくが「配属」されたのは九班、営繕すなわち大工サンである。作業指導員は深津大慈、施設長の長男である。二十五歳、ぼくよりひとつ年上なだけだ。

九班は彼がつくった。能力はあるが、若くて気も荒く手に負えない二人を、彼は任された。大慈は二人に金鎚《かなづち》を与えて、破壊させることにした。古くなったものをボカスカ壊させ、そして新しいものを作ることを教えた。ほとんどマン・ツー・マンで手取り足取り教えた結果、二十六歳の佐治さんと二十五歳の木村さんは、電気ノコや電気カンナを駆使できるようにさえなった。ところが、と大慈は苦笑する。この三人だけの独立愚連隊は極めてチームワークがよかったのだが、次第に、彼女たちがドロリとした情念を男としての彼に示し始めた。彼は息苦しくなって、新たに班員を募り四名を加入させた。当然のことだが、以前のまとまりは失なわれ、二人は再び反発するようになった。

その日、仕事はC寮の池修理だった。水が洩《も》るので新しくモルタルを塗り上げるのだ。時間になっても、二人組はやって来ない。《またすねているらしい》と大慈は笑っていた。

各班はそれぞれ「独立採算制」をとっているが、それは寮生に「賃金」を支払わなければならないからだ。一律一時間十円。中でも採算がとりやすいのは、七班と三班である。七班にはエーデルワイスというクッキー、三班には甘夏やピーナッツという現金収入を得られる生産物があるからだ。

三班の場合。作業員十四人。一日約五時間半労働だから、五十五円が一人に支払われる。一月で約千百円位、十四人でも一万六千円程度。維持費、雑費に四千円。だから月平均二万円以上の収入があれば黒字になる。誰しも、一時間十円の賃金なら黒字になるはずだと思うが、話はさほど単純ではない。作業員の能力の問題があるからだ。

この村は、深津が「手に負えない」者を集めたためか、非常に知能指数の低い者が多い。最低十八から最高百十三まで幅は広いが、平均的には四十から五十位が最も多い。知能指数七十未満を精神薄弱というが、かにたの女の多くは七十よりはるか下なのだ。

三班の作業指導員金子嘉徳によれば、三班ではどこまでの作業ができるかで、四つの段階に区分けできるという。

一、土地の天地作業ができる。

二、草むしりができる（雑草を必要なものと見分ける能力は高度だ）。

三、収穫ができる（もうとってもよいか判断できる）。

四、収穫物を計量できる。

そして、現在の三班には四までの能力を持った人が、ひとりもいないということだった。能率も極めて悪い。

しかし、このかにた村では能率という言葉を聞かなかった。ここは、時間に強いられながら労働をしない、おそらく日本でも数少ない場所のひとつに違いなかった。ある意味で、「能率」こそかにたの敵だった。なぜなら「シャバ」が能率至上主義であるからこそ、ここの女たちは弾《はじ》き飛ばされてしまったのだ。

管理棟の清掃は前田さんと浅沼さんがする。浅沼さんは一メートルそこそこのおチビさんだが、かにたでただひとり電気掃除機の使用を任されている。それが唯一の誇りなのだ。喧嘩《けんか》すると彼女はまず断固として主張する。私は電気掃除機を使えるのだ！

その浅沼さん、掃除機をかけるときは、部屋にある机とか椅子《いす》とかを外に出さないと気がすまない。困るのは、入れるとき以前と全く違った風に並べてしまうことだった。何度おしえても、いつもメチャメチャなのだ。施設長の部屋もそうだったから、いつも深津はいらいらしながら並べ直さなければならなかった。が、ある日、別に並べ変える必要はないと気がついた。彼女の並べたように置いてあったとしても、さほど不便なことはない。常に同じ並べ方にしようとするからいらいらするのであって、浅沼さんの置く通りに従えばいいではないか、深津はそう思った。平凡な発見である。しかし、この平凡さが社会では通らない。だからこそ、この平凡な発見には能力に関する考え方の、変革の芽があるのだ。その芽はまた、強者の論理に従う世界ではなく、できる限り弱者の論理に身を寄せ従う世界への転換にも、つながるものであった。そもそも無能力とは何であるのか。能力が「無い」のではなく、その社会に「適応」しなかっただけではないのか。

かにた村ではできることをやらせていた。だから、そこには無能も有能もない。作業があり、それをやる女がいるだけだ。その中で、進歩があれば、それはすばらしいことにちがいない。

ノルマがないから、サボルということがない。疲れたら休むだけだ。ぼくが共に働いた限りの経験では、女たちはとてもよく働いた。

夜は、いろいろな寮を訪れた。寮は二階建てで、中央は広間で二階まで吹き抜けており、その周囲に各ベッドがある。一畳のベッドと半畳の戸棚、それと一畳半の通路、それが一人の城の広さだ。ベッドには、「お嫁さん」の写真がはってあったりする。ゲームを付き合わされたが、みんなでできるものといえば、坊主《ぼうず》メクリと神経スイジャクの二つしかない。

寮ごとでも、少しずつ時間の過ごし方がちがう。「知能程度」の相違によるらしい。A寮はほとんど幼児と変わらない人が多い。B、C寮は極めて知能の高い人と幼児のような人とがまじりあっている。F寮はちょうどその中間の人が集まった寮だ。楽しみも、それらの人々の間では、差異がでてくる。A寮の彼女たちは、摘《つ》み草が大好きだ。よもぎ、ぜんまい、わらび……摘み草をさせると、時間を忘れて袋一杯つめて持ち帰る。だが、この広い野山の中でどこになにがあるかは、お互いに秘密なのだ。絶対に教えあわない。それだけは、さっちゃんもぼくに教えてくれなかった。夜は、といえば、よく絵を描いている。アッという間に、二、三枚の絵を仕上げてしまう。ほとんど花の絵だ。誕生日とかのカードがわりに絵を贈る。ぼくも別れ際《ぎわ》に何枚もの絵を貰《もら》った。――絵を描き、歌をうたい、草を摘み、この現在しか所有しえないA寮の幼児のような女たちは、しかしいつも楽しそうだった。

一方、F寮の女たちはどうか。何かほしいものあるかと訊ねると、少しとまどいながら、テレビと答える。かにた村では、テレビを見ることが許されていない。それが彼女たちの不満の種だ。

しかし、深津はテレビを好まない。もし、テレビがあったら、今日のかにた村はできなかったろう、という。

《テレビは強制的に貴重な時間を奪う。貴重というのは、その時間にすばらしい事ができるのに、というのではない。退屈で不安な時を奪うからこそ、テレビは敵なのだ。不安で退屈だから、人は考え何かをつくろうとする》

このストイシズムがかにたの「何か」を作った原動力なのかもしれない。確かに、と思うこともあった。ある時、職員の川口シズエと話している所へ、F寮のいっちゃんがやって来た。いろはガルタを作ったので見せに来たのだ。画用紙を小さく切り、文句に合わせて絵を描く。真似《まね》るものがないから、カルタの文句は彼女の記憶と想像力によって決定される。たとえばこうだ。

㋩　はなよりだんごを食べてる子
㋤　ぬすびとはひるねをしている
㋫　ふーふけんかはびんぼうのたね

しかし、ストイシズムとは禁欲を快楽とする倒錯にすぎない、というシニカルな言い方だって可能だ。少なくとも、ストイックな生活の意味がわからない限り、その強制は暴力になりうる。

　館山で五木ひろしの公演があった。その主催者からかにた村の全員を招待したいという申し出があった。朝、深津はみんなにいった。

《バカヤロー、おかどが違いやしませんかって、断わってしまったよ。みんなもいいだろう……》

　そしてグレゴリオ聖歌を練習しはじめた。その時は誰も何もいわなかったが、あとでこっそりぼくに、見たかったなあとネコちゃんがいった。斉木さんも、かっちゃんもそういった。

《ここの若い子はかわいそうよね。楽しめないんですもの。私の若い頃は……》

吉葉さんはそういって過去を話し出した。彼女は元華族の出である。父は軍医、祖父は元最高裁判事。たまたまかにた村にいる時に大きな地震があった。その翌日、関東大震災の時はどうしてましたと訊ねると、《そのときはちょうど水戸へ避暑に……》という人である。その彼女、若い頃は遊んだという。『制服の処女』のときは、一カ月も帝劇に通いづめだった。

《若い時に苦労をしても、年とって幸せの方がいいというけど、若いのに何も楽しめないここの人を見ると、私の方がまだ幸せかもしれないわ》

彼女には三つの具体的な望みがある。テレビで相撲がみたいこと。うなぎが食べたいこと。寿司《すし》が食べたいこと。

概してかにたの女たちの望みはささやかである。もと赤線にいた最年長に属する岩淵《いわぶち》さん。以前、一升酒を呑《の》み四十本の煙草《たばこ》をすっていた。酒は何でもなかったが、煙草はなかなかやめられなかった、という。今でも病院に行くと、待合室でつい一本せびってしまう。やはり一本の煙草がほしい、という。

このようなテレビとか嗜好品《しこうひん》とかに向かう欲望を発散させようとでもいうように、かにたにはやたらと行事が多い。年に五十回というから、週に何か一つはある勘定だ。クリスマス、イースターはいうに及ばず、夏祭も運動会も遠足だってある。

ちょうどぼくらが訪れた週の土曜日に、誕生会が開かれた。二月生まれの四人を祝うために、ちょっと豪華な昼食をとりながら、歌い踊る。

その日のハイライトは、なんといってもさっちゃんの歌だった。

さっちゃんは大阪の出身である。保護された時、自分の名さえ知らぬ彼女は八カ月の子をみごもっていた。仮に大川幸子と名づけられ、子供を生んでからかにたに来た。生年月日もわからぬため、かにたについた四月二十三日を誕生日と定め戸籍もかにたで作った。今から七年前のことである。

文字を書くことはもちろん、さほど多くの語彙《ごい》を持っているわけではない彼女であった。どんな作業にも向いていない。ところが、彼女も石倉さんと同じように、粘土を与えると立派な陶工になったのである。それと同時に、少しずつ知能の進歩が見られ始めた。

その彼女が、大勢の人前で初めて歌うというのである。意外にもその歌は誰が教えたわけでもない「アリラン」と「トラジ」であった。しかも原語で……。

〽アリラン　アリラン

アーラーリーヨォー

澄んだ美しい声で歌い出した。まさしく、かにた村の住人全員が聞きほれたといってよい。

さっちゃんが一人前として生きていける社会、確かにそれはこのかにた村以外になかったかもしれない。おそらくその一事だけでも、かにた村の存在意義はあった。そんな感慨を呼び起こすほど心揺さぶられる歌だった。

カメラはただ一途《いちず》に行事をひろいつづけた。日常の細部をとりつづけた。しかし、その日常に斬《き》り込む視点と方法が見つからないようであった。カメラマンは、かにた村で作られた美しい陶器を、やけくそのように克明にとっていた。

5

売春防止法にいう要保護女子であって、特に精神薄弱、性格異常、精神病予後などの障害のため長期の指導を必要とするものを、都道府県知事の委託によって収容する。(かにた婦人の村・要覧)

やはりかにた村を取材したことのある週刊誌は、こんな情景を描く。

「『ギャー、やったわね!』

『キャー、何するのサ、コンチキショウ! アタイなんか一晩に10人ぐらいのオトコと寝たって、へっちゃらなんだ。デカイ面《つら》しやがって……』『フン、何サ、ズベ公のくせに……アタシは、こう見えても、むかしは吉原の大きな店にいたんだヨオ』」

多分これは嘘《うそ》である。職員たちもいう通り、他人の前でこのような喧嘩をすることはない。特に、二、三時間程度村にいただけの彼らの前では、決してありえないことである。「他者」としての物珍しさがなくなったとき、初めて彼女たちはそのような姿を見せる。ぼくにしても、やっと十日を過ぎた頃、ナマの彼女たちに接しえたような気がする。

小さないさかいは、寮でも食堂でもしょっちゅう起こる。《歯抜けのネズミ》《なにさ、団子鼻!》──そんな喧嘩がエスカレートして、《おまえに触れると性病がうつっちゃうよ!》という所までいってしまう。ひとたび始めるや、お互いに極めて深刻に傷つけ合う。決定的なダメージを与える言葉を投げつけ、殴り合う。C寮の委員（選挙制でえらばれる）である西さんによれば、《委員とは喧嘩の際にホウキを取り上げるのが役目だ》そうだ。

もちろん仲間同士というのは、互いに慰め合う相手でもある。病気の時は助け合うし、その時の面倒見のよさは大変なものである。城田さんはその回想記に書いている。

「ちょうど掃除に来たおばさんは……『どうこんなにむくんでしまって。散々楽しんだから、今になってこの位苦しまなきゃね』と言って、持っていたほうきの先で私の腹部をつついて、うす笑いをした」

こんな病院で、瀕死《ひんし》の床にあった城田さんは、仲間の泊まり込みの看護に力づけられた。同じ境遇だということは、こんなにも安心できるものなのか、と彼女はいう。しかし、その「面倒見のよさ」は、同時に団体生活の中では「わずらわしさ」に変わりうる。

いっちゃんがよく脱走するのも、仲間との軋轢《あつれき》に端を発することが多い。

いっちゃんは、父もわからず母親にも捨てられ、幼い頃から他人に育てられた。喧嘩をするたびに《私なんかいない方がよかった。生まれるんじゃなかった》と、村を飛び出す。近くの海に入って《死んでしまう》と、泣き叫んだことも何度かある。胸のあたりまで真冬の海につかり、戻って来いという説得にも応じない。だが、そのまま深みに進んで死ぬこともできないのだ。そのたびに職員の松岡が、ずぶぬれになりながら引き上げるのだった。

いっちゃんのこのような行為は、職員への一種の甘えであるという側面もある。「優しさ」への強烈な飢えが、彼女たちにはある。多くが親からも兄弟からも棄《す》てられているからだ。彼女たちの宝はアルバムだ。そこでは親兄弟よりも、以前の施設で優しくしてくれた「先生」の方が重視されている。初めて甘えることができる相手だったからだ。この村一番のある者は、用もないのに盛んに職員に手紙を書いてくれとねだりにくる。この村一番のインテリであるマメちゃんは《私たちみんなビタミンI欠乏症なのよ》という。Iは愛。だから独占欲も人一倍強いのだ、と。

たとえば、パーコの場合もそうだ。シュウェスター・栄子がかにた村を去らなければならなくなった折に、《お世話になったから、お母さんに来てもらって、お礼をいってもらう》といってきかなかった。自分の代りに家へ手紙を書いてくれるよう盛んに松岡にねだっていた。

「あたしのたんじょう日ね　十一月の七日　そいでね　ミルクのみにんぎょうがほしいガムとオセンベもほしい　かにた村へ来てから　からだがじょうぶになりました　あのね　クレゾールはこりた　オキシフルとまちがえて眼につけたら　眼のまわりがひとかわふけた

あたしは生まれて八十日目に病気した　七つまでオムツをかってた

おふろが入りつけなくてきらいで　看護婦さんに怒られた　六年間コロッケ売りしたことがある

とけいのみかたがわからない　たべすぎてちょいちょいねる　なにいわれてもおこらないから　みなにすかれる

パー子はヨーコ先生のつけた名前です　いい名前でありがたい」（「わたしパーコ」佐藤美代）

いつも大きなミルク飲み人形を抱いて喜んでいるパーコは、今年四十三歳。髪に白いものが混じり始めた。

ぼくや取材陣に異様なほどの関心を示したのは、若い斉木さんだった。斉木さんは、いつもぼくらのまわりに寄ってきては話しかけてきた。最初のうちはよかったが、しまいには余りのしつこさに閉口するようになった。数人で話していても、一瞬たりとも自分から関心のそれることを許さないのだった。

二十二歳になるかっちゃんも、関心を強く示したひとりだ。いつも遠くからじっとぼくらをみつめていた。

彼女は以前、脱走したことがある。白浜で発見されたとき、ストリップをやっていた。連れて帰ろうとすると、ここに恋人がいて、優しい人だから結婚したいといった。だが、その男は甘言でつっていたにすぎなかった。しかし、かっちゃんにとっては、たとえそれがニセモノであっても、男の優しさがうれしかったに違いない。彼女はその優しさに応《こた》えようと、必死にストリップをやったのだろう。

かっちゃんは、嘘をつくという形でぼくらと関わりはじめた。自分から身の上話をしておきながら、次々とでたらめを話し出す。初めは彼女の嘘に気がつかなかった。ところが、ぼくの聞いた話と取材陣の田中たちの聞いた話を照合してみると、まったく異なるストーリーから出来上がっていた。

中学卒業後、しばらく牛乳配達をしていた。ある日、帰って来ると隣りの仲のよい男の子が、どぶの中に顔をつっこんで死んでいた。その時、彼の余りにも恐ろしい死顔をみて、卒倒してしまった。その際、顔を路上で強打した。それから私は頭がおかしくなったのよ、というのがぼくにしてくれた話。一方、田中には、こんな話をする。

ある晩、みんなで寝ていると、突然妙な男が家に侵入し、ナタのようなもので私の頭をなぐった。それから私は頭が悪くなったのよ、と。

まったく必要もないのに嘘をつく。ところが、である。その嘘がとりたくて取材陣が、かっちゃんにカメラとマイクを向けると、少しも喋《しゃべ》らない。喋ったことといえば、ぼくに対する非難であった。昨日の夜、沢木さんが来てくれるというから、寮のみんなにいって、待っていたのにいつになっても来てくれない。だから私は嘘つきになってしまった。そういってぼくの「嘘」を、泣きながら非難したそうである。その直後、ぼくはかっちゃんと会ったが、彼女はそのことは何もいわず、ケロッとしてまた身の上話をするのだった……。

自分の嘘に対する無自覚と他人の嘘に対する激しい非難——これは少しも不思議ではないのかもしれない。なぜなら、彼女たちの多くは、嘘をつくことで生きてきたのだし、嘘をつかれることで傷ついてきたのだから。

ぼくが裏山で木を倒しているとき、照ちゃんが、腰にまいた風呂敷《ふろしき》を落とし、中身がちらばってしまった。綿のようだった。《あらいやだ》といって照ちゃんが慌《あわ》てて拾い上げるまで、それが生理用品だとは気がつかなかった。が、そうだと知ったとき、異様な衝撃を受けたといってよい。ぼくは彼女たちがおんなであることをすっかり忘れてしまっていたのだ。

ぼくはうかつにも、これほどの数の女がいる集団で「性的なるもの」がどうなっているのかに少しも関心を払わなかった。

深津はいう。

《ここの女はみんな「早あがり」なんですよ。女はね、男とちがってどうしてもセックスなしにいられない動物ではないらしい。自慰とか同性愛とか色々しらべたがないらしい。彼女達のヴァギナは乾いたままですよ。女として生きなくとも、人間として生きられる。それを教えたいんです》

だが彼女たちはどうか。ボーイフレンドをほしがっているタッちゃんは、妙な手つきをしてぼくにウインクした。白崎さんが脱走して浅草にいったとき、そうしたら男が拾えたと教えたからだ。一度結婚をしたことのあるおとなしいトキちゃんは、若い恭ちゃんに男と女の絵を書いて、黒板で図解していた。その恭ちゃんは、まだ子供のような感じの子で、ぼくも《恭ちゃん、恭ちゃん》といってはよく一緒にゲームなどをしていた。

ある晩、恭ちゃんと同じ寮の吉田さんに、ノートを見せてもらおうとして訪ねた。吉田さんの部屋に向かおうとしていたぼくの背に、恭ちゃんが鋭い言葉を投げつけた。

《吉田さん！　一緒に寝たいってよ！》

二十歳という最年少の古野さんは、強烈な性的衝動に駆られると、自転車を盗んで街まで無断外出をしてしまう。あちこちで男と「交渉」を持ち、「用事」がすむと、夜中であろうとおかまいなく一一〇番に電話をかけて迎えによこす。翌朝、みんなの前で、今後絶対に「悪いこと」はやめると誓うが、何日かすると、やはりもとのもくあみになってしまう。

日曜の礼拝のときだけ、深津は牧師になる。ある日曜、どういうつもりか、深津は《汝《なんじ》、姦淫《かんいん》するなかれ……》と説きはじめた。

その説教を聞きながら、しかし、照ちゃんのような女性にとって、姦淫とは何であったのか、とぼくはぼんやり考えていた。

ロンパリのダッコチャンのような照ちゃんは八百屋《やおや》の娘だった。小さいころ脳の病気をしたという。父が死んだあと、店はつぶれ、母は男を家に入れた。二人目の男のとき、照ちゃんは犯された。《結婚したらこんな風にやるんだよ》といわれながら……。その男、すなわち照ちゃんの義父は、彼女より二つ年下だった。それが知られ、母に追われて、家出。それ以後、浅草で売春をしていたという。照ちゃんにとって姦淫とは何であったのか、いやこの村の女にとって姦淫とはなんだったのだろう。深津はいう。女でなくとも、中性として、人間らしく生きられる道はある、と。しかし、とまたぼくは思った。しかし……。

相変わらず、取材陣のカメラは回りつづけていた。ライト一個をつけるたびに真実はひとつ消しとんでしまう。そう呟《つぶや》きながら、田中は、考えこんでいた。しかし、何回か撮影の現場を見ていると、面白いことに気がついた。確かにライトがひとつつくたびに女たちの口は重くなる。あるいは逆に、はしゃぎ過ぎる場合もある。だが、時折り、彼女たちがカメラを意識する瞬間の表情に、とても素晴らしいものがあるのだ。極めて個性的な顔つきになる。その時、ふと思うことがあった。ぼくはルポルタージュを書くとき、できるだけ対象に身を寄せて同化しようとしてきた。実際、かにた村でも、ぼくはテレビの取材陣の人とは違い、遊びに来てくれたボランタリーという扱いを、職員からも寮生からも受けていた。しかし、テレビのルポとは、能《あた》う限り同化せず、常にカメラを意識させていることが必要なのではないか。その時、はじめてカメラはその機能を発揮する。ライト一個をつけるたびに真実を一つ生ませる——多分、それがカメラのルポルタージュではないか、と思ったのである。しかし、取材陣は日常をニセの「さりげなさ」で撮っていた。

6

婦人保護長期収容施設（かにた婦人の村・要覧）

かにた村へ来て驚いたことのひとつに、彼女たちの食物に対する好き嫌いの激しさがあった。その理由としては二つの場合が考えられる。いっちゃんなどの場合のように、今まで自分が食べたことのないものを、すべて嫌いと言ってしまう。チーズは嫌い、肉は大嫌い、果物は嫌い、砂糖をそのまま舐《な》めるのは好き、サンマのひらきは大好き。もうひとつの場合は少し複雑だ。かにたの女たちの間では「嫌い」なものが多ければ多いほど、尊敬されるという、一見奇妙な「風潮」がある。《あたしこれ嫌いだから誰か食べない？》——あるいは名指しで与える。木村さんと話をした時、あまり嫌いなものが多いのに驚いたものだった。

《そんなに嫌いな物が多いの！》

ぼくがいうと、傍を通りかかったひとりが、《嫌いっていえば偉いと思ってんだから！》と、憎々しげにいった。

やはりこのかにたでも、何らかによって自分を権威づけようとし、それに成功した者が「権力」を握るということがある。

矢島さんは、最近とみに力を持つようになった。五班の調理部でもミスが少なく、職員に重視されていたからだ。ある日、食堂のストーブにあたりながらみんなで今日の夕食は何だろうと話していた。土曜日だったからメン類にはちがいなかった。《ラーメンだといいな》とぼくがいうと、斉木さんが《聞いてきてあげるね》と調理の人に訊《たず》ねてきた。

《焼きそばだって》

それを通りがかりの矢島さんが聞きとがめた。

《余計なおせっかいするんじゃないよ》

そういって斉木さんの顔を激しく殴りつけた。斉木さんは一言も抗弁せず、そこからこそこそっと出て行った。多分、矢島さんは自分の領域を荒されたと思い、それに腹が立ったのだ。

しかし、本当にぼくが驚いたのは、それから後のことだった。その時まで、ぼくの左腕にまつわりつきながら、ちょっと照れたようにケラケラ笑っていたさっちゃんが、矢島さんの怒った顔を盗み見ると、怯《おび》えるようにそっとぼくの傍から離れて逃げ帰ってしまった。

やはりここにも権力というものがあった。ただ、それらのもの——権威とか権力とかを否定する萌芽《ほうが》のようなものが芽生えつつあることも確かだった。

運動会の折、紅白に分け対抗戦とし、一等とか二等の者にあまったボタンでメダルを作ってあげた。賞とか褒美とかの類《たぐい》を貰《もら》ったことのない彼女たちは大喜びだった。しかし、何回かするうちに、紅白二組にわけるのはやめようといい出した。負ける者ができるのはよくないというのだった……。

かにたには二つの派閥があるという。社会復帰に対する考え方で決まるのだ。いわば、復帰派と永住派の対立である。だが、どちらも確固たる信念を持っている者は少数で、残りの大部分は流れのままに身を委《ゆだ》ねている人びとである。

B寮の大川さんは、村に来たときから、社会復帰をしたがっていた。定住派の闘将マメちゃんの目を気にしながら、大川さんはオドオド話す。年取って困るより、今のうち働いて養老院にでもいきたいんです……。

吉葉さんも復帰したいひとりだが、もう年だから駄目だろうと自らいう。

《私がもう少し若かったら！》

ある日曜日のこと。仲ちゃんがかにたへ帰ってきた。女中にいっていたのだが、うまくいかず一カ月でやめてしまった。仲ちゃんはかにたで最も社会に適応しやすいと誰からも見なされていた人だった。その彼女が失敗したのだった。

帰って来た日、もう一度この村に戻してくれますか、と泣きそうな声で頼んだ仲ちゃんだったが、二週間もすると、また社会に出たいという。いったいなにがいいのか、仲ちゃん自身もわかっていない。

《でも、なんか街の方がいい……》

しかし、その「街」の視線は、彼女たちへどのように向けられていたか？

彼女たちは無断で街に出ることは許されないのだが、週に一度、土曜日の午後だけは買物が許される。選ばれた何人かが、食糧の買出しに行くのだ。日曜日だけは、各寮ごとに自分たちで食事を作ることになっているからだ。行先は寮ごとに異なる。一度ぼくもその「買出し」に同行したことがあった。

A寮は五百メートル先の鈴木商店。寮母のシュウェスター・とよに買うべき物を書き出してもらって行くのだが、コンちゃんやトキちゃんはそれでも満足に買えない。かにた村の開所の時には、「聖書研究会」での深津の友人である三笠宮崇仁《みかさのみやたかひと》が来たため、その周辺は大騒ぎになった、という。付近一帯は日の丸を掲げ、彼がよろしく頼むといったとかで、役所も周囲の住民もかにた村に対して好意的なのだと聞いていた。しかし、あまりコンちゃんたちがモタモタするので、鈴木商店のおかみさんは苛《いら》いらしはじめた。冷たい眼つきで睨《にら》むと《貸してごらんなさいよ》とじゃけんに紙を取り上げ、買物籠《かご》の中に品物を入れた。毎度のことなのであろうが、彼女のその苛立ちは、ぼくには極めて印象的だった。

C寮の場合はもっと繁華なところにある大黒屋。C寮は吉葉さんというしっかり者がいるのでA寮のようなことはない。だが、その場に居合わせた買物客は、その「異形の集団」に、奇妙な動物でも見るような驚きと軽蔑《けいべつ》の混じり合った視線を向けていた。

その視線は、かにた村を訪れる「婦人会」の見学者たちにも同じようにあった。かにた村は、婦人会などの房総一周観光旅行には欠かせない「名所」になりつつある。

ある日、印旛《いんば》郡の婦人会が観光バスでやってきた。三十分も村を「見物」すると、《まあ、かわいそうにね》といい残して、次の目的地である「行川《なめがわ》アイランド」へ、今度はフラミンゴを「見物」しに行った。

それを見送りながら、深津文雄はこんなことをいった。

《和服を着て帯しめて草履をはいてゾロゾロやってこられると、喧嘩《けんか》もしたくなるけれど、あれで彼女たちが家に帰ってどうすると思う？　家にある洋服なんかを送ってくれるのさ。誰にも爪《つめ》のアカほどの善意はあるものらしい。寮生や職員の中にはああいう連中を嫌悪《けんお》している者もいるだろうが、しかしぼくは敵にしたくないんだよ。ぼくたちの村も、またこれからできるであろうさまざまなコロニーも、いわばこのような「善意」に支えられている部分が非常に大きいからだ》

ところで、このような外界からの冷たい、あるいは好奇の視線に対して、かにたの女たちはどのような視線で外界を見つめていたか。

夕方のことだ。食堂に行くとA寮の者を中心に、何人かが妙な話をしていたことがあった。よくわからないのだが、どこかのお兄さんが、軽井沢にいるという話だった。どこかのお兄さんがどうしたの？ と訊ねるとさっちゃんが答えた。

《お兄ちゃんが、きのう、困ってはんの……》

さっちゃんの「きのう」はどんな時でも「いつ」のことだかわからない。ひとりが補ってくれた。《さっき、軽井沢にいるって……》

よくきくと、どこかのお兄さんが軽井沢の家の中で、困っているらしい、ということなのだ。……それでやっとわかった。彼女たちは、その時シャバで大騒ぎしている浅間山荘事件について喋っていたのだ。どこかのお兄ちゃんが可哀《かわい》そうな目にあっている……。

ビデオリサーチによれば、二月二十八日テレビで浅間山荘事件をみた関東の世帯は、九十八・二パーセントに達するという。「シャバ」の人びとが、《ニックキ赤軍奴《め》！》と叫んでいた頃、軽井沢の家の中でどこかのお兄ちゃんが困っているらしい……どうしたらいいだろう……そう真剣に心配している人びとがいた。そういう人びとが住む村があったのだ。

こういう処置なき人々にも、ながい時間をかけ、あたたかな環境をあたえれば、それぞれの能力を開発することが不可能ではない。（かにた婦人の村・要覧）

7

テレビ取材陣の田中ディレクターは、かにた村という対象にどうしても肉薄しうるキッカケをつかめずに、悩んでいた。やがて、彼は誰かの視線を借りて、かにたを見ようとした。ある意味の主人公を設定しようとしたのである。

そんな時、山川宗計から突然かにたへ電話が入った。アメリカから帰ったから行く、というのだ。山川は、第一次安保を全学連主流派サイドで闘い、傷つき、共同体による革命を志向してやってきたのだった。いずみ寮に「ゆりかご舎」という貸オムツやを作ってバリバリ働いた。かにたに移ってからも、深津の片腕になり、女たちからも慕われ、政治学習会を開いて沖縄・ベトナムについて教えたりしていた。数年前に去り、アメリカに向かった……。その彼が来るというのである。田中は待った。「帰って来た者」の視線でかにたを把《とら》えようとしたのだ。その上、山川は沖縄の出身だった。海の見える丘から、沖縄の売春の現状について、山川が女たちに話したら……と田中は考えていた。しかし、いくら待っても山川は来なかった。

田中は、仕方なく深津大慈にスポットを当てはじめた。大慈に託して、かにたのこれからを予測しようとした。いわば、かにた村施設長の「二代目襲名」に焦点を絞ろうとしたのだ。

大慈は大学を中退したあと、食えなくなって、ふらりとかにた村に戻ってきた。去年の夏のことである。バッハ合唱団の「コンサート基金」をもとに、たったひとりで、すばらしく明るい建物を作りあげた。現在の一班の作業棟がそれだ。深津文雄は大慈を職員にした。大慈と前後して、大学を中退したり卒業した若者が少しずつ、職員になっていた。大慈は彼らとともに、この村を自由な生活共同体に作り上げることを夢想していた。管理するものとされるものとが画然と分れている「施設」ではなく、自由気ままに、職員も寮生もともに裸足《はだし》で野原を駆け出すような……。

だが、今のかにたは、人々がある志向をもって集まるものが共同体だとすれば、共通の志向を抱いている人はほんの僅《わず》かだった。そして、何よりも財政的基盤において、すでに「施設」だった。寄付、税金などでまかなわれている限り、自由な生活共同体など夢だった。しかし、と大慈は思い始めていた。自分のように大学やまっとうな職場から棄《す》てられた若者たち五十人が、やはり棄てられた女たちと力を合わせれば、自給自足はある程度できるのではないだろうか、と。だが、とまた大慈は考えていた。俺はこの村で一生をすごそうとしているのだろうか？――彼は決めかねていたのだった。

その大慈を主人公にしようとしていたが、思わぬハプニングが起きた。東京に「エーデルワイス」という名のかにた製クッキーを売りにいっていた彼が、事故に会い帰れなくなってしまったのだ。やっと帰って来たとき、取材陣の撮影可能日は一日しか残されていなかった。

その一日を効果的に生かすために、田中は、大慈と寮生のマメちゃんにディスカッションさせた。かにた村はいま転機にある、という彼の予感を二人の話の起爆剤にさせようとした。

ある意味で、その予感は正しいものかもしれなかった。かにた村は深津文雄のいう通り《容器はできあがった、どんなものがきても、次第にかにた色に染まるだろう》というほど安定してきた。ある独特の生活様式を持つようにもなっている。だが、そこからどこへ行こうとするのか。城田さんが望んだ、弱者による自活の道はまだ開けていなかった。

マメちゃんは知能指数百十三と、かにた村随一のインテリである。

《バカがバカにされず、気違いが気違いにされず、弱い者が強い者に負かされない社会、ひとが本当にひとの相手になってやれる社会がつくりたい》

そう思って、彼女は国会へデモにいき、やっとこの村を勝ち取った。しかし、できてみると、みんなやる気のない者ばかり集まってくる。寮生も職員もだ。彼女は頭にきていた。

《職員職員というけど、それは私たちあっての職員なんだ。別にヘイコラすることはない》

彼女は職員と寮生のあいだの差別を問題にしていた。

確かに、職員と寮生との特権の有無というものこそ、この村が単なる「施設」であることをやめるときの、最大の難関であろうと思えた。職員と寮生と同じものを食べ、同じ仕事をしている。しかし、やはりその二つは全く異なる生活をしているのだ。職員の桜井がこんなことをいっていた。

《私は結局、結婚しようと思えばできてしまう身なんだな》

大慈とマメちゃんのディスカッションは、マメちゃんがテレビカメラの前で、いつもよりはるかに寡黙《かもく》であったため、思ったほどの効果をあげられないようであった……。

取材陣は山をおりていった。田中良紹は、「何も撮ってはいない」と思いながら帰っていった。――この一週間、俺自身の感性の中へ、激しくつき刺さってくるものがなかった。もしかしたら、単なる日常の羅列による、しかも「かにた村万歳」の番組になってしまうような気がする。このような仕事をしている人々に、だが、あなたたちの集団にはこんな矛盾があります、といったところで何になるだろう。しょせん「讃歌《さんか》」でしかありえないのかもしれない。《確かなことは》と田中はいった。《このドキュメンタリーが失敗したということだ》

8

〈かにた〉とは、この谷をながれる小さな川の名前で、カニのあそぶタンボの意である。（かにた婦人の村・要覧）

かにた村へ来て二週目を迎えたとき、ぼくは六班の製陶工場で働くことになった。寮生と「間違い」をおこしてやめた作業指導員のあと、六班を立派に育て上げたのは深津文雄自身だった。

「土は卑《いや》しく醜いものだが
一度火を潜《くぐ》ると永遠に輝く」

工場に掲げたこの言葉を、自ら試したのだ。かにたの女たちは「永遠に輝く」ようになりうるか、と。

ぼくは、さっちゃん、照ちゃんらと共に粘土をこねた。抹茶茶碗《まっちゃちゃわん》をつくるつもりだった。ぼくの先生は石倉さんだ。以前、粗暴で手に負えなかったとは信じられないほど、にこにこしながら優しく教えてくれた。彼女は誇りにみちていた、といってよい。

さっちゃんは皿を作る。他のみんなは縄文土器をつくる。みんな楽しそうだ。彼女たちにとっては、結局のところ「ドロンコ遊び」なのかもしれない。

しかし、ここには技術を覚える喜びがあり、それに伴う人間としての展開と誇りがあった。皿、茶碗、土器、それらはすべて創造であり、生産性を要求されない生産が、そこにはあった。社会が失なってしまった本来の「労働」の要素が、すべてこの工場にあった。

石倉さんの教授にもかかわらず、ぼくはうまく茶碗が作れなかった。原因は簡単だ。時間に耐えられなかったのである。すぐ作り上げようとしてはこわれ、また急いでは失敗した。石倉さんはゆっくりと「土ひも」を積む。

彼女たちが立派に作り上げる縄文土器を、シャバの人間は多分つくれない。それは、ぼくらがすでに縄文人の時間の感覚を喪失しているからに他ならない。縄文土器は土ひもを少しずつ積み上げてつくっていく。あまり急ぐと上の重みでつぶれてしまう。七、八十センチ余りの土器をつくるときでも、彼女たちは一日数センチ積んでは少し乾かし、また翌日数センチ積み上げる。その間に少しずつ形を整えていく。彼女らは多分縄文人がしたであろう作り方をそのまま踏むことができる。シャバの人間のように、時間に追われることもなく、また追うこともない。時とともに歩んでいく。そういう中でしかできぬものも、かつてこの世にあったのだ。無能力とは、単にその社会に適応できぬことでしかない、と思われた。

たしかに、このかにた村で、彼女たちは能力を適応させはじめていた。深津のいう通り復活しつつあった。朝食の折、どうもうまく茶碗が作れないと告白すると、深津は誰にともなく、大声でいった。

《ぼくはね、社会に対してザマーミロッていってやりたいんですよ！》

かにた村での最後の夜、ぼくは再び深津文雄と話をしていた。ここは確かに「弱者の楽園」だった。しかし……。ぼくはそれが外部の者の脆弱《ぜいじゃく》な「いいがかり」にしかすぎないことを承知で「しかし……」という思いについて、彼に語りかけた。

《彼女たちにとって、このかにた村の意味はとても大きいと思います。しかし、時々ふっと思うんですね……》

《何を？》

《彼女たちはここにいて幸せなんだろうか……。もちろんシャバで生活してもほとんど幸せになれそうもないんですけどね。だからといって、ここにいる事が幸せかどうかわ

からないでしょう》
《橋の下で人の捨てたものを食べたり、宿もなく漂い歩いていた時代より明らかに幸福だろうな。それよりもまず幸せとは何か、ということだ。最大の幸福は平安だ。魂に安らかさを持っていることだ》
《彼女たちはこの村の去就の自由を持っていないわけですね。その時、お前はここにいた方が幸せだと誰が判断するのですか》
《社会に出て何をするというのだろう。社会に出ればしたいようにできるというが、したいようにしていれば幸福なのか。したいようにする、つまり享楽《きょうらく》し続けることが、実は一番不幸ではないのか。だから彼女たちは人間としてどうあらねばならないか、ある程度の強制をもって私が判断する場合もある。彼女たちの平安という見地に立って……》
《平安である事が幸せなのか、ぼくにはわからないんですよね。この村で暮らしてみると、ごく単純で平凡な事が大切なのだ、と骨身にしみてわかってくる。五体健全であること。あるいは三度の食事を食べられること。だからこの村の女性にとって「平安」がどんなに大切なものかわかる様に思えます。しかし、「平安」が人生の終極的な目的だとは……》
《いや、人それぞれによって問題は違うものだ。君にとってもあるいはぼくにとっても

「平安」が幸せではないかもしれない。それと、注意してほしいのは、平安が単なる「無為」に終われば全くつまらないものになる。平安とはスタティックではなく、ダイナミックな創造を伴ったものでなくてはならない》

《確かに、この村では労働の中にも創造がありましたし、その意味では創造的な平安ということがいえるのかもしれない。でも、やはり創造という時、男と女の出会いによって生まれるものを忘れてはならないはずです。子供もなく、女として生きることもなく、やがて死ぬのを待つばかりという彼女たちは、果して幸せだろうかと思ってしまうわけです》

《性の問題になると難しくなるんだがなあ……。ここにいて幸せかというが、ここを出ればどんな不安が待ちかまえているか、考えてみるがいい。ここにいる事で彼女たちは人間として復活してきたのだ。明日をどうするかという不安から解放されて、今、平安の中に入りつつある。幸福であることと、幸福だと思うことは違うのです。彼女たちがどう感じようと幸福であることには違いない。今さら家庭を持って苦労することもないし、また家庭を維持する能力はないでしょう》

確かにそうかもしれない。しかし……とぼくは思った。

さっちゃんは人形が大好きだ。ある時、人形をあやしながらぼくに向かって《これ、やす子、というの》といった。自分の名さえ知らなかったさっちゃんが、人形に名をつけていたのだ。あい変わらずケラケラ笑いながら付け加えた。

《これ、うちの、マゴなんよ》

しかし……そう、しかし、彼女たちは女ではなかったか。人間として復活するのと同じように、あるいはそれ以上に女として復活したいのではなかったか。間違いなく、彼女たちは女だったのだから……。

「着物を脱いだ私は　私の傷を一人でなめている　無理に体を押し曲げて　ええどうも痛くて耐《たま》らない　一度誰かになめてもらいたい　そう思いながら自分の舌でなめている」（「夢」吉田明子）

視《み》えない共和国

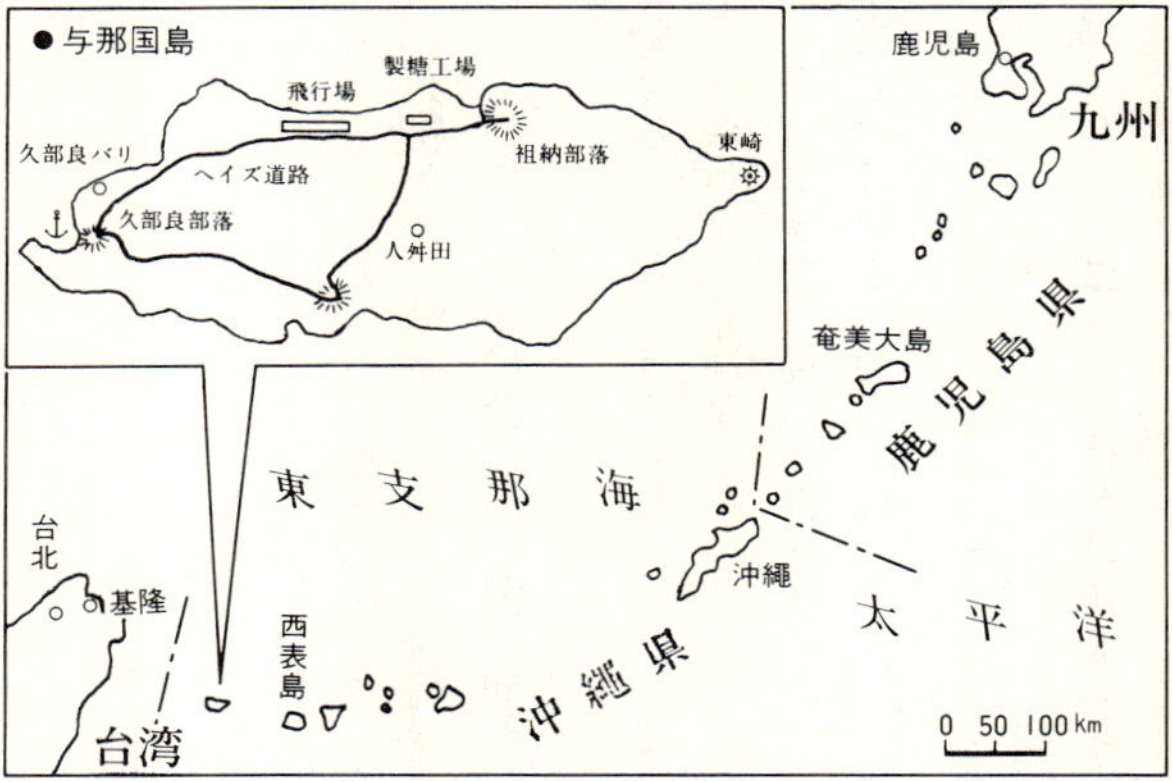
●与那国島
製糖工場
飛行場
久部良バリ
ヘイズ道路
祖納部落
東崎
久部良部落
人舛田
鹿児島
九州
奄美大島
鹿児島県
東支那海
台北
基隆
沖縄
太平洋
西表島
沖縄県
台湾
0 50 100 km

1

十一月末。羽田を発《た》つ時、東京は晩秋というより、もう冬だった。厚手のセーターを着て日本航空のジャンボ機に乗り込んだ。しかし、那覇《なは》から石垣島へ向かう南西航空のYS—11型機の中で、ぼくはトレーナー一枚になっていた。確かに俺は南の国へ向かっているのだなという実感が湧《わ》いてくる。

一時間余で石垣に着く。大部分の乗客はそこで降りる。だが、ぼくの行こうとしている与那国《よなくに》島は、石垣からさらに飛行機に乗って南へ向かわなくてはならない。

石垣島空港を離陸して三十分もすると与那国島がみえてきた。島の周囲は切りたった絶壁。スローモーションの映画をみるように波が白く砕け散る。絶海の孤島とは、こんな島のことをいうのだろうか？

前日、ぼくは那覇の喫茶店で四人の女子高生と話をした。彼女たちは与那国を知らなかった。

《えっ、どこ？》

彼女たちはなんどもくりかえした。そのうち、ひとりが声をあげた。

《あ、ヨナクニか》

彼女がヨナクニを知っていたのは、そこから転校してきたクラス・メイトを偶然もっていたからだ。

《すごい田舎からきたって、最初はみんな馬鹿《ばか》にしていたんだ》

女子高生だけが知らないのではない。ぼくは那覇にいた二日間、機会あるごとにヨナクニを知っているか、行ったことはあるかときいてまわったものだが、答えはほぼ否定的なものばかりであった。いったいこれはどういうことなのだろうか。与那国島は間違いなく沖縄「県」に属す島なのだ。しかしぼくにしたところで、与那国について知っていることがいくらもあるわけではなかった。

去年、ぼくは友人のいる石垣島を訪れた。泳いだり泡盛《あわもり》を呑《の》んだりの毎日だったが、ある日、その友人が奇妙な酒を呑ませてくれた。一滴、まさに一滴口にふくむと心の奥までカッと燃える強烈な酒だった。アルコール度は七十度を越すこともあるという。火をつけると綺麗《きれい》な炎をあげてもえる。味も鮮烈で純粋。聞けば与那国の酒だという。

《名前は？》

《花酒》

ぼくは、この強烈な酒に「花酒」という美しい名称を与えた人びとの住む島としてまず与那国を記憶したのだ。

与那国に関するぼくの知識はもう二つある。ひとつは伝説だ。

かつて、琉球《りゅうきゅう》の首里王朝が苛烈《かれつ》な人頭税を先島諸島に課していた時代。与那国の島民はそのあまりの苛酷さに、南の海の向こうにもうひとつの与那国があると夢想するようになる。その島の名は南与那国島、土語でハイ・ドナンというのだ。そこは税のないユートピアであるはずだった。ある日、島民は、そのハイ・ドナンめざして船出する。夢ではなく、波のかなたにそれがあると信じて……。この伝説には、その先がないのだが、しかしこの話には、聴く者の思いをその先にまで連れて行ってしまう、不思議な魅力がある。

もうひとつのエピソードは、第二次大戦後、与那国が一時「東洋のハワイ」になったというお噺《はなし》である。与那国は、その地理的条件から、台湾―沖縄―本土と闇《やみ》物資が流れるルートの中継点として、無茶苦茶にごったがえしたというのだ。密輸による大ブームがこの島にもたらされた。しかしこの景気は三年とつづかず、いまふたたび与那国は「最果ての島」として本土からも沖縄本島からも忘れさられている……。

だが、ぼくが与那国島を訪れてみようと決心したのは、そのような知識の上に思い描かれる与那国島にたまらなく魅《ひ》かれたからというばかりではなかった。与那国への興味に拍車をかけてくれたのは、ある日《こんな事件が起こっているらしい》と手渡された、一枚のニュース・リリースのコピーであった。それによると、最近、西表島《いりおもてじま》や与那国島の周辺で台湾漁船による「領海侵犯」や「不法上陸」「密輸」事件があいついで起こっているというのだ。しかも、その「不法上陸」や「密輸」のまわりには、何やら想像を絶する奇妙さが付着しているようなのだ。

《面白そうじゃないか》

翌日、ぼくは飛び出していた。

与那国の飛行場は、馬や牛が草をはむ牧場のワキにコンクリートの滑走路を一本ひいただけのもので、付属する建物といえば土産物屋のある小さな待合室のみ。手荷物が降ろされる間、ぼくは待合室の壁にかかった島の観光図をぼんやり眺めていた。その時、眼にとびこんできたのは、次の数字だった。

位　置　北緯　二四度二七分
　　　　東経　一二四度〇分
那覇まで　五二〇キロメートル
台湾まで　一七〇キロメートル

これは驚くべきことではないだろうか。本土はもとより、沖縄本島よりも台湾の方がはるかに近いのだ。なるほどね、とぼくは例のニュース・リリースを思いだした。たしかに面白そうだ。
飛行場の待合室で手荷物を受け取って、さあこれからどうしようかと迷った。ほとんどの人が誰かしら出迎えを受けており、次々とオートバイやライトバンに乗って消えていくのに、ぼくは乗ろうにもタクシーすら現われない。
《町へ行くにはどうしたらいいんですか?》
傍《そば》にいたおばさんに訊《たず》ねると、バスに乗ればいいという。どこを見渡しても乗合バスなどありはしない。
《どこに行けば乗れるんですか》
《そこにあるさー》
指さされたクルマを見て驚いた。確かにそこには大型バスがあったが、恐ろしいほどガタがきている代物だったのだ。まさかそれが乗合バスとは。「湯の川事業所」と書いてあるし、運転手が油にまみれた作業着と赤いヘルメットをかぶっているので、どこかの飯場の作業員を送迎するクルマだと思っていたのだ。
信じられないので運転手の赤ヘル氏に《町へ行きますか》と訊ねると、《ああ》と面倒臭そうな返事。その時は腹を立てるより、ホッとして乗り込んだ。
走り始めてまた驚いた。ガタガタの道を猛スピードで突っ走ったからだ。スクラップ寸前のクルマは各部品がぶつかり合って激しい音をたてる。一触即発。そんな感じだ。しかも東京でもメッタにお目にかかれない神風運転でぶっ飛ばされるのだから、生きた心地はしない。

右に地肌の現われた奇怪な形の丘を眺め、左に「与那国製糖」と書いた高い煙突を通り抜けると、「赤いレンガに白いシックイ」の沖縄風の屋根が連なる「町」に着く。五分もかかったろうか。運賃は五十円。

とにかく、ぼくは与那国の「町」に第一歩を記した。

2

この「町」は祖納《そない》という与那国の中心的な部落であった。町役場のある辺りには、島の主要な施設が集中している。農協、農協マーケット、診療所、消防署、中央公民館など。旅行社、食堂、サロンという名の呑み屋もこの一角にある。最初、眼にとまった「入船旅館」に荷物を預けて、部落内を歩いてみた。

六、七歳の少年が大きな水牛を連れて歩いていたりする。のんびりした南国的ムードがあたりに漂っている。よく見ると、家の屋根も本島や石垣島で見うけられる赤レンガばかりでなく、南洋風のワラぶきの簡素で涼し気なものもある。

白昼なのにほとんど人通りはない。ぶらぶらしていると、静まり返った部落の道で奇妙な集団に遭遇した。先頭の二十人は源氏の白旗のようなものを押し立てている。「故人　仲嵩《なかたけ》――」などと書いてある。葬列なのだ。造花を持った数人が続き、故人の妻であろうか喪服姿の婦人がポツンと離れてつづく。そのあとを、やはり喪服姿の男が二十人、さらに喪服の女が二十人と付き従う。そのあとにも、まだ平服の男、女が大勢ついていく。最後に供物《くもつ》や酒を持った女たちが、それを頭に乗せてつづく。総勢は三百人にもなるだろうか。

印象的だったのは、喪服の婦人が嫁入りの「綿帽子」のようなものを、頭からスッポリ被《かぶ》っていることだった。

哀《かな》しみにやつれた顔を見せない、という心づかいから生まれた風習なのだろうか。白布を被ってうつむきながら歩く喪服姿の女性は、白と黒の単純なコントラストによって、不思議な美しさをかもし出していた。未亡人の後につづく喪服姿の女たちもやはり白布を被っているが、その隊列の両脇《わき》には一尺幅の幕を引く女たちが付いている。

ぼくはその葬列に従って歩いた。その長い列は部落をひとまわりするような形で、部落を抜け、墓地に向かう。草原を通り過ぎると、急に目の前が開けてくる。海岸なのだ。眺望のひらけたそのあたりには、ゆるやかな斜面を生かして亀甲墓《きっこうぼ》がいくつも点在している。葬列は比較的大きいひとつの墓に向かう。

未亡人は墓の前で、突然、よろよろと崩れるように倒れた。悲しみと疲れがつづいたあとの、この長い行列は無理だったかもしれない。白布をとった未亡人は当り前の老婦人だった。さっきのあの美しさはいったい何だったのだろう……。

倒れている未亡人をよそに、ひとりの男がマイクで喋《しゃべ》る。

《これより与那国町町葬を執り行ないます》

なるほど町葬だったのか。だから、このように大勢の人が集まっているのだ。故人は、前町長とのことだ。海から少し強い風が吹いてくる。だが、ここは本土の墓地というイメージからきわめて遠くにある。明るく広々とし、寺社内の墓地のように、陰々滅々としていない。天と海に向かってひらけている。比較するなら外人墓地だが、それよりはるかに雄大で、自然を生かしている。

友人の石垣篤と宮良長明の話によれば、石垣島の若者たちがまず酒を覚えるのは、墓地である、という。高校生の頃から酒を持ちよって、みんなで呑む場所はいつも墓のそばである。はじめてセックスするのも墓地である場合が多い。《墓っていうのは、お祭をするところだから、セックスするのも少しもおかしくない》

それまで同世代の若者としてほとんど差異を感じたことのない二人だったが、その時「こういう点の感性がちがっているのだな」と思ったものである。沖縄の若者たちの地につながるその根深さといったものも、墓とのこのような密な接触の上に成り立っているとも思えるのだ。絵描きの宮良は、亀甲墓は女陰に見えるといつもいっていた。《沖縄の墓っていうのは、死者が入るというより、そこから誰かが生まれてくるという気がしてしかたない》

町葬は式がどんどん進んでいく。式次第を見ているうちに、与那国についてのいくつかの知識が得られた。

第一に、町の有力者の顔が一度で覚えられたこと。

第二に、故人が前町長であるところから、彼の業績を述べた弔辞によって、町の歴史がある程度把握《はあく》できたこと。

第三に、町にはどのような機関があるのか、一覧表を作ってもらったようなものだったこと。

町葬が終わって、参加者全員にタオルが配られる。ぼくにもくれた。さらに、別れの酒を一口ずつ呑んでくれと盃《さかずき》がまわってくる。タオルを貰《もら》った手前、冥福《めいふく》を祈って呑まないわけにはいかなかった。

町葬が終わったので、町役場に行ってみた。観光課の人とでも話をしようと思ったのだが、出張中とのことで、ピンチヒッターとして経済課長の浜盛重久さんが話をしてくれた。話そのものはあまりおもしろくなかったが、思いがけず、島の生活の一端にふれる小さな事件に出喰わした。話の最中に《火事だ！》という声があがった。窓から見ると確かに遠くで煙があがっている。すると経済課長はすぐにいったものだ。《あそこは××の家だろうから今とり壊し中だ。そのための火だから心配いらない》的確だった。この課長はどこで何が起きているか的確に把握していた。狭い部落とはいえ、やはりそれは感嘆するに値した。帰りがけに先生をひとり紹介してもらった。嵩《たけ》西《にし》昇という与那国中学の先生だ。与那国小学校と中学校は隣接していて、共にコンクリート作りの瀟洒《しょうしゃ》な建物だった。

嵩西先生は予想に反して、かなり年配の、しかも教頭だった。おかげで、この島のアウトラインをかなりコンパクトに教えてもらうことができた。

現在、与那国島は祖納、久部良《くぶら》、比川《ひかわ》の三部落によって形成されている。祖納はこの島の中心地で各主要機関が集中している。久部良は漁港、比川は純農業地帯である。部落の持つ力はその人口にほぼ比例するが、それはたとえば学校のスケールによっても簡単に計量できる。祖納は小学校と中学校、久部良は小・中学校が並設、比川は小学校のみ。

嵩西先生は比川の出身である。その比川で小学校を廃止して統合しようという動きがある。それは町の「お偉い方」の発案だが、比川の住民は、数度の会合を開いて反対を決議した。《学校がなくなれば、部落も崩壊してしまう》というのが理由であった。比川もまた過疎に悩む部落であった。

《でも、この島も戦後ヤミ景気でにぎわったときがあるそうですね》
《そうなんです》
先生は急に眼を輝かせた。
《戦時中、わたしは徴兵で、四国丸亀《まるがめ》の部隊にいたんですがね》
戦後、除隊になって与那国で教職についた。「そうこうしているうちに」単なる漁港にしかすぎなかった久部良にヤミ景気がやってきた。台湾からは米や食糧品、沖縄本島からは米軍キャンプから盗んできた毛布や衣料が島へ流れこみ、バーター方式の交換経済が始まった。当時、教師の給料は三百円、薄給だった。ところが、ヤミの米袋をかつぐ荷役は一日に数千円にもなる。
《ヤミをやって札束をポケットにねじこんだ中学生が、よう、先生、メシおごるぜ、と誘いにくるんですからね。みじめなもんですよ》
子どもが三人いて、奥さんからも母親からも、教師なんかやめてヤミ屋になることをすすめられた。何度かその気になり、辞表も三回提出した。そのたびに《島出身のおまえがせんで、誰が島の教育をやるんだ》と校長にさとされた。それでも一時、ほっかぶりして荷役にでた、という。
《でも、ながくはつづきませんでしたね。なにしろからだがキツくて……》
しかし、そういいながらも先生は懐《なつか》しげな表情をうかべた。この表情は、その後ヤミ景気時代について語る島の人たちが例外なくみせることになる表情なのだが、無論このときは知るはずもない。

《なにしろ、あらゆる物資が与那国に入ってきたんですから。米や衣服はむろん、電気もないのに電球まで入ってくるし、久部良のニワトリはこぼれた米は食わないといわれたくらいでね》

その景気は、しかし、二、三年で島を去る。一時、教師をやめてヤミ屋に転向していた人も、また教職に復帰するというサエない行動を取らざるをえなくなる。

《そういえば、久部良の教頭さんもね……》

嵩西さんは、そういいかけて急に口をつぐんだ。

与那国には、小さい町の常として「一桁《けた》で数えられるもの」がいくらでもある。たとえば乗り物。タクシー三台、マイクロバス二台、それにさっき乗ったオンボロバス一台。それらはすべて「湯の川事業所」に属している。そのせいかどうかわからないが、運転手がまったく横柄《おうへい》で、荒っぽい。これには島民も頭にきているようだった。

それに呑み屋が二軒ある。沖縄ではどこでも喫茶店やバーの中が暗い。少し眼の悪い人は何も見えないくらいの照度なのだ。与那国も例外ではない。

警察官は三人。全人口が二千六百人だから、九百人に一人分の警察官が配備されている勘定になる。

旅館は祖納に四軒、久部良に一軒。比川には一軒もない。

宿に帰ると、若い妙な行商人二人と隣り同士の部屋になった。現在、那覇に本拠を置く彼らはそれでも内地から来たといって呉服を売り歩く。彼らは博多の出身で、博多の呉服屋ということを売り物にしていた。

《一日の売り上げはどのくらい?》

《十万はかたいな》

《四割くらいは儲《もう》けになっちゃうの?》

《そんなもんじゃやりたくないねえ》

彼らの話を聞いていると、どんなエリート・サラリーマンも顔負けである。少なくとも月収の面からでは。

《そんなに稼《かせ》いで貯《た》めてるの?》

《それだけ呑むし、遊ぶし、宿代もかかるし、残るもんじゃないね》

《それでも、チャチなサラリーマンみたいにコセコセは生きていないよな、俺たち。金なんてなくっても品物さえ持っていけば、いくらでも稼げるっていう自信があるからな、自分に》

ひとりは二十七歳、もうひとりは二十二歳。彼らは、復帰と同時に呉服を那覇に持ち込み、売りさばいている。

《でも、与那国へはまだいい着物は持ってこられない》とひとりがいう。良否を判断するほど眼が肥えていない、というのだ。

《だが、俺たちが徐々に良いものを持ってきて、少しずつ眼を肥えさせてやる》

彼らは自信満々であった。

与那国島も少しずつ貨幣経済に巻き込まれているかのようだった。復帰の影響がモロに出たのも物価である。主婦の生活感覚では二倍にはねあがっていると思えるほどだ。民芸品店で話をきいて驚いた。「与那国ションカネー」の詞《ことば》がかいてあったりする観光手拭《てぬぐ》いがある。全く同じものなのに、復帰前に作られたものは百十円、ところが復帰後に作られたものはなんと二百円もする。

復帰して、物価ばかりが本土並みになったが、中央のヤマトに少しずつ収斂《しゅうれん》されていくという最も象徴的な現象は、酒屋が花酒を売らなくなったということだ。聞けば、露見すると営業停止を喰らうらしい。花酒のアルコール度があまりに高すぎ「ヤマトの法律」で許されなくなってしまったのだそうだ。

与那国は伝統的に専売法の枠《わく》をいつでも超えていた。戦前までは、各自が煙草《たばこ》を栽培し、好きなように吸っていたという。そして、花酒だけは戦後も残った。しかし復帰は花酒をも消そうとしている。

呉服屋さんと一緒に食堂へいって酒を呑《の》んだ。
《花酒ある？》
《あるさあー》
感激して一滴呑むと……あの火のような酒ではない。少しつよいだけの泡盛だった。

3

朝。呉服屋さんたちの大声で眼がさめた。朝御飯を宿のおばさんが持ってくると、それを持ってぼくの部屋に入ってくる。
《宿屋でひとりで食べる御飯はまずいもんね、一緒に食べた方がいいでしょ、ね、ね？》
朝食後。浦崎栄昇さんを訪ねた。寝たきりの奥さんの横でポツンと坐《すわ》っていた。島のことをよく知っているから、とただそれだけ教えられて来たのだが、話しているうちに浦崎さんはこの島の戦後の初代町長であるらしいことに気がついた。
浦崎さんは明治三十二年生まれの七十四歳。与那国でも戦前はやはり芋が常食だったという。米は換金作物として、農民の口に入ることは少なかった。しかし、田にはフナやタニシがいるし海の幸は豊富である。かならずしも悲惨な生活ではなかった。本当に苦しくなったのは、戦争が始まってからであった。供出、供出という掛け声に追われたからだ。
そして敗戦。米軍の上陸に際しては、実に様々な流言飛語が飛び交った。それはひとりひとりが全く異なる噂《うわさ》を記憶していることでもわかる。浦崎さんはこう覚えている。
《男は満州に連行され、女は強姦《ごうかん》される！》
ところが別のひとりはこういう。
《男はキンタマを抜かれ、女は強姦される！》
こういう人もいる。
《男は殺され、女は強姦される！》
少しずつ噂がエスカレートしていった様子がうかがえる。面白いのは、女に対しては「強姦」の一点張りで少しも変化してないことだ。ともかく、いざ米軍が上陸してみると、だいぶはなしと違う。最初、子どもたちが親しくなり、やがて大人も「狎《な》れ」ていった。その時、浦崎さんは村役場で書記をしていた。
昭和二十三年、浦崎さんは米軍から村長に指名される。役場にいたから村政に明るいだろうというのだ。《小学校しか出ていないから》と固辞したが、聞き入れられない。さらに二十二名の議員を選挙で選出し村議会を編成せよ、と矢つぎばやの指令である。
そこで浦崎さんは考えた。村長が無投票なのだから、議員も無投票のほうが村にシコリが残らなくていい。そこで一計を案じた。身内から何人かを立候補させて、定員オーバーの人数だけ「立候補辞退」の届けを出させるのだ。締切当日。浦崎さんは立候補受付場に終日がんばっていた。締切の時間になり、柱時計が鳴り出した時、定員オーバーが二人なのを確かめて、おもむろに二人分の「立候補辞退届」を差し出した。かくて与那国の第一回普通選挙は定数二十二、立候補二十二となって、目出たく無投票となったのである。浦崎さんは二年ほどで町長（その間に与那国は村から町に昇格した）をやめるが、その後の与那国の政界にも隠然たる勢力を持ち続けているようだ。

町葬が行なわれた仲嵩前町長は三期、十二年も町長の椅子《いす》に坐っていた。その末期に小さなことからリコール運動が起こった。どうやらその火つけ役は浦崎さんらしい、というもっぱらの噂だ。前回、四年前の町長選でも浦崎さんは影響力を行使している。その時の選挙は、保守系の仲本裕（現町長）さんと革新系のAさんが激しく闘い、島は大きくゆれた。仲本さんが元警察署長、Aさんが元校長という保守・革新の典型的な対決だった。革新候補は結局敗れたのだが、その背後にはやはり浦崎さんがいたという、これもっぱらの噂であった。

《でも、わたしは良い時に町長をやって、良い時にやめたと思う》

彼が町長時代にした大きな仕事は二つある。ひとつはヘイズ道路を完成させたこと。もうひとつは町役場の庁舎を建てたことである。

昭和二十四年に米軍のヘイズ中将が視察に来た折、機械を貸すから道路を作れ、といい残して帰った。

《アメリカという国は正直ですね。エライですね。本当にすぐ機械を送ってよこした》

これによって初めて与那国島は、祖納—久部良—比川—祖納を結ぶ自動車道路が通じることになり、中将を記念して、今でもこの道路はヘイズ道路と呼ばれている。そして、この時も浦崎さんは策略家振りを発揮したらしい。ついでに農道もこの機械力で作ってしまおうと、貸与期間は過ぎていたが、まだ一周道路ができていないことにして大至急で農道もやっつけてしまったというのだ。

浦崎さんの町長在任期間は、ちょうどヤミ景気の時代と重なり合う。庁舎は、いわばこの「景気」の副産物だった。島は久部良を中心に、闇《やみ》ブローカーでごった返し、呑み屋だけで四十軒が立ち並んだ。人によっては三十軒といい五十軒ともいうが、ともかく現在一軒もない久部良に、呑み屋が無数にあったと、島の人はいいたいいわけなのだ。まさにそれは彼らに突然訪れた常世《とこよ》の春であるかのようだった。

米軍のキャンプから物資を盗み出して売り捌《さば》く人も多かった。それをみんな「センカ」と呼んで少しも悪いことだとは考えなかった。センカは戦果の意であろう。

《米軍も、どうせ沖縄の人間に渡す物なのだから、かえって手をわずらわされないだけいいと、大目に見てたんですよ》

時おり、米軍の将校が島へ視察に来る。すると、町長は伝令をとばして商店などの闇物資を急いで隠させる。だが、久部良などを案内すると、将校はニヤリとしながらいう。
《ヘイ、町長さん、これがヤミミナトか？》
彼らも知っているのだ。煙草屋の前に来ると《台湾煙草あるはずね、どうした？》といったりした。
現町長の仲本さんはこの当時の警察署長なのだった。ずいぶんコキ使いましたね、と浦崎さんは笑う。島全体が闇屋であり、警察が取り締れる訳もない。逆にオマワリさんが闇屋の兄ちゃんにドツかれる始末だった。
《庁舎を建てたお金は、久部良に出入りするヤミ船から桟橋使用料というのをこしらえて強制的に寄付させたんですよ》
闇ブローカーが健気《けなげ》に建てた役所とは、いささか泣かせる話ではある。
そんな話をしてきかせながら、革新陣営の黒幕だという浦崎さんは、何度も嘆息した。
《日本が戦勝国となっていたら、ほんとに大変なことをしたはず……》
それに比べれば、と浦崎さんはいった。
《アメリカはエライ国です。実に立派な国です……》
壁にはガダルカナルで戦死したという、息子さんの遺影が掲げられていた。

部落の中を歩いて気がつくのは、やはり若者の数が少ないということである。役所や学校の職員に何人かいることはいるが、眼につくのは、家の中でのんびりしている老人か、往来で遊んでいる子どもたちの姿である。

浦崎さんの家を出てぶらぶら散歩していると、四、五歳くらいの可愛《かわい》らしい女の子が道で遊んでいた。珍しくドタテを着ている。ドタテとは与那国古来の日常着、作業着で、色は紺《こん》と白で、袖《そで》は短く、丈も膝下《ひざした》二寸くらい、全体に簡素で涼しいように工夫されている。最近では老人以外に日常的に着る人が少なくなったという。

この少女が着ていたのは正式のドタテではなく、朱色を使ってヤマト風着物に似せてあったが、その姿があまり愛らしいので、思わずカメラのファインダーを覗《のぞ》き込んだ。少女ははにかんで袖で顔を隠したりする。シャッターを押そうとした瞬間、路地から三歳くらいの鼻垂れ坊主《ぼうず》がぼくに突進してきた。いきなり武者振りついて撲《なぐ》りかかる。似ているところをみると弟らしいのだが、事情が呑込めないまま、ぼくは茫然《ぼうぜん》とかれのパンチをうけた。いったいどうしたというのだろう？　小さいこぶし攻撃をうけながら全く理解不能な世界へ放り込まれたような恐怖感に襲われた。彼がなぜ撲りかかったか、わからぬままに、ぼくは逃げ出した。もちろん物めずらしげに姉さんが写真をとられていることに腹を立てたから、という解釈は成り立つ。しかし、そのような合理的解釈では収まり切れない必死さが、彼にはあった。

谷川健一さんの『与那国・石垣・宮古の旅』には、こんな一節がある。
「与那国で眼についたことは、子どもたちがしずかで、ほほえみを絶やさないということだ。孤島で暮す以上は微笑して生きるという叡智《えいち》を子どものときから備えていることを私は考えないわけにはいかなかった」
こういうロマンティックな見方を、ぼくは好むのだが、与那国で実際に話したり遊んだりした子どもたちは、どこの農村にでもいるような子供と少しも変わらなかった。喧《けん》嘩《か》もしていたし、泣いている子も笑っている子もいた。
先程の鼻垂れ坊主とは異なり、多くの子が写真を撮ってくれるようせがんだ。幼稚園の四人組は、背の順に並んでポーズまで自分たちで決めた。その中のガキ大将は、次に断固として一人で撮ってくれと注文をつけた。撮影が終わるとオズオズと訊《たず》ねてきた。
《それ、くれる？》
《どこに送ればいいのかな？》
彼はぼくの手帳に「はえばる　のぶゆき」と書いた。番地も町名もなく、これだけで手紙はつくと信じているのが、微笑《ほほえ》ましかった。（もっとも、その上に与那国をつければ番地なぞなくても着く、らしいということだった）
子供たちの遊びも特に変わったものは眼につかなかった。男の子には独楽《こま》がはやっていた。女の子たちは何がはやっているのかわからなかったが、変わったゴム縄跳びをしていたのを見たことがある。三角形に張ったゴムをみんなでハヤシ歌をうたいながら上手に足で絡《から》めながら跳んでいく。その歌が面白かったのだ。何と明治時代の「日露戦争の唄《うた》」を大声でうたっている。

〽イチ裂談判破裂して
　ニチ露戦争始まった
　サッサと逃げるはロシアの兵
　シンでも尽すは日本の兵

昔、ぼくらも幼い頃、この歌をうたいながらした遊びがあるのだが、どうしても思い出せない。まだ、こんな歌で遊んでいる子供たちがいたのか、ということに少し驚いた。

誰もいない夕方の浜辺で、ひとり凧《たこ》をあげている少年を見かけたこともある。もうほとんど都会では見られぬ光景だが、彼の作った白い無地の大きな凧は、風に乗って海の向こうに上がっていった。

床屋をしている福里《ふくさと》武市さんを訪ねた。店にはひとりも客がいない。いくら呼んでも福里さんは出てこない。裏に廻ると三絃《さんげん》の稽古《けいこ》をしていた。

福里さんは与那国民謡のオーソリティーである。長い年月をかけて島中を採譜して歩いた。

《民謡を唄える方は旅に出られるし、先輩方は亡《な》くなられるし……》
ふと与那国の民謡は滅びていくのではないかという危機感を抱いた。それが九年前のこと。『与那国民謡工工四』という詞・譜付きの本ができたのは、一年前のことである。最も苦労したのは詞の意訳であった。すでに多くは死語となってしまって、唄っている年寄りですらわからなくなっている。

〽いとぬぶで　どしんがら
　きさとゆむ　まりんがらよ

という「イトヌブディ節」を、

〽絹布のような容姿の年柄
　以前から評判の高い生まれ柄

と訳すまでには、千回繰り返して読まなければならなかった。福里さんの「唄」の話は、おそらく聞く人がきけば、一巻の本になるものだが、ぼくには、最後にひとつだけ軽く唄ってくれた「マヤグワ節」が強く心に残った。マヤは猫、グワは小さいものへの愛称である。つまり「仔猫《こねこ》ちゃん節」とでもいおうか。この場合、仔猫はもちろん女を意味する。

〽ゆなぐにぬ　まやぐわ　うやんちゅ　だましぬ
　やから　にさい　だましぬ　やから

しきわり　ようしゅぬまいはり
〽すくぬやぬ　いんぐわと　なかぬやぬ　まやぐわと
ていだんばし　いちょうて
みやうてば　がうて　ばしはり

福里さんの訳に従いながら意訳すると、こんなふうになる。

〽与那国の可愛い猫は鼠《ねずみ》を騙《だま》すのが上手
若者を騙すのも上手
聞いて下さい　主の前（在藩役人）
〽底の家のワン（犬）君と中の家の仔猫ちゃんとは
だんばし（太陽のもる端の家）によってきて
ミャウとかガウとか話してる

「マヤグワ節」から猫の話になった。昔から、与那国の猫は鼠をとるので沖縄全島に名を轟《とどろ》かせていた。中でも大川屋の猫は、その代表である。

首里の王朝で、米倉に鼠が大発生して困っていた。どんな猫を送り込んでも敗退してしまう。そこで噂《うわさ》に高い大川屋の猫を与那国から連れてくるように命じた。来ると、期待にたがわず神技を発揮して、一匹残らず退治してしまった。王は喜び、大川屋をペイチン、すなわち村長待遇の士分に取り立てた。王がその猫を強く所望したので、大川屋は猫を譲って与那国に帰ってきた。船を降りて、家に帰ると驚いた。猫がちゃんと帰っていたのである。

与那国の猫は鼠をよくとる。いや冗談ではないんですよ、と福里さんは真顔でいった。《ほら、あそこにいるウチの猫ね、あれは石垣島生まれでちっとも鼠をとらないって馬《ば》鹿《か》にされていたけど、ここに連れて来てからは名人級ですよ》

与那国にくると、どんなボンクラ猫でも土地の猫に影響されて鼠とりの名手になるという。しかし、残念なことに、この優秀な猫どもは、あの「大川屋の猫」の血は引いていないのだ。昔からの猫は、戦後ドッと入り込んだ農薬によってほとんど絶滅してしまった。その反動として鼠がのさばり出した。慌《あわ》てた島民は石垣島から移入したりしてやっきになって猫を増やした。猫の仔が三ドルで売買されたのもこの頃である。今では増えすぎてタダでも貰《もら》ってくれない。

与那国では、猫に比べると犬は圧倒的な少数派だが、かならずしも縁が薄いというわけではない。与那国島の創世記伝説は犬が主役なくらいだ。

――大昔のことです。久米島《くめじま》から本島に渡る船が漂流してしまい、与那国島にやっと流れつきました。一行には男たちにまざって一人の女と一匹の犬がいました。そのうちに、男たちは一人、また一人と秘《ひそ》かに犬に噛《か》み殺されていき、ついには女と犬だけになってしまいました。そうして女と犬だけの生活が続いていたある日、小浜島の漁師が流れついたのです。漁師はバッタリ女に出くわしました。女は、ここには猛犬がいて危険だからどうか逃げてくれ、というのでした。男は、帰るふりをしながらも、策略をもって犬を殺すことに成功します。男は、犬は殺したから安心しろと女に告げました。死骸《しがい》はどこに埋めたかと訊ねられたが、男は答えませんでした。そのうちこの二人は五男二女をもうけて幸せに暮らすようになりました。

しかしある時、男はふと故郷の小浜島に帰りたいと思います。そして実際に帰ってみると、前の妻は思いもよらぬ老婆になっていました。男は再び与那国島に帰ろうと望みます。ある夜ひそかに小浜島を逃げ出しました。それを見た老妻は《小浜島と与那国島とは縁を切った!》と叫んで、機《はた》にかけてあった織物を断ち切ったということです。

与那国島に帰った男は、また女と七人の子供との元の生活に戻りました。ある晩、家族と上機嫌で話しているうちに、何気なく犬の死骸を埋めてある場所について口をすべらせてしまいました。

女が家出したのはその晩のうちのことでした。朝になって、不審に思った男は、犬の死骸を埋めた場所に行ってみました。なんとそこで、女は犬の骨を抱いて死んでいたのです。

与那国はこの五男二女からしだいに栄えていったということです……。

与那国島の諺《ことわざ》に「子供七人生んでも、妻に気を許してはいけない」というのがあるそうだ。女と犬が棲《す》んでいた場所を「いぬがん」といって、現在でも残っている。

浦崎栄昇さんと話している時、「ヴナヴィ」という言葉が出てきた。夜業という意味のようだ。浦崎さんが若い頃は、夕食を終えて八時頃になると、若者たちが一軒の家に集まってくる。みんなで楽しく話をしたりしながら、男は縄をあみ、娘は麻をつむぐ。しばらく働くと、誰からともなく《浜へ行こう》ということになる。月夜のナンタ浜に出て、歌をうたい、相撲をとり、若者たちは一日の疲れを忘れて打ち興じ……そのナンタ浜は、星型の美しい砂がまざっている白砂の浜だ。その星砂に祈りをこめると願いがかなうという。その砂を玩《もてあそ》びながら若い男女が楽しい語らいの時を過ごしたであろうことは、間違いない。

福里武市さんも同じような記憶を持つ。友人同士で浜に行き、昔話を聞いたり、男と女が掛け合い歌をうたったりしたものだというのだ。毎夜、ナンタ浜には三絃の音が美しく流れていた。

与那国民謡に「ウブダ道節」というのがある。ウブダ道とは、畑仕事を終えた農民たちがみんなで一緒に部落へ帰る道のことだ。早く終わった者は他の者が終わるまで待っている。ひとりずつ畑から上がってくる。そして、ほぼ頭数がそろうと、みんなで歌をうたいながら帰るのだ。

一七〇〇年代の初頭、時の琉球王朝は「毛遊《もうあし》び」を、労働意欲を奪うからという理由で、強圧的に禁止した。竹中労さんの『ニッポン春歌行』によれば、毛のモーは野原のモーを意味するという。つまり毛遊びとは野原での男女の自由な交歓のことであったのだ。その伝統は、めんめんと続いて、浦崎さんや福里さんの時代にまで及んでいた。

後に、比川部落で会った後間《こしま》さんもいっていた。

《月夜だといえば浜に出て、闇夜だといえばまた浜に出る》

《闇夜じゃまっ暗で困ったでしょう》

ぼくが訊ねると後間さんは笑い飛ばした。

《そりゃ、暗いほうがいいに決まっておるだろうさ……》

4

次の日、予定を変更して、朝から久部良へ行くことにした。十時に久部良行きのマイクロバスが出る。旅館のおばさんは、心配だからといって念のために「湯の川事業所」に電話してくれた。間違いなく十時に出るという。

十時五分前に事業所へ行くと、すでにバスは出てしまったあとなのだ。あれほど確かめたのに、と嘆いても文句をいう相手すらいない。おばさんが心配してくれた理由がよくわかった。

与那国でも時間についてはずいぶん泣かされた。朝、東京まで電話を申し込む。ところが、いつつながるか全くわからないのだ。二時間後の時もあれば、夕方まで待たなくてはならぬ時もある。だから、とにかくつながるまでは馬鹿みたいにポカンと待っていなくてはならない。沖縄の友人たちは、よく「沖縄タイム」という言葉を口に出す。たとえば、それはこんな風に使われる。

《明日の集合は九時。沖縄タイムでなくてキッチリ九時だよ》

つまり、「沖縄タイム」とは、時間にルーズな自分たちへの自嘲《じちよう》と自戒の思いを込めた言葉なのだ。

これに似た言葉で「会津タイム」というのがある。この言葉が生まれた原因は、官軍にさんざん痛めつけられた会津人が、中央への反抗を表現するために、中央への仕事をサボタージュし時間をルーズにしたことによる。ところが、歴史の流れの中で初期の精神は風化してしまい、現在では単に時間のルーズさを表わす言葉に転化してきている。

この「××タイム」という語は、恐らくは社会に闖入《ちんにゆう》してきた外来者の視線を意識することによって生まれてくる。ゆったりした生活のテンポの地域で、たとえ十分遅れたからといってどんな迷惑がかかるというのか。しかし、テンポの違う異邦人、多くの場合は中央の人、の眼を通してみる時、それは恥ずべきものとして自覚されてくる。石垣島には「八重山タイム」という言葉がある。友人の石垣篤によれば、「沖縄タイム」に輪をかけたルーズさだという。

与那国には、この「××タイム」という言葉がなかった。それは、ある意味で、彼らが異邦人の視線をあまり意識せずにすごせてきたためかもしれなかった。もちろん、「××タイム」といったような種類の出来事が皆無だったわけではなかった。

初めて与那国に来た日に会った経済課長さんに、島勢を概観できる書類のコピーをとってくれないか、とお願いしておいた。彼は、すぐやりましょう、と快く引き受けてくれた。だが、その「すぐ」は優に二週間以上はかかったのである。ぼくが帰るまでにとうとう間に合わなかったのだから。

仕方なくタクシーで久部良に向かった。マキさんと呼ばれる女の運転手だったが、彼女も激しくぶっ飛ばす。約十分、料金三百八十円。

久部良は小さな漁村である。湾に面したゆるやかな斜面に百六十戸余りの家が並んでいる。船着場に漁業組合の事務所があり、そこで毎日のセリが行なわれる。「奥作旅館」はそのすぐ真向かいにあった。この旅館は呉服屋さんがすすめてくれたのだ。もっともすすめてくれなくとも、久部良に旅館はこの一軒しかなかったのだが……。

荷物を置くと、すぐ「赤軍派のアジト」を探しに行った。

実のところ、今日は久部良に来る予定ではなかった。朝、呉服屋さんの話を聴いて、急に行く気になったのだ。久部良で赤軍派がアジトを作っているという。

《どうして赤軍派ってわかったの？》

《長髪だもんね》

ぼくが久部良に行くというと、呉服屋さんは赤軍派の小屋には近づくなと忠告してくれた。そして真顔でこう付け加えた。

《疑われて、殺されんようにねっ》

歩き回ったが、なかなかアジトは見つからない。駐在所をのぞきこむと、「梅内恒夫」の手配書だけは、きちんとこの離島にも貼《は》られていた。アジト探しを諦《あきら》めて旅館に戻ると、なんと隣りのワラブキ屋根の家の周りで、長髪、ヒゲ面《づら》の若者二人が働いている。あまりうまく出来ているので、彼らがいない時には普通の民家と見まちがえてしまったのだ。

呉服屋さんの忠告もきかずに話しかけてみた。彼らは手を休めて一服して応じてくれた。残念ながら、彼らは赤軍派ではなかったようだ。一月ほど前から与那国に遊びにきたが、旅館に泊まる金がもったいないので家を作り始めた、という。二人とも国立市《くにたち》に住む大学生だった。
《今、何処《どこ》の部分を作ってるんです？》
訊ねると、二人は苦笑した。
《今までは色々な場所で済ませてきたけど、とうとう収拾がつかなくなってね……》
便所を作っていたのだ。家を建てるのより難仕事だ、ともうひとりがいった。家のつくりは、何本かの主要な柱にワラを被《かぶ》せ、それを竹で押える、というかなり簡単なものだ。しかし、内部は充分に人が住める状態だ。天井からはランプが下がっている。ほんの一、二年前まで、与那国ではランプが必需品だったから、どこかの民家から安く譲って貰ったのだろう。
《なかなか快適そうだなあ》
《よかったら、ここで寝泊まりしてもいいですよ、あなたさえよかったら》
《ほんと？》
《あなたも金がないんでしょうから》
だが、ぼくには布団《ふとん》がないので、その好意を受けられなかった。シュラフ・ザックが、そこでは布団だったからだ。
この土地の所有者はいま那覇に出ている。管理を任されている人に《貸してほしい》と頼むと至極アッサリＯ・Ｋしてくれたのだ、と彼らはいった。

不思議だとぼくは思う。どうしてこんな島に家を建てるのかではなく、どうして彼らに建てさせておくのかということだ。赤軍派まがいのヤマトンチュに対する、ある種の無関心と幅の広い抱擁力のようなものは、何によって生まれるのだろう?
《それはね、久部良が合衆国だからだよ》
そう教えてくれたのは久部良小・中学校の校長先生であった。前津栄一さん。柔和な田崎潤といった風貌《ふうぼう》をしている。
《ここの人は糸満《いとまん》はもとより、九州、四国、紀州などからも……四十八カ国の人間が集まっているのさ》
だから、外部の人間に対して閉鎖的でないのだ、といった。
先日、金比羅《こんぴら》祭が行なわれた。この金比羅さんも島の伝統的な信仰ではなく、四国出身の漁民が持ち込んだものだ。部落の人は、海の守護神なら何でもよかろうと気安く信仰している風がうかがえる。たとえば祭司。この小さな部落で専門的な祭司がいようはずがない。そこで毎年、祭司は歴代の久部良小・中学校の校長がするというのが、部落の不文律になっている。それが他所者《よそもの》であっても気にしない。前津さんは石垣出身で祝詞《のりと》をあげる素養など持ち合わせていないが《結構うまくやれるもんなんだよ》と誇らし気にいう。部落の人も《結構うまいよね》と気楽に応じている。
だが、異国の人に対するこの「受容」は、必ずしも久部良だけのものではない。ゴンボーと呼ばれる異島人の血を引いた者を大切にする風潮は、かつてこの島全体にあったのだ。その伝統が今でも残っているかどうかは定かではないが、次のような噂話をきくと、なるほどと感じいってしまうのだ。

Bさんは那覇の人である。戦時中、この島に駐在としてやってきた。戦災で那覇がメチャクチャになったとき、妻子を失なった。そこで彼はこの島で医者をしている女性と結婚した。ところが、しばらくして那覇で死んだと思っていた妻子が生存していることがわかったのである。いぬがん伝説の現代版というところだ。

噂では、このBさんが仲本現町長だというのだ。ぼくが感じいってしまうのは、このようなスキャンダラスな噂があっても、堂々と彼が当選したことである。与那国はそういう島なのだ。

教員室で前津さんと話していると、ひとりの剽軽《ひょうきん》な先生がやってきた。どうやら、この人が、例の先生をやめてヤミをやったことのある教頭さんらしかった。ヤミの話に水を向けると、簡単にのってくる。ヤミ時代の話を他の先生たちにも聞こえるような声で話してくれた。妙に隠したりしないおおらかさが、この先生にはあるようだった。名前は田頭《たがみ》政睦さんという。聞けば、祖納で「のれん」という民宿をしているそうだ。今度、祖納に帰った時、泊まってじっくり話をして貰う約束をした。

《ほんとに、あの時代の自分たちは、ふつうの顔をした海賊でしたね……》

教頭先生はそういいながら授業に出ていった。

前津さんは単身で離島に赴任してきたが、辛《つら》いことも多いという。家庭的にも、学問的にもカタワになってしまう。本を買おうにも本屋がない。ちょっとしたものでも直接出版元に頼まなくてはならない。

そういえば……とぼくも去年、石垣島で会った赤嶺《あかみね》成顕さんのことを思い出した。彼もまた同じような辛さを述べていた。彼は東教大を出て、教師をするために沖縄に戻ってきた。深い決意のもとに戻ってきたのであったが、半年も経《た》たないでいたその時、彼はもう不安でならないといっていた。本土にいる友人たちに比べ、自分がどんどん遅れていくのが、一日一日はっきりわかるからだ。赤嶺さんは石垣島だったが、与那国では事態は一層深刻だろう。

与那国の場合、その離島苦はほぼ教育問題に集中している。

《高校さえあればなあ……》

多くの人からそういう意見をきいた。高校さえあれば、これほどの人口減少はありえなかったというのだ。中学生は全員が進学か就職かで島外に去ってしまう。大変なのは高校へ進学させる家庭だ。石垣や那覇で下宿住まいをさせなくてはならない。ひとり最低二万はかかる。その仕送りが苦しいのだ。やがて親の方も島外に出ていってしまう。親子そろって暮らしたほうが経済的に楽だと考えるからだ。建築ブームの沖縄には、仕事さえ選ばなければいくらでも就職口はある。

だが、高校のある石垣でも事態は少しも変わらない。八重山農高ですら、毎年の卒業生のうち島に残って農業に従事するものは二、三人しかいない。地元の新聞「八重山毎日新聞」が写真入りで紹介するくらい珍しいことなのだ。残りのほとんどは本土へ集団就職に向かう。地元の農民からは、農高の役割りを果さず本土大企業の工員養成校でしかないという批判も出ているくらいなのだ。雪崩《なだ》れのような中央への志向は先島諸島をひきずり回している。

離島の教育者というのはたいへんなものだということは知っているつもりだった。しかし前津さんの話を聞いて並大抵のものではないと思えたのである。

前津さんの家は石垣にある。そこには妻がいる。長男はエンジニアとして那覇にいる。長女は事務員として西表島で働いている。つまりこの一家は四つの島で四人がバラバラに暮らしているわけだ。

《税金を四カ所で払うなんて、不経済だと思いませんか》

前津さんはジョークとして笑いとばそうとするが、そんなに簡単にこの生活の重さが吹っとぶわけがない。前津さんは教師用の官舎にひとり住まいをしている。食事は契約している食堂でひとり寂しく食べる。

ある晩、前津さんとしたたか酒を呑《の》んで彼を官舎に送っていくと、なかなかぼくを放そうとしてくれない。だが、それも無理ないと思えたのである。ほとんど家具もないガランとした家で、ひとりこんな夜を過ごすのはぼくでも耐えられないだろうから……。

かつて柳田国男は沖縄の青年にこう語ったことがある。

「諸君の所謂《いわゆる》世界苦は、よく注意して見たまえ、半分は孤島苦だ……政治でも文化でも、中心に近い者に遮《さえぎ》られて恩恵の均分を望み難い。此境遇に居る者の鬱屈《うっくつ》は、多数の凡人を神経質にし皮肉にし、不平ずきにするには十分だ。……」（『島の人生』）

だが、この与那国の人々は、皮肉っぽくも、不平好きでもなかった。それは、教育を除けば必ずしも島民は離島苦に悩んでばかりいるわけでもないからだ。むしろ、離島ゆえの「楽」について語る人も少なくなかった。糸数繁《いとかずしげる》さんもそのひとりだ。

《天気のいい日に漁に出て、悪くなれば友達とお茶を呑んで、天気がよくなるのを待てばいい。那覇みたいに夜だけ人がいるような場所と違って、会おうと思えばどんな時間でも人に会える。助け合って生きていけるし……年寄りはやはりここが一番です。御飯もおいしく食べられるし、オカズは自分がとってこられるし、コップ半分の泡盛がそれにつけば幸せですよ。友達が遊びにきてくれる。これが何より嬉《うれ》しいこと。あるかぎりのおいしいものを出して食べてもらう。その人が喜んでくれれば私もうれしいんですからね……》

そういっている時に、二人の壮年の漁師がヒビガラという魚をワンサと持ってきて

《食べてくれ》と置いていった。奥さんが誇らし気にいう。

《与那国は一銭の金を持ってなくても暮らしていけるんさあ》

糸数さんの生まれは、薩南《さつなん》諸島の一小島である。船で沖縄周辺を航海していたお父さんが、ある日その小島に立ち寄り、ひとりの女性と一夜を共にした。男は沖縄に去る。そして、その十カ月後、私生児として、糸数繁さんは生まれたのだ。母と子はかなり苦労したという。十二歳の時、父が繁さんの存在に気がついて、引き取られていった。その先が与那国だったわけだ。彼は大いに働いて終戦直前に三万七千三百七十円の大金を貯《た》めた。父親に肌身離さず持たせていたのだが、たまたま山羊《やぎ》の草とりをするために、家に置いていた時、空襲に会って札は灰にかわってしまった。

彼の「与那国讃」には、そんなオカネのはかなさを知った者の「達観」が秘められているのかもしれない。

糸数さんの家から旅館に帰ると、前津さんが二軒先の金城万助さんの家に来ているという。行くと金城家は酒盛の真最中。まあ上がれ、まあ呑め、まあ食べろということになって、紹介されたのはだいぶたってからだった。万助さんの友達の大友さんという人にも紹介された。

前津さんからは、前に万助さんのことは聞いていた。

万助さんがクリ舟に乗って漁をしている時、スクリューがはずれてしまった。舟は流されていく。海は次第に荒れてくる。そして夜になった。その時、彼、金城万助は何をやったか。前津さんはその時の彼の行為に、海の男の魂をみたといって、ひどく感動的に話していた。万助さんは風雨吹きあれる中、衣服を脱いで、帆のように竿《さお》に張り、それで少しでも舟を動かそうとした。朝。全戸の舟が万助さんの救助に向かった。発見された時、彼は依然として、衣服の帆に風を受けて走らせる努力を続けていた……。

万助さんの一家は奥さんと五人の男の子。三男までは島外に出ている。

さっき前津さんと別れしなに、誰か漁をしている舟に乗せてくれる人はいないだろうかとお願いしておいたので、そのことで紹介されたのだろうと思っていると、そうではないらしい。頼んでくれたのは別の家のようなのだ。

ところが、与那国産の泡盛「どなん」をしたたか呑んでいるうちに、どこがどう間違ったのか、万助さんと大友さんが《俺の舟であんたを乗せていく！》といい出した。狼《ろう》狽《ばい》したのは前津さんである。よろしく頼むと他の人にいってあるのだ。それでは前津さんの顔が丸潰《まるつぶ》れだ。ところが、万助さんも大友さんも一度口に出したからには後へひかない。とうとう校長さんが折れた。

《では、この若者に、久部良の漁民の姿をよく教えてやってくれ》

天気がよい日に、まず万助さんの舟に乗せてもらうことになった。

前津さんは生徒にさとすようにぼくに忠告してくれた。

《酔っても我慢しろ。釣れている時に、君が青い顔をして立っていたら、港に戻らなくてはならない。そのことほど頭にくることはないからだ。一緒に行ったら、釣れるように祈っておれ。もし少しも釣れなかったら、ツキの悪い人として二度と連れていってはくれんぞ》

大丈夫です、絶対酔いません、とぼくは大見得を切った。

5

ある朝、「奥作旅館」の女主人にクブラバリを見てこいと勧められた。いったい何だかわからなかったが、与那国の名所らしい。

小・中学校を通って、教えられた道に従ってクブラバリに行ってみた。そこは断崖《だんがい》絶壁で東シナ海の浪《なみ》が激しく打ち寄せている。美しい光景ではあったが、ただそれだけの場所だった。草の上で昼寝をしていると急に《やあ》と声をかけられた。起きて見ると、旅行者風の男性が立っていた。ぶらりぶらり旅を続けている気楽さが、彼の様子からうかがわれた。

この風来坊氏は東京から来たといっていた。自転車旅行だったが、自転車は鹿児島で預け、薩南諸島から沖縄諸島へと少しずつ船で島を渡って、ここまで南下してきたのだ。

職を捨て気楽に旅をしてみたくなったのだといって笑った。
ここはどうして名所になっているのだろうか。ぼくがつぶやくと風来坊氏は教えてくれた。
《昔、人頭税がきびしかった頃、ニンプを跳ばしたんだよ。そこで》
そういって彼は岩と岩との深い亀裂《きれつ》を指さした。
《でも、どうして人夫を？》
《オナカの子が生まれないようにさ》
そうか、人夫ではなく妊婦だったのか。そういえばそんな話を聞いたこともある、と思い出した。
人頭税は本島の首里王朝が薩摩藩の収奪を先島諸島に転嫁《てんか》するための苛酷《かこく》な税制であった。
封建時代の年貢《ねんぐ》がいくらはげしい収奪をしたといっても、普通の幕藩体制では収穫高に対して何割かの税率をかけていただけである。それが五割でも六割でもいったん決められてしまえば、たとえ不作であってもその五割か六割であった。しかし、人頭税とは成人一人に対して米あるいは反物いくらと決められている。不作でも豊作でも変わらない。あるいはその成人が不具であっても病人であっても、頭数からはずされることはない。だから、収穫高が一定の小さな島で、人口が増えるということはきわめて危険な状況になるということだ。

クブラバリは、久部良張りとも書かれる。幅二メートル、深さは二十メートルもあろうか、そこを妊婦に跳ばせるのだ。ある日、不意に妊婦を集める。落ちれば母子《おやこ》共々死ぬ。仮に跳べたとしても、激しい緊張と運動で流産することが多かった。

クブラバリだけではない。与那国にはトングダという一町歩の天水田がある。このトングダも、クブラバリと同じような意味をもった旧蹟《きゅうせき》だ。

ある日突然、ホラやドラが激しく打ち鳴らされる。十五歳から五十歳迄《まで》の男たちは必死にこの天水田に駆込む。その非常召集に間に合わなかった者、つまりその多くは不具者か重病人であるのだが、彼らは村人に惨殺《ざんさつ》されたといわれる。

トングダは、トング（一升）ダ（田）とも、トウ（人）ング（桝）ダ（田）ともいわれる。あるいはトウ（人）ング（罠《わな》でしばる）ダ（田）ともいう。要するに人を選別する桝《ます》のような働きをしていたのだ。

この「冷酷な掟《おきて》」は小さな島の民が生き延びるために必死に考案した「黒い傑作」であった。だが、自らの家族や自らの死をも受け入れることによって、この掟は島民すべてに強く支えられていた。この人頭税は明治維新後も続き、実に明治三十六年まで島民は苦しんだのであった。

クブラバリやトングダの話は、さほど遠い話ではない。浦崎栄昇さんによれば、明治三十年でさえ、子供を五人も生んでしまった母親が、人頭税の苦しさのあまり、その長男を殺してしまうという事件が起こったそうだ。それから六年して人頭税は廃止されたわけだが、村人は母親を責めるより《あと少し我慢すれば良かったのに》と同情したそうだ。

そんなことどもを想《おも》い出していると、風来坊氏が手を開いてごらんという。そして星型のきれいな砂を一粒くれた。はじめてみる星砂であった。比川の浜で探してきたという。ナンタ浜ばかりでなく島を囲む数少ない砂浜には、どこにも星砂があるらしかった。クブラバリやトングダでむなしく命を失なった者たちの生まれかわりであろうか……と口まで出かかったがあまりにも少女趣味の科白《せりふ》だったのでやめてしまった。

その風来坊氏は自分のことについては多くは語らなかったが、きわめて印象的な人であった。神田で自転車を買い、あくまでも海沿いの道を走って行けば遠くへ行けるだろうと信じて鹿児島までやってきたのだ。これから数年はこんな生活をしていたいといっていた。家の方はと訊《たず》ねると彼は答えた。

《何とかやっていくだろう》

話をしながら部落へ降りていった。彼は明日、石垣へ戻るという。

昼過ぎ、万助さんの家に立ち寄った。金城という姓からもわかる通り糸満の出身である。金城、大城、玉城など城のつく苗字は糸満に多い。父の代に与那国へ渡ってきたのだという。

糸満の漁民はさまざまな土地に流れていき根をおろしている。それには糸満の漁法が極めて優れていたことが大きな支えになっている。

万助さんの奥さんも糸満の人である。糸満の女性は美人が多いといわれている。それは沖縄以外の人間にもはっきりわかるほど、きわめて特徴的な整った目鼻立ちをしている。万助さんの奥さんもパッチリした眼の持ち主だ。五人の子供は全《すべ》てが男。上の三人はやはり島外に出ている。長男は東京蒲田《かまた》で電気店の店員をしている。次男は大洋漁業に入社、三男は水産学校に通っている。残る二人にも次、三男と同じように何らかの形で漁業を継がせたいという意向のようだ。でも末っ子のアキラ君の口振りではその意向は受け入れられそうもない。

久部良では、一九七二年の一月から十月まで、最高の人で八・八トンの漁獲量で、水揚高は二百四十六万円にも達する。ところが同じ専業漁業でも中の下になると一・九トン、五十六万円しかならない。どうしてこんなに違うのかと万助さんに訊ねてみた。

《採る人と採れない人とでは何が違うのですか》

すると万助さんは少し顔を曇らせて答えた。

《そう……我慢……だな》

その時は知らなかったのである。久部良一の水揚高を誇るのが弟の貞雄さんであり、万助さんはその後塵《こうじん》を拝しているということを。

その貞雄さんの家におじゃましている時、妙な酒を勧められたことがある。ニンニク酒のようだ。さすがにコップ半分も呑めなかった。製法は泡盛に氷砂糖を入れたものにニンニクをぶち込むのだという。

《元気になるからもっと呑みな》

貞雄さんに勧められたがどうしても呑めなかった。遊びに来ていた親類の奥さん連は、じゃあ、私に呑ませろといっておいしそうに呑んでいる。勧められて手が出なかったのはこれだけである。

ニンニク酒はダメだったが、土地で勧められる呑み物食べ物は、ほとんどぼくの好みに合った。かえってヤマトの人だからというので揚げ物や洋風の味付けの物を出されるのが迷惑だった。旅館でも都会風の料理を出されることが多かったが、その大部分はおいしくなかった。

旅館の女主人がテビチを食べている。ぼくも食べたいなというと、あんたなんか食べんと思った、そういうのである。

テビチはブタの足を骨ごとブツ切りにしたものだ。それを煮込んでスープのようにする場合もあれば、おでんの中に入れることもある。時には皮がついていてブタの毛が舌にさわることもある。だが食べ慣れると実においしいのだ。去年、ぼくは石垣島でこれをさんざん食べて、慣れている。

ヤマトンチュが慣れにくいもののひとつは、台湾産のシーミー茶だろう。「奥作旅館」で同宿だった琉球大助教授の富永さんによると、琉大では本土から学者がやってくると《緑茶ではありませんけど》といってこのお茶をだすのが通例になっているそうだが《ヤマトの人は、この茶を嫌いますね》という。

どこへ行っても、判で押したようにこのシーミー茶と菓子がでるが、その菓子というのが、なぜかかならずゼリー風駄菓子なのである。ヤマトの人が好きだと思っているのかもしれないが、ぼくは、たとえば万助さんのところで出してくれた与那国産の黒砂糖の方が茶請けとしては好きだった。こういう食べ物にかんする誤解はいくらでもあった。たとえば塩辛である。旅館のおかみさんが塩辛をつくっているので、おいしそうだなあというと、《あんたこんなものを食べなさるのかね》と逆におどろかれる始末だ。そのカツオの塩辛は酒の風味がほどよくきいてホロ苦く、メーカーのつくったものなど足もとにおよばぬほどうまい。どうして早く出してくれなかったのかと口惜《くや》しがると、おみやげにとビンにつめてくれた。万事、この調子なのだ。しかし、この島で食べたもののうちもっとも美味なるものをあげよ、といわれれば、ぼくはためらうことなく、この塩辛をあげるだろう。

そして、この塩辛と甲乙をつけ難いのが、久部良で食べた芋もちである。大友さんの奥さんが作ったというその芋もちは、さつま芋をうらごしにしそれを月桃の葉でつつみ、しっかり結んで炊《た》きあげる。木の葉のほのかな香りが移り、とてもさつま芋とは思えぬほどうまい。もっとも、考えてみればこの芋もちも、さつま芋が主食だった時代の島民のかなしい工夫のひとつであったのだろう。すこし前までは、どこの家でも芋もちをつくり、漁にでかける男たちの昼食になっていた。いまでは芋は米に代り、芋もちは子どものおやつになった。作る人もあまりいないという。

夕方、雨戸だけの窓をあけはなつと、その前は一面の海である。しばらく夕方の海をみていると旅館の女主人がいった。

《天気がうんといい日には、そこから台湾がみえるよ》

今日は重く雲がたれこめてみえない。昔から漁にでかける漁師は、西の海を見て、台湾が見えるかどうかで天候を予測してきた。台湾がくっきりみえる日は、一年のうちそう何日もあるわけではないが、見えると、それは天気が大きく崩れる前ぶれなのだという。

「外国」の見える島。それは確かに国境の島にちがいないのだが、そういう島に俺はいるんだなと実感できたのは、その夜、金城貞雄さんの家でテレビをみたときである。

この島にテレビが入ってきたのは昭和四十三年のことだ。娯楽のすくない島民にとってテレビは一種の宝物となり、爆発的ブームを呼んだ。NHKのテレビ小説「あしたこそ」が放送されていたころはとりわけものすごく、再放送がされる夜八時前後には、島のどんな会合も開けなかったほどだといわれる。

しかしぼくがわざわざ貞雄さんの家まででかけてテレビをみる気になったのは、万助さんが、こんなことをいったからだ。

《あの家じゃ、台湾のテレビを楽しみに見ている》

韓国の釜山《ふざん》で日本のテレビがみられるという話は聞いていた。しかし、日本の領土内で外国のテレビが受信できるとは思いもよらなかった。

沖縄の先島諸島にはNHK一局しか入らない。チャンネルは12。ところが7、9、11の各チャンネルには台湾の映像がキャッチできる。晴れた日など、NHKより画像は鮮明なくらいで、与那国のテレビ草創期、貞雄さんの家ではNHKが十二時におわると、台湾のテレビをよくみたものだ、という。

《まあ、なんとなく意味はわかるからね》

NHKがつまらないときは、いまでも台湾のテレビをみる、といって奥さんは笑った。

その夜、11チャンネルは、悪辣《あくらつ》な日本軍と三人の台湾人の知恵競《くら》べといった感じのスタジオドラマを流していた。言葉はわからないが雰囲気《ふんいき》だけでもなんとかストーリーは呑み込める。奥さんや子どもたちは《ああなるよ》とか《いや、こうなるさ》とやりあいながら見ているが、これがよく的中する。

《でも台湾のは宣伝が多いからイヤだね》

万助さんがいうとおりコマーシャルは五分おきぐらいに入ってくる。薬のCMが多い。そのなかに混じって、どうも見なれたマークの商品がみえる。マルにサンカク、そう、アリナミンではないか。NIVEAとでると同時に、おなじみのニベアクリームのコマーシャル・ソングが流れてくる。

《明治牛乳もナショナルもやってるさ》と貞雄さんもいう。考えてみれば、不思議な光景ではないだろうか？　本土からのテレビはNHKだからCMはなく、日本商品の情報はすべて台湾からやってくる。復帰後のヤマトの風は、いまや国交断絶の台湾から吹いてくるといいかえてもいい。そして、与那国と台湾のつながりは、たんにこうした電波によるものだけなのだろうか。ぼくは、日本商品のCMを台湾の電波でみながら、夕方、旅館の女主人が夕食をはこびこみながら、さりげなくいったことばを思いだしていた。

《この鯵《あじ》ねえ、台湾の漁師にもらったもんよ》

6

《この窓から台湾が見えることがある》奥作旅館の女主人にそういわれて以来、何かというとすぐ窓から海の向こうに眼をやるようになっていた。どうにかしてここにいる間に台湾を見たい。ひと目でいいから見てみたい。それは、ぼくがはじめてこの眼で見る「外国」になるはずだった。「外国」を見たい、台湾を見たいという思いは日増しに強くなってきた。まるで台湾を見るためだけに与那国へ来たかのような強い執着にとらわれるようになっていた。だが、本当のところは、それが台湾でなくてもよかった。グアム島でもマダガスカル島でもいい。多分、そのときぼくは国境の島のロマンティシズムに浸りたかったのだろう。「外国」を見て、《オオ、俺はいま最果ての島にいる!》と呟《つぶや》いてみたかったにすぎないのだ。しかし、漁師の金城万助さんはガッカリさせるようなことをいう。

《見えるといっても年に何回と数えるほど。それも夏に多くて、冬はあまり見えないよ》

今朝も、起きるとすぐ雨戸を勢いよく開けたのだが……海は小雨に煙って、台湾どころか二、三キロ程の視界もない。

ぼんやり海を見ているうちに、東京を離れるとき手渡された一枚のニュース・リリースを、あらためて思い出した。そういえば、そのニュースは実に奇妙だった。いや奇妙というのは適切でないかもしれない。聞く人によったら何の抵抗もなく聞き流してしまうであろう、小さな何でもない事件だからだ。十一月の中頃、東京放送の「ニュースデスク」でこんなニュースが流された。

「……沖縄では、本土復帰後も台湾漁船の不法入域や不法上陸が相ついで起きていますが、那覇にある第十一管区海上保安本部は、このほどこのような台湾漁船の取り締りに乗り出しました。

那覇にある第十一管区海上保安本部によりますと、復帰後、与那国島や西表島などへの不法上陸が五十二件も発生しています。

そして、きのうもおとといも、台湾の二隻《せき》の船が西表島の祖納港に入港し、不法に上陸したうえ、台湾人を仲介して石鹼《せつけん》・煙草《たばこ》・ビールなど五、六百円相当の品物を買い入れています。

このようなことから第十一管区海上保安本部では、出入国管理令による不法入国、税関法に基づく密輸出の疑いがあるとして取り調べていますが、刑事事件として取扱ったのはこれが初めてです。

なお、第十一管区海上保安本部としては、台湾船の不法入域に対する取り締りに関して、具体的な方針をまだ打ち出しておらず、台湾船の領海侵入は今後とも続くものとみられます……」

どこか変だな、と思わないだろうか。領海侵入、不法上陸、密輸出とものものしいレッテルにもかかわらず、その実質というのは日用品を五百円か六百円買っただけという、この凄《すさ》まじいアンバランス。まさに、その奇妙な落差にこそ、このニュースの価値があるとぼくには思えたのである。「五、六百円の密輸」とはいったい何を意味しているのか。

旅館のすぐ前が船着場になっている。その横に久部良の漁業組合がある。訪ねると仲嵩《なかたけ》組合長が相手をしてくれた。仲嵩とはどこかで聞いた名前だが……そうだ、ぼくがはじめて与那国についた日に出喰わした葬列は確か前町長の仲嵩さんのものだった。訊《たず》ねてみると、その弟さんに当るという。きっと仲嵩家は与那国の実力ある家柄なのだろう。

久部良の漁家は百六十七戸、うち専業は七割。年収は最高で三百万円弱、中位の人で百万円程度だという。比較的すくないが、必要経費もそれに見合って少ないので、結構やっていけるのかもしれない。燃料に三万、釣具に三万、舟の部品等に三万。計十万円もあれば一艘《そう》のクリ舟を操って一年の漁ができる。

《農家はなんだかんだと借金が多い。けど、漁師には少ない。安定してるんです、漁業は。だから、久部良の方が、農家の多い祖納より豊かなんじゃないかな》

一日一日の天候に左右されることはあるが、年間を通してみればさほど不漁が続くことはない、とのことだ。しかし農業においては、たとえばひとたび大旱魃《かんばつ》に見舞われればあとに残るのは借金地獄だけ、という危険が今でもある。昭和四十六年の大旱魃は、八重山諸島のキビ作農家に壊滅的なダメージを与えた。
四十六年九月。旱魃を視察に来た当時の山中総務長官に八重山の農民は、ムシロ旗を立てて陳情した。ちょうど、石垣市にいたぼくは、そのムシロ旗を今でも記憶している。
「キビは飢干産業となりましたッ！」
そう書いてあったのだ。陳情団の代表は低い声で穏やかに「抗議」した。
《……今はもう、山中長官におすがりするより他はありません。南海の一小島ではありますが、どうぞお願いいたします。……多くの開拓移民は明日の米をどうしようかという毎日です。これらの移民がどうして八重山に来なければならなかったか。それは米軍が、基地が、土地を奪ったからではないですか。いや、本土政府が異民族に売り渡したからではないか……》
比較的水の豊かな与那国でもその影響は免れなかった。農協や琉球政府からの借入金が三千ドルを越す農家も少なくない。与那国の農家も多くは、
《キビはいやだね》という。公民館長を務め、島の若き実力者のひとりである後間地《ついまじ》さんでさえこういう。
《五、六年前まではキビもよかったが、人夫代の高騰《こうとう》で全く採算が取れん。勝負するならやはり米だ》
ところが、町の方針はキビ増産。奨励金まで奮発している。理由はこうだ。

与那国島唯一《ゆいいつ》の工場である与那国製糖は、仲嵩前町長の努力の末、やっと誘致に成功したという会社だ。処理能力は三万トンあるのだが、キビの生産がまるで追いつかない。そこでどうしても三万トン台にのせなければならない、というわけだ。

そんな農業に比べれば漁業の方がましだ、と漁業組合長はいいたいのだろう。しかし、与那国の漁業に悩みがないわけではない。

第一に、おきまりの後継者難。久部良でぼくが訪れた漁家は、この代が終わったらいったい誰が継ぐのだろう、と不安になる家ばかりだった。

第二に、与那国近海の漁場が「外国船」に荒されるということ。

《まず日本船。こっちが磨きあげたカンで魚を捜している時、あっちは大きな魚探でさらっていくんですからね》

与那国の漁民にとって外国船とは、「まず日本船」のことなのである。

《それから台湾船。海上保安庁の警備艇《てい》が来るようになって、少なくなったけど、それでも来ますからね》

五月になると飛魚漁の台湾船の群れが与那国の沖を埋め尽すそうだ。組合長は飛魚がゴッソリ台湾船に取られると、小魚を追ってやってくるカジキやカツオまでが取れなくなるから、海上保安庁の取り締りは喜ばしいことだといった。

《台湾船を徹底的に追い出してほしい。これが久部良漁民の共通した願いなのです》

だが、それは本当に「共通した願い」であるのだろうか。「五、六百円の密輪」の一件をも含めて、駐在さんにその辺りの事情を聞いてみることにした。

偶然だが、「奥作旅館」で琉大の助教授と同宿になった。経済関係の研究所に依頼された調査のために、アンケートを取るとかいっていた。町役場に送れば済むのだが、一度与那国に来ておこうと思ってついでを利用したのだ、とその富永さんはいう。

《さっき散歩していたら駐在所があったんですよ。中をのぞいたら外見とは不釣合いなほどバリッとしたステレオ・セットがありました。ここでもこんなふうにして文化みたいなものへの憧《あこが》れを癒《い》やしているんだなあ、なんて思って、なんか……》

富永さんがそういっていた、その「バリッとしたステレオ」を持った駐在さんにぼくは会いに行ったのだ。駐在さんは名刺をくれた。それには「那覇警察署・琉球警察巡査・砂川雅弘」と記されてある。砂川さんは渡す時、「那覇警察署」を線で消し、横に「久部良駐在所」と書き添えた。「琉球警察巡査」の部分には手を入れなかったところをみると、彼の意識の中では沖縄県警の巡査ではまだないのだろう。

砂川さんは、一年前まで那覇の牧志《まちし》に勤務していた。最も繁華な町から、最も辺鄙《へんぴ》な島へ紙切れ一枚でスッ飛ばされたと苦笑する。年齢は二十代の半ば、宮古島出身の若い駐在さんである。与那国に大した事件はない。

《駐在ってのは、酒呑《の》みの喧嘩《けんか》の仲裁が仕事です》

しかし、ひとつだけ他の地方の駐在とは違った任務がある。島に近づく外国船の不法入域や領海侵犯の取り締り。とはいえ、砂川さんには国境の島にいるという実感はないらしい。

《外国船といっても、地元の船と同じように小汚い台湾船が出入りするだけでしょ。船員だって、裸だったり赤フンドシだったりという具合だし……》

「領海侵犯」が激しいと、どうして取り締らないかと駐在所に電話がかかってくることもある。オットリ刀で、クリ舟を借りて急行。こちらが六トンなのに、向こうは大抵が十六トン。まともに鬼ゴッコをしてはかなわない。ところが台湾船は悠々として逃げようとしない。魚をくれて許してくれといったり、両手を突き出してさあつかまえてくれといったりする。沖縄の方が暮らし易《やす》いというのだそうだ。これでは捕まえる方が困ってしまうだろう。いや、「エライ人の指示」によって拿捕《だほ》はしないことになっているらしい。そして、それを台湾漁民も知っているのだ。だから、砂川さんの立場はますます絶望的になる。いったい何をすればいいのか。

《警告するんです。……でも、台湾人は与那国を外国だなんて思っていないんですよ。ちょっと気軽に立ち寄るつもりで上陸しちゃう》

台湾漁船はよく与那国の崖《がけ》に接岸し、上陸して昼寝をしたり、薬草を採ったりする。与那国に生育するイソマツやハマギクが、台湾では漢方薬の材料として高価に売れるらしい。
復帰してからは、海上保安庁が警備するようになった。ヘリコプターなどで空から台湾語のテープを流して警告したりする。
《三マイル以内だから出ろ。拿捕するぞ！》
これは北方でソ連がやっている手を応用しとるらしいです、と砂川さんはいう。
船名をチェックし、二回以上になると台湾に通報する。罰してもらうことになっているが、実際はどうなのか不明とのことだ。警備艇が監視しているが、これも実効はあがっていないようだ。隠密裡《おんみつり》に急行するのだが、着いてみると今までいた船がパッと姿を消している。
《与那国の漁船がおしえてあげるらしいんです》
つい最近まで久部良の漁民と台湾の漁民は海で出会うと物々交換をするくらい仲が良かったのだから、それも当然かもしらん、と砂川さんはいった。
少し、漁業組合長さんとは話が違うようだ。そこで、例の「五、六百円の密輸」事件について訊ねてみた。《あれはいったいどういうわけなんですか？》すると駐在さんは一言。
《ああ、ちょっと買物に寄ったんでしょ》
なるほど、「五、六百円の密輸」は奇妙だが、「五、六百円の買物」ならおかしくない。

台湾の漁民にとって、与那国や西表で買うことは、単に買物でしかない。
別れ際《ぎわ》に、駐在さんから、久部良のなかに税関があると聞かされて驚いた。だが、実のところ驚く方が間違っている。ここは「国境」なのだから。こんな小さな島の税関とはどんなだろうか？
訪ねてみることにした。しかし、教えてもらった場所には民家があるだけだ。と、よく見ると看板がかかっている。「沖縄地区税関与那国監視署」とある。奥から出て来たのは、小柄で律義《りちぎ》そうな中年の男性だった。名刺をくれた。
「沖縄地区税関与那国監視署長・大田守喬」
署長とはいうものの部下はひとりもいないようだ。復帰に伴って名護《なご》から赴任してきたのだという。一家四人、民家を借りてオフィスと住居を兼ねながら住んでいる。
《この島で、税関というとどんな仕事をするのですか》
《密輸出入を監視したり、緊急入港してくる外国船に立会ったり……》
《今までに、そんなことありました？》
《嵐で避難してきた漁船が一、二隻……》
《じゃあ、ふだんは何を？》
《ええ、まあ、情報の収集など……》
《情報？》

《そうなんです。情報を収集しなきゃいけないんです。台湾の漁船が不法上陸しても、誰も私のところへ通報してくれないんです。だから情報収集というか、まず連絡してくれるような関係を作らなければいけないんです》

そのために、大蔵事務官である大田さんはなかなか苦労しているようだ。ひとりも部下のいない長とはいえ、署長と名がつけば島の名士である。学校の運動会だといえば招待され、卒業式といえば出席しなくてはならない。久部良ばかりではない。祖納でも比川でもだから大変だ。代理を出そうにもその代理すらいない。

《いや、出るのはいいんですけど、そのたびに祝儀《しゆうぎ》を出さなければならないんです。最低でも五百円は包まなくてはならないんです》

台湾漁民にとって気軽く買物でもするようなつもりで上陸してしまう与那国島。では、その与那国の漁民にとって台湾とは、台湾人とはどんなものであるのか。

「サンデー毎日」の記者である大島幸夫さんに、「沖縄のなかの台湾人」というレポートがある。その中に、久部良の漁民である西銘成吉さんという人が登場してくる。この西銘さんが、漁具箱の疑似餌《ぎじえ》を指し示して、大島さんにいったという。

《これ、台湾製ですよ。一本が六セント。日本製のを買うと、一本三十五セントもする。漁場で船を寄せて、分けてもらうんです》

そして大島さんは書いている。

「与那国島の沖合いに出る台湾漁民と、彼らから安価な漁具を買い受ける与那国漁民と、両者はもちつもたれつであったらしい」

だが、「もちつもたれつ」の、つまりギブ・アンド・テイクの関係のみで両者の交流を考えることは正しくない。確かに、かつて久部良が三十隻以上のツキ船で賑《にぎ》わった頃は、「安価な漁具を買い受ける」ことが重要だった。カジキ漁のためのツキ棒は台湾産のカシが質、値とも手頃だったからだ。

Cさん（この件については、ニュース・リリース風にいうと「密輸」に属することなので仮名とする）は、ツキ棒と交換に化粧品を持ってきてくれ、と台湾漁民に頼まれたことが何度もある。台湾漁民に最も好まれるのが化粧品であり、とりわけ喜ばれるのは資生堂だとのことだ。大島レポートは復帰前のものだが、後はどうなったのか。それを聞くため、ぼくも西銘成吉さんに会おうとしたのだが、遠くに出ているとかで会えなかった。

現在では久部良のツキ船は三隻。台湾の漁具をどうしても譲って貰《もら》わなければ、という必要性はグッと少なくなった。にもかかわらず、依然として台湾漁民との交流は、細細ながら続いているようだった。ひとつは警備艇が急行するのを事前に通報する、ということで。もうひとつは、今もなお船上の「密貿易」という形で。だが、その「密貿易」の実体とは、たとえば、旅館の女主人が料理してくれた鰺《あじ》のようなものでしかない。
《これはDが、台湾人と海でカツオかなんかと交換したんだってよ》
Eさんもこんなことをいっていた。
《夜にはこっそり台湾の漁師がやってきて、来れば茶の一杯も呑ませるさ》
先のCさんも、知り合いの台湾船に今度なになにを持って来てほしいと頼まれれば、今でもその通りにしてあげたい、といっていた。
こうなるとはじめに聞いた漁業組合長の《台湾漁民を徹底的に追い出すことが久部良漁民共通の願い》という意見も、はなはだ微妙な立場にあることがわかる。公的機関の「建て前的見解」と、漁民の「私的な生活感情」との間にはかなりのギャップがある、と見ることが可能だからだ。そして、その生活感情を支えるものは、単なるギブ・アンド・テイクの関係を越えた「なにか」であろう。「なにか」とは、たとえばそれはこういった感性だ。後日、ぼくの泊まることになった「のれん」旅館のおかみさんと与那国製糖の話をしていた時である。台湾との断交で、こんどはどうなるかわからないが、例年だと、年が明けると台湾から出稼《でかせ》ぎの婦人たちがやってくる。それを、彼女はこう表現したのだ。
《もうすぐ台湾から応援に来るんよ》
「出稼ぎ」を「応援」と受け止める、彼女のこの感性こそ、今でもなお与那国と台湾とを結びつけているものだ。それは、長年かかって培《つちか》われた独特の親しみによって生み出されるのだろう。

戦後、台湾と沖縄・本土とのバーター方式のヤミ貿易によって与那国が潤《うるお》ったことは、前にも触れた。しかし、それよりも以前に台湾との交流は盛んだった。与那国—台湾間は百七十キロメートル。百七十キロといえば東京—静岡間より近い距離だ。

明治二十八年、日本が台湾を植民地としてからは、与那国から豚・魚などの農水産物、台湾から日用・雑貨品という具合に両島の交流は盛んになった。

現在、那覇で琉球独立を叫んでいる琉球独立党の党主・野底《のか》土南は与那国出身である。野底さんの土南という号もドナンのあて字なのだそうだ。昔、野底さんの家は久部良で大きな雑貨店を営んでいた。品物の大部分は台湾から持ち込まれたものだった。

《与那国は豊かだった。旧制首里一中に入るために那覇へ来た時、与那国に比べて那覇はなんと汚い所だろう、貧しい所だろうと思ったものだよ》

後に那覇で会った野底さんは、そう語っていた。

戦前の日本で、与那国はただ一カ所だけ台湾銀行券の流通した土地である。台湾との交流がどれ程の頻度《ひんど》であったかを物語っていよう。元町長の浦崎栄昇さんが、戦後の軍票切り換えの際、台湾銀行券を回収したところ当時の金で百十万円もが集まったという。

《昔、与那国は台湾とひとつだった。台湾さえ離れなきゃ、もっと与那国は豊かだった。

戦争でいちばん損をしたのは沖縄で、それより損をしたのが与那国だろうな》

台湾の話になると、どうしてもみんなグチっぽくなる。与那国の家を作る材木は台湾檜《ひのき》が多かったという。交易ばかりでなく、与那国から台湾へ多くの人が出稼ぎにいった。五十以上の人はまず九割方が戦前の台湾を経験している。

《沖縄は知らなくても、台湾は知ってますよ、この島の人は》

糸数繁さんは漁師として台湾に出稼ぎにいった。そこで数年稼いだのだ。その間、使われるのは本土人にだったが、住居は台湾人の家の間借りをした。時には台湾人漁師と共同生活をしたこともある。

《いい人ばかりで……みんな、ね》

与那国民謡のオーソリティー、床屋の福里武市さんも台湾生活を経験している。出稼ぎで与那国の家族へ仕送りしていたのだ。福里さんによれば、当時の与那国は台湾から本土のハイカラな空気が流れてくるので、沖縄本島の田舎よりはるかに都会風だったとのことだ。そう、彼は自慢した。そして、だから台湾はさらに都会風だったというわけだ。気候は与那国と同じ、生活は豊かだし……青春時代を送った台湾は、福里さんにとっても決して忘れられない土地であったらしい。

《今でも、向こうの生活を思い出すと……泣き出したいくらいですよ……本当にっ！》

といって福里さんが「本当にっ」眼をしばたたかせたのには、こちらが狼狽《ろうばい》してしまった。

与那国島の人たちの台湾に対する「親密な感情」は、戦後両島が異国としての国境線が画定されたのちも残っていた。それゆえに、政治上の国境線はひかれても意識の中の国境線はまだひかれなかったのだ。

それは、生きるための巧まざる「工夫」だったかもしれない。沖縄の果てのこの島の、間近な海に国境線がひかれるなら、島は確かに果てのドンヅマリになるだろう。文字通り最果ての島になる。しかし、少なくとも意識の上で線が取り払われているとしたら、この島は決して最果てではない。台湾に、そして広くアジアに開かれた単なる島になる。もちろん中央ではないが、最果てでもない。沖縄本島や、九州や本州と変わらぬ、ひとつの島である。しかも、国境にとらわれないだけ、その分だけ自由になっている。

ドンヅマリの島が、ドンヅマリではなく単なる島になるためには、国境が邪魔である。国境がひかれたとたんに、ドンヅマリの島は、中央からの距離によって、自らを貶《おとし》めるようになるのだ。

与那国は台湾へ開かれていた分だけ、中央志向から免れていた。

「本島ノ地タル日本帝国ノ西南端ニ位置シ僅々《きんきん》周囲五里余ノ一孤島加フルニ航海不便ナルヲ以《もっ》テ未《いま》タ深ク王化ニ浴セサルナリ故《ゆえ》ニ土人ハ愚蒙《ぐもう》野蛮ヲ免レス飢ユレハ食ヲ求メ飽ケハ睡ムルノ状体ヲ常トス之《こ》レヲ使役スル甚《はなは》タ難ク懶惰《らんだ》安逸……」

これは明治時代、指宿訓導が書いた与那国学校沿革誌の文章である。「飢ユレハ食ヲ求メ」ていた時、与那国は辺境ではなかった。「王化ニ浴セサル」時には単なるひとつの島だった。王化の歴史は辺境化の歴史であった、といえるだろう。かつて「王化ニ浴セサル」時代が、与那国には確実にあった。そして、与那国にとって復帰とはまさに第二の「王化」に他ならない。

復帰がもたらしたもの。

ひとつ、与那国町役所の看板が町役場と改められた。ひとつ、税関・出入国管理事務所ができた。ひとつ、観光みやげの手拭《てぬぐ》いが百十円から二百円になった。

眼に見えるものはバカバカしいものが多いけど、深いところで大きな変化が起きている。そのいい例が人口動態。

駐在の砂川さんが教えてくれた数字には驚くべきものがあった。与那国の人口は毎年百から二百人ずつ減少している。過疎化状況の進展は防げないでいる。しかし復帰後の人口流出は桁《けた》はずれなのだ。六月に二千九百人台だったのが、八月には二千六百人台に急落している。この二カ月で二年分が出ていったのだ。いったいなぜなのだろう。

それは、与那国沖の日本国としての国境画定作業と無関係ではない。

海上保安庁による一連の警備は、二つの島に僅《わず》かに残る「親密さ」にクサビを打つ効果を担《にな》っている。島の人たちの意識の内部ではいまだに引かれていない国境線を、必死に画《えが》こうとしているのだ。それは、ある程度の効果を収めている。何よりもまず、久部良の漁民に得体の知れぬ恐怖感を与えることに成功しているからだ。

金城万助さんの奥さんがいっていた。

《時々、台湾の船が手をふったり、呼んだりするらしいんだけど、とうちゃんはオッカナイからって近づかないことに、してるらしいんだ》

やがて与那国が台湾生活の経験のない人でいっぱいになった時、「オッカナさ」が「親密さ」を駆逐するであろうことは眼に見えている。まさにそのようにして、開かれた部分が閉ざされ、与那国の辺境化が完了する。不可視の国境線が見えた時、与那国の島人は自由さを失なっていく。

与那国と台湾とに打ちつけられるもうひとつのクサビは自衛隊だ。

昭和四十七年十一月。与那国の町議会は、ぜひわが町に自衛隊を配備してくれと決議した。

十一月十日付の「八重山毎日新聞」では、この決議に対して八重山中の労組が次々と抗議の電報を打った、と報じている。現在、沖縄では全島的に自衛隊配備反対運動が展開されている。那覇における「自衛隊員の住民登録受け付け拒否」に見られる激しい運動が華々しく報道されているさなかに、与那国町議会はその定例議会で自衛隊の常駐配備を求める要請決議を採択したのだ。

これに対し、たとえば全逓《ぜんてい》八重山支部は、「反戦平和を願い自衛隊の沖縄配備に反対する県民の意志を無視した自衛隊配備要請決議に満身の怒りをこめて抗議する」との電報を打電した。

浦崎さんの説によれば、自衛隊員が何十人かくれば島がうんと潤うと思っとるんだろ、ということになる。

たかだか二十人やそこらの隊員が来たからといって、島がどう豊かになるわけでもあるまいに、どこよりも早く、どこよりも高らかに自衛隊を招待してしまう。それに対して周りの島々は「満身の怒りをこめて」抗議したりする。——この話には何となくユーモラスな響きがある。もっとも、後に仲本町長に話を聞くと、潤う、潤わないの問題ではなく、外国の脅威に対抗するためだ、とのことだ。

外国の脅威？　久部良の漁民にとってまず外国の脅威とは、日本漁船だった。それでは町長さんは、ヤマトの軍隊でヤマトの船を追い散らそうというのだろうか？　そいつは名案だ。——という半畳を措《お》くとすれば、彼のいう外国とは台湾であり、中国であることは間違いない。

現代の防人《さきもり》がやって来て、国境にその銃口を向ける時、実は国境から与那国に銃口が向けられたことになる。外に開かれる門は閉ざされ、銃口に追いたてられて与那国の島人は回れ右を強いられる。つまり顔を中央に向けさせられるのだ。

大島幸夫さんは日本に復帰するくらいなら、台湾に復帰するほうがマシだったという声を島のいたるところで耳にした、と書いている。だが、不思議なことにぼくはそのような意見を一度も聞かなかった。

ぼくの聞いたのは、《台湾と自由に交易ができたら》というひとつことだった。力点は「自由に」という所にあった。

駐在の砂川さんの証言によれば、与那国の人たちにとって、日中共同声明は大ショックであったらしい。必然的に台湾と断交となるだろう、これで夢もついえた、というわけなのだ。

《この島の人は、結局、あのケイキ時代を忘れられないんですよ》

そういって駐在さんは嘆息した。

夕食をとっている時、「奥作旅館」の女主人は、身の上バナシをはじめた。一段落したので、戦後の「密貿易ブーム」を知っているかと訊《たず》ねてみた。《知ってるどころじゃないさ。あれはね、オバサンが始めたようなもんよ》

えっ？　とぼくは声をあげてしまった。じゃあ、このオバサンが密貿易の女親分だった、というわけだろうか？

《その話をしてよ》

勢い込んで頼むと、この元女親分はぼくの足元を見透かしたように、ニッコリ笑っていったものだ。

《明日の昼間にでも、ゆっくり話してあげるさ》

7

翌日、「奥作旅館」の女主人は約束通り「ケイキ時代」について話をしてくれた。

ケイキ時代の話というと与那国の人たちから決まって出てくるエピソードがある。

第一に、久部良では鶏《にわとり》でさえ地に落ちた米を喰わなかった。

第二に、人口二、三千の島が一万数千人に膨《ふく》れあがった。

第三に、今は二軒ほどしかないが、当時はバー・料亭などこのせまい島に三、四十軒もひしめきあっていた。

第四に、派出所ではなく警察署が置かれ、十人以上の警察官がいた。

第五に、沖縄はもとより日本全国から集まった闇《やみ》ブローカーで溢《あふ》れかえった。

第六に、久部良は与那国で最も早く電気がつき、今は無いが映画館まであった。

このようなケイキの中で、とりわけ久部良の漁民は家を下宿屋とすることで巨額の金が転がり込んだし、実際、ヤミに手を染めれば、はるかに多くの金が入った。糸数繁さんは、人に貸すために三軒も家を建て増したくらいだ。
このケイキがどのようなキッカケで始まったのかは定かでない。「奥作旅館」の女主人はこんなふうに説明する。
《戦争が終わって物資が無い時、台湾に残っていた私の弟が台湾人と一緒に、船で米を運んで来たんよ。久部良張りに着けて、夜そっと荷揚げしたものよ。でも、三度目の時だったけど警戒している台湾兵に見つかってしまい、それがむこうの新聞に大々的に書かれてしまったの。それを見て台湾人は、これはうまそうな話だというわけで、我も我もと与那国に、食糧を持ってくるようになったのよ。そもそも初めは弟と私が始めたことなんだけどね……》
以後、多くの闇ブローカーが与那国に現われるようになったが、その中にあって彼女もかなりの活躍をしたらしい。彼女の何よりの武器は、標準語はもとより、沖縄語も与那国方言も台湾語も話せるというところにあった。
《十円のものをこっちで百円だといい、むこうには五円ということだって、全部の言葉を知っている私にはできたのよ》
彼女の台湾語は二度にわたる台湾生活で、とりわけ二度目の台湾生活での接客業で身につけたものなのだろう。彼女の生涯というものもかなり数奇な運命をたどっている。
——私が十八の時にね、与那国に津波があったの。船が壊れて、でも与那国には船大工がいなかったのよ。そこで十三人の船大工に、台湾から来て貰ったの。船の修理はできて、大工さんがみんな帰るというの。そこで、部落のエライ人が、大工が一人ぐらいいなくては困るというので、ある大工さんをひきとめたのよ。その人の名は奥作甚太郎。その人は島に造船所を作ったのよ。でもひとり者でしょ。それでは島に落ち着かないというので、是非結婚させなくてはならないと村の有志が決めてしまったの。勝子おまえ嫁に行けって。でも私は器量がアレだったし、つまり、自惚《うぬぼ》れがあったのね。十も年上の人と結婚しなくても、もっといい人がいると思っていたわけよ。いやだって言ったら、四十日間も勘当されて、泣く泣く結婚させられたわけ。私は部落の犠牲になったわけよ。子供が一人生まれた時、おじさん（結婚した甚太郎のことよ）が、台湾に行きたいというの。やっぱりもっと大きな仕事がしたいらしいんだわ。それで一家して台湾に渡ったのはいいけれど、三人目の子供が生まれて七十日目に徴用されちゃった。中支からマレーに送られて、それで戦死よ。私はその頃はまだ二十五にもなっていない子供でしょ。三人の子供をかかえてとほうにくれてしまったのよ。人はみんな子持ちだなんて思わないから、お嬢さん、お嬢さんなんて呼んでくれたけど……。

そのうちに戦争が危なくなって帰国命令が出たの。本土に送り返されて、でも身寄りは無いし、同じ無いなら与那国に帰りたいと思ったわけよ。福岡から沖縄に行く船に乗らしてくれと係の兵隊さんに頼んでも《お嬢さん本土の人なのに沖縄に行くことはないでしょ》なんていうの。与那国の人間だといっても信じてくれないわけよ。だからいってやったの。あんた本当に沖縄の人間の私たちを連れて行かないとすれば、母子《おやこ》四人ここで野垂れ死にするんだよ、どうしてもだめだというなら、あんたは沖縄の人じゃあない。……それじゃあ、私が沖縄の人間だということを証明すればいいんだろって、最後にいったのよ。あんたが沖縄のどこの出身か、私にはちゃんとわかるんだ、そういうと係の兵隊さんは絶対にわかるわけがないという。じゃあ、当てたら乗せてくれるかい。あんたは八重山、そっちの人は糸満でしょ。するとびっくりしてね、よくわかるねといって乗せてくれることになったのよ。沖縄から石垣に行って、今度はいよいよ与那国という時に、船に乗り遅れてしまったの。荷物は積んだままだったから、次の便で与那国に着くと、もう荷物は何ひとつ残っていなかった。こんちくしょう、と思ったけどしょうがない。悔しいのは、おじさんの遺骨までないんだよ。着の身着のまま、エイッ、もうどうにでもなれという気持で、台湾にはまだ弟とお母さんが残っていたから、訪ねていくことにしたのさ。また台湾に逆戻りよ。旅館の手伝いなんかをしているうちに、また帰国命令。今度は直接与那国に返された。そうこうしているうちに、ケイキ時代になったっていうわけさ……。

奥作勝子さんの儲《もう》け方は、かなり激しかったらしい。今の旅館もその時のお金で建てたものだ。

《私は仕事があるから、小さかったけど長男は一人で遊ばしとくでしょ。オモチャがないんで、十万円ずつ札を束に丸めて、その子のオモチャにさせていたのよ。まさか、こんな小さい子が、札束を持っていようなんて思いやしないから、誰も盗む人はいなかったわ》

女主人は豪快に笑いとばした。やがてケイキ時代が終わり、次第に金が無くなると、その子はよく訊ねたそうだ。

《あのお金はどこに行っちゃったの?》

が、ともかく、奥作勝子さんは、ガンバリとおし、息子を琉大へやり、娘ふたりをりっぱに嫁がせた。その時の写真を誇らしげに見せてくれたのだが、彼女はその結婚式の記念写真に写っていなかった。

《出席しなかったの?》

なぜか「奥作旅館」の女主人は返事をしなかった。

先日、久部良小学校の職員室で会った教頭先生、彼に会おうと思って、夕方、学校へ電話した。夜まで学校にいるという。

《じゃあ、今からうかがいます》

すると、傍《そば》で聞いていた「奥作旅館」の女主人に怒られた。やめなさい。明日でも

「のれん」に泊まりにいって聞きなさい。自分の宿に泊まってくれる人に喋《しゃべ》るのと、ただ知らない人に喋るのとでは、私だって熱心さがちがうわよ。人間って、そういうもんだから、明日泊まるから明日の晩に話を聞かせてくれって、電話をかけ直しなさい。

——まったくその通りかもしれなかった。ぼくは彼女のいう通りにした。

その翌日、久部良の「奥作旅館」から、教頭先生、田頭政睦さんのおかみさんの経営する祖納の「のれん」に宿を移したのだ。

「のれん」の夫婦は、二人そろって親切で、話し好きだった。ほとんど毎日のように三人で茶を呑《の》みながら、夜どおし喋りつづけた。

先生のお父さんは四杯ものカツオ船を持つ事業家で成金といってもよかった。与那国のほかに石垣や那覇にも家を持っていた。とりわけ那覇の家は、サトウキビ成金がその暴落によって手放したという、久米町で一番大きな屋敷を買いとったものだ。

成金とはいえ明治人。勤倹貯蓄が一生を通じてのもちーふだったそうな。夕方になって家中のランプに灯を点《つ》ける時、マッチ一本でなるべく多くのランプに点火することを厳しくしつけた。幼い頃の先生に、お父さんはよくいったそうだ。

《「儲ける」ことは馬鹿《ばか》でも阿呆《あほう》でも、泥棒でもできる。人生の勝負はどれだけ「ためる」かにある》

なるほど大した哲学だった、と先生は今になって思うそうだ。そのお父さんはまた

「貯《た》める」ことに関しては進取的で、与那国で誰よりも早く生命保険をかけた。お母さんが亡《な》くなった時、その金で他を圧する巨大な墓を作った。与那国で、というより沖縄中を探しても田頭家の墓より大きいものは数えるほどだろう。お母さんは死して墓を残したが、「勤倹貯蓄」哲学のお父さんは、結局、戦後の預金封鎖ですべてを喪《うしな》ってしまった。

田頭先生が「先生」になったのは、給料取りにあこがれたからだ。お父さんはサラリーマンを軽蔑《けいべつ》していたが、先生には気楽が何よりと思えたのだ。

戦争、そして敗戦。その時、先生の俸給は八十円だったという。ちょっと信じられないのだが、おかみさんの記憶によると、当時、豆腐一丁百円だったともいう。小学校の生徒でさえ、ヤミの手伝いをすれば数百円になった時代だ。とうてい食っていけない。父兄にイモや野菜の現物援助をしてもらって、教師はやっと命をつないだ。

田頭先生はやがて教師をやめる。船に乗るためだ。船はお父さんのものがあった。はじめにやった仕事は、台湾からの引揚げ者の輸送。人と同時に米も秘《ひそ》かに持ち運ぶ。その頃から、与那国はケイキ時代に突入する。先生の船は、台湾からの物資を満載して、那覇に向かう闇船になった。台湾からは米・食糧を、そしてそれを那覇に持ち込み、米軍配給の毛布や生地と交換する。またそれを与那国に持ちかえり、米などに換える。

《その利鞘《りざや》だけでも、ホントに太いもんでした》

どうもぼくなどにはイメージが湧《わ》かないのだが、一航海で最大に儲けた時、七斗の米が入るカマスに札束がビッシリ詰まっていたことがあったそうだ。

——那覇では難民がテント生活をしていて、ぼくたちが行くと、神様が来たように喜ばれたものでした。船を横づけにすると《何を持って来た》とすぐテント生活者が群がって来る。そのテントというのはひどいもので、地べたに紙を敷いただけで寝ていたり、野戦病院で使っていたタンカに足をつけてそれをベッドにしていたり、米軍の配給はあったんですけど、それはゴワゴワの毛布だったり、ダブダブの服だったりするんです。難民のような生活をしている人たちは、米やぼくたちの持って行くカツオ節のようなものにとても飢えていたんですね。だからぼくたちが米を持って来たというと、口から口へ伝わって、あっという間に広がってしまう。この人たちは配給された衣服や米軍の倉庫から盗んできた品物——センカと呼んでいましたが——たとえばキャメルの煙草《たばこ》や布地などをカタに、奪うようにぼくたちの持っていった食糧を買って行きました。

久部良は凄《すご》かったですよ。護岸の通りは肩と肩がふれ合わずに通る事はできないほどでした。両側にビッシリ店が出て、そこで取り引きをしたりする人たちでごったがえしていました。警察権なんて無いも同然でしたよ。一度なぞ、めがねをかけたブローカーが、警察の部長を相手に《てめえ、バカヤロー》と罵《ののし》っている光景に出喰わしたくらいです。部長はブツブツと弁解するばかり。命知らずが、命をかけてやってるヤミですからね。部長も恐いですよ。

もちろん賄賂《わいろ》も堂々と横行していました。ぼくの家のすぐ近所に、警察署長が赴任して来た。いろいろ睨《にら》まれると困るので、当時の金で五万円という大金を、町の実力者を介して渡して貰《もら》った。綱紀ある日本の警察がこんなだとは思わなかったが、その五万円はとうとう突っ返されることもなかったんです。

だが、ぼくはケイキ時代のよい海賊ではなかったなあ。それはたぶん教師をしていたためなんです。夜陰に紛れて米軍のキャンプを襲えば、豊富な品物が手に入るとわかっていても、どうしても盗めない。それはきっとぼくに無用な良心があるからなのですよ。あの当時は、盗んだ物をセンカといい、センカをあげられる人だけが、人間だった。しかしぼくには度胸がなかった。船員がやりましょうというのに、なんだかんだと理由をつけてはブレーキをかけてしまった。それに海賊というのは、最初にやっつけた者が勝ちなのだ。はじめて台湾から米を持って来た奴《やつ》、はじめてマイシンを持って行き、サッカリンを持って帰った奴……ぼくはいつもその後を追っていた。後手に回ったというばかりではなく、よく騙《だま》された。トラックを持って行けば台湾では高く売れると台湾人にもちかけられ、やっとの思いで二台のトラックを船で運ぶと、それは彼に騙し取られてしまう。今度こそは騙されないぞと、二台のトラックを持って行くと、また同じ手で騙されてしまう。台湾人は本当にうまく騙すんだなあ。騙されるぼくがバカなんだけど、ね。

　でも船の上の生活は楽しかったよ。あるとき米を満載して那覇に向かう途中、時化《しけ》にあって池間島に避難したんだよ。するとお巡りさんがやって来て《その船はなんだ、責任者、署まで来い》なんていわれるから、あとで米俵を一俵もっていって、警察署に放り込んで、一目散に船へ逃げて帰った。大脱走。こんどは大神島に行き避難した。港のそばでブタを一匹買い、船上でブチ殺す。じつにブタ殺しのうまい船員がいて、見事に料理するんですよ。もちろんこれは密殺で犯罪なのだけど、船の上に法律なんか無いでしょ。豚を喰いながら酒を呑んで航海を続けたけど、その時、なんて船乗りは自由なんだろう、素晴らしいんだろうと思ったもんです、ほんとうに。

　船に乗っている間、年も月も週もわからなかった。一日一日があるだけだった。ケイキ時代はあっという間に終わってしまったけど、船乗りの思い出は忘れることができないんですよ……。

　おかみさんの話によると、夫が航海に出ている間は心配でたまらない。そこで船員の奥さん同士がなんとなくよく集まったものだという。この心配事は、犯罪に類することだから、他の人には決していえない、かといって奥さん同士が集まると心配は軽くなるどころか不安な思いでいっぱいになってしまう。

《よく海岸に行ってヤドカリを捜してきたものさ。これは私の旦那《だんな》、あれはあなたの御主人、こっちは誰々と、ヤドカリに名前を決めておいて、お膳《ぜん》の端に並べるの。そして「いま船はどこにいるの」と訊ねると、無事に航海している時は、ヤドカリがみんな揃《そろ》ってまっすぐ進む。何かマチガイがある時は、みんなが——ヤドカリよ——まぜこぜになってゴチャゴチャになる。本当にヤドカリの占いは、当ったわよ》

こんな心労のあげくヤミをやった人は、稼ぐには稼いだが、また湯水のようにも使った。

《ずっと永久にこのケイキが続くと思ったもんね》

だが実際は三年ともたなかった。突如米軍が、台湾との国境を封鎖したのだ。その理由は色々に囁《ささや》かれている。駐在の砂川さんによれば、

《なんでも米軍の薬キョウが台湾経由で中共に流れたらしいのです》

ということである。ちょうど朝鮮戦争直前のことだから、それは大いにありうるかもしれない。ともかく、ある日突如として米軍が与那国じゅうを検索したのだ。それを事前に察知した闇ブローカーたちは急いで裏山などに物資を隠した。田頭先生も慌《あわ》てて防空壕《ごう》跡に隠した。米軍の去った後、田頭先生が取り出しにくるとそこには一片の物資も無かったという。このようなことは島中至る所であったらしい。盗《と》ったものが盗られ、また盗り返し……。

田頭先生は当時を思い起こすようにいった。

《夢のまた夢ですよ……》
そして、さらにこうつけ加えた。
《こんどまたケイキ時代がきたら使わずに残すんだけど……》

8

連日とびまわっているせいか、少し疲れてしまった。夕食前にひと眠りすると、奇妙な夢を見た。
——〈ぼく〉は友人と共に船出する。行先はよくわからない。そのうちに、友人だと思っていた仲間が、この島で出会った人に変わってしまった。だが、〈ぼく〉は不思議に思わない。なかなか島が見えてこないな、と〈ぼく〉がいう。直前まで行先はわからなかったのに、もう「島」が目的地になっている。いい加減だな夢なんて……と自覚しながらまだ夢を見ている。ああ、船出なんかしなきゃよかった、とグチっているのは〈ぼく〉だけだ。島の人は黙っている。十分か十年か、とにかく航海を続けるとある朝、島影が見えてくる。今まで黙っていた島の人が感激的な声をあげた。
《ハイ・ドナン！》
しかし、船はいくら漕《こ》いでも島に近づいていこうとしないのだ……。

それからの筋は覚えていない。ぼくは恐らく南与那国島の夢を見ていたのだろう。ハイ・ドナンのハイとは、土地の言葉で「南」を意味する。与那国の人々は、この島の南にはユートピアのような島がある、と信じていた。それを南与那国島＝ハイ・ドナンと名付けたのである。

この島の唯一《ゆいいつ》の地誌である池間栄三著の『与那国の歴史』にも、ハイ・ドナンについて書いてある。それによれば、ハイ・ドナンという島があると信じて、それに向かって船出したのは、比川部落の人々だったという。驚いたことに家族名まで書いてある。浜川、兼盛、兼久、後間《こしま》。さらに驚いたことには、その子孫がまだいるというのだ。それを教えてくれたのは与那国中学の嵩西先生である。後間だけはまだ存続しているという。話を聞いて、その子孫とやらに会いたくてたまらなくなった。ハイ・ドナンの夢を見たのも、そのためかもしれなかった。

それから二日後に、比川へ行った。後間の当主に会うためだ。祖納から車で約十分、ひとつの丘を越えた反対側に、三十七戸の小さな集落がある。比川は農業地帯だ。目立つ建物といえば学校しかない。美しい校庭が海岸沿いに広がっている。

比川には小学校しかないので、中学校へは祖納までバス通学をする。スクールバスなどという気のきいたものはない。例のオンボロバスが登校下校時にやってくる。だが、その時間というのも、運転手が恣意《しい》的に決めるので、朝早すぎたり、夕方暗くなってから学校へ来たりで時間が一定しない。子供たちが可哀そうだ、と与那国中学の嵩西先生もいっていた。

小学校の校庭は芝生があり、その周りを美しい花壇が取り囲んでいる。花壇には「よく学び、よくきたえて、よい人となれ」という石塔がたっている。そこで女の子三人を記念撮影に収めた。それをみて、小学校に附属した幼稚園の先生をしている竹本町子さんはいった。

《撮ったら、必ずこの子たちに送ってあげて下さい。がっかりさせて、不信を芽生えさせないように……本土の人に対して》

本土の人が来て写真をとってくれる。送ってくれる？　うんいいとも。しかし、待っても待っても送ってこない。そういうことが何度もあり、二十歳になった竹本さんはもう本土の人には期待しないが、それと同じような目に生徒をあわせないでほしい、という。

放課後、竹本さんは職員室で、四人の生徒と一生懸命なにかを作っていた。紙片を小さく小さく切り刻んでいたのだ。幼いひとりは、きっとまだ幼稚園なのだろう、大きな瞳《ひとみ》をさらに張ってハサミを使っている。

《何を作っているの？》

《もうすぐクリスマスだから……》

《うん。で、それは何?》

再度たずねると、みんなは照れたように顔を見合わせた。大きな瞳の子がニコリと笑った。だが黙っている。

クリスマス……刻んだ紙片……紙ふぶき……吹雪……そうか、これは雪なのか。そうわかった時、ぼくの胸に迫ってくるものがあった。恐らくこの子たちは雪を見たことがないだろう。与那国を出ないかぎり、一生雪を見ることはない。その子らが思いを込めて雪を作っている……。古いカレンダーや余り物の色紙でできているその雪は、黄色だったり赤だったり青かったりする。与那国の雪は虹《にじ》色だった。

与那国の人にとって、雪とはたぶん見知らぬ他国の最も素晴らしい憧《あこが》れの対象なのだろう。

そういえば、金城万助さんも、本土から来た写真だといって、ただ雪の降っているだけのなんのへんてつもない写真を誇らしげに見せてくれたことがあった。本土から旅行に来た学生の故郷が雪の降る地方だと聞いて、どうか帰ったら写真を送ってくれと頼んだのだ。O・K、と彼はいった。たいていのヤマトンチュは口先ばかりだが、その彼は律義《りちぎ》だった。万助さんにとって、送られた写真は大事な宝物になっていた。

かつて比川は現在の久部良の辺りに部落があったらしい。しかし海賊の襲撃を頻繁《ひんぱん》に受け、その難を避けるために、いまの地点に部落を移したといわれている。

柳田国男は『海南小記』に、かつてこの島には一丈、二丈の大草鞋《わらじ》を作って、海に流すという風習があったことを書きとめている。これ程の巨人がいるのだということを誇示して外敵を威嚇《いかく》したのだろうといわれる。

このことなども、海賊の襲撃をよく受けていたことを物語るものかもしれない。

比川には美しい浜がある。ここでも星砂を簡単に見つけ出せる。その砂浜に時おり、椰子《やし》の実が流れつき打ちあげられる。それを子供たちは「ダッチ」と呼んで、よい遊び道具にしている。そう教えてくれたのは新村五十鈴さんだった。彼女は与那国・祖納出身で、琉大教育学部を卒業したばかりの新任教師だ。与那国に戻ってくるつもりはなかったが、まわされてしまった。しかし、比川小学校にきてよかった、と今では思っている。

新村さんは与那国の出身だが、比川の裏側にあたる祖納で椰子の実を見たことはなかったし、ダッチという言葉も知らなかった。ある日、新村さんが海岸を散歩していると、生徒のひとりがいった。

《先生もダッチ拾いにきたの？》

《ダッチ？》

椰子の実のことだったのだ。ダッチはどこから流れてくるんだろう、別のひとりが呟《つぶや》いた。

《みんなはどこからだと思う?》

生徒たちは口ぐちに答えた。新村さんは驚いてしまった。ダッチは本土から流れてくる、というのだ。しかし、そう思うのも無理なかった。

《テレビが島に入って以来、生徒たちは珍しいものといえば何でも本土からやってくる、と思い込むようになっているらしいんです》

本土? そうかな?——そうやって彼女が彼らに質問し、どうやら最近では、ダッチは南の海の彼方《かなた》から流れてくるようだと思うようになってきた。

新村さんによれば比川の生徒は確かに口が重いそうだ。しかしいざ口を開く時には生活に根ざした本質的な問いを発するので、教師は常に新鮮な衝撃を受けざるをえないという。

五月頃。比川の海岸近くにも台湾漁船がたくさん現われた。時おり現われる駐在さんが警告を発したり、逮捕したりした。そんなある時、生徒が質問する。

《どうしてあの人たちしかられるの?》

《黙ってよその国に入っては、いけないのよ》

《だって、むこうは魚が少ないんだってよ。だからこっちに来てもいいのにさ》

新村さんはここで絶句してしまったという。社会科の勉強としては国境あるいは領海について教えてあげた方がいいのかもしれない。しかし、何も子供のこのような心情の

芽を摘みとることはない。どう教えたらよいか。わからないままに、

《あっちになかったらあげてもいいよね》

そう子供たちがいい合うのにまかせていた、という。

暗くなって後間さんの家を訪ねた。後間は比川の旧家である。当主はすでに六十を過ぎていた。

ぼくが与那国に足を踏み入れた時、島は村祭の季節に入っていた。村祭は二十五日間にわたって行なわれ、その間、島では四つ足の生き物を殺してはならない。血を流してはいけないことになっているのだ。だから、現在でもこの期間は肉類を石垣島から船でとりよせる。村祭はある期間を置いて部落から部落へ移動していく。

比川は三番目にあたる「ンデ祭」を行なう。この日は部落祭とは別に、後間家だけでする祭がある。年に一度、何百年と伝わる弓、矢、刀、槍《やり》を出してきて、後間の当主が主宰する。

この祭のために後間家では、村祭の二十五日とそれに先だつ数十日間を、いっさい肉なしですごさなくてはならない。それもまた、何百年も続いたものなのだ。

《この祭がある限り、この部落を離れられないよ》

後間家の当主はいっていた。後間家はいつもはただの農家である。当主も平凡な農夫である。しかし、話が祭や先祖の話になると、ぼくらの時間の概念を超えた悠久たる時

間の中に生き始める。

《イソバさんがね……》というから、隣りのオバアチャンの話かと思うとそうではない。イソバは五百年も前の人物なのだ。

《イソバさんがね、男に恋をして生まれた子供がウチの先祖なんです》

イソバは正確にはサンアイ・イソバと呼ばれている。一五〇〇年前後の時期に与那国を率いていた女傑である。

当時の与那国は沖縄の首里王朝に属することもない独立したクニであった。一四七七年に与那国島に漂流してきた朝鮮人の記録によれば、次のような島であったらしい。

「……盗賊がいない、道におちたものは拾わない、互いに罵《のの》ったり喧嘩《けんか》したりはしない。小児を愛撫《あいぶ》し、泣きわめいても手で打つようなことはしない。酋長《しゆうちよう》もなく文字も解さない」

ここに描かれた与那国は、原始的ではあるが平和で平等なコンミューン――ユートピアそのものである。『与那国の歴史』を著わした池間栄三さんは、この頃を次のように想定している。

「当時は人口も少なかったと想像される。それに山野の食物は豊かであり、海浜の魚貝類はほとんど無尽蔵と言ってよい位生息していたと思われる。この満ち足りた島民は、今に至るまで伝えられているドタテ（与那国独特の筒袖《つつそで》の着物）を着て、男は美しい長髭《ながひげ》を垂れ、女は真珠のイアリングやネックレースで身を飾り、立てば地にとどく黒髪姿で、山海の神々への祭事を行い、豊作や海上安泰を祈り、疫病《えきびょう》の流行や当時最も怖れていた異国人、大国人（海賊）の侵入を避けるための神力を願ったであろう。又、性の遊戯以外には能のなかった土民達は祭事の舞踊にも大いに性の魅力を発し、猟奇的なものがあったと思われる」

これからしばらくして、イソバが与那国を率いるようになったらしいが、こうした平和は長くはつづかなかった。八重山の赤峰が中山王にたいして入貢を断わったことから、中山王は宮古の仲宗根豊見親《なかそねとよみや》を討伐軍として遣わし、ことのついでに与那国にも攻め入らせたからである。イソバは、ここで果敢に戦い、宮古軍を散々の目にあわせた。

しかしそれから二十二年後、イソバが逝《い》ったあとの酋長ウニトラが討たれてからは、与那国は完全に中山王に服するようになる。しかし、イソバのように「自主独立」の抵抗を行なった例は少ないらしい。

《沖縄ではイソバぐらいのもんです。首里の腰ぬけたちは闘うまえに薩摩に降伏したぐらいで……》琉球独立党の野底土南さんは誇らしげにいう。《ひとつの民族が独立できるか、どうかは魂の問題です。与那国にはあったのです》

一六〇六年、首里の中山王朝は無抵抗のまま薩摩に屈する。先島の悲劇はそこから始まるといってよい。薩摩への進貢を果すために首里王朝は、先島へ苛烈《かれつ》な税金を課す。それが人頭税である。先島では、本島に行くことを今までも、《オキナワへいく》という。かつてはそれを悪鬼納《おきなわ》と当て字していたのである。
後間家で話に熱中しているうちに、いつの間にか座には「どなん」が運ばれ、酒盛りとなっていった。
上機嫌になったぼくは、いよいよ胸躍るハイ・ドナン伝説についての話を聞くことにした。
《後間さんの御先祖たちが、南の海に求めて船出していったというハイ・ドナンの話がありますね？》
《ハイ・ドナンね……》
《後間家ではどのように語り継がれているんですか》
《聞いたことあるようだが……ハイ・ドナン……よく知らんね》
《聞いたこともないんですか？》
《いや、あるようだが、よくは……わからんね》
《ほんとですか……》
正直のところガックリしてしまった。さあ呑《の》みなね、と「どなん」を勧められるが、急に呑む気がしなくなってしまった。雑談にも身が入らない。何てえことだ、あんなスゴイ話の子孫だってえのに……知らないとは……。

話しているうちに、ふとダッチのことを思い出した。今は比川の子らもそれが本土から流れてくると思うようになっているとのことだが、かつてはダッチを見て、比川の子供たちは何を思ったのだろう。

《どこか知らぬ南の島から流れてくるヤシの実を見て、かつての比川の子供たちは南へ憧《あこが》れを持ったり、夢を抱くことはなかったんでしょうか》

後間さんに訊《たず》ねてみた。すると、彼は眼を輝かせて、《それはもちろんさ》といい、さらに思いもよらぬことを喋《しゃべ》った。

《だってよ、わたしが、この年でも、ダッチを見ると南へ行きたいと思って……そう思うと血が騒ぐのだから……》

後間の当主は伝説としての、あるいは民俗学的挿話《そうわ》としての「南与那国」は知らなかった。しかし、彼の血の中に、確かに南を恋うるものがあったのだ。「ハイ・ドナン」はあったのだ。その時である。ぼくがハイ・ドナン伝説を信じられたのは。南与那国島の存在は幻であっても、その島を求めて漕ぎ出した人々がいたということは幻ではない。そう思えた。

しかし、海の向こうにもうひとつの島があってそこは税吏に知られないユートピアだというイメージは、与那国固有のものではない。波照間島にも、それに似たパエ・パトロー伝説がのこされている。パエとは、与那国のハイと同じく南を意味し、パトローは波照間の土語で、ある夜、ヤクアカマリという者に指導されて波照間の者数十名が、酷税をのがれてその南の島に船出したというのが、パエ・パトロー伝説の骨子である。ハイ・ドナン伝説の場合は、船出した者たちが約束の地についたかどうか定かでない。パエ・パトロー伝説の場合は着いたと信じられているところが異なるが、酷税をのがれて南へ、という構造はそっくり同じである。

しかし、この南へ、の伝説の全部が「悪鬼納」の苛斂誅求《かれんちゅうきゅう》を背景にして生まれたものだとも思えない。南へ下った者たちの末裔《まつえい》である後間の当主は、南への思いを《血が騒ぐ》と表現した。

たぶん、ハイ・ドナンあるいはパエ・パトローの伝説は、この「血の騒ぎ」としかいいえないものと深部でつながっている。

このような「血」にとって、〈南〉はほとんど「ユートピア」の代名詞である。状況が苛酷であればあるほど、人は〈南〉を幻想する。そして、いつの世にも〈南〉へ船出する者と残る者がいるものだ。どちらがよいと一義的に決められるものであるまい。ハイ・ドナンを命を賭《か》けるまで幻想しうる者と、できぬ者がいる。それは思想の問題ではなく、資質なのだ。さらにいえば、たとえ同じようにハイ・ドナンを幻想したとしても、一歩のちがいが二人の運命を全く変えてしまうこともありうるのだ。パエ・パトロー伝説の「補遺」を知る時、ぼくらはそんな思いにうたれる。

ヤクアカマリら数十人がパエ・パトローに船出したことは前に書いたが、実はこの時もう一人の女が乗り込むことになっていた。彼女は家に鍋《なべ》を忘れたのを思い出し、取りに帰ったのだ。ところが夜が明けかかり、島抜けが露見するのを怖れて船は出発してしまった。女は浜に戻り取り残されたのを知ると、歎《なげ》き悶《もだ》え足摺《あしず》りし、浜の砂を鍋で搔《か》き散らした。波照間島の「鍋搔」という地名は、そこからきているという。

このエピソードを知って、ぼくらの想像力は二つの方向に分裂せざるをえない。ひとつは、ヤクアカマリらの一行がどうなったか。もうひとつはこの鍋で砂を搔き散らした女がどうなったか、ということだ。

今、ぼくらに必要なのは、この女に向かって想像力の刃をとぎすますことかもしれない。なぜなら、ぼくらはヤクアカマリではなく、「鍋の女」そのものなのだから……。

現在、沖縄にひとりの詩人がいる。名を川瀬信という。その川瀬信さんの詩に次のような一節があるという。

「幻の国などどこにもないから
幻の海にでも沈もうよ
そして激しい渦巻きになろう
船も鯨《くじら》も寄せつけぬ竜巻を養おう」

前夜、明日は六時半頃おこしてくださいと「のれん」のおかみさんに頼んでおいた。

そして朝。

9

《起きなさい！》

ぼくはとび起きた。時計を見たらなんとまだ五時半。ごはんの用意ができているから食べていけという。ほんとうのところをいえば、今日は一日中舟に乗っているのだから食事はしないつもりだった。気持が悪くなりやすい、と思ったからだ。しかし、おかみさんが四時半に起きて作ってくれたものだ。断わるにしのびなくて朝食をとった。これが間違いのもとではあった。

久部良へ行くための交通機関は何もない。タクシーを頼んでおいてくれるようにお願いしてあったのだが、息子の政英さんが車で送ってくれるという。車といっても小型軽トラックで教頭先生の通勤に、「のれん」の業務にと大活躍の代物だ。

六時。真っ暗な道を走る。万助さんの家に着くとまだ寝ているらしい。何度か呼ぶと万助さんの奥さんが出てきた。

《まだ海が暗くて様子がわからないから、八時頃に出るなら出ようってとうちゃんはい

ってるけど……》

じゃあそれまで散歩でもしています、ということになった。

船着場にいって朝の海を眺めていた。少し荒れているようだ。ボンヤリしていると、《若いの、こっちに来な》という声がする。見ると、三十トンくらいの漁船が停泊していた。その舳先《へさき》に、サルマタひとつのオッチャンがいた。五十歳くらいの人だ。

《こっちにあがってコーヒー呑みな》

船に乗り移ってコーヒーをごちそうになった。この船は糸満の漁船で与那国沖で漁をしていたが、海が荒れているので昨日から停泊しているのだという。サルマタのオッチャンは中があまり暑く寝苦しいので、上に出てコーヒーを呑んでいたというわけらしい。それに少々酔っ払ってもいるようだ。訊ねもしないのに、自分は大城保雄だと名乗り、愚痴とも身の上話ともつかぬものを始めた。話の合い間に、あなたはこの話を信じてくれますか？　と何度もきいた。

彼の父は糸満出身だが彼は小さい頃からシンガポールで育ったという。何十人も人を使っていた大城漁業会社はたいそう羽振りよく、彼も幸せだった。しかし戦争で父も死にすべてが無に帰した。以後、彼もまた一漁船員として働かなくてはならなかった。

《わたしはね、沖縄人だけど沖縄方言が喋《しゃべ》れない。シンガポール育ちだからね》

糸満には戻ったもののうまくなじめなかったようだ。なじめなかった理由は方言の他にもうひとつあった。
《信じてくれますか？　わたしはね、英語もマレー語もフィリピン語もみんな喋れるんですよ》
それが彼の誇りだった。ではそれを生かす道につけばよかったのに、とぼくがいうとオッチャンは眼をしばたたいた。
《でも、書けないし読めないんです》
ぼくが黙ると、喋れるのはホントなんです、信じてくれますか、とまたいった。
《読めさえすれば……今頃わたしは沖縄に必要な重要な人物になっていたのに……》
しかしオッチャンは沖縄のＶＩＰではなく、現在三十トン漁船の炊事係だ。
《漁の他に炊事もやるから大変だよ》
オッチャンははじめて笑った。この種の漁船は給料制ではなく、漁獲量に対する歩合制が一般的なようだ。炊事係をやると歩合が少々よくなる。
《でも、みんなに文句いわれてよ、少々歩合がよくても合わないよ》
もうかなりの年齢に達したオッチャンを傭《やと》う「親方」は、炊事係兼務でしか彼を必要としていないのかもしれない。
《今ね、中で寝てるけど、本土のヘンな奴《やつ》がいるんだよ。ヤクザらしくてね。恐《こわ》いよ、刺青《いれずみ》ばっかしてあって、漁もロクにしないで……恐いよ、ホントに本土のヤクザさんは

恐いよ》
　本土の食いつめ者が沖縄に流れ込み出したとはきいていたが、なるほどこんな所にも潜り込んでいる。オッチャンは《恐いよ》を連発した。よっぽど炊事のことでいためつけられているようだった。
　コーヒーを二杯ごちそうになった頃、海はかなり明るくなってきた。

　八時頃、万助さんと二人で出漁した。

　はじめから度肝を抜かれた。ユラユラゆれているクリ舟に、一メートル半ほどの高さの桟橋から跳び移れという。勇を鼓して跳び乗ったが、この恐さなどホンの序の口であると気がつくのに五分とかからなかった。

　防波堤を出るともう波が荒い。二人乗るのがやっとのクリ舟は激しく波にゆさぶられる。沖に出るに従っていよいよ波が高くなる。大きなうねりに乗せられて四メートルもの波の頂上から波の底へ降りていく感じは恐ろしいほどだ。こんな小さな舟で大海に出たのははじめてだった。自分の視線よりも波が高いなどという経験はしたことがなかった。

　今まで、葛飾《かつしか》北斎描くところの『富嶽《ふがく》三十六景』のひとつである「神奈川沖」の浮世絵版画を、きわめて象徴的にデフォルメしたもの、とぼくは理解していた。大きな波に舟はまさにまきこまれんとする、巻き込むように高まる山のような波、その間に僅《わず》かに見える富士……。だが、それはデフォルメでも何でもない。現に、今そのような感じなのだ。うねりの底にいて、四面が盛り上がるような高い波に覆《おお》われる時、このまま海の奈落へ引きずり込まれるのではないかという恐怖に襲われる。だが、また舟は波の頂上に押し上げられる。水平線が回復され、島がまた見えてくる。ホッとする。しかし、また舟は奈落に向かって沈んでいく……。

漁民は信仰深いという。それも当然だ、とその時のぼくには思えた。この荒々しい自然の前で、どうしてぼくら人間がなにものかでありえようか。

ぼくは舟の両側に手をやって、必死につかまっている。そうしないと放り出されそうなのだ。写真を撮ることなど、おっかなくてできやしない。

万助さんはカツオを釣るために糸を流しはじめた。針のすぐ上には、黄色いプラスチック製の小さなイカのようなものをつける。それが疑似餌《ぎじえ》なのだ。それを何十尋《ひろ》も長く垂らして流す。糸は人差し指にひっかけて当りを確かめる。しかし、なかなか釣れない。

波の高さも場所をほんの少し移動しただけでコロリと変わる。水に手をつけるととても暖かい。暖流、黒潮の影響だろうか。とても冬の海とは信じられない。

小雨が降り出した。雨と波で全身がジクジクと濡《ぬ》れてくる。風が吹き、それが体温を奪っていく。冷えた身体《からだ》には、海の水は湯のようにさえ思える。

一時間ほど流しているのにまだ一尾も釣れない。万助さんを紹介してくれた前津校長の言葉を思い出す。他所者《よそもの》を乗せて釣れないと、その人にツキがないと見做《みな》されて二度と乗せてもらえなくなるというのだ。なかなか釣れないのでガックリしていると、
《ホラ、糸を引けっ！》
万助さんが糸を渡して叫ぶ。何がなんだかわからなかったが、とにかく懸命に糸をたぐった。たぐってもたぐってもなかなか引き終わらない。もうイヤだ、と思う頃、
《そら、引っぱり上げろっ！》
万助さんの掛け声で引っぱり上げると、カツオが舟に飛び込んできた。釣れた釣れたとぼくは喜んだ。万助さんは気をつかって、ぼくに釣り上げさしてくれたのだ。だが、その一尾が上がってから、またパタッと釣れなくなった。漁場を南に移す。次第に島が小さくなる。時折り雲の切れ間から光が射《さ》し込む。依然として小雨は降りつづいている。光が射し込む。その一瞬だけ、海の色は深い藍《あい》色に輝く。
あまり釣れないので、万助さんは釣れたカツオを餌《えさ》にカジキを狙《ねら》うことにした。カツオに包丁を入れ、血が流れるように細工し、丸ごと針につけて放り込む。そして数十分。やはり釣れない。責任を感じたぼくはいった。
《やはり、ぼくが乗ってるからかなあ》
《いや、潮の流れが遅いからなんだ。今日は釣れないんだ》

舟は走り続けた。海の変化はいくらみても見飽きなかったが、少しずつ気分が悪くなってきた。吐き気がする。また前津校長の言葉を思い出す。
《舟の上で気持悪くなったら、漁師さんにどれほど迷惑がかかるか。無理して乗せてもらうんだからね》
大丈夫です、絶対に酔いません、と大見得を切った割にはだらしなかった。ますます気持が悪くなる。
《ここらで止まって一服しようか》
万助さんの言葉にホッとした。しかし、それは甘かった。エンジンを止めて波のままにユラユラ揺れていると、ますます気分が悪くなってきた。(あとで聞くところによると、初めてクリ舟にのった人は走っているうちはよいのだが止まるとトタンにあげてしまう、そうだ)ああ、いくら親切な勧めであっても朝食なんぞ食べてくるんじゃなかった。だが、ここで気分の悪いのを悟られたら男の恥、必死に我慢した。
《さあ、弁当にするか》
こっちはそんなどころの騒ぎではない。後を向いて懸命に口を押える。不審に思われると困るので《ごはんより空気の方がおいしいなあ》などと負け惜しみをいいながら、写真を撮るふりをした。シャッターを押す気力もないが、ファインダーだけは覗《のぞ》く。その繰り返しを続けた。……不思議というか、天の助けというか、そのふりをしている間に気持の悪いのを少しずつ忘れてしまった。
万助さんが一服して、また舟が走り出した。それでまた助かった。潮風を切ってすすむのはかなり気持のよいものなのだ。危機を脱した。
あいかわらず波は高い。海は荒れている。エンジンの音にかき消されそうなので、万助さんに大声で訊ねた。
《海がこんな日は少ないんでしょォー》
《ああ、こんな日は少ないよォー》
それで少しぼくの自尊心は回復した。こんな荒い海ではどんなタフガイでも酔わない方が不思議なのだ。ところが万助さんはこうつけ加えた。
《こんなに凪《な》いでる日は珍しいよォー》
ガックリきた。
依然としてカジキもカツオもあがらない。島に向かって漁場を移していく。万助さんが叫んだ。
《見てごらん！》
指さす方向には一隻《せき》の大型漁船がいる。大型といっても、わが二人乗りのクリ舟に比べればということだ。薄緑色の船体に数本の竿《さお》が見える。
《台湾船さ》

これが台湾船なのか。海の距離というのはぼくにわからないが、なるほど確かに三マイルはない。彼らは堂々と領海内で漁をしていた。近くを通ってくれませんか、と頼むと万助さんはすぐ横を通過してくれた。だが台湾船は驚く風でもなく悠々と漁をしている。

《近くに行くと乗れって勧められることがあるけど、近頃は警戒が厳しくって恐いから……》

先日、奥さんがいってた通りのことをいう。復帰が、かつてあった台湾と与那国の漁民間の交流を阻害していることだけは確かであった。それにしても、これほど間近に台湾漁船を見ることができるとは……。これならばつい与那国や西表に上陸することも考えられる。彼らはそこを外国だとは思えないのだろう。

あまり釣れないので、万助さんはぼくに島の周りでも案内してやろうという気になったらしい。東崎から新川鼻の近くにやってくると、崖《がけ》の近くに舟を寄せていった。そこは数十メートルもある断崖《だんがい》絶壁の下に、どういう自然の作為か台状の広い岩場があった。そこは舟からでしか上陸できない聖なる岩場であるらしい。

舟を横づけにして、その岩場に飛び移れと万助さんはいう。海を覗き込むと、底が透き通って見える。ごく浅いようだ。ところが、聞けば十尋はラクにあるとのこと。十尋というと……約十八メートル。そんなに深いのか！　ますます飛び移るのが恐くなったが、しかたない。やっと飛び移る。舟に長い間乗っていたためだろうか、陸に足をつけているのにまだ体がユラユラ揺れている。
その頃にはもう日が照っていて、ズブ濡れだった洋服もあっという間に乾いてしまう。そこであらためて昼食をとることにした。弁当は「のれん」のおかみさんが作ってくれた。
《この岩場には、毎年三月三日の節句に、女子供をのせてやってくる。そしてみんなで食事をすることになっているんだよ》
《金城さんの家だけ？》
《久部良の家はどこでも……》
万助さんと写真を撮ったり撮って貰《もら》ったりしているうちに体はポカポカしてきた。二人で並んで台湾の方に向かってボンヤリ海を見ていると、一羽のきれいな蝶《ちょう》がぼくらの周りをヒラヒラと舞っている。台湾笠《がさ》でつかまえようと追いかけた。なかなか捕まらない。
蝶は橙《だいだい》色と黒の混じり合った、ぼくが今までみたこともないような蝶だった。以前、沖縄出身の友人たちが『与那国の蝶』という戯曲を上演しようとしていたことがある。今はもうそのストーリーをはっきり覚えていないのだが、確か「与那国の蝶」は民衆の中にあるユートピア願望の象徴として扱われていたように思う。その時に見た蝶もまた、確かに「ユートピアの象徴」というファンタジックな夢想を誘うような神秘的な姿をしていた。

追いかけ回したがとうとう捕まらない。逃げた蝶は崖沿いに高く舞い上がった。ヒラヒラと舞いつづけ、突然、反転するとこんどは海に向かって飛んでいった。それは、あたかも海の向こうの台湾にまで飛んでいこうとするかのようであった。

その晩。祖納に戻って一升買って、万助さんの家を訪れた。そして呑《の》んだ。今日はまったくヒドイ目に会いました、といいかけた時、奥さんがいう。

《あんたみたいな人は珍しいって、とうちゃんがほめてましたよ。初めてなのに舟にちっとも酔わないって……》

慌《あわ》てて言葉を呑み込んでしまった。あとをひきとって万助さんが、こういってくれた。

《あんたは漁師になれるよ》

10

朝。起きると身体の節々が痛い。前日のカツオ漁でヘンな所に力を入れすぎたせいだろうか。

朝食を終えて、「のれん」旅館のおかみさんと雑談していた。
《このあいだ、朝鮮の人がこの島にやってきてね、驚いたわぁ》
つい先日、漢方薬の行商人が来て、「のれん」に泊まったのだという。その行商人は、人の顔を見ただけで、ピタリとその人の悪い所をいいあてる。肝臓が悪い、胃が悪いはずだ、おかみさんも血圧が高すぎる、と一言でいいあてられた。それが評判で彼の売る漢方薬は、かなり高価なのにもかかわらず、凄《すご》い勢いではけていった。おかみさんも何となく、気がついたら五千円以上も買っていた。箱を見せてもらったが、そこにはわけのわからない薬名と、製造元・北京という文字が印刷されてあった。
ある日、その行商人が大阪へ電話した。それまでおかみさんたちは、彼のきれいな標準語に、すっかり内地人と思い込んでいたが、電話が通じるやすさまじいスピードの朝鮮語で喋るのに、アッケにとられた。
《ファーファー、ピャーピャー、クァークァーってやるんだもんさぁ》
電話を終えると、彼は不思議そうな顔をしているおかみさんたちにいった。
《何かヘンですか。ぼくは朝鮮人ですよ》
それを聞いて、おかみさんは「親切心」から忠告した。
《あんたは、黙っていれば、東京の人だといってもわからないのに、どうしてわざわざ……》

すると、行商人は顔を青くして怒った。
《朝鮮人が朝鮮語を使って何が悪い。朝鮮人は朝鮮人でいいんだ！》
いわれてみればもっともだ。おかみさんも悪かったと思い返した。彼女には、「リュ
ーキュー人、チョーセン人、オコトワリ」と差別された経験が根強く残っている。本土
人と区別がつかないならそれにこしたことはない、そう思ってついいってしまったのだ。
《そうよ、朝鮮人は朝鮮人、琉球人は琉球人でいいんだからね。隠す必要はないから
ね》
《そうさ、おばさん、ぼくは朝鮮人ということを誇りに思ってるのさ》
それから、おかみさんは台湾での経験談などを話したりしたそうだ。そのうちに二人
は大いに意気投合してしまったという。「のれん」のおかみさんも、やはり若い頃には
台湾へ出稼《でかせ》ぎに行っている。女中奉公である。台湾に渡っても、しかし沖縄出身だとい
うとみんな断わられた。何軒目かに《国はどこ》ときかれ、《沖縄です》と答えても、
《あっそう》とだけしかいわず、採用してくれた時には涙が出るほど嬉《うれ》しかった。だが
その家でさえ、主人の友人などが来ている時には、ずいぶん屈辱的な思いをした、とい
う。
《こんどのあの女中、どこの国？》
《リューキューらしいわ》

《へえ、あんたよくリューキューなんか使うわね》
《でも、けっこう働くのよ》
黙って聞き流せるようには、ついになれなかった。そういって、現在のおかみさんは朗らかに笑う。おかみさんの姉にあたる人が、やはり台湾に出て来ていたが、やがてヤマトンチュと結婚した。その頃、兄も出稼ぎにきていた。おかみさんは兄さんと一緒に姉の稼ぎ先へ遊びに行くこともあった。姉さんが腕をふるって料理を作ってくれる。いざ食べようとする時、ヤマトンチュの旦那《だんな》が嫌味をいう。
《琉球人は本当にバクバク食うからな》
おかみさんと兄さんは、お互いに腕を突っつき合って、ついに一口も食べないなどということがよくあったそうだ。そんな帰り道、兄さんは妹であるおかみさんにいったものだという。
《ヤマトンチュと結婚するんじゃないぞ。俺もヤマトンチュは嫁にしない》
ところが、それから間もなく満蒙《まんもう》開拓団に参加した兄さんは、満州で熊本の女性と結婚してしまった。おかみさんは、現在熊本に住むその兄さんと顔を合わすたびに、《裏切ったわね》といじめてやるのだそうだ。
《どうしても結婚しなければ、日本へ帰れなかったんだ、と弁解するんだけどね》
台湾で、台湾人と与那国の人がかなりうまく付き合えたのも、差別する者としてのヤマトンチュがいたためであろう。ヤマトンチュの前には台湾人も琉球人も同じだった。共に虐《しいた》げられた者であることが、親近感をもたせたにちがいない。しかし、虐げられた者同士が常に助けあっていたというのではない。逆に、虐げられた者であるからこそ、激しく傷つけ合うこともあった。両者が喧嘩《けんか》すると、

《チャンコロ奴《め》！》

《なに、リューキューのくせにっ！》

という罵《のの》り合いがおこる。しかし、「リューキュー」の決め手はいつもこれだった。

《それならお前は兵隊になれるか？　徴兵検査はあるか？　お前は皇軍の兵士にはなれないんだよ》

するとと台湾人は大概、黙ったとおかみさんが話してくれた。

それが敗戦によって大逆転した。今までは心理的に上位にあった与那国の人間が、今度は台湾人によって押しのけられるようになった。とりわけ、ヤミで台湾などへ上陸した時にまごつくことが多かった。

《今まで、ぼくらは台湾人のはくゲタをチャンゲタといっておったですよ。ところが、国民ゲタと呼ばんと殺されるというんです。台湾へいって、そのチャン……とまでいいかけて、その国民ゲタ、なんて言い直す時のみじめさったらなかったさ》

教頭先生もそういって本当に情けなさそうな顔をした。

その日は町長さんに会う約束だった。昼過ぎに与那国の「官庁街」へ出向いた。農協、消防署、診療所、そして町役場がある。
仲本町長はあまり能弁でない。ゆっくりと、与那国の現状などについて喋《しゃべ》ってくれた。話しているうちに、仲本町長が、あの戦後のヤミ時代に警察署長をしていたことを思い出した。ヤミブローカーが肩で風を切って歩くのに、抗する手だてがなかった時代の署長さんだ。取り締りなんかすれば袋叩《だただ》きになったさあ、と「奥作旅館」の女主人もいっていた。
《ケイキ時代は大変だったそうですね》
訊《たず》ねると、彼は今までのスローな話し方ではなく、少し激して抗弁した。
《だってあなた、あの当時はしかたなかったんですよ、だってそうでしょ、ヤミをやらなきゃ食えん時代ですからね、ね、じゃあ、取り締って飢えさして殺せっていうんですか、しようがないじゃないですか、えっ、そうでしょう》
ぼくはただ大変だったろうとだけいったのに、彼は非難されたと思ったのだ。仲本町長は、いわゆる「無法」を見て見ぬふりをしなくてはならなかった自分に、負い目があるのかもしれなかった。
ケイキ時代に万単位まで増えた人口は、現在二千人台にまで落ちこんでいる。毎年、二百人くらいが島外へ流出する。
《いや、でもね、大したことはないんです。その大部分は中学を終えた学生ですからね。壮年が出ていくのは十五～二十名くらいですよ。三十～五十歳の人は安定しているから大丈夫》
かなり楽観的だったのには、ぼくの方が驚いてしまった。
しかし、現実には、かなりのスピードで若者は少なくなっている。田頭先生の次男である政英さんによれば《もう本当にいない》とのことである。先日、久部良へ行く時は、この政英さんに「のれん」の小型バンで送ってもらった。運転しながら彼はいったものだ。
《昔はね、この久部良の辺りには、糸満美人がいっぱいいて、来るたびにハッとしたものですよ。ところがね、今ではね……》
それは、比川でも同じことらしい。比川は水の良いことで有名な土地である。だからそこで作られる地酒も与那国随一の誇りがあったのだ。その水はまた美人を作ることで有名だった。比川の水は比川美人を作ったのである。
しかし、三十戸足らずの比川に酒をつくる家はなくなった。そして比川の地酒と同じように、比川の美人もまた見あたらなくなっている。なにしろ絶対数が少ないのだ。これは水の責任ではなく確率論の領域であろう。

与那国の青年会といっても、二十人いるかいないかということだ。政英さんは青年会に入って何かをやりたいのだが、二十五歳を少し過ぎているために、オブザーバーということになってしまう。独身なんだから青年会に入れてくれてもいいのに、と政英さんは不満気だ。政英さんは町役場の総務課に勤めているのだが、与那国には、彼と同じように町役場に勤めるか学校の教員になるか、それ以外には若者を受け入れる職場がない。

サロン「いこい」の娘さんとタクシー運転手を除けば与那国で公務員以外の若者に出会ったことがなかった。しかしその晩、後間地《ついまじ》さんの家に寄った時、やっと若い娘さんに会えた。そのマチ子さんは最近大阪から帰って来たという。お父さんがあれを作れ、これを持って来いとかなり激しくコキ使うのに彼女は静かにハイ、ハイと答えて、甲斐《かい》甲斐《がい》しく働いていた。

与那国から、実に多くの若者が、本島や本土に出て行くが、出て行ったからといって、多くの場合どうなるわけでもない。後間地のマチ子さんの場合でも、近畿《きんき》地方の紡績工場でかなり苛酷《かこく》な条件のもとで女工をやっていた。二交替制で、早番は朝五時から、遅番は夜十一時まで、かなりきつく働かされたようだ。最初勤めた工場は倒産したが、次の会社も全く同じ条件だったという。しかし、

《また行ってみたい気持はある》

と誰もがいう。

与那国は今、老人と壮年と子供の島である。しかし、近い将来、与那国は老人だけの島になるだろう。壮年はやがて老人になり、子供は若者になり島を出る。そしてその子供の数が見る見る減っているのだ。

たとえば、久部良小学校の場合、現在ではやっとではあるが学年毎《ごと》に一クラスが編成できている。しかしそれも二、三年のうちには、複式授業にならざるをえない。ことしですら、新入生予備軍は二十数名しかいないのだ。

子供たちは島を去る。しかし、その年老いた父、母にとってとり残された島での生活が全く不幸せかといえば、問題はさほど単純ではない。

祖納で海岸に抜ける細い道を通っている時のことだった。ふとある家をのぞくと、廊下で機《はた》を織っている老婆がいた。その家庭に少し入って眺めていると「どうした」というようにこっちを見た。それはいったい何を織っているのかというと親切に教えてくれた。これは木綿で織っているあたりまえの織物だと彼女はいう。その上に、押入れから色々な糸を持って来ては説明してくれる。この糸の時はこういう織物、あの糸の時は……。

《むかし、石垣に稼ぎに行ってた時は、二日も寝ないでやれば、ふた尋《ひろ》は楽に織れた。今じゃあ一週間かかってこれだけさ》

と一メートルあまりの布地を指し示す。ぼくは写真を撮ろうとしてカメラを向けた。するると彼女はダメだといった。

《別に珍しいものじゃあないのだから、撮る必要はないだろう》

という。ぼくがどんな理屈をこねてもどうしても許してくれなかった。カメラは珍しいもの以外に撮ってはならぬと彼女は信じていた。

《織ったらその布地はどうする》

《わたしの普段着さ》

家には大きなやはりこれも年老いた猫と仏壇以外には何もなかった。もちろん機織機と。

《子供さんたちは》

《みんな、旅に出た》

このおばあちゃんのところへ、子供たちがさかんに出て来いというが、ここが良いと頑張っているのだそうだ。似たようなことは後間の当主もいっていた。那覇に出ている子供たちに呼ばれて、年に一度か二度は那覇に行く。しかし……。

——那覇に行っても少しもおもしろくない。子供たちが会社に行ってしまうと、もう話し相手はだれもいなくなる。ちょっと外に出るにも足代がかかる。外でちょっとのどが渇いても、与那国みたいに知り合いの家に寄ってお茶を呑むようなわけにいかない。

それくらいなら与那国で毎日お茶を呑みながら過ごした方がいい。車はあぶないし、空気は汚いし、人情はうすいし、那覇では仏さまみたいに一日中テレビの前で坐《すわ》っているだけだ……。

石垣島のすぐ近くにある、小さな竹富島は民俗学の宝庫といわれている。この人口五、六百に過ぎない竹富島は過疎化の進展において与那国の先進モデルといえる。実に、旅館の若主人を除いて、二十代の若者が皆無だという事だ。その島を訪れた時の印象は今でもわすれない。竹富島はまさに老人とわずかな子供の島であった。

ある日、島をブラブラしていると、家の前で糸を干している老婆に会った。その糸で何を作るのかとたずねると彼女は少し笑ってとなりのおじいさんに帯を作ってあげるのだといった。照りつける強い日射《ひざ》しのもとで、彼女はせっせと作業を進めていた。サンゴ礁《しょう》を積み重ねた低い塀《へい》からのぞき込むと、そこここの家の廊下で茶を呑んでいる光景をみかけた。老人たちはこの島で充足しきっていたように見えた。

《子供たちとは住みたいけれど、幼い頃からの知り合いがだれもいない町へ行きたいとは思わない》

この竹富島の老婆の言葉は与那国島の老人にとっても共通の想いだ。

老人たちがこれらの島々でかなり充足しているのは、彼らが一定の役割りと尊敬を与えられているからであろう。それは夜の祖納の公民館においても確かめることができた。

現在、与那国では「郷土芸能」である踊りと民謡を那覇で演じるために、毎晩公民館で猛レッスンを繰り返している。「郷土の会」の招きで、那覇という晴れの舞台で演じ、それをフィルムに残すともいう。張り切らざるを得ないわけだ。

しかし、琉歌や踊りが若い層にうまく伝授されてはいない。そこで、毎夜の特訓ということになる。女衆は琉歌による踊り、男衆は棒踊り。

この棒踊りというのは、踊りというよりむしろ武術に近い。三尺から六尺までの何通りかの棒をつかい、ハッ、ハッという鋭い気合と共に打ち合っていく。棒と棒とがビシッとうなりをあげる。与那国の人びとが外敵――その多くは海賊――と闘った名残りだという。少しでもタイミングが狂ったり、手順を間違えれば大怪我《けが》をしそうだ。

それを年長者が何人か集まって、若者たちに教えている。若者も晴れの舞台というアメがあるから、真剣だ。中にひとりのみ込みの悪い若者がいる。年長者は酒を呑みながら、ホレちがう、しっかりせいとか軽く揶揄《やゆ》しながら賑《にぎ》やかに教えているのだ。若者は知らないのだからハイ、ハイとよくいうことをきく。きかざるをえない。

仕事を終えて、夕食をとったあとで、人々は三々五々公民館に集まる。「どなん」とインスタント・コーヒーを飲みながら、猛レッスンは十二時頃までつづく。みんな楽しそうではあった。

もっとも、各部落ごとに伝わる棒踊りが少しずつちがうため、大分もめたらしい。どこの部落のスタイルが主要な部分を担《にな》うかが大問題だったのだ。いわばそれは、各部落の年長者、老人の尊厳の問題でもあったからだ。

《結局、民主的にということで、各部落のいい所を集めて「与那国の棒踊り」とする……つまり全くメチャメチャな踊りになったわけですよ》

ある晩、公民館から帰ったあと、「のれん」夫婦と一晩中語りつづけたことがある。ぼくが暗い帰り道の恐ろしかったことを仔細《しさい》に告げると、こんどは向こうから怪談を始めた。

いわばこれはケイキ神話の補遺であった。与那国を見舞った「ケイキ」がなんで終わったかは諸説ふんぷんである、とは前にも書いた。教頭先生の見解では、ヤミのルートを伝って大陸からスパイが潜入したからだ、という。つまり、それを恐れて米軍が突如として海上を封鎖したというのだ。

久部良には実際に大陸側のスパイを手引きした人がいたのだと二人は言った。

——MとNという奴《やつ》がいてね。二人が手引きした。それで莫大《ばくだい》な金をもらったらしいのさ。けど、それがバレてあぶなくなったのでMはクリ舟に乗って本土目指して逃げて行ったのさ。ところがNは知らん顔して罪をM一人にかぶせ、その上金を一人占めにしてしまったのさ。Mには奥さんがいて面倒を見るはずだったのだけど、Nはそれもしない。奥さんは身体《からだ》が弱くてね、貧乏の中で死んでしまったのさ。ケイキが終わったころ、もうとっくに死んだと思ったMがひょっこり帰って来たのさ。なんでも四国の方までクリ舟で逃げのびたそうな。しかし帰ってきても腑抜《ふぬ》けのようになってしまって毎日酒を呑《の》むだけ。Nにはだまされ、奥さんには死なれたから無理はないけど……。

そのMさんというのは「のれん」のおかみさんの近しい親類の人だった。ある日、呑んだくれるMさんが「のれん」のおかみさんに懇願したそうだ。

《この頃、恐《こわ》いんだよ。家に一緒に泊まってくれないか》

涙を流さんばかりに頼むのだ。理由を聞くと、

《死んだ女房が夢に現われるんだ。そして、あんたの恨みは必ず晴らしますからっていうんだ。それがもう二日続けてなんだ》

おかみさんはあんたみたいな人でも恐がることがあるの、と笑いとばした。そして三日目。三たびMさんの夢には死んだ妻が現われた。今度は言うことが違う。いよいよあなたの恨みを晴らす時が来ました。だから明日、ど、こ、そ、こへは絶対行かないで、といったそうだ。

半信半疑ながらMさんは彼女のいった所へは行かなかった。確かに、そこでは事件が起こっていたのである。Mさんを裏切ったというNが、ほんの些細《ささい》なことから人を刺し殺したのだ。

《ほんとにそれを聞いて、うちらはまっ青になったわ》

本当なんですよ、とご主人の教頭先生も真顔で付け加えた。

この惨劇は、与那国におけるケイキ時代という神話の時代の終焉《しゅうえん》を決定的に告知するものであったかもしれない。与那国はそれから戦後の現実が始まったのだ。

11

その日、起きて外を見ると素晴らしい天気だった。ぼくがこの島に来てはじめての快晴だった。前日から決めていたのだが、この天気でいよいよやる気がでてきた。サイクリングで島内一周をするのだ。近くの旅行社の支所で自転車を借りる。一時間金百円也。出かけようとすると教頭先生がこまごまと注意してくれた。

《道に迷わないように……それに、ホラこの笠《かさ》をかぶって行きなさい、頭が悪くなるよ》

クバで作った台湾笠を頭にかぶせてくれる。確かに日射しは強い。十二月だというのに、その日はTシャツ一枚であついくらいだった。

まず東崎に行ってみた。

ここにはその昔、船見番小屋というのがあった。ほとんど船も通わぬこの南海の孤島

では、船は番をして見張るだけの価値があった。この小屋で船が見えると、番人は大きな声で、

《ンニー！》

と叫びながら部落まで走って知らせたのだ。ンニーとは船の意である。そして、夜になると大きなかがり火をたいて島の所在を船に知らせた。現在では、そこが燈台になっている。

《ンニー！》という叫び声は、部落中にひろがり、島中にひろがり、人びとは船を見に集まった。汽船が通り過ぎて行くのを見て、

《火車ゆくんどー》

と叫びあったのも、そう昔のことではない。

東崎から祖納に引き返し、こんどはヘイズ道路を久部良に向かう。

途中で飛行場近くの牧場を散歩する。真っ黒な牛は不思議そうにぼくを見つめている。

もちろん辺りに人は誰もいない。

《よかったなお前たち、お祭のあいだはどうやら殺されなくて……》

声をかけたが、モウとも泣かない。愛想のない牛たちだ。

物音もなく、白っぽく乾いた道路は誰も通らない。牧場の向こう側に見える海の音が僅《わず》かにきこえるだけだ。いったいこの静かさの中で、与那国の時計は動いているのだろ

うか。

飛行場から久部良へ向かう。

途中で一軒の家の庭先にクバの葉が干してあった。クバは与那国のいたるところにはえている熱帯樹だ。クバはタケノコのように炊《た》いたり米にまぜたりして食べるし、葉はこのように干して笠にしたりする。クバ笠は漁夫も農夫も愛用している。与那国のシンボルだ。

もう一度、久部良張りに行ってみよう。近くの店でコーラを飲む。行こうとすると、そこの子供だろうか、三つくらいの男の子が後をついてくる。困ってしまい、じゃ、写真でも撮るかと構えると、彼は喜んでポーズをとった。彼を撮っていると、そこに友だちらしい女の子が現われた。わたしも撮ってエー、というように二人で並んだ。シャッターを押すと、この可愛《かわい》いアベックは、勇んで家に報告しに帰った。

こんな子供たちを生ませないために、かつて久部良張りで妊婦を跳ばしたのだ。いささか感傷的になってしまう。

久部良張りはあいかわらず、静かで美しかった。崖《がけ》の下では、ゆっくりと波が寄せ砕け散る。ここでも与那国の時計はとまっていたようだ。

万助さんの家に寄る。万助さんは漁に出ているという。彼の家の前にある坂から海を見る。だが、こんなによい天気だというのに台湾らしい島影はない。とうとう台湾を見ることはできなかったようだ。がっかりしていると、末っ子のアキラ君が励ましてくれた。
《見えるのは夕方だよ》
勢いを得て、
《じゃあ今日みえるかな?》
というと、アキラ君は少し考え込んだ。
《うん……夏は見えるんだけど……》
とにかく、では万に一つの可能性を期して、夕方にもう一度久部良に戻ってこよう。
比川に向かった。
途中では二期作目の米を脱穀している田を見た。そこから少しいくと、水牛を使って田を耕している農夫を見かけた。そこで一休みしながらその農夫、前粟倉《まえあわくら》さんと雑談をかわした。彼は実った稲穂の横で、田をすいていた。年が明けたらすぐ田植えをするという。
《キビはダメ。やっぱり米がいい》
前粟倉さんもそういう。
《昔はね、芋しか食べられなかった。なんだかんだといっても、今の方がありがたい世の中ですよ》

戦前の与那国が豊かだった、とは多くの人から聞いた。しかし、それは他の島と比べればということであったろう。与那国の大半の農漁民はさつま芋が主食であり、米は沢山つくっていたが、それは換金作物だった。米は特別の祝い事でもない限り、口に入るものではなかった。

独立党の野底土南さんは、那覇の貧しさと与那国の豊かさを比較するのに、一方は芋ばかりだが他方は米を喰っていた、というように語っていた。しかし、それは与那国でも野底家のように選ばれた、数少ない家庭だけではなかったろうか。

《ケイキ時代にはカツギ屋をやったが、すぐ百姓に逆戻り。でも、雲の上のような生活を少しでも送れたんだから、いいさ》

前粟倉さんは、そういいながらまた水牛に犂《すき》をひかせ始めた。

比川の部落に入る。あたりはひっそりして物音すらしない。

比川にまたやってきたのは、単に島内一周のついでというばかりでなく、どうも気になる事がひとつあったからなのだ。

初めて比川を訪れた日、学校で数人の女生徒に出会った。その中に、多分幼稚園児であろう可愛い少女がいて、一生懸命にクリスマス用の雪を作っていた。その少女と、どこか以前に会っていると思えたのだ。ぼくも初めて与那国に来たのであり、恐らくこの島を離れたこともないこの少女と知りあっているわけがない。何かの気のせいだろう、とその時は思っていた。そしてそれから後間家へ行ったのだった。当主と酒を呑みながら話をしていると、老婦が側で話を聞くでもなく無視するのでもなく、うずくまりながら豆を食べていた。話が戦時中の米軍捕虜に及んだとき、不意に顔をあげて、老婦はいった。ぼくは驚いた。

《あれは、ワシも駆足で見にいったさ》

米軍機が撃墜され、米兵が落下傘《らっかさん》で与那国に投降してきた。与那国の自衛団はそればかりにつかまえて、久部良に檻《おり》を作って見世物にした。それを見に行ったというのだ。しかし、ぼくが驚いたのはそのことではなかった。その老婦に、またどこかで会ったような気がしたからだ。それがどこだかはわからぬが、どこかで会っている。しかも親しく……。

比川に再び来たかったのは、あの少女と老婦とぼくの関係を知りたかったからだ。もちろんこのような「錯覚」が、精神病理学で簡単に説明がつく「現象」なのだというこ とくらいは知っている。しかし、そう知っていることと、この二人への「記憶」の奥深さを確かめたいと願うことは、別の事のように思えた。

比川に着いて、ぼんやり浜に坐って海を見ていた。あの「幻のハイ・ドナン」目指してこぎ出て行った舟はこの浜から出て行ったのであろうか。目をこらして南の海の彼方《かなた》を見つめても、ぼくには何も見えてこない。

浜で子どもたちが遊んでいる。広い浜に四、五人の子供だ。凧上《たこあ》げの競争をしている。姉弟だろうか。三人の子どもたちが磯づたいに散歩している。時折り笑い声をあげながら、追いかけっこをしたり、また手をつないだり、貝のようなものを拾ったりしながら散歩している。豆粒のように小さくなるまで彼らの姿を追うことができる。この暖かで静かな瞬間の中で彼らの休日は充足しきっているように見えた。あの四、五歳ほどの男の子は大きくなった時、この一瞬を光輝の中できっと想《おも》い出すに違いない。陽はそろそろ西にかたむきはじめている。

そんな想いに耽《ふけ》っているとき、後間の老婦がやって来た。手にバケツをぶらさげている。

《やあ、あんたなにしている》

《おばあちゃんは?》

《これを水で洗いに来たんだよ》

見るとそのバケツの中には青い菜が入っている。これを塩水で洗ってそのまま食べるのだという。食べものを洗えるほど水はきれいだし、かすかにつく塩気がまた味を良くするのだという。

《これにカツオ節かけて食べれば、他にもうオカズはいらん。なんもいらん》

そういいながら、ひとつまみの菜を海で洗い、そしてぼくに差し出した。

《食べてみな》

確かにおいしかった。かすかに塩気がつき、菜自体にピリッとした辛みのあるそれは、新鮮で、もしかしたら今まで与那国で食べたもののうちで最もおいしいものだったかも知れなかった。ひとつまみずつ菜を海水で洗いながらポツリポツリと話してくれる。

おばあちゃんはいった。例のケイキ時代の話である。比川の人が久部良のケイキにつられてドンドン移り住んでいった。しかし、後間家は祭を守らなくてはならない。だからワシらは比川を離れられないと頑張り続けたが、次々と去っていく親しい人を見送っては毎晩声をあげてオイオイ泣いたものだという。ケイキが去って、やっと落ち着きが戻ってきた。ところが、しばらくすると、こんどは与那国の島外に去っていく人が増えてしまった。しかし、とにかく、絶対に与那国を離れない、とおばあちゃんはいう。

《どうして？　祭があるから？》

《この島がクガネの島だからさ》

《クガネ？》

《そう。クガネの島さ、与那国は。米は充分とれるし、牛も豚も沢山、野菜もあるし、海からは何でもとれる。生きていくのになんも困らんクガネの島さ》

そうか、クガネとは黄金を意味するのか。彼女がケイキ時代に久部良に行かなかったのも祭を司《つかさど》るということばかりでなく、「クガネの島」という確信があったからこそ、

二、三年で終焉《しゅうえん》してしまう、うわべのケイキに惑わされなかったのだろう。だがそれにもかかわらず、毎晩泣いて暮らしたというところに、このおばあちゃんへの親しみが湧《わ》いてくるような気がした。だが、今はそう涙を流さない、という。たとえ自分らだけになっても、比川に残りつづけると決めているから……。

突然、おばあちゃんがいった。

《あんた。沖縄の人かね?》

東京の生まれだというと、不思議そうに首をかしげた。

《あんたはこっちの血が混じっておらんかね》

ああそうなのか、とぼくは思った。このおばあちゃんを初めてみた先日、以前どこかで会ったような気がしていたが、このおばあちゃんもそう思っていたらしい。輪廻《りんね》などというと話は大袈裟《おおげさ》になるが、このおばあちゃんとは、もし前世というものがあるとすれば、どこかで会っていたかもしれない。ここではない、どこか遠くの南の島で。おばあちゃんの菜を洗う姿を見つめながら、そんなことを夢想していた。

《あっちには……》といっておばあちゃんは南の海のむこうを指さした。

《ワシらの先祖がいるんだよ……》

陽が落ちかかってきたので急いで久部良へ引き返した。

もしかしたら台湾が見えるかも知れない。冬はあまり見えないというから、ほとんど可能性はないだろうが、それでも「もしかしたら見えるかも知れない」という期待はどんどん膨《ふく》らんでいく。後間のおばあちゃんと長話をしてしまったので、陽が沈むまでに久部良につけるかどうかわからなくなってしまった。自転車を飛ばしに飛ばして、やっと久部良にたどりつく。

と……なんと海のむこうに長大な大陸が見えるではないか。西の彼方の空はあまねく雲に覆《おお》われているのだが、その大陸の僅か上のところで雲は切れている。西陽を浴びて大陸は黒い影のようになって浮きあがって見えるのだ。

万助さんの家に行くとアキラ君が上気した声で叫ぶ。

《あれが台湾だよ！》

あれが台湾だって？　そうか、ぼくは台湾を地図の上でしか見たことがないためか、台湾をごく小さな島だと思い込んでいた。与那国から見てもポツンと小さな豆粒のように見えるのかと思い込んでいた。だが、目の前に広がる台湾は大きく、長く、まさにそれは大陸であった。

もっとはっきり見ようと急いで久部良張りに向かった。だが、着いた時には、陽はほとんど沈み、台湾の「島」かげはもう雲と区別ができなくなるほどであり、微《かす》かにその大きさだけが確認できるだけにすぎなかった。がっかりして久部良の部落に戻ろうとすると……その途中の、ほとんど見下ろすばかりの位置から見る久部良は、不思議な美しさに満ちていたのだった。

薄紫の闇《やみ》が部落を覆いはじめている中を、白い雲のようなモヤが幾筋もたなびいている。山から海にせり出した斜面に、二百戸あまりの家が軒を並べている。海からは仕事を終えたクリ舟が、糸のような航跡をひいて次々と港に帰ってくる。

燈台には灯がともり、闇はいよいよ濃くなる。夕暮れの久部良を、あの白いモヤは依然としてつつんだままだ……。

12

与那国での最後の朝であった。

東京へ電話をする。だが、こちらがいくらヨナ国《ぐに》といっても、東京にいる受け手はどうしてもヨナ郡《ぐん》とい換えてしまう。どうしても彼はクニであることを承認してくれない。

《ヨナグンですか、ヨナグンですか……》

ぼくは郡ではなく国にいるのだ。彼には、日本という〈国家〉の中に、もうひとつの〈国〉があることを、どうしても理解できない……。

土産にするつもりで波多浜に出て、星砂を拾って歩いた。海は前日とうって変わってどんよりした空の下で、激しく荒れている。亀甲墓《きっこうぼ》の群れは、はじめてぼくが与那国を訪れた日のように、波の飛沫《しぶき》を浴びながら海に向かって静かに横たわっていた。

――与那国島へ、この荒ぶる海のごとき激しい王化の波が、何度寄せては引いていったことだろうか。そのたびに、与那国は変容してきた。たったひとつを除いては。

ぼくが与那国を訪れる以前、この島について知っていることは僅かだった。ハイ・ドナン伝説と花酒とヤミ景気時代。しかし、その僅か三つのエピソードが、全《すべ》て〈国家〉とか〈法〉といったものに鋭く拮抗《きっこう》するエネルギーを秘めていることに気がつく時、与那国においてついに変容しなかったひとつのものの存在に思いは到る。

激しい王化の波に洗われながら、ついに変容しなかったもの、それは多分、与那国島がかつては〈国〉であったことの、民衆の深部に眠る「記憶」ではないだろうか。

与那国が、この「記憶」の休火山を秘めている限り、日本という国家にとって与那国島は同化できぬ「異物」でありつづける。与那国島自体が、日本という国家にとっての休火山でありつづけるのだ。

しかし今、この島から凄《すさ》まじい勢いで人々が流出しはじめている。流れているのは「人間」ばかりでない。

政治地図の上だけであった国境が、復帰による強引な国境画定作業によって、民衆の意識の中にも、恐怖と共に国境がひかれ始めた。それ故《ゆえ》に、南へ開かれた想像力は行き場を失なって北へねじ曲げられるようになってしまった。比川の子供たちは椰子《やし》の実を北から、つまり本土から流れてくる、と思うまでになっていた。

南に開かれていた時、与那国島は単なる島であり、〈国〉でありつづける可能性を秘めていた。だが、国境によって包囲された与那国島は、日本〈国家〉の最辺境となる。辺境は辺境であることによって、幻の中央に向かって吸引される。その時、与那〈国〉は日本〈国家〉によって同化されるのだ……。

巨大な亀甲墓の群れの中に腰を下ろし、海を見ていると、無数の想念が湧いてはまた消えていく。

しかし、もしこの地球上に核戦争などというヤクザな事件が起こったら、その時、この世で生き残るのは、この亀甲墓というバカでかい防空壕《ごう》で、永い年月を暮らせる与那国人であるのかもしれない。

そんなことを、ぼくは脈絡もなく意味もなく、いつまでも思いめぐらしていた……。

ロシアを望む岬《みさき》

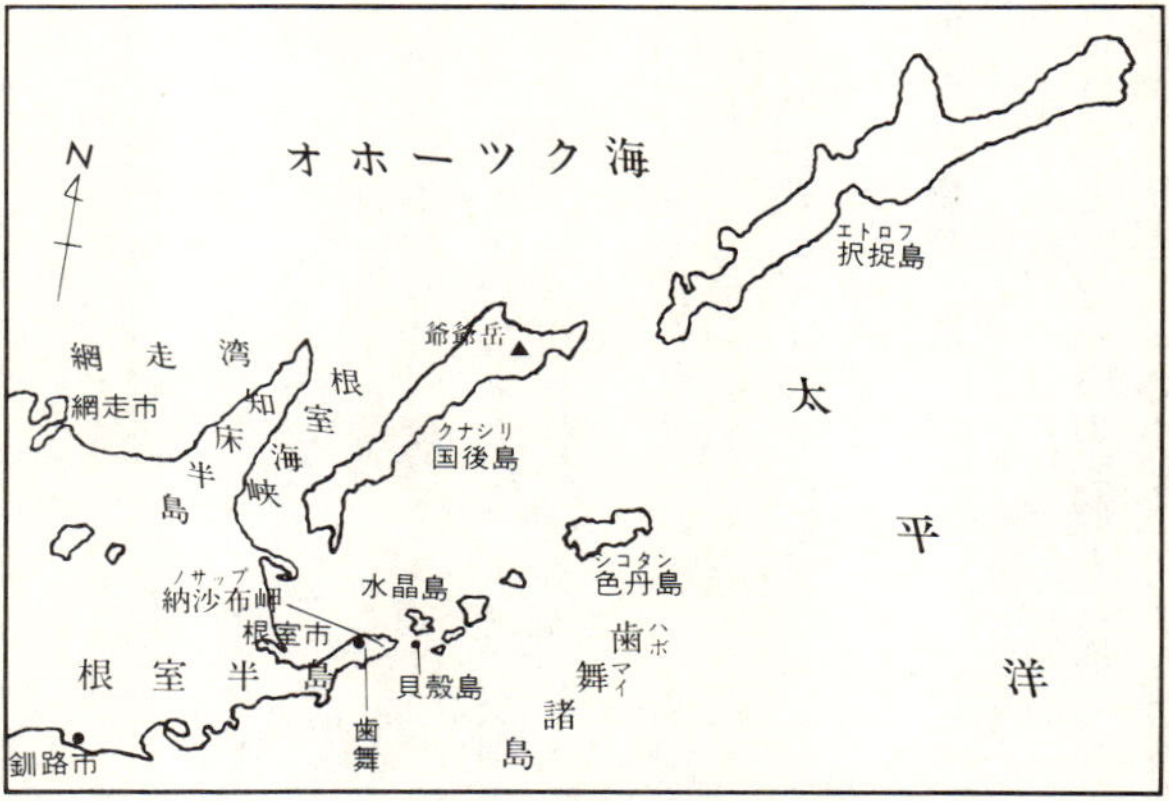
N
オホーツク海
択捉島《エトロフ》
爺爺岳
網走湾
網走市
知床半島
根室海峡
国後島《クナシリ》
太平洋
色丹島《シコタン》
納沙布岬《ノサップ》
水晶島
根室市
歯舞諸島《ハボマイ》
根室半島
貝殻島
歯舞
釧路市

ロシアを見たいと思っていた。

日ソ共同声明が発表された翌日、ノサップ岬《みさき》に立ち寄ったのは、ただそれだけの理由だった。対馬《つしま》から韓国を望むように、与那国《よなくに》島から台湾を眺めたように、ノサップ岬からロシアを見物したかった。金のないぼくらにとって、それはもうひとつの「外国旅行」になるはずなのだ。

1

釧路《くしろ》から急行に乗って二時間半。延々と続く根釧《こんせん》原野の針葉樹林を眺めていると、なるほど日本のひとつの「端」に向かっているのだな、という実感が湧《わ》いてくる。

根室はアイヌ語でニオムロ、つまり樹木の繁《しげ》る場所の意であるとガイドブックには書いてある。根釧原野の木々は、あるいは葉を落としあるいは暗い沈んだ色調になり、もう冬の仕度を急いでいた。その林をようやく走り抜けると、急に窓の両側から海の輝きが飛び込んでくる。右手の海が太平洋、左がオホーツク海だ。ぐっと海に突きでた根室半島が二つに海を分けている。

終着、根室。ここで鉄道は跡切《とぎ》れているのだ。駅前であたりを見回すと、すぐ眼に止まるのはカニである。即売の小店がいくつも軒を並べている。この近くでとれるカニには花咲という美しい名がつけられている。根室半島は別名花咲半島ともいわれるからだ。山のように積み上げられた花咲ガニは、茹《ゆ》で上がったばかりらしく鮮やかな朱色を帯びている。一匹二百五十円から四百円くらいまで、大きさによってかなり違う。

《もっと安いと思っていたのに、産地でも結構高いね》

ひとつの店のオバサンに、ちょっとくらいまけさせようと思いながら話しかけた。するとオバサンはこちらの魂胆を見透かしたようにアッサリ答えた。

《ロスケの海からつかまらないようにソッと取ってくるんだから、仕方ないさ》

駅前からバスに乗り、その花咲半島の先端、ノサップ岬に向かった。ノサップ岬は晴れ上がっていた。土地の人の話では珍しいくらいの晴れ上がり方だという。

キラキラ輝くオホーツク海に点在する、今はロシア領となった北の島々を眺めながら、実はひどく驚いていた。あまりにも近すぎたからだ。最も間近に見える貝殻島では、水鳥が群れているのが肉眼でわかったし、岬の突端に置かれている無料望遠鏡では、水晶島のソ連監視塔で人間が動きまわっているのがよく見えた。地図で調べると、最も近い所ではロシア領と日本領との距離が三・七キロメートルしかない。

なるほどと思った。これなら日本の漁船がロシア領海内に入り拿捕《だほ》されるのは当然といえる。密航もありうるだろう。日本に最も近い「外国」はここにあるのだから。逆にいえば、これが日本領土だというのももっともだ。根室半島と地続きといえるくらい近いのだから。なるほど、なるほど——納得するものが多くこれは収穫のあったインスタント「外国旅行」だわい、などと呟《つぶや》きながらノサップを引き揚げた。

翌日は網走《あばしり》に行く予定だった。が、そうはいかなくなってしまった。その晩、根室市内の赤ちょうちんで面白い人に会ったのだ。

彼は小さな船の船頭（機関士）で、年齢は二十八歳ということだった。若いわりには一万円札をタバにして持ち、豪快なことをいう。これを一晩で使おうといいはり、これからタクシーで釧路に行き《あんたにオゴル、オゴル》といってきかずに困ったりもした。その彼と「北方領土」について話していた時、不思議な話を聞いたのだ。

《今、根室は北方領土で大騒ぎしていると、あんたは思いますか？》

わからないが、少なくとも新聞にはそう書いてある。「北方領土還《かえ》らず」の報に「失望する根室市民」というのが各新聞に共通しているトーンだった。ある新聞には、さらに年老いた漁夫がうつむきながら働いている暗いムードの写真を添えてある。

「〝いつ、島に帰れるのか……〟望郷の思いを胸に黙々と働く老漁師＝根室市瑶瑁《ごようまい》で」ソ連船による拿捕とシベリア抑留が今なお続く「悲劇の岬」。故郷を奪われ今なお返還を叫び続けている「望郷の民」。そういった調子の記事がつづく。
《そんなもんじゃないですよ。内地の人は、市民一同みんなが返還を叫んでいると思ってるらしいけど、意外と僅《わず》かなんだな、そういう人は。いや、それよか、お灯明あげてどうか返ってきませんようにって祈ってた人たちがいるくらいなんだから……》
意外なことをいう。彼によれば、まず根室市内のペンキ屋。《北方領土が返還されたら一家心中ですよ》とこぼしているそうだ。根室市内には「北方領土を我らの手に！」といった看板、塔、横断幕などが到《いた》る所に掲げられている。このペンキ屋氏がそれを一手に引き受けているのだが、返還されれば当然その看板類は不要になる。《「祝・北方領土返還」というのを一度だけ書いて、首くくりますかね》というのがペンキ屋氏の弁だとか。
《お灯明をあげていた、もうひとつの家は御朱印船の船主なんだよ》
《御朱印船？》
《そう、御朱印船は島が返ってきたら、よその船に差をつけて水揚げできなくなるからさ》
「御朱印船」とは地元の漁民の付けた名であり、別に朱印を持っているわけではない。だが、不思議とその船だけは拿捕されず、獲物を満載して帰ってくる。北方領土の島々はソ連の国境警備隊によって、厳しく領海が管理されている。そこを特攻出漁することで根室の漁民は生活しているが、常に拿捕の危険にさらされている。それが、拿捕もされず大漁が何度も続くということは……。
《そりゃ決まってるさ。スパイとワイロだ。げんに御朱印船の船主とウワサされてる人は四千万円の家を新築しているよ》
これは面白い、とその時ぼくは思った。長い間報じられてきている「悲劇の岬」に「望郷の民」――という定型と全く異なる人びとが、根室には住んでいるらしい。

今年の夏、根室一帯に時ならぬ雪が舞い降りた。しかもそれは黒い雪だった。子供の忘れ物を学校に届けて帰ってみると顔はクロンボのように真っ黒になっちゃった、と駅前食堂のオバサンは笑いながらいった。
この黒い雪に根室の市民は二つの反応を示した。第一のタイプ――
《さすがはソ連、することがデカイ。やるに事かいて他人の国まで汚しやがる》
この冗談じみた苦笑に対し、第二のタイプは新派大悲劇調になる――
《嗚呼《ああ》。故郷の山が我々を呼んでいる》
この「黒い雪」とは、日本が北方領土と呼称しソ連に返還を求めている四つの島々のひとつである国後《くなしり》島の爺爺《ちゃちゃ》岳が、噴火した際の火山灰だったのである。つまり、火山灰が風に乗って大量に降るほど、四つの島々と根室は地理的に近接しているのだ。しかし、根室には爺爺岳を「故郷の山」と呼ぶ人がいる反面、国後島を「外国」と見なすようなタイプの人が増えていることも事実なのである。

《学校で教える地図や権威ある百科事典が、北方領土はソ連領だということになってる時代ですから、当然といえば当然ですが……》

市役所の助役がそういって嘆いていた。

ペンキ屋と御朱印船がお灯明をあげてたというジョークを、根室のある漁師にすると、《それなら、歯舞《はぼまい》の連中もあげてたかもしれない》

という。

理由を訊《たず》ねると、まあ、行ってみればわかる、といわれてしまった。

2

翌日、自転車で歯舞に向かった。

一本道をノサップ岬へどこまでも進むと、二時間足らずで大きな集落に出くわす。そこが歯舞地区（旧・歯舞村）である。

歯舞で気がつくのは、色とりどりの新築家屋が非常に多いということだ。北辺の貧しい寒村、といったイメージからはかなり遠い。考えてみれば当然で、そのイメージを作り上げた象徴的な事件から、すでに十三年が過ぎようとしているのだ。

その事件、コンブ漁船大量拿捕事件は、昭和三十六年八月に起きた。

コンブのシーズンであり、その日は快晴で歯舞の零細漁民が先を争って貝殻島に出漁し、必死に操業している最中だった。三隻《せき》のソ連監視船が急に現われた。いっせいに漁船は逃げたが船足がちがう。しかも、その日は狂ったように捕えまくった。ノサップ岬からはその光景がはっきりわかる。海に向かって開けている岬の小学校の運動場からは、子供たちの《とうちゃん、つかまるな!》という叫び声が飛び交った。結局、この時、十三隻の漁船と三十二人の乗組員という史上最大のいっせい拿捕が行なわれた。父や兄の船がジュズつなぎにされて色丹島《しこたん》に連行される様子を、女と子供たちは岬からじっと見送ったという。

歯舞の華岬《はなさき》小学校に寄ってみた。職員室には校長先生が残っていた。

《安全操業になってからは全くその種の悲劇はなくなりましたね》

校長先生によれば、歯舞はかつて非常に貧しく寒村の代名詞のようなものだったという。ところがここ数年で一変してしまった。家は新築ブーム、漁協は北海道でも有数の堅実な経営が可能になった。父兄は金に対して恬淡《てんたん》なので学校運営がとてもやりやすい。それもこれもすべては「安全操業」のおかげなのだともいう。

昭和三十八年、故・高碕《たかさき》達之助の努力によって、大日本水産会とソ連国民経済会議国家委員会との間に異例の民間協定が成立した。歯舞の「安全操業」はこの協定によって道をひらかれた。

その内容は、六月から九月までの三カ月、一隻一万二千円の採取料をソ連側に支払いさえすれば、貝殻島周辺のコンブ漁を許すというのだ。《日本の領土で漁をするのにどうして採取料を払うのか》という原則論者もいたが、歯舞漁民にとっては何よりも「安定」が魅力だった。それまではいつつかまるかわからぬ「特攻出漁」であり、ソ連船が来た時に他船より一歩でも早く逃げようと高速エンジンの「取りつけ競争」がおきる始末だったのだ。

とにかく、「安全操業」以後、歯舞はみるみる豊かになった。

《一隻で五百万円くらいの水揚げがあるそうだし、我々サラリーマンと違って、一年を三カ月で暮らす人たちですからね。うらやましいですわ》

校長先生に訊ねてみた。

《北方領土返還の問題を歯舞の人はどう考えているんでしょう》

《微妙な問題だし、個人差もあるだろうけど……私はここの人が真剣に返還を望んでいるとは思えませんね》

さらに理由を質問すると、傍《そば》に居た若い先生が説明してくれた。

現在、コンブはどちらかといえば品不足である。売り手市場ともいえる。それはコンブ漁が可能な地域が少なく漁期も限られているからである。そこにもし千島が返ってきたら、即座に供給過剰になる。千島はコンブの宝庫なのだ。現在ならたとえ不漁でもその分だけ価格が押し上げられるので変わりないが、千島からコンブを取るようになればその「安定」も失なわれ、価格はどんどん下降していくに違いない。千島が返ってきたら、せっかくここまできた生活が崩れてしまう。今のままがいい。――これが歯舞のコンブ漁民の正直な声であるらしい。なるほど、これならペンキ屋にまけずに《返ってきませんように》と祈るかもしれない。歯舞の人々にとって、最善は現状維持〈ステータス・クオ〉であるのだろう。

学校から少し歩いた所に、歯舞漁協がある。兄貴格の根室漁協よりもはるかにデラックスな新築の建物で、モウカッテマンナア、と声をかけたいほどのものだ。総務部長の清水義直さんに会って話を聞いた。

清水さんは立場上なのか盛んに《歯舞漁民も島が返ってくるのを望んでいる》という。公式的には根室支庁管内では一致して返還を望んでいる、ということになっているからだ。しかし、細かく訊ねていくと、どうも「本音」が「建て前」を裏切ってしまう。

《……やっとここ数年です、暮らしも安定し、長期の漁業経営の計画が立てられるようになったのは。各戸に人工乾燥機も入ったし、以前は日干しですから急に雨に降られて、年に二、三回は投げなくてはいかんものができて、数千万の損害を出していましたが、やっと最近その悩みも解消しました。……そう、北方領土が返ってきてコンブが自由になったら、それは面倒なことになるでしょうね。過剰になるし、なっても昔みたいに中国へ輸出できないし、むこうが輸出してくる位ですからね、どうしたらいいか……。いや、北方領土は日本の領土なんだから、返してもらうのは当然だが……》

さながらハムレット・歯舞版という感じの話だった。そこへ三人のコンブ漁民がやってきた。港の工事が遅れて自分の船を接舷《せつげん》させる場所がない。三人は総務部長へ文句をつけに来たのだ。

――そこで、この三人からいろいろと話をきくことができた。

今年は近来にない大不漁で平年の五〜六割にしかならない。コンブ漁船は一隻に三人までは乗れるが、いつもなら一人当り二百五十万円くらいの水揚げがある。ところが今年は百万からよくても百五十万。それでも、品薄による値上がりでかなり助けられている。この三人の「反・返還論」はもっと直截《ちよくせつ》的だった。なかでもひとりは元・色丹島の住民であったにもかかわらずこういった。

《昔の歯舞といったらまず哀れな村だった。色丹から引き揚げてきた時そう思った。それに比べれば色丹は極楽でした。でも、今はここに根を下ろしたし、何とかやっていける。今さら色丹に帰る気はしませんね。今のままの状態で何とかいければ、それでいい》

外に出ると三人共、自家用車で来ている。最近は自家用車が二台くらいないと息子が後を継がないような時代になってしまった、といって三人は笑った。

3

しかし、「安全操業」の恩恵をこうむっているのは、歯舞だけである。根室周辺の多くの漁民は依然として、拿捕の危険を覚悟しなくてはいけない。

日ソ共同声明が発表されるちょうど一週間前、ソ連船に拿捕され抑留されていた漁船員が根室に帰って来た。計二十二名、田中訪ソへのほんの「おしるし」だったのであろう。この「恩赦組」二十二名の中に、拿捕される際危うく命を失なうところだったという人がいた。沢上弘さん、五十一歳。

海の近くにある、平内町の沢上さんの家を訪れた。元気に自動車の手入れをしていたが、それでも帰ってきたばかりのせいかひどく疲れやすいという。拿捕されたのが昨年八月。シベリアには約一年余りいたことになる。拿捕歴四回、シベリア送り三回、特別に多すぎるというわけではない、と当人はいって笑った。

今回沢上さんが拿捕されたのは夏のオヒョウ漁の際であった。濃霧の中、ソ連の領海内を僅かに入った所で漁をしようとした途端、レーダーがソ連船をキャッチした。急いで逃げる。だがこちらは五トン、敵は五百トン、船足が違いすぎる。追いつかれてしまった。追いつかれただけでなく勢いのままに体当りされてしまった。アッという間に沢上さんの船は転覆してしまった。救助されたが、もしこれが冬の海だったら直接死につながっていただろう。

読売新聞の駐在員である小村さんを訪ねた。その時小村さんはちょうど海上保安部へ取材にでかけるところだった。二隻の漁船がシケで遭難し、そのうちの一隻がソ連領海の国後島へ緊急入域したという。

《まあ、大した事件じゃないんだけどね》

その日は雨が強く降り、前日の予報でもシケになることはよくわかっていたはずだ。なぜそんな時に出漁するのか？——答えは簡単である。海が荒れていればいるほどソ連の監視船につかまりにくい。だからそんな時をまさに選んで出漁する船がかなりいるのだ。要するに拿捕と遭難という二つの危険のどちらを選択するかの問題なのだ。

しかし、第十一進洋丸のようにアン・ラッキーな船は一度にその二つの危険に見舞われることもある。

不運といえば、根室で多田善三郎さん一家ほど悲惨な運命に襲われた家族は、他にないかもしれない。

多田家はノサップ燈台の近くにあり、五人の息子がすべて漁師だった。三十一年、やはり海の荒れた日に出漁したが遭難沈没し、全員が死亡。その中に、長男・三男・四男・五男の四人がいた。しかも、たったひとり生き残った次男も、ソ連領内で沈没した友人の船から荷物をひき上げる手伝いをしている時、ソ連兵の機銃掃射によって射殺されてしまった。それが翌三十二年である。病身であった父親の善三郎さんはその衝撃に耐え切れず、間もなく息をひきとった……。

しかし、現在、拿捕はかつてのような「悲壮感」がつきまとわなくなっている。なによりも、「拿捕保険《だほ》」があるので、経済的にはまず心配いらないからだ。月々わずかな掛金を払い込んでいくと、拿捕された際に標準月収近くまで支払われる。もちろんこの保険、オカミのやっていることである。つまり、オカミ公認の領海侵犯・特攻出漁というわけだ。いずれにしても、根室の漁民にとってはありがたい保険である。

《おたく外国旅行だって?》

《そうなんだわ》

《大変さね》

《いいや、いない方が金が残るから……》

こんな会話が漁民のおかみさん同士でかわされることもある。いうまでもなく、この「外国旅行」は「抑留」を意味している。

確かに、拿捕されている間は亭主の経費が全くいらない、まるまる残るわけだ。乗組員はそれでもいいが、船を没収される船手や自営漁民はたまったものではない。そう思えるのだが、やはり抜け穴はどこにでもあるものだ。まず、船に保険がかけてある。この保険が曲者《くせもの》だ。普通、船の売買価額は保険額の七、八割が相場ということになっている。ところが、ソ連に拿捕、没収されると九割以上の保険金がおりる。漁期の初めに拿捕されればたとえ保険金がおりてもかなりの損害になるが、充分儲《もう》けた漁期の終わり頃につかまるのなら、

《かえって何百万の得ということもありますね》

カニ漁船二隻をもつ若い漁船主はこともなげにそういった。

しかし、なかには、片岡永吉さんのようにこの十五年間に十七隻も拿捕された猛者《もさ》もいる。

《ロスケのあん畜生は、オラの船の行くとこ行くとこついて来るんじゃねえのか？》

十七隻とは同情するが、逆にいえば十七隻もつかまってなお漁業がつづけられたということこそ、本当は驚くべきなのかもしれない。「なんとかなる」ものらしいのだ。

4

ソ連の領海で拿捕された日本漁船は、それからどうなるのか。

まず、色丹島穴澗《あなま》湾の収容所に入れられ、厳しい取り調べを受ける。「厳しい」と何気なく書いたが、この取り調べのしつこさは凄《すさ》まじいものだという。もっともつらいのがこの色丹島での四十日にわたる取り調べだ、という人が多い。

取り調べがきついのは中にスパイがいないか見極めるためらしい。そのためにまず根室市内の地図を書かせ、主要な施設や家を書き込ませる。書けなければ他所者《よそもの》と認定される。友人、知人関係もしつこく聞かれる。ウッカリ警察に友人がいると口を滑らして、ひどい目に会った人もいる。適当にウソをつかなくてはならない。だがへたなウソをつくと、七人も八人も交替で取り調べられるうちに、前の人には何といって誤魔化したか忘れてしまう。船長と船員の話が食いちがっても大変である。普通四十日の取り調べが数カ月に及ぶこともあるそうだ。

慣例として、越境したのは船長個人の思惑で船員は知らないことだと主張（もちろん知らないわけはない。どだい、領海をわらずに魚はとれないのだから船に乗るということは即越境につながる）し、ソ連側もそれを認めるというのが暗黙の了解事項になっている。船員はそこから根室に帰され、船主・船長は裁判を受ける。

越境二年、密漁二年が最高刑。刑が決まるとラーゲル（強制収容所）のあるシベリアへ送られる。

シベリアのラーゲルでは、女囚の建物の横に日本人用のバラックがある。以前は石切り場での苛酷《かこく》な労働に従事させられていたが、現在はミシン作業に変わっている。ソ連兵のズボンを作るのだ。一月ほど見習い工として訓練されるが、あとはみなと同じラインについて流れ作業をする。

沢上さんによれば、日本人はアッという間にマスターし、即日ノルマをこなしてしまうという。日本人というのは実に優秀ですね、と感動したおももちでいう。それに、日本人の囚人ほどよく働くのは、ラーゲル中にいないそうだ。課せられたノルマの百八十パーセントくらい楽にこなしてしまう。ロシアの女囚でさえ六十パーセントいかないというのだ。彼女たちは食うに困るわけではないのに、あくせく働くこともないという調子でのんびりやる。日本人は自然に周りと競い合い、働きつづける。ある時、ひとりがつくづくいったそうだ。

《俺たちはバカだね。無理矢理連れてこられた監獄で、しかもその国の兵隊の服を、なんでこんなに一生懸命つくるんだろ》

全員まったく同感ということで、明日からはノルマすれすれでいこうと衆議一決した。ところが翌日、さて仕事がはじまると横を見、後ろを見、やっぱり競争してしまう。ひどいのになると十分間の休みを八分で切り上げて、仕事開始になるのをスイッチに手をかけて待っていたりする。ノルマの二百パーセント近くまでいってしまう。

生活のリズムは規則的な工場労働者といったところである。八時間労働、一時間ごとに十分の休憩。夕食後は何をしてもかまわない。碁、将棋、誰が持ち込んだのかマージャンもある。ただ苦痛なのは食事の不味《まず》いことだった、と皆が口をそろえていう。

高橋和二さんは、過去二回の抑留を経験しているが、食事は確かによくないという。カロリーは二一〇〇カロリーと決められているらしいのだが、内容が悪い。主食は黒パンかアワ。エンバクの油煮とか「キャベツのすっぱいの」が入ったスープ。夜は主食に大衆魚が一品つくだけ。

《でも、ノルマをこなしているとそれに対して賃金が払われるんです。売店で食糧を買うのが許されているんで、出される食事を全く食べないで買い食いだけしていることもできるんです。金がなくなると、収容所の食事にかえますけど》

豊原近くの石切り場の時はソ連人の一般囚人と一緒だったが、その中に奇妙な日本人がいた。ヤジマ……という若者で、ソ連へ密出国したのだという。理由は故郷の長野で数千円の詐欺《さぎ》を働いたらしい。それで日本を逃げ出した。といっても根室で漁師をおどかして蘂茂尻島《もえもしりとう》に上陸したにすぎない。その結果、ソ連で越境の罪に問われ、三年の刑を受けてしまった、というのだ。刑期終了近くなって、ヤジマ……が逃亡した。大騒ぎになったが、国道でトラックをとめて遠くへ行こうとしたところを急報されてアッサリ逮捕。ドジな話だが、彼は、どうやら故郷から手紙が来て事件が時効になるまで、そこにいろといわれたらしい。刑期をふやすための、狂言脱走だったのだ。

——いろいろな話を総合してみると、ラーゲル生活というものも、日本人は結構たくましく生きているようだ。

高橋さんは、今度の「恩赦」で帰ったひとりだが、持病の内臓疾患をすっかり直して帰ってきた。ソ連は囚人にも医療費はタダで、しかも内臓関係はとてもていねいに診てくれる。病気だとノルマはかなり軽くなる。

《ヤツは注射を二十何本も打ってもらったとかで、こっちで医者にかかったら大変なのに、もうかった、もうかったと喜んでいたよ》

と和二さんの兄さんがいっていた。

5

拿捕され、抑留され、釈放され——しかしまたすぐに海へ出ていく。

先頃、視察にやってきた国会の北方対策委員会のセンセイ方が、十七隻も拿捕された片岡さんにあきれたような調子で質問したそうだ。

《そんなに何度もつかまるのに、どうしてまた海に出るんだ》

フランス革命前夜、飢えた民に、パンがなければケーキを食べればよいのにといったという、あの「マリー・アントワネットのケーキ」に似た話はどこにでもあるものらしい。

《バカヤローって怒鳴りつけてやったよ。誰が好きこのんで捕まりに行くバカがある。食うためには、少々の危険は仕方ないんだ。捕まるかどうかはもう運だ》

片岡さんは根室でも有数の船持ちだった。国後島から引き揚げて裸一貫でつくりあげた財産だった。《自慢じゃないけど、俺は根室で一番早くカマドおこした》というのが口癖の人である。もっとも、そのあとから小さくこう呟《つぶや》く。《カマドつぶしたのも一番早かったけど》

だが、もし食うだけだったら他所のどこでもなんとかなる。にもかかわらず根室を離れないのはなぜか。もちろん、ひとつには「出ていけぬ」という状況もある。沢上さんにいわせると、漁師は日々暮らすのには困らないが漁協などからの借金と船などの財産を相殺《そうさい》したら、借金の残る人が大部分だろうという。だから、出ていきたくとも行けぬ。だが、果してそれだけだろうか？

根室の漁師は、実のところかなりのウマミを持っている。周辺は世界三大漁場のひとつで魚種・量共に豊富、しかも北の幸は値がいい。ホタテ、カニ、ウニ、鮭《さけ》、鱒《ます》……。今年のサンマのように一山あてれば大儲けが可能ということもある。とりわけ、ソ連が十二カイリで領海を閉じている北方領土周辺は「腕と度胸」があればまたたく間に大儲けできる。大企業の大型船などは船を没収されたり、トラブルを起こすのを怖《おそ》れて入ってこない。「特攻出漁」ができるのは、とられたところで大したことがないという証拠でもあるのだ。いわば、ここは「海の闇市《やみいち》」とでもいうべき区域で、依然として「腕と度胸」が幅をきかせている無法地帯である。

その象徴的な存在が最初にのべた「御朱印船」と呼ばれるものなのだ。

いろいろな人から御朱印船のうわさを聞いた。そのうちに段々と名前がわかってきた。根室では、誰が現在の御朱印船であるかは公然の秘密である。いや、秘密にすらなっていない。危険区域に入って大漁してくるが、まったく拿捕されない。二度か三度はあるだろうが、それが何度もつづくうちには、何となくソ連と通じているなということが感づかれ始める。

そのようにして市民に登録された御朱印船の船主は何人もいる。「オホーツクの大統領」とか「海の帝王」とかと一時は大変な威勢だが、ソ連側の警備隊長の交替によって彼らも失脚し、あとはただの「漁民」になってしまう。

彼らの任務は、主として「運び屋」である。まず日本で発行された新聞は、モスクワを経ないで即日、古釜布《ふるがまっぷ》の警備隊長の家に届くといわれている。だから、根室の漁民は新聞に自分の名前がのるのをひどくいやがる。

「運び屋」がさらに高度になると、「レポ」も任務のひとつになる。日本にいるソ連側スパイとの連絡係になるのだ。そのもっとも効果的な使われ方が、ベ平連を中心とする

「脱走米兵の亡命」の際に試された。そして、昭和四十三年見事に成功する。

現役御朱印船主A氏が根室から国後島へ運んだ「根室ルート」は、ソ連国境警備隊とA氏と「ジャテック」以外に知る人がいなかったが、妙なところからネタが割れてしまった。ストックホルムに亡命した米兵のひとりが、亡命生活に嫌気がさし、こんどはストックホルムのアメリカ大使館に助けを求めた。その際、彼がペラペラと供述してしまったらしい。

御朱印船と警備隊長の仲は単に「レポ活動」だけで結びついているわけではない、御朱印船も自分の特権的な地位を守るために、テレビ、洗濯機、カメラ、それに隊長夫人へはナイロンのストッキング、と貢物《みつぎもの》に明け暮れる。しかし、どんなにがんばっても隊長の交替には勝てない。前任者の手アカがついたレポ船はいやがるので、多くの場合それでおしまい。浮き沈みの激しさこそ御朱印船のたどる道なのである。

《今は誰ですか》

《Yさんじゃないの、何千万の家なんて新築して……》

《御朱印船なんかやってると卑屈にならないかな》

《そうだろうね》

などと話した相手が、あとで人に訊《き》いてみると御朱印船O・Bであったりする。まさに奇々怪々なのだ。

あの人が御朱印船だというので会いにいくと、まず恐《こわ》い顔で私の名は絶対出してくれるなという。《あなた御朱印船？》などと訊く勇気もなく、ましてや船に乗せて下さいとも頼めない。
《乗せてくれるわけがないだろ》
相談すると片岡さんに怒鳴られた。
《スパイ行為の現場を見せてくれるバカがどこにいる》
ごもっとも。それなら普通の船は？
《普通の船だっていやがるさ。もしつかまって、あんちゃん、あんたが乗ってたら、向こうはどうしたってスパイとみるわな。まあ八、九年はくらいこむ》
そのくらいこっちは覚悟の上です。
《バカヤロー、そっちが覚悟の上でもこっちが迷惑する。三年ですむものが倍にもなっちまうんだよ》
納得。
北の船は、かつて乗せてもらったことのある与那国島の船と違って、かなり厳しい状況にある。そういえば、与那国島は、根室と立場が正反対なのだ。台湾漁船が日本の領海に入ってきてしまう。それを追い払うのに日本の海上保安庁はやっきになっていた。聞くところによると、与那国島で日本の海上保安庁は、北でソ連に根室漁民がされているのと同じ方法で台湾漁民に対処しているのだ、という。なるほど、そういうものなのかもしれない。台湾漁民にとっても与那国島は「外国」とは思えないのだ。ここで因果応報をもち出すのは思考の貧しさであるかもしれない。だが、余りにも同じことをされ、同じことをするのが異様でもある。

「無法」は御朱印船の専売特許というわけでは決してない。

密漁船があり、資格がないのに他の魚種の漁をしたり、漁具、アミなどの違反をやり、とにかくみんなが無法の中に生き、それでいて根室の漁師はみんな善良そうなのだ。

6

早朝、まだ夜が明け切らないうちに、根室港へ行く。様々な魚が陸揚げされている。そこで若い船頭と知り合った。N丸というそのカレイ船は、砕氷を積んで昼頃、出港するという。乗せてくれと頼んだが断わられた。

彼はぼくと同じ二十五歳、月収はシーズン中なら三十万は入るという。なんという差！

しかし、あまりぼくが船に乗りたがっているのを見て哀れに思ったらしい。

《乗せてやるよ》

喜びも束《つか》の間《ま》、沖には出ない。それでも港を一周りしてくれた。

根室の漁民の「無法」を数えあげれば切りがないが、その最大のものは雌ガニの捕獲である。日ソ間の協定では許されていないが、カニ船からどんどん荷揚げされている。子持ちガニでも平気で売られている。

ぼくが泊まっている千島会館の調理人氏の話である。彼がまだ根室市内の料亭にいた頃だ。ソ連の大使が根室へ視察に来た。市役所と漁協の幹部が集まって歓迎会をひらいた。調理人氏へ何かおいしいものを頼む、とお偉方じきじきの申し入れ。彼は考えた末、調理して出すと、漁協の常務が真っ青になって飛んできた。

《なんであんなものを出すんだ!》

カニの卵がまずいというのだ。出してもらっては困るというのだ。しまった、と心の中では思ったが《うまいものは誰が食ってもうまいのだ》と突っぱねた。そのあとできいてみると、《オオ、コレカニノ子ネ》といってよく食べてたという。

《知ってるからにゃ、ロスケもカニの子を食べてるってわけ。お互いさまってね》

インチキはお互いさまだが、日本の、とりわけ北海道の漁業がソ連に首根っこを押えられていることは確かだ。顔色をうかがいながら「おすそわけ」をうけているという感じであることに変わりない。しかしね、とN丸の船頭はいう。

《日本の船は、ほっとけばどんなにひどく海の底から取り尽してしまうか、わかりゃし

ない》

彼がいうには、ソ連の主張している十二カイリ線のおかげで自分たちが助かっていることもある、というのだ。

——もしあの線がなかったら、本土のデカイ船がやって来てアッという間に、資源の枯渇するほど取り尽されてしまうにちがいない。

——少しの危険を覚悟で行けば、俺たちみたいな弱小の漁師が何とか食うくらいの漁獲はある。

——ソ連船が警備しているから取りすぎもせず、資源保護のためにもちょうどいいのではないか。

喋《しゃべ》りつづける彼の顔を見ながら、ふと気がついていった。

《あんたの言い方によると、北方領土は返ってこない方がいいみたいに聞こえるぜ》

すると、彼は船の舵《かじ》を握りながら、真顔で頷《うなず》いた。

《だって、戻ってきたら権利だなんだってみんなに食い荒されるけど……》といって息をついだ。

《今のままなら、あの海は全部、俺のものだもんな……》

屑《くず》の世界

1

江戸川に瑞江《みずえ》という町がある。とくに何があるというわけでもない平凡な町だ。ほんの数年前までは田畑や荒地がずいぶん残っていた。しかし、今ではそのかなりの部分が雑然とした工場地帯のようなものになってしまった。「ポンコツ横丁」として有名だった墨田区の竪川《たてかわ》町から、広い土地を求めて多くの解体屋も移り住むようになっていた。

国電や地下鉄に見離され、この町にやってくるにはバスを利用するしかない。しかも、最寄《もよ》りの鉄道駅からでさえ、バスで三十分以上もかかってしまう。

瑞江から少し行った今井橋を渡ると、山本周五郎が『青べか物語』で描いた、あの頑固でこすからく、しかしあけっぴろげで哀《かな》しい人びとが住んでいた浦安に出る。また江戸川沿いに車で何分か走れば、山田洋次の『フーテンの寅《とら》』の舞台である柴又《しばまた》へも出られる。

しかし瑞江には、作家を感動させる「べか舟」だとか「矢切りの渡し」といった勲章がひとつもない。あるのは巨大なガスタンクと一体数百円で死体を処理してくれる安い焼場くらいのものだ。

町の風物は、いつも白ちゃけて埃《ほこり》っぽかった。カラカラ天気のせいばかりでなく、町全体に緑が少なく、石灰色の工場やポンコツ屋が多く並んでいるからだろう。そんなところに、突然、旅荘「大奥」などという建物があって驚かされる。

去年の暮から正月にかけて、ぼくはこの瑞江という町に足繁《しげ》く通った。それはこの町にあるひとつの「仕切場」で働かせてもらうためだった。

仕切場。あるいは建場《たてば》ともいう。本来、仕切場は歌舞伎《かぶき》の小屋などで一切の勘定を取り仕切る所を意味した。屑屋《くずや》がその日に集めた品を買い取ってもらう場所、屑の集荷場、という意味なら建場が正しい。実際、仲間うちの会話では「建場」という言葉が多く使われる。しかし、どういうわけか、ぼくには「仕切場」の方が耳に馴染《なじ》みやすかった。そこで働いていているうちに、「仕切る」という言葉の響きがこの場所にはよりふさわしいと思うようになった。

屑が集まる。それを生かすも殺すも仕切屋の胸ひとつである。使えるものと使えぬものの、金になるものとならぬもの。つまり仕切るのだ。「モノ」が、流れ流れて仕切場にやってくる。本来なら屑となった「モノ」は、ゴミとして棄《す》て去られるか燃やし尽される運命をたどることになる。だが、仕切場で分類され仕分けられることによって、屑は救助され、再生にむかうものがでてくる。

要するに、とぼくには思えた。仕切場は「モノ」にとっての「敗者復活戦」の場なのだ、と。そしてそれは、漂い流れて仕切場に集うことになった人びとにとっても同じことなのかもしれない、と。「モノ」も「ヒト」もここで最後の「仕切り」を受ける……。なぜ仕切場で働くことになったのか、理由は自分にもよくわからない。働きたかったのだ。身を粉にして働いてみたかった。確かなことはそれだけだった。ともかく、瑞江に代々住みついている友人の口ききで、ある仕切場の親方のもとで働かせてもらえることになったのは、十二月中旬のことだった。

その仕切場の正式な名は「石本商店」という。仕切屋ばかりでなく屑屋も、どういうわけか商店という名称を使いたがる。少し奇異な感じもするが、それ以外にふさわしいものがないのだそうだ。

石本商店に従業員はいない。親方とおかみさんの二人だけですべてを切り回している。敷地約二百坪。借地である。そこに事務所と倉庫がそれぞれひとつずつ。といってもトタンで屋根と囲いをしてあるだけのものだ。残りの敷地には、鉄のスクラップとダンボールが山積みされてある。事務所には、たぶん出物の、高さのちがう机がふたつ。壁にはこれも出物の一昨年のカレンダー。そこに書かれてある文句に、皆がいたく感心しているから掛けてあるのだという。

「理屈だけで説き伏せても相手には不満と反感しか残らない」

親方が、ここに仕切場を開いたのが五年前。三十代半ばの頃である。その時、壊れかかったミニ・トラック一台だったのが、今では、中型トラック二台、フォーク・リフト一台に増えた。出入りする曳子《ひきこ》も、常連だけで九人と、近隣の仕切場に比べるとかなり多かった。

石本商店の親方は、この辺りでも有数の、成功した仕切屋だった。

2

明日から働かせて貰《もら》います。夕方、そう挨拶《あいさつ》しに行くと、仕切場には先客がいた。恐ろしく汚いなりをした五十前後の男である。着物が破れているのはもちろんだが、無精《ぶしょう》髭《ひげ》を伸ばし、躰《からだ》中に赤黒い瘡《かさ》をこびりつかせている。髪の毛はうっすらと埃をかぶり、パサパサだった。
《なんだって？　このあんちゃんがこんなところで働くってかい？》
親方が、新聞を束ねる手も休めず、そうだと答えると、男はいきなり怒り出した。
《馬鹿《ばか》いってらあ、いい若ぇ者が何だって建場になんか来るんだよ、やめな、やめなよ》

そういってコップの水をぐいと呑んだ。
《それとも、どっか悪いのかい、胸とか、頭とか、キ、キ、キンタマとか……》
呂律《ろれつ》が廻らない。どうやらコップの中は水ではない。かなり御神酒《おみき》が入っているようだ。顔の赤黒さは、そういえば日焼けや垢《あか》ばかりでなく、酒焼けにもよるようだった。
《どこも悪くない？　そんじゃこんなとこで働くことねえだろう》
男が「こんなとこ、こんなとこ」を連発するたびに、ぼくは気になって親方を盗み見たが、別に何ということもなく仕事を続けていた。
《親方、そうでしょ、何もこんなとこで……》
後で知ったことだが、この仕切場にはいつも口の開いた一升瓶《びん》が置いてある。出入りの商人や曳子が立寄るたびに、一杯呑《の》んでいかせるのである。親方も仕事の合い間にひっかけることもあったが、自分が一杯呑むか呑まぬかの間にすぐ瓶は空になってしまう。しかし、親方は《それだけのお客さんが寄ってくれるしるし》といって、かえって喜んでいる風もあった。
この酒、誰がいつ呑んでもいいのだが、ひとつだけ「仁義」がある。
曳子の多くはその日の稼《かせ》ぎをほとんど酒にしてしまうほど酒好きだが、親方に《一杯どうだい》といわれるまでは、けっして手を出さないということだ。そのかわり仕切場の中を用もないのにウロウロしたり、時には仕事を手伝ったりしながら「誘い」を待つ。

《どうだい、やってくかい、一杯？》

そういわれると、全く予期していなかったかのように《え？　そうかい、じゃ、一杯だけやってくか、折角だから》と顔をほころばせる。どんな険悪な形相の曳子でも、その時だけは無邪気な顔になる。ひとつ驚くのは彼らの律義《りちぎ》さである。《一杯どうだい》という時の「一杯」は、単に「酒」の代名詞にすぎないのに、彼らは決して一杯以上呑もうとしなかった。

こんなこともあった。

酒好きの曳子がダンボールを持って来た。計っても三キロしかない。キロ二十円が相場だから、金額にして六十円足らず。近頃では子供の駄賃にもならない。酒が目当てだということはすぐわかった。

《一杯やんなよ》

《そうかい、じゃ、親方がいうから……》

一升瓶とコップを手に持ってなみなみと注ぐ。

《オットットット、こぼれちゃう……》

そういいながらチューと吸う。減った分だけまた注いで、

《オットットット、こぼれちゃう……》

チューとすする。それを際限なく繰り返す。それで瓶に半分あった酒はあらかた空に

なったが、彼はそうすることで「一杯」の仁義を守ったつもりらしい。「一杯」で五合平らげたのだが……。

《あ、あんちゃんよ、なんだって、こんなゴミタメみたいなとこで、働くんだよ、エエッ、あんちゃん！》

ぼくに搦《から》んできた男、彼はみんなから「緑のおじさん」と呼ばれていた。彼はここの曳子のひとりで、しかも、自転車で屑を集める、最下級の浮浪者すれすれの曳子だった。自転車の荷台に少し屑がたまると、仕切場に持ってくる。一日に何度かそれを繰り返し、四、五百円の日当を稼ぐ。どこが宿なのか誰もしらない。一日働いてなにがしかの金を稼ぐと、二、三日はやってこなかった。

《え、あんちゃん、こんなとこ、マトモな人間の来るところじゃ、ないんだよ》

《おじさんよ、もういいだろう》

親方が仕事を続けながらたしなめた。

《よかねえよ、こんな大きな図体《ずうたい》して、どっこも悪かねえのに、今から俺たちみたいにラクしようなんて、よくねえよ》

《建場はおじさんたちみたいにラクじゃないさ。明日から鍛えてやるさ……》

親方の言葉は耳に入らない様子で、ぼくに向き直った。

《日当はいくらだ、えっ？》

別に決めてはいなかった。ただ働かせてくれ、ああいいだろう、ということだったから、日当を訊《き》かれても困った。

《ば、ばか、日当も決めないで、何が働くってかよ、馬鹿野郎！》

本気で唇を震わせている。ぼくはただ働きたいと思ったのだ。そう正直にいうと、文字通り烈火のごとく怒り出した。鼻をふくらませ、ぼくの腕をつかんだ。顔色が変わるのがわかった。

《ふ、ふざけるな、馬鹿野郎！　ただ働きたくて働くキ、キンタマ野郎がどこの世界にいるんだよ！　ふざけるな！　日当も貰わねえでただ働く？　馬鹿にすんなよ！　みんな、みんなオマンマ食うために働いてんだぞ！　てめえ》

激した彼の顔を見て、ビクッとした。恐ろしかったからではない。瘡がこびりついた目尻《めじり》に薄《う》っすらと涙を浮かべていたからだ。胸を衝《つ》かれた。

《馬鹿にすんなよ、て、てめえ……》

ぼくの腕をつかんだ手が震えた。ぼくも「ふざけている」わけではなかった。何を、どう説明したらいいのか。絶望的だった。黙っていると、彼も黙り込んだ。緑のおじさんの怒りと涙の意味が、わからないわけでもなかった。しかし、何と答えたらよいのだろう？

《もう帰んなよ》

親方が静かにいうと、おじさんは素直にうなずいた。

おじさんが自転車に乗って帰ろうとすると、ダンボールの梱包《こんぽう》を続けながら顔も上げず、また親方がいった。

《コップにまだ残ってるよ。呑んでっちまいな》

興奮のあまり、呑むのを忘れていたらしい。急転直下というほどにニコニコしながら戻ると、残りの酒を威勢よく口の中に放り込んで、こんどは本当に自転車に乗って、どこかへ去って行った。

《酒癖が悪くてね》おかみさんが済まなそうにいった。《でも、あの人もいいとこがあってね》

おじさんは、以前、自転車を持っていなかった。手で拾ってきては数十円ずつ稼いでいた。ある日、仕切場の隅に出物の自転車が置いてあるのを見て、物欲しそうに眺めている。オンボロ車だった。かつて緑色のペンキが塗られていたらしいということが微《かす》かにわかる程度に赤銹《あかさ》びた自転車だった。

《あげるよ》

親方がいうと、《いや、売ってくれ》と頼んできた。どうしても金を払うといってきかない。有金すべてをはたいて買っていったという。それ以来、おじさんは有金すべて、つまり百七十円もの大金で「購入」した自転車に乗って屑を集めるようになった、というわけだ。「緑のおじさん」と呼ばれるようになったのもそれからだった。それまでは、おじさんを他のおじさんと識別する、どんな呼び名もこの仕切場にはなかったのだ。
《あんな風体だから盗む気なら簡単なんだけど……。いえ、自転車だけじゃなくて、屑だって、人に訊いてからじゃなきゃ、絶対持ってこないのよ、あの人……》
翌日。ぼくの姿を見つけると、大きな声で話しかけてきた。珍しく緑のおじさんが二日つづけてやって来た。
《よう、あんちゃん、やってんね、がんばんなよ、若いうちだからさ、あんちゃん》
昨日のことはすっかり忘れたかのような調子のよさだった。この人は、とぼくは思った。「酒癖」よりも「素面癖《しらふ》」の方がよっぽど悪そうだ……。

3

仕切場での初めての朝だった。九時少しに行くと、親方はもう働いていた。早朝に集めて置いていった曳子の誰かの荷をハカリにかけている。
《ダンボール三十二、新聞十五！》
キロ数を奥さんが黒板に書きつける。親方はすぐそれを白いビニール紐《ひも》で結わく。
二人が手順よく働いているのに、ぼくはいったい何をしたらいいのかサッパリわからない。更衣室などあるわけもないから、寒風吹きすさぶ外で仕事着に替え、軍手をはめる。ところが、親方は、何も指示を与えてくれない。訊くと、ようやく顔をあげた。

《そうね、何かやるんだったら、ダンボールでも積みなよ》

親方は、まるでぼくの「労働」に何も期待しない素っ気なさで、そういった。黙ってはいるが親方が緑のおじさんと同じ思いであるのが、かなり明瞭《めいりよう》に感じ取れた。地元の義理ある家から頼まれたから仕方ないが、ぼくなどテンから信用してなかったに違いない。きっと一日で音を上げるだろう――ぼくのひが目でなく、親方の冷淡な眼はそういっていた。

ぼくには奢《おご》りがあったのかもしれない。たとえ少しばかり仕事に馴《な》れてはいなくとも、この暮の忙しい中をとにかく働いてあげるというのは、仕切場にとっちゃ大助かりに相違ない。だが、それは単なる思い上がりにすぎなかった。

梱包されたダンボールは、倉庫の横に野天で山積みされている。中に入れないのは雨のためだ、と後で知った。雨に濡《ぬ》れるように野天に曝《さら》す。充分、湿気を吸ったダンボールは乾き切ったものの軽く一・五倍の重量になるからだ。ところが、そのダンボールの山は、三メートル近くの高さになっており、とても手では届かない。この上にどうして積み上げたらいいのだろう。

《ホーク使ったらいいだろ》

ホーク? フォーク・リフトを使えというのだろうか。自慢をするわけではないが、機械と名のつくもので操作可能なのは、オリンパス・ペンだけなのだ。
《いいや、ホークぐらい誰でも動かせるさ、ほれ、コレをこうやって、それで、コレをグッと引けば……》
親方がいくら説明してくれてもわかるわけがない。
《しようがねえな、じゃ俺がやるから、ダンボールを梱包してくれよ》
ホッとして交替したが、しかし、これが少しもやさしくないのだ。ダンボールをつぶして二十枚ほど重ね、それを一まとめにして結わく。その単純なことが恐ろしく難しい。ダンボールが不揃《ふぞろ》いのせいもあるが、どんな結び方をしても緩んでしまう。コツがあるのだ。何度教えてもらっても呑み込めない。やっぱり駄目だなあという顔をして親方がいう。
《新聞の方がやさしいから》
しかしどうしてもうまく結わけない。雑誌。ダメ。腹が立ってきた。もちろん何ひとつ満足に出来ない自分に、だ。
《銅線の皮むき、やってみな》
銅を包んでいるビニールの表皮を割いて、中身を取り出す。親方がやって見せてくれる。スーと線を縦に割いていく。見ていて気持いいくらい滑らかに切れる。ナイフは手製のカギがついたものを使う。が、やってみるとまるで切れない。ビニールはコチコチに固く、真っ直《まっす》ぐに切れるどころか、力を入れると手を切りそうになる。悪戦苦闘していると、ひょっこりひとりの曳子が姿を現わした。
《にいちゃん、それはね、倉庫の中でやってちゃ駄目なんだよ。外に出して、お日様に当てれば、ビニールが、やわらかくなるだろ、そうすりゃ、簡単に割けるさ。寒いとこじゃ、ゴチゴチでさ》
なるほど、経験とは素晴らしいものだ。感謝しながら外に引きずり出そうとすると、親方がいった。
《いいから中でやってな……外に出して、わざわざ外を通る人に見せることはない。銅は金も同じことだ、そんなことで人につまらない考えを起こさせることもない。いいから中でやってな……》
なるほど。またもや納得して中に戻した。この主体性のなさはどうだろう。しかし、それは決して不快なことではなかった。自分自身の右往左往が、確実にひとつの世界を知るということに結びついているようだったからだ。
とにかく、この日はなにひとつ満足にできたものはなかった。ハカリの計り方は間違える、スクラップの置く場所も間違える、どうにか出来たのは、車から屑をおろしたりのせたりする、僅《わず》かそれだけだった。

夜八時。仕切場を仕舞う時、どうだい音を上げたかいというように、親方がニヤリとした。

二日目、この日もべらぼうに忙しかった。暮に近いせいもあるらしい。菓子屋がダンボールを持ってくる。計量し、梱包し、積み上げる。出版社の倉庫が屑を取りに来い、という。助手席に乗って引き取りにいく。本の箱だけが山のように渡される。仕切場に戻ってきて、カバーのビニールを一箱ずつはがし、百箱くらいで一束に梱包。ビニールをつけたままでは製紙会社が引き取ってくれないからだ。その間にも、曳子が新聞、ダンボール、瓶を持ってくる。一般家庭からも新聞が持ち込まれる。チリ紙交換よりもはるかに率のよいことを知っているのだ。休む暇もない。昼食も十分くらいで済ませてしまう。客はこちらの都合をきいてやって来るわけではない。昼休みなどおちおち取ってはいられない。親方が仕事を始めるので、ぼくもそうしないわけにはいかない。

それにしても……と思いながら、ぼくは何度、仕事の手を休めて親方を眺めたことだろう。実によく働く人だった。昼飯以外、ほとんど仕事の手を離すことのない人だった。客が来ても手を休めずに応対する。それが無愛想に映らないところが、人徳なのかもしれなかった。

ぼくの「労働」がまったく当てにされていないという口惜《くや》しさも手伝って、ぼくはかつてこれほど働いたことがあるだろうかというほど懸命に働いたが、それでもつい手を休めぼんやりとしている瞬間があった。しかし、親方は、仕事が一段落すると、いつの間にかまた新しい仕事を「作って」いるのだった。

忙しかった。疲れ切った。しかし、そのうちに、仕事の面白さ、というのが大袈裟《おおげさ》なら、技術が身についていく喜びのようなものを覚えはじめていた。梱包のコツもすこしずつ呑み込めてきた。皮むきもできるようになった。ハカリも荷を見ただけで重量の見当がつくようになり、重心のとりにくいダンボールのかつぎ方もうまくなってきた。トラックに積んだ荷のロープかけ、みなは「ロップかけ」といっていたが、その方法も呑み込めてきた。きつくロープをしばるために、ロープに巧みな仕掛けを一瞬のうちにつくる。すると、力は二倍になる。滑車の原理を応用しているのだ――そんなことがひとつひとつ面白くて仕方なかった。

夜七時半。やっと一段落、と思いきや、ダンプが二台やってきた。ほんとうにガックりきた。十時間以上働きづめだったからだ。ダンプはドドッと地響きをたてて、屑を仕切場いっぱいにまき散らした。書類、事務器、ノート、機械部品……それらが混然としている。テープメーカーの大掃除のゴミだという。明日やろう、という親方の言葉を息を呑んで待った。が、親方は黙って仕事を始めた。仕分け、梱包。冗談ではなく、これは明日になっちまうと思った。だが、仕方ない。ぼくだけ帰るわけにはいかない。

夜、真冬の寒い風の中を、親方とおかみさんとぼくの三人は口数も少なくなって、片付け出した。ぼくは、もう半分ヤケで働いた。何時間かして、あれほど絶望的に散乱していた屑が、きれいに片付いてしまった。我ながら、奇跡のような気がしたくらいだ。くたくたになって地べタに坐《すわ》っていると、親方がいった。

《一杯やるかい》

三人で呑みながら黙って火にあたっていた。

《不思議ですね……》

ぼくがいうと、二人は頷《うなず》いた。

《五年前、初めて此処《ここ》に移ってきた日、やっぱり荷物が片付かなくて、いいや明日にと思ったが……》

別にぼくに聞かせるというわけでもなく、親方が呟《つぶや》いた。

《翌朝までかかって片付けた。みんなによく片付けたなっていわれたけど、あの時、やりおおさなければ、近所から、だから仕切屋はいやだ、汚いと苦情が出て、ここから追い立てを食い……いやあ、それよか、こんな辛《つら》い仕事をやり抜く根性もなくなってたよ》

親方が一升瓶を傾けながら、

《なあ、あんちゃん》

といった。考えてみると、それが、この二日間でぼくに直接呼びかけた初めての言葉だった。
《あんちゃん、一人者か?》
そうだと答えた。
《そうか、なら……》
と親方が微笑した。
《じゃあ、世帯道具は一式、此処でみんな揃えてやるよ。少し気長に待てば、何だって出物にあるんだ、よし、決めた!》
一人で納得して喜んでいる。だけど、とおかみさんが付け加えた。
《嫁さんは、出物じゃだめだからね》
つまらない冗談だったが、三人は上機嫌で笑った。

4

仕切場の主役は誰か? 仕切屋でもなく曳子《ひきこ》でもない。ハカリである。この目盛をひとつ動かしたいために、曳子は一丁よけいに歩き、仕切屋はハカリの台の埃《ほこり》を吹きとばす。ハカリをめぐる両者の攻防には、涙ぐましいものがある。
ハカリにうずたかくダンボールを積むと、反対側は全く見えない。そこで、曳子はハカリ台の上に足をのせる。それで十キロは軽く増える。そんなことはとうに承知之助なので、事務所からおかみさんが《こっちにきて一杯やらない?》などと呼びかける。ムムッ、行くべきか行かざるべきか……ということもある。

《でもね、そのインチキをわかっていても、黙ってハカリ通りに払うんだよ。二度、三度来るうちにはやらなくなるからね》

もっとも、仕切屋がハカリに仕掛けをすることもある。かつて、江戸川の河川敷に多くの仕切屋が立ち並んでいたころ、曳子を呼びよせるために、キロ当りの値を法外につける仕切屋がいた。だが、それはハカリに細工がしてあり、法外の値の分だけ、重量で減らしていたのだ、という話である。

《ウチはそんなこと絶対しないからな》

親方がいう。

ある時、持ち込まれた新聞紙をぼくが計った。百七十二キロというところをうっかり百二十二と間違えた。大きな声で「百二十二キロ」と叫んで、曳子とぼくが同時に間違いに気づいた。その時の親方の慌《あわ》てようはなかった。《ダメだぞ、あんちゃん。ダメだぞ》何度も叱《しか》られた。

このちょっとした挿話《そうわ》は、必ずしも親方の破格の「公正さ」を物語るものではなく、一度疑われたら信用してもらうまで大変だ、という方に力点はある。

仕切屋にも、もちろん商売のアヤはある。

やはりある時。何人かの曳子が火の回りにたむろしている際、親方に、話のつれづれという軽い気持で、今の相場について訊《き》いてしまった。ダンボール、キロ、いくら？しかし、これは答えられない問いだったのだ。親方は、曳子ひとりひとりに違う値をつけているからだ。もちろん、一般家庭、商店からでは、さらに違う。曳子間の値の差は何故《なぜ》つけられるのか。たとえば猪狩《いがり》さんのように、自分でしっかり梱包してくれるような人の屑《くず》は高い。また、持続的に持ってくる人、この仕切場に全面的に依存している人には、高くせざるをえない。つまり、相場はあってないのだ。答えようがないわけである。

アヤというより、明らかに「非公正」というものに関わってくる場合もある。

そのひとつは、清掃車である。知らなかったのだが、清掃車には都直営のものと運送業者の委託と二種類あるらしい。それは白か緑かのナンバーでもわかるが、ドアーの所に××運送と書いてあるので、すぐわかる。この委託清掃車が出物を、焼却炉ではなく仕切場に持ってきてしまう。ダンボールとか新聞をゴミと別にして売りにくる。規則としては禁じられているという。それはそうだろう。金の二重取りのようなものだ。しかし、かなりまとまった量なので仕切場の方でもいやといえない。だが、不思議なもので、清掃業者のこの行為が「悪」かといえば、かならずしもそうとはいえない。夢の島に棄《す》てられたり、燃やされたりする再生可能な資源を、彼らは救出しているのだ。だが、さらに不思議なことに、かならずしも「悪」ではないにもかかわらず、仕切場にきていくらかの小銭《こぜに》を作ろうとする人は、必要以上にオドオドしていた。

もうひとつは、ダイカンバである。多分、台貫場と当てるのであろう。

この町の近辺には、何カ所かの台貫場がある。小さなハカリでは計算できない、スケールの大きなもの、あるいは重いものを、自動車ごと計る台のことである。空になった時もう一度自動車を計れば中身の重さが出る。台貫場はその差を計り証明書を発行して、一回数百円の手数料を取る。誰でも考えることは、台貫場を丸めこまないまでも、親しくなって少々イロをつけて貰《もら》えば、それだけでもかなり違うということだ。台貫場については、いろいろ聞いたが、余り多くの人に迷惑が及びそうなので、誰でも考えそうなことは、やはり誰でも考える、というにとどめておこう。

大きな製鉄所などは自社内に台貫場を持っているから、インチキはできないが、やはりそこの係の人の胸三寸で、大きく影響を受ける。量は正確だが、等級づけでイロがつく。鉄質のよしあしでC級・B級・A級・特A級となるが、Cと特Aでは三割も値がちがう。トラック一台分十万円の三割である。かなり大きい。

しかし、石本商店の親方は、このような商売のアヤなどいっさい無視して突っ走っても充分に成功しうる人物だ、と素人眼《しろうとめ》にも思えた。ただの働き者というのではない、商売のコツを呑《の》み込んだ「うまさ」があったから。

親方の唯一《ゆいいつ》最大の方針は仕切場をどんな人でもよいから《とにかく多くの人が集まるような所にする》ということだ。

奇妙に思えるかもしれないが、この仕切場では、コーラと煙草《たばこ》を売っている。煙草など、煙草屋から大量に買って来て売るのだ。むろん、同じ値だから儲《もう》けはゼロ、手間の分だけ損である。

《それでも人が来るから結局は得なのだ》と親方はいう。人がいるところに屑はあり、人が来るところに屑は来る、というのだ。曳子や出入り商人ばかりでなく、近隣の人も商店街まで少し離れているので買いに来るようになっている。

しかも、この親方には、「うまさ」に加えて、「創意」が溢《あふ》れていた。

仕切場で大方の屑は救出されるが、どうしようもないものもある。新建材、ゴム、発《はっ》泡《ぽう》スチロール。なかでも、発泡スチロールの処理には、仕切場ならずとも頭を痛めている。燃やそうにも、黒煙を上げ、悪臭が一里四方に届きわたる、というシロモノだからだ。

ところが、親方はスチロールのまったく独創的な燃やし方を発見した。悪戦苦闘しているうちに「編み出し」たもので、いかなる科学的根拠に立っているか自分でもわからないという。方法は実に簡単なのだ。

ドラムカンの上に鉄棒二本を渡し、その上に一斗カンを置いて、下からボンボンと景気よく火を燃やす。充分熱し切ったところで、一斗カンに発泡スチロールを放り込んで行くと、瞬間的にポッと燃え、臭《にお》いも煙もでない。少し煙が出て来たなと見れば水で消す。そしてさらにもう一度熱していく……。ぼくも実地にやらされたが、まったく臭いも煙も出なかった。この単純なアイデアで、スチロール処理釜《がま》でも作れば、新案特許でもうかるのではないだろうか。親方とそういって笑ったのだが、もしかしたらほんとうに需要はあるかもしれない。

ゴムを燃やす時には、水に濡らしたオガクズと一緒だと、やはり臭いと煙が少なくなるそうだ。

まったく、親方は、町の経営者であり、労働者であり、哲学者、経済学者であり、科学者でもあるのだった。

仕切場で働くようになって十日以上が過ぎた。ある日、学校が冬休みになったとかで、親方の子供たちが手伝いに来た。高二のヒロ、中三のヨッちゃん、小五のアケミちゃん。

ぼくは珍しく手が空いたので、高く積みあげたダンボールの上でヒロと日向《ひなた》ぼっこをした。ポカポカと暖かく、素敵な寝具だった。ダンボール一枚あれば凍死せずにすむ、とかいう。確かにそうだろうと思える。

ヒロは今、オートバイに狂っていて、この間も事故を起こしてしまった。《いや、起こされたんだよ》とヒロはいうが、両親の「受け」は次男のヨッちゃんに比べると芳《かんば》しくない。ヒロは口ばかりで動かない、というのが親方の評だ。
うらうらと陽に当りながら、二人でとりとめのないお喋《しゃべ》りをした。その中で、ヒロがこんなことをいっていた。
《家が屑屋だからって気にしてないよ。ウンと忙しい時はダチ公にアルバイトで来て貰うくらいなんだ。親の仕事を恥ずかしいなんてぶったるんでるよ、そいつ。でも……ヨシオやアケミは小さいから恥ずかしいかもなあ……》
《ここを継ぐの？》
《いや。別の、作ったりする仕事がしたいな》
遊んでいると《貨車積みに行くぞ》と親方に呼ばれた。
四トントラックにダンボールを積む。三、四メートルの高さになったところでロップかけ。ヒロが器用に上へ登って、ロープ引きのリズムをとる。一家総出で引っぱるのだ。上でホイサ、下でヨイショ、最後に上がドッコイというと、ソーレと力を引き絞る。その約束事の見事さというか、イキのあった作業ぶりに、ぼくは感嘆した。ここには、確実に、語義通りの「家族」がいる……。
みんなで小名木川の貨車駅まで行き、トラックから貨車に荷を積み変えた。このダンボールは福島の製紙工場まで送られる。
帰りに台貫場で計ると、差し引き三・五トン。
《これでいくらになると思う？》
親方がいう。曳子に払うのがキロ二十円だから七万円、それに少しイロをつけて……。
《九万くらいかな》
《いいや、その倍はある》
ええ？　とぼくは声にならない声できき返す。それはイロのつけすぎのような気がしたからだ。この親方はそんなあこぎなことはしないと思っていたのに……。
《確かに儲《もう》けすぎだけど、今、儲けておかなきゃ、どうしてもいけないんだ》
ぼくは自分の気持を思わず顔にだしてしまったらしい。
《いけないか？　考えてみな、今は確かに値がいい、だからって、奴《やっこ》さんたちに、ギリギリいっぱい渡したらどうなる。やっぱりパッパーだよ。やがて値が下がる。そんときどうする、五円だ十円だの相場で、生活できると思うかい。相場には関係なく、なんとか生きるだけの金は渡すより仕方ないだろ。たとえこっちが血を絞られるような思いをしても、さ。今うんと破格にもうけてるように見えるかもしれないが、ちがうんだ。冬に備えて、みんなの冬に備えてたくわえているだけさ》
晩。

仕事を終えて、親方一家と食事することになった。ワイワイガヤガヤの楽しい食事だった。思い出したようにおかみさんがいう。
《さっき、留守中に伊藤さんが来て、明日みんなでボウリングに行こうって》
ヒロが半畳を入れた。
《伊藤さんと行くのいやだよ。伊藤さんの指が太すぎて、入るボールを探すんで時間がたっちゃうんだもん。やっと見つかりゃ人差し指突っ込んでぶん投げちゃうし、恥ずかしくってさ》
伊藤さんも近くで仕切屋をしている人だ。主として鉄屑を扱っているからどうしても手は油にまみれ、指はささくれて太くなる。
《働いてる人の手は仕方ないの》
《でも、このおにいちゃんはキレイじゃない》
アケミちゃんがいう。ぼくは急いで手を隠した。
《おとうちゃんも伊藤のおじちゃんみたいな手だね》
親方は苦笑した。
《でもね、昔はとうちゃんの手も女の人みたいにスラッとしてたんだよ……》
と、おかみさんはアケミちゃんにいった。
《昔は、いい菓子職人だったから……》

さらにおかみさんがそういいかけると、親方が眼で制した。
《いいんだよグローブで……》
そういいながら、親方は頰に一寸ほど伸びている古い傷痕《きずあと》のようなものを無意識になでた。

5

仕切場でさまざまなことを学んだが、「屑の世界」がどのような仕組みで動いているかの詳細は教えてもらえなかった。石本商店の親方が教えてくれたのは、ロープの結び方とか電気製品の分解の仕方とかいった、躰《からだ》で覚えるようなことに限られていた。「屑の世界」の構造を懇切ていねいに教えてくれたのは、やはりこれも瑞江町にある古本屋の親父《おやじ》さんだった。
ある日、一時間だけ昼休みがもらえたので、パンク屋の弟と近所をぶらぶらと散歩したことがある。パンク屋の弟はカメラマンの卵だった。彼の家は代々この地で百姓をしていたという。この辺りのいい土地はほとんどうちのだったらしい、と彼から聞いたことがある。大部分は手放してしまったが、残された土地で兄さんがタイヤ屋を始めた。喰えないカメラマンの卵としては、兄さんの仕事を手伝わぬというわけにいかない。

《それにさ、うちの兄貴はひとつのことに熱中すると、他のことはみんな忘れちゃう。ぼくがついていないと危なくて商売なんかできっこないんだ、抜けてんだから》

確かに、彼の兄さんは無類に人が好《よ》かった。高校を出ると自衛隊に入り、富士のどことかの部隊で戦車の整備をしていた。当然、満期までに整備士の資格を取った。「シャバ」に出て、自動車整備の工場に勤め、二年前、独立したというわけだった。自動車タイヤの販売が主な業務だが、頼まれれば整備もしてあげる。機械いじりが大好きで、必要なこと以外は喋らない寡黙《かもく》な人だった。

《近頃の若ぇ者にゃ珍しい》

隣り近所の評判はえらくよかった。しかし、人の好いのにつけこみ、いろいろな人が《あんちゃん、ちょっと頼まぁ》とやってくる。この店がたまたま石本商店の隣りにあったことから、そこに出入りする曳子たちも彼の厄介になるようになった。ある時、ひとりの曳子が《あんちゃん、パンクも直すのかい》とやってきた。自動車のタイヤを修理することはあるので《うん》と返事すると、《じゃあ、これやってよ》とリヤカーを引いてくるではないか。しかし、彼はいやな顔もせず、しかも無料で直してあげた。以来、曳子たちはその店をタイヤ屋ではなく、パンク屋としか呼ばなくなった。リヤカーばかりでなく自転車なども、パンクするたびに「パンク屋のあんちゃん」の店に持ち込み、タダで修理してもらうようになった。

パンク屋の弟が《兄貴は抜けてる》というのはそういったこともあるのだが、兄貴ばかりでなく彼にも似たようなところがあった。近所の人に《ちょっと写真をお願いよ》などと頼まれるたびに、少しもいやな顔をせず記念写真を撮ってあげたりしていたのだ。

そのパンク屋の弟と、瑞江町のポンコツ屋が軒を並べているあたりを散歩していると、不意に一軒の古本屋が眼に入ってきた。パンク屋の弟も《こんな所にこんな店があったのか》と驚いたほど、目立たない古びた店だった。

店の中は週刊誌と漫画、それに実話雑誌で溢《あふ》れていた。しかし、棚をよく見ると、清水正二郎《しょうじろう》『淫蕩《いんとう》姉妹』と山手樹《き》一郎《いちろう》『夢介千両みやげ』にはさまれて、谷川雁《がん》『工作者宣言』の初版本が六十円で売られていたりする。近辺の工員相手の古本屋らしかった。

パンク屋の弟はそこでデザイン関係の掘り出し物を買った。ぼくは雑多に数冊を選んだ。とにかく破格に安かった。その中の一冊は『街娼記《がいしょうき》』という題名の本だ。二十年前に出版された古い本だが、帯の文句が気に入ったのだ。

「アメリカ兵と日本娘の肉体の格闘！

アメリカは日本に自由を与え日本から貞操を奪い去ったのだ！

呪《のろ》われた宿命に肉体を賭《か》けて闘った哀《かな》しき乙女たちに捧げる愛情の書!!」

この帯だけ売って貰いたかったが、そうもいかない。それに、普通の古本屋なら一冊三十円均一のゾッキ本コーナーに入れるようなこの本を、きちんと棚に並べ、谷川雁より二十円も高い値をつけているのがよかった。

古本屋の親父さんに金額を計算してもらっている間、ぼくらは『㊙女体の神秘』とか『縄縛写真による日本の歴史』とかをパラパラ眺めていた。

《あんたたち、そんな本が見たいのかい》

急に親父さんが話しかけてきた。曖昧《あいまい》にぼくらが笑うと、

《そんなの見るより、女の裸が見たけりゃ、船橋でも浦安にでも行ってきなよ。青年は実行しなくちゃいけないよ。毎日見てたら、もう、金もらっても行きたくなくなるから、そしたら勉強すればいい》

真面目《まじめ》な顔で説教する。

《青年は勉強しなくちゃいけないよ。……でもさ、あんたたちみたいな本を買ってく人は、このあたりじゃいなくてね。えらいよ、これで勉強するんだろうから》

何を、どうやって、『街娼記』から学べばいいのか?

《未来学は、私もやろうと思ってんだけどね、やはり青年がやるべきなんだよね》

親父さんはトフラーの『未来の衝撃』を買ったことで、お誉めの言葉を下さっているのだった。到《いた》る所に赤線が引いてあり、それが実に見事なくらい内容のテーマと関係ない、いうなればまったくどうでもいい所に引いてあるのが面白かったので買ったまでなのだが……。それにしても、こんな辺鄙《へんぴ》な古本屋の親父さんが未来学をやろうというの

は、やっぱり日本という国は凄《すご》いもんだ、と感動した。その感動を親父さんは誤解したらしい。三十歳前半だか四十歳後半だかわからぬ赤ら顔を、さらに赤くして喋りまくる。

《ほんとさ。未来学でも何でもやるつもりだよ。人間、一生これ勉強だからね。……嘘《うそ》じゃないさ、本当、だから私は大学をひとつだけじゃなくていくつも出てる。出ても独学で勉強を続けている……本当だって……証拠を見せようか……ホラ》といって押し入れから筒を取り出してきた。

《これが商学部、こっちが獣医学部、それにさ法学部……》

卒業証書だった。よく見ようとすると、親父さんはサッと丸めてしまった。話し相手が欲しかったらしく、さかんに上がっていけと勧める。

この親父さんは古本屋が本業なのではなかった。中小トラック二台を動かす比較的大きな仕切屋だったのだ。出物の中で本だけは自分が欲しいものを残しておいたが、そのうちにかなりの量になったので《それならいっそ古本屋もやろう、タダの本なのだからいくらで売っても多少の儲けにはなる》と始めた店だった。親父さんは町の勉強家らしく、「屑《くず》の世界」の構造について、実に分析的な知識を豊富に持っていた。

親父さんの話があまり面白かったので時間を忘れ、おかげで仕切場に戻るのが遅くなってしまい、親方に叱《しか》られる始末だった。

仕切場に集まってくる屑は大きく、紙、鉄、非鉄、その他に分類できる。紙は、ダンボール・新聞・色上《いろじょう》・雑誌に細分化される。値段もダンボールが最も高く、雑誌が一番安い。色上とは、パンフレット類に使われている上質紙のことである。鉄は、千地《せんじ》・板千地・鉄千・甲山《こうざん》など。千地はブリキ、板千地はトタン、鉄千は鉄クズ、甲山は鋼クズである。

非鉄は、金・銀・銅・鉛・アルミ・ステンレス・真鍮《しんちゅう》など豊富だが、やはり主役は銅である。値がさの割りには用途が広いので、仕切場にもよく出回る。唯一の難点は、多くの場合ビニールが巻かれていることである。これを取り除く手間が大変なのだ。焼いてもよいのだが、近所から苦情が出るし、大気汚染の法規にもひっかかってしまう。そこで最近は「焼き屋」という珍商売まで現われた。銅線を預かり、千葉あたりの海岸か山奥で焼き、また東京に持ってくる。要するにそれだけの商売なのだが、結構、儲かっているとの話だ。

「その他」というのは置物とか電化製品、自転車などの製品スクラップとボロ、それにガラスを指す。

ボロは仕切場の隠語でウエスという。おそらく〔Waste＝浪費する〕から来ているのだろう。ウエス屋さんというのは、屑を集めている問屋でも、特にボロを専門に集めている所である。ウエスは、現在、需要が供給をはるかにオーバーしている　ウケにいっているわけだ。ウエスの需要先は、自動車工場、造船所、整備工場などが最大手である。要するに油を大量に使う所にウエス有り、ということらしい。

消費者→屑屋→仕切場→ウエス屋→東京自動車整備組合→各整備工場

こういう経路をたどるうちに、ボロは軽く数倍にはね上がる。石本商店に出入りしているウエス屋は四人で年商二千万は軽いといっていた。元手はトラック一台だから、かなり率のいい仕事だ。

一般的にいえば、屑の流通経路は次のようになる。

消費者→屑屋（曳子《ひきこ》）→仕切屋→問屋→需要先（製鉄・製紙工場など）

だが、現実はこれほど単純ではない。たとえば、鉄屑の場合、商社が介入してくる。問屋→製鉄工場の間に、商社という項を入れなくてはならないのだ。商社は屑も扱っております。

江戸川周辺でいえば、N製鋼はトーメン、F製鋼は兼松江商、M製鋼は三菱商事。N屋、K金属、O商事などの問屋は、商社に屑を売り、商社が製鋼所に売るという形を取る。もっとも、これはあくまでも形式であって、商社はまったく手を汚さず、テーブル・マージンだけをとる。それならば、仕切屋が、問屋に鉄屑を納め、問屋が製鋼所に納めるのか……というと、それがそうではない。この問屋もまったく手を使わない。仕切屋が直接に製鋼所へ運び、マージンだけを問屋にとられる。つまり仕切屋は、商社と問屋とに二重にマージンをとられる。彼らに何もしてもらわないのに、だ。そんな馬鹿《ばか》な、それなら問屋の手を通さず仕切屋が製鋼所と直接取引をすればいい、と誰でも思う。しかし、それが出来ないのだ。製鉄会社は、年度の初めに生産計画を立てる。その時に、必要な鉄屑の量を算定する。それを分割して各問屋に発注するのだ。その量は問屋が責任を持って確保しなくてはならない。その量というのが、一仕切屋でまかなえる量と量が違う。しかも仮にそれが確保できなかった時の違約金など払えない。それだけの資本が必要だ。問屋は、名だけを貸して下の仕切屋に納めさせ、トータルがどの位になるかだけを見ていればいい。商社はさらに各問屋をコントロールすれば金が入ってくる。

だが、問屋は商社によって系列化されているわけではないので、何社もと契約がある。だから仕切屋もどの製鋼所に持っていこうと自由である。

製鋼所によっても相場がかなり違う。問屋から十日ごとに送られてくる相場表を睨《にら》みながら、今日はどこへ持っていくか考える。製鋼所までの距離（つまりガソリン代）と、相場と、さらに屑に対する評価（特、A級、B級、C級、などに分れている）の甘い辛いなど、すべてを勘案しながら決定する。まさにここが勝負どころでもある。

ただし、紙は商社が介在しない。鉄はストックがきくが、紙は可燃性で保管に苦しい。従って、どうしても相場は高い安いの振幅が大きく、不況も長期化しやすい。つまり野菜と同じなのである。「紙は百姓相場だ」といういい方がされる。紙は、物理的にも経済的にも危険だから、商社は手を出さないのだというような説明をきかされたが、なるほどと思う。

紙はどのように再生されるのか。たとえばダンボールを作るには二十%がパルプ、残りが故紙である。その故紙でも主力は古ダンボールである。あるいは、ケーキの箱の場合はどうか。表面の白い部分はパルプ、中の鼠《ねずみ》色の部分は故紙。新聞・雑誌が主力だが、腰をつけるためにダンボールを補助的に使う。たとえばチリ紙の場合、これも故紙でつくる。ここではじめて色上が使われる……。

このような「屑の世界」の構造に関する古本屋の親父さんの「講義」は、実に明解でわかりやすかった。時には出物の広告の裏を使って図解してもくれた。「講義」の合い間に《青年は逆境に耐え、粗食に耐え、勉強し、真面目に働かねばならない！》という人生訓が入りすぎるのが玉に瑕《きず》だったが、内容自体はごく面白かった。

話を聞きながら、これくらいひとつのことに通じているなら、何も大学卒業などにこだわることはないのに、とぼくは思っていた。チラリと見ることができた親父さんの卒業証書には、それぞれ異なる名前が書き込まれてあったのだ。

おそらくはその証書も出物であったのだろう……。

6

《さぶーい、さぶーいよ》
リヤカーを引いたおばさんが冷たい風の中から仕切場に駆け込んできた。おはつさんだ。
《一杯やんなよ》
親方がいうかいわないかのあいだに、おはつさんはもうコップに酒を注ぎ終わっていた。ぐっと一息で呑《の》みほし、
《さぶい時はこれにかぎるね》
と、嬉《うれ》しそうにいった。
おはつさんは酒と煙草が大好きだった。そのために屑屋をしているといってもよかった。家族は旦那《だんな》と子供が三人。暮らすだけなら旦那の稼ぎだけでもなんとかやっていける。しかしおはつさんは「自分の好きなことは自分の稼ぎでしたい」と考えるタイプの女性だった。高校生になる息子が《恥ずかしいからやめてくれ》と頼むと、おはつさんは一喝する。
《うるさい、生意気ぬかすな！　そんな一人前のセリフは、母ちゃん小遣いだよってゼ

ニを持ってこれるようになってから、ホザキやがれ！」

火にあたり、少し人心地がつくと、おはつさんはいつものように陽気なお喋《しゃべ》りを始めた。

《でもあれだね、男っつうのは、平気でしどいことするんだね、ね》

いきなりの話なので、おかみさんも相槌《あいづち》の打ちようがなかった。

《どうしたっていうのさ》

《いやね、泣くんだよ、昨日あたしんとこへきて、どうしたらいいのって泣くんだよ。だから一緒に呑んだんだよ。泣いたね、あたしも。だって可哀《かわい》そうじゃないか》

おはつさんがリヤカーで廻る地域に、よく屑を出してくれる奥さんがいた。そこはどこかの会社の社宅だった。何度となく屑を貰《もら》っているうちに次第に親しくなっていった。三度のうち一度は家に上がってお茶を御馳走《ごちそう》になるようになった。奥さんは話し相手が欲しかったらしいのだ。やがてその家の事情が少しずつわかってきた。どうやら亭主が家には寄りつかず、外に女をつくっているらしい。しかし、そんなことを周囲の社宅の奥さん連に話すわけにはいかない。おはつさんはその愚痴をこぼす相手に選ばれたというわけだった。二、三日前のこと、その奥さんのところへ、突然、社宅を明け渡してほしいという要求が会社側からつきつけられた。会社をやめた人の家族をいつまでも入居させておくわけにはいかない、というのだ。

《亭主はさ、奥さんに一言もいわず、会社をやめてたんだってさ。退職金なんかもう払ったあとだったらしいんだよ。男っつうのはしどいことするね。女房子供を路頭に迷わせ、自分は新しい女とまた子供なんか作っちゃってさ……》
《その女に子供ができていたのかい》
《いや、でもそうに決まってるよ》
《確かめたわけじゃないんだろ？》
と親方が口をはさんだ。
《男っつうのはそういうもんだよ。性こりもなく、また子供を作るに決まってるんだ》
《そうでもないさ》
親方が珍しく頑張ると、おはつさんも譲らずにいった。
《この間だって、眼は不自由だけど綺麗《きれい》で気立てのいい奥さんがありながら、タヌキみたいな化粧をした女に子供を生ませた男がいたじゃないか》
《どこにさ》
《どこだったけな……》
おはつさんは眼をつぶって思い出そうとした。しばらくして、少し具合が悪そうな表情を浮かべていった。
《それ、おしるのテレビだった》

みんなは大笑いをした。

照れ隠しのつもりか、おはつさんはぼくに声をかけてきた。

《あんちゃん！》

《あんちゃん、あんたもいつか、しどいことをやるんだよ》

どう切り返していいのかわからず、ぼくは口ごもってしまった。

《でもね、どんなしどいことしてもいいから、外で子供を作っちゃダメだよ》

静かな諭すような口調になったので、逆に驚いてしまった。おはつさんの今の旦那が二人目の御亭主だということは聞いていたが、それと「男が外で子供を作る」ということと何か関係があるのだろうか……。

仕切場には、実にさまざまな人が出入りする。同業者、素人《しろうと》客、仕入先、納入先、骨《こっ》董《とう》マニア……。しかし、仕切場にとって最も重要なのは曳子たちである。

「乳母車のおばさん」と呼ばれている曳子がいる。年齢は六十近いが、乳母車を曳いて屑を集めている。いつも伊勢丹の紙袋を持っていて、道ばたに落ちている木材の切れ端を拾い集めている。何のためにと訊《たず》ねると、おばさんはこう答える。

《いい消し炭ができるんですのよ》

誰も確かめたわけではないが、お琴の免状を持っているという説もある。

「自転車のおじいちゃん」と呼ばれる叟子は右半身が不随である。小遣い稼ぎのために屑を拾っているが、それでも一年で新しい自転車を買い、今は、来年温泉へ行くための費用を貯《た》めている。

水田さん夫妻は、老夫婦が二人で頑張り抜き、遂《つい》に先頃、ミニ・トラックを購入することができた。おじいさんは一カ月で免許を取った。それがどれほど偉大なことであったかは、彼がいつどんな時でもめったに運転席を降りない理由を知らなくては理解できない。おじいさんはリューマチがひどくて降りられないのだ。水田さん夫妻の屑の集め方は実に独特だった。路地をミニ・トラックで走り、おじいさんが屑を見つけると、助手席にいるおばあさんが飛び降り、荷台に放り込む。しかし、その姿は、「うら哀《がな》しい」どころか、見ているぼくらを励ましてくれるような活気に溢《あふ》れていた。

もちろん、叟子のすべてが年寄りだというわけではない。中には頑健そのものといった風の壮年もいる。

狩生さんは、四十になるかどうかという年齢だけでなく、馬力もある。リヤカーを自転車で引いているのだが、二百キロまでの屑は積んで走ることができる。狩生と書いてカリウと読ませる。鹿児島県の彼の出身地にしかない姓で《全国どこの狩生もオラのところの出身だ》とのことである。《平家の落武者の部落なんだってよ。オラも生まれはずいぶんいいわけだ、でも、育ちがよう、あんまりよくねえ》と狩生さんがいうのを何度も聞かされた。狩生さんにとって唯一《ゆいいつ》の冗談の種なのだ。

《以前よう、オラはよう、隧道《ずいどう》のよう、ハッパかけしてたんだ》

子供を持って急に命が惜しくなり、家族そろって地道に暮らそうと思ったのだという。しかし、今は、先立たれたのか逃げられたのかわからないが、とにかく奥さんがいない。双生児の女の子と仕切場の近くでアパート暮らしをしていた。

ある日、狩生さんの仕事を手伝ったことがあった。特別に屑を大量に出しておいてくれるはずの店が何軒かあるとかで、その運搬の手助けをしたのだ。

午前三時、ぼくは前の晩の約束通り狩生さんのアパートに行った。いくら呼んでも出てこないので、部屋のドアーを押すと、簡単に開いた。鍵《かぎ》をかけていなかったのだ。狩生さんは、四畳半一間の部屋で、電燈をつけっぱなしにして、炬燵《こたつ》に入り壁に寄りかかったまま眠っていた。あとで訊《き》くと、それは「ウッカリ」ではなく、いつものことなのだそうだ。そうでもしないと彼が屑を拾いに行く時間と定めている午前三時には起きられない。だから仕事に出るばかりの格好で、横にもならず電燈も消さずに寝る。鍵をかけないのは、その開け閉めで、やはり炬燵で眠っている幼い娘たちをおこしてしまわないためだ。

二人で静かに外へ出た。アパートの前の通りには彼の愛車が置いてある。鍵はかけてないが盗まれる心配はまずない。オートバイのタイヤをつけて強化した不格好な自転車など誰も盗まないからだ。

朝の三時から七時まで、店と仕切場を何回往来しただろう。リヤカーに満杯になると仕切場に置きに行く。親方はいないが、来ればすぐにも目方を計り黒板につけておいてくれることになっている。屑に名前を書いておくわけではないが、親方はその結わき方でそれが誰の物かすぐわかる。

七時半頃、狩生さんの部屋に戻ると、七つか八つの少女二人がけなげにも朝食の仕度をしていた。御飯を炊《た》き、味噌汁《みそしる》を作っていた。

《あんちゃんも食っていくといい》

朝早くから汗を流したせいだろうか、味噌汁と佃煮《つくだに》コブだけの朝御飯だったが、ことのほかおいしく感じられてならなかった。食べ終わると、狩生さんは《とうちゃんは寝るからな》といって、炬燵で横になった。少女たちはおとなしく二人で後片付けをはじめた。狩生さんは昼まで眠り、それからパチンコをやり、また少し屑を集め、夕方どこかで酒を呑む。それが曳子としての狩生さんの典型的な一日なのだ。

クリスマスの夜、ぼくはパンク屋の弟と一緒に狩生さんの部屋へ遊びに行った。おいしかった味噌汁の返礼に、パンク屋の弟と力を合わせてカレーを作り、ささやかなパーティーをしようと思ったのだ。

それから何日かして、ぼくのところに「秘密のアッコちゃん」の封筒で一通の手紙が舞い込んできた。
「こんにちは　おげんきですか。わ　たしもおげんきです。かれえおしかったです。
それからおてが　みくださいなかみがなかた　らてがみのなかにかみが　いちまいはていますからかいてください。
あぐねす　ちゃんのしゃしんと　あまちまりのしゃしんがはい　っていますからみてください。
　かりうなおみ　かりうひろみ」
「かれえ　おしかった」とは、おそらく「カレー　おいしかった」と書いてくれようとして、間違えてしまったのだろう。

仕切場は、恐ろしいほど正確に世相を映す。

昭和四十年代の初めの頃、仕切屋にとって電化製品は「買い取る」ものだった。四、五百円で曳子から「買い取っ」たテレビが、電気屋に二、三千円で売れ、電気屋はそれを修理して一万数千円で売る。しかしやがて「貰う」ものになり、「貰ってあげる」ものになり、現在では二、三百円貰って「引き取ってあげる」ものになってしまった。

毎日、何台かのテレビが持ち込まれる。十台のうち七台は映り、三台は極めて鮮明に映る。その他の電化製品も二割がそのままで使え、八割までが少し手を加えれば何の支障もなく利用でき、全くのポンコツというのは全体の二割に満たないくらいだ。

たとえば、新品同様の脱水洗濯機を調べると、タイマーの具合が悪いだけ。新鋭機に比べて少し吸引力が弱いかなという程度の掃除機、油にまみれているだけの換気扇、冷蔵庫にいたっては、すべてが使用可能だといっても過言ではない。ぼくの部屋の電化製品は出物だけで充分間に合いそうだった。しかし、少し腹が立ってくる。これが現代なのかと、深刻ぶって考え込みたくなる。もっとも、こういう人が増えれば、ぼくなどおよそ家具を買わずにすむのだが……。

仕切場は、風潮とかムードとかいうものに敏感であるばかりでなく、より高度な、政治的、経済的な事件からもいち早く影響を受ける。まず、それは屑物《くずもの》の相場に現われる。

ドル・ショックで、四十六年には、キロ二円にまで下がった雑誌は、現在では十二円にまで上がっている。反対に、鉄屑は、石油ショックの影響で大暴落だ。その前日まで、史上最高の「わが世の春」を謳歌《おうか》していた鉄屑屋が青くなった。トン二万七千円までいっていたものが、あっという間に、一万五千円を割ってしまったのだ。

しかし、鉄屑屋の中には、石油危機が最も深刻化した時期にも、いや石油はある、と読んでいた人がいる。なぜなら、一時落ち込んだ鉄屑の値が、ジリジリと上昇していったからだ。二万七千円時代には及びもつかなかったが、本当に石油がないのなら、鉄屑の値はさらに下がることはあっても上がることはない。事態はどうやら、彼の読み通りだったようだ。

だが、もちろん、ひとりひとりの曳子《ひきこ》にとっては、世の中がどう移ろおうと、屑がひとつでも余計に拾えればそれでいいのだ。たとえば、乳母車のおばさんにとっては、どんな時代になっても状況はさして変わるものではない。

親方の使いに出された帰り道、神社の前でバッタリと乳母車のおばさんに出くわした。木陰に入り、おばさんと話しているうちに、いつの間にか話題は娘時代の華やかな頃のものに移っていった。そして、話にひと区切りがつくと、おばさんは、

《いつになったらまた幸せがくるんでしょうね》

と歌うようにいった。

7

仕切場には、ひとつの不文律がある。

互いの過去は訊かぬ、ということだ。親方も曳子がどのような経歴なのか、向こうから喋らないかぎり、あえて訊き出そうとはしない。それでも商売には支障がない。要は、出物が盗品でなければよいのだから。

年齢や出生地はおろか、住所も名前すら知らない場合もある。それは自然と育《はぐく》まれた「智恵《ちえ》」なのかもしれなかった。廃品に、元の持ち主の名など必要ないように、漂い流れて来た人の過去は必要ない、いま役立つかどうかを問えばいい。

だからといって、すべての人がまったく過去に関して口を噤《つぐ》んでいるわけではない。喋りたがらぬ過去と喋りたがる過去の、二つを人は持っている。喋りたがる過去より喋りたがらぬそれに、より多くの真実があるとは限らないが、口を開かせることが至難のワザであることは確かだった。

石井さんという仕切屋がいる。年老いてはいるが盛んであり、曳子たちに人望があった。というのは、何故《なぜ》か彼は曳子たちに優しいのである。優しすぎるといってもよい。どうせ年寄り夫婦が暮らせればいいといって「不当」に高く出物を買ってくれる。明らかに損をしていると思われる値でも、笑って引き取ってくれる。
《あれで元はオマワリだったとは信じられねえ》
と曳子は噂《うわさ》している。どうしてなのか。どうしてそんなに「優しい」のか。どうして「オマワリ」から仕切屋になったのか。しかし、石井さんは決してそれについて語ろうとはしなかった。
鉄屑屋の伊藤さんは、自分にそのような「喋りたがらぬ過去」がないことを嘆いていた。地元生まれの地元育ち、お父っつぁんは仕事師で地元のちょっとした顔だった。伊藤さんがかりに知られたくないと思っていたとしても、町の人に知られていない過去などありはしなかった。みんな知っていた。I鉄工のカマタキをやっていたが、躰《からだ》をこわしI鉄工へ出入りさせてもらう鉄屑屋になった。町の人によく知られていることは、仕切屋にとっても悪いことではないはずだが、まだ仕切屋を「ヤクザの下のしょうべえ」と考えている町の人の中では、伊藤さんも辛《つら》いのかもしれなかった。
いっしょに酒を呑み明かした夜、伊藤さんはこんなことをいっていた。
《本当に、地元生まれの仕切屋なんてサマにならねえ。流れ者なら、アコギな稼ぎ方をして、ハイ、サヨナラってズラかりゃいいけど、おいらにゃ親兄弟が此処《ここ》にいる……》
「アコギな稼ぎ」をしているかどうかはさておき、仕切場の周辺にはとにかく流れ者が多いことは確かなことだ。根室、山形、富山、鳥取、鹿児島、そして朝鮮半島からも……。

三進のおじさんは、いつも黒いボロ自転車にのって飄然《ひょうぜん》とあらわれ、酒を何杯か呑《の》むと、また自転車をキーコキーコきしませながら、ふらっと去っていく。仕切場の「一杯の仁義」を守らない数少ない人物のひとりが、このおじさんだった。

三進のおじさんは、三進という名の会社が所有する台貫場にいる。日に何台かやってくるトラックの目方をはかるのが仕事だから一日中ヒマなのかもしれない。日に何回となく現われた。なにが面白いという風でもない。仕切場で忙しく立働く親方やぼくを眺めるでもなく眺め、酒を呑んでは帰っていく。ありがとうでもなく、ごちそうさまでもない。ふうっとただ帰っていく。

それは台貫場と仕切場とのささやかな「贈収賄《ぞうしゅうわい》」のようにもみえたし、ごく単純な「つきあい」の間柄のようにもみえた、そんな不思議な関係だった。

やはり、三進のおじさんが酒を呑んでるときだったが、仕切場に若い男が水牛の角でできた置物を売りたいとやってきた。傷のあるつまらぬ代物だということはぼくにもわかった。

《千五百円》

親方が値をつけると、男は煙草《たばこ》を消して《冗談をいわないでくれよ、日本男児が、千五百円？　これに一万や二万ぽっちの値をつけたら笑われるよ》と気色ばんだ。
《そう、日本男児なら……》
男がそういいかけたとき、そばで呑んでいた三進のおじさんが、突然、クックックッと笑った。
《ニッポンダンジなら……か》
ほとんど聞きとれない声でそういった。気勢をそがれた男に、親方が重ねていった。
《いくらならいいんだい》
《そう、なら、三千円！》
五万とか六万とか吹っかけるかと思っていたみんなは大笑いだった。
《そんな値つけて、笑われないかい？》
《いや、まあ、べつに》男は少し照れながらそういった。
《でも、千五百円だな。それでよければひきとるよ》
親方が冷たくいった。「日本男児」は、承知して、千五百円をポケットに入れると逃げるように退散した。その間、三進のおじさんは、なにがおかしいのか、クックックッと笑いつづけていた。ニッポンダンジという言葉がそれほど面白いのだろうか。
数日して、パンク屋の弟がカメラをもって現われた。ひとしきり屑の山を撮っていたが、やがて親方やぼくのスナップを撮り出した。すると、そこに居合わせた三進のおじさんは、なにを思ったか、しきりに俺を撮れといった。

そして正月六日の朝、おじさんは突然死んだ。酒の呑みすぎという人もいたし、心臓が悪かったんだよ、という人もいた。原因はともかく、パンク屋の弟が撮った写真がおじさんにとって生涯たった一枚の写真となった。葬式にはこの写真が飾られた。

葬式のあと身寄りのないおじさんの「遺品」が仕切場にもちこまれた。そのなかに、一冊のノートがあるのをパンク屋の弟がみつけた。表紙にかなり達筆な毛筆で『備考録清古亭月甫第三巻』とかいてあり、中には新聞の切りぬきが貼《は》ってある。調べてみると記事は、日本美術に関するものと旅の案内にかぎられている。第三巻という以上、第一巻、第二巻があるだろうと調べたが、これはない。探しているうちにもう一冊、赤い表紙の本がでてきた。中身は朝鮮語である。あとで人にきくと、それは初級の朝鮮史をおさめたものだった。そしてまたそのあとで、おじさんの「過去」をある人から聞かされた。朝鮮で生まれ、日本に連れてこられたこと、彼の姪《めい》は、日本の心をうたう歌手として人気のある演歌歌手だということ、などだ。

《ニッポンダンジなら……か》

あの時そう呟《つぶや》いてクックックッと笑いつづけたおじさんは、なにを笑っていたのだろうか。

歌手は、もちろん、その葬式に出て来はしなかった。

8

《どうしたんだろうね。この暮の稼ぎどきに……》

とおかみさんがいう。新聞束を結わえている最中なので、力を入れるたびに《がん、ばら、なくっちゃ、いけない、の、に、さ》と言葉が区切れる。

《さあな》と親方がこたえる。

《旦那《だんな》が稼いできたのかな》

《さあな、でもよ、そんな、よっ……》

《こともないか?》

親方夫婦が気にしているのは、「一本歯のおばさん」のことである。常連の曳子のひとりで、話にはよくでてくるのだが、ぼくがこの仕切場で働くようになってから、まだいちども姿をみせていない。

《ほんと、どうしたんだろう?》

一本歯のおばさんは、曳子仲間ではちょっとした変人で通っている。外見はべつに変わった風をしているわけではないのだが、いつでも屑を満載したリヤカーを曳いてやってくる。百キロはありそうな感じだが、屑はほんの少ししか載っておらず、あとはすべて世帯道具なのだ。ナベ、カマ、タンス、エトセトラ。だから知らない人間が親切気をおこして、荷おろしを手伝おうと荷物に手をかけようものなら大変だ。すごい叱声《しっせい》がとぶ。

《ドロボ! あたしの道具に触んないでおくれ!》

一本歯のおばさんには腕のいい大工の亭主がいる。もっとも、腕のいいというのはおばさんの証言で、ほんとうに腕がいいのかどうかは誰も知らない。それというのも、この亭主なる人物はまるで働かないから確かめようがないというわけなのだ。働かないで、日がな一日パチンコをして暮らしている。ご本人はいっぱしのパチプロのつもりでいるのだが、恐ろしく下手で損ばかりしている。あんなに好きであんなに下手なやつもいねえな、というのがパチンコ仲間の評判で、腕のいい大工がそんなに下手なはずがあるだろうか、というのが仕切場の評判である。とにかく働かない。

酒をやるわけでもなく、女に使うわけでもないのだが、働かないとなればパチンコ代にもこと欠くのが道理で、あとはお定りの着物を曲げる、家財道具を叩《たた》き売るということになる。それをおばさんがまた買い揃《そろ》える。こいつを売る。また買う。また売る。これの繰返しなのだ。そんな絶望的な繰返しを重ねているうちに、おばさんに画期的なアイデアが閃《ひらめ》いた。

この亭主もさすがにおばさんがいる時には道具を持ち出さない。おばさんが稼ぎにでてる隙《すき》にやる。家にいればいいのだが、それでは口が干上《ひあ》がってしまう。そう、道具が家にあるから売っ払われる。あたしが道具と離れない唯一《ゆいいつ》の方法は、つまり道具をもって稼ぎに出ればいい！

以後、一本歯のおばさんは、リヤカーに道具を満載して歩くようになった。が、こんどは稼げなくなった。二つか三つ屑をひろうと満杯になってしまう。おまけに重い。行動範囲が狭くなった。たちまち食べるのにも窮する。それでもおばさんは、世帯道具をあきらめなかった。叩き売られるよりマシだ、そう思ったのだろう。

そうこうしているうちに、ある日、亭主が働きに行く、といって家を出た。朗報だ。おばさんは、さっそくそのことを報告しに仕切場にやってきた。あたしは間違っていなかったといいたかったのだろう。みんな馬鹿《ばか》にしていたけど、ね、うちの亭主は腕のいい大工なんだよ、そんな気持だったにちがいない。ところが、そう報告をしにきた日から、ぷっつりこなくなったのだ。

《カゼ、ひいたのかな》

午後、親方とおかみさんがそんな噂《うわさ》をしているところに、一本歯のおばさんがひょっこり姿をみせた。どうしたんだい、とおかみさんが訊《たず》ねると、おばさんは、カゼをひいてしまってとこたえた。

じった。

《オニのカクランだね》
おかみさんが笑うと、やだよ、この人、とおばさんは柄にもなく照れたように身をよじった。
それから何日かの後だったが、ぼくはおばさんの「告白」を聞くことになった。

《やになっちゃうんだよ》
亭主が、稼いでくる、といって家を出た日、おばさんは嬉《うれ》しくて、いろいろな所へ行って、亭主が働きはじめたと吹聴して歩いたのだそうだ。ところが、稼ぎをおわって家に帰ってみると、亭主が寝ている。どうしたんだい、というと《久しぶりにツルハシをもったらギックリ腰になっちまいやがった》と答えたのだそうだ。

《あたしゃね、ホント……》とおばさんはそこで絶句した。腕のいい大工がなぜツルハシをもったかという疑問はさておくとしても、そのときのおばさんの胸中は察してあまりあるというものだ。ましてや次の日も、その次の日も、亭主は働きに出るとはいわなかったのだから。この亭主のことを何といったらいいのか、それを苦にしたためおばさんは仕切場にも来られなかったのだ。

《こんなこと恥ずかしくてみんなにはいえないよ。黙っておくれよ、みんなには》
だが、ぼくはみんなにこの話をした。なぜなら、おばさんが、ぼくの口から、このことがそれとなく洩《も》れることを望んでいることが、ぼくには痛いほどわかったからだ。

仕切場の人びとは、生きる上においてどこか不器用な人が多かった。

もう本当に押しつまってきた。

工場は早々と休みになっている所が多い。カラカラ天気ではあったが、屑屋にとっては有難い晴れだった。クズの出る量もふだんの倍はある。屑屋にも芸能小屋と同じ二八《にっぱち》はあるそうで、いいのは十二月と一月。十二月はわかるがなぜ一月がいいのだろう。訊《き》けば「ビン」だという。手軽に金になる一升瓶がゴロゴロしている。十二月は紙が中心である。

みんなかなりの金を手にして喜んでいた。例外は緑のおじさんだった。三十日に三度ほど運んできた。いくらにもならなかった。帰り際《ぎわ》に《大晦日《おおみそか》はいつまでやるんだい》と訊いた。

《除夜の鐘が鳴るまでさ》

調子にのって、ぼくは冗談をいった。

《そうかい》

と安心したように、緑のおじさんは去っていった。これはいけない、とぼくは思った。もちろん三十一日までやるが、さすがにその日は早目にしまうだろう。もしおじさんが真にうけたとしたら……。だがいいや、その時ぼくは腹をくくった。もしそうだとしたら俺がひとりで残っていればいいのだから。

大晦日になった。

緑のおじさんは昼前に一度きた。そんなことは前代未聞《みもん》のことだった。

《がんばるね》

というと、

《そうさ、もう正月だもんな》

とおじさんもいった。

《そう……正月だよね、もう》

《そうさ正月さ》とおじさんは嬉しそうに繰り返した。

《正月は……》とまでいいかけて、次の言葉を探したがみつからない。このおじさんでもやはり正月が嬉しいのだということが、ぼくにも嬉しくて《……やっぱり、いいね》とだけいった。おじさんは笑った。声を出して明るく笑った。

《そうさ、正月はいいさ》

《おじさんも、きっと、いいことあるんだね》

《ああ》

といって自転車にまたがった。

《稼がなくっちゃよ》

よく訊きとれなかったが、多分、そういったのだろう。そしてまたいった。
《がんばらなくっちゃよ》
《がんばんなよ、俺は今夜、ずっといるから》
《ああ、またくるさ》
夕方、三度目に来た時、向こうから話しかけてきた。
《正月には、子供と会うんだ、神奈川県に預けてあるんだけど、男の子と会うんだ、お年玉くらいやらなきゃよ、な》
《そうさ、お年玉くらいね》
おじさんは、昨日と今日で五百八十円稼いだ。
《じゃなあ、あんちゃんもいい正月でな》
《もう、来ないの？》
《あ、もう充分かせいださ》
帰ろうとするおじさんを、親方が呼びとめた。
《オセイボだ》
大きなチリ紙の束を渡した。半年ぐらいもちそうな大きな束、これを親方は曳子のひとりひとりにお歳暮として渡しているのだった。たかがチリ紙、にはちがいなかったが、曳子たちにとっては、ここでもらうチリ紙が唯一のお歳暮なのだった。

《まあ、まあ、すいませんね》と乳母車のおばさんは腰をかがめ、一本歯のおばさんは《チリ紙とは助かったね》と嬉しさをおしかくし、狩生さんは《たはっ、すごいじゃない》と自転車にくくりつけ、自転車のおじいちゃんは《こちらでしなきゃ、いけないのに、心配させちゃって、どうも》と深々と頭を下げた。その応対の仕方はさまざまだったが、年に一度の、そして唯一のお歳暮に対する嬉しさは、共通のようだった。最後に、緑のおじさんが《オセイボか、ゴーギだな》といって、どこかへ去っていった。あとに親方とおかみさんとぼくが残った。

すべてが片づいた。

火にあたりながら酒を呑んだ。

口のなめらかになった親方がいう。

《仕切場のこと、みんなあんちゃんに、おせえてやるよ、いつでも仕切場やれるようにな》

帰る時がきた。挨拶《あいさつ》をして、じゃ、とぼくがいうと、親方はやはり大きなチリ紙の束をよこした。

《オセイボだよ》

冷たい夜気のなかにでる。

オセーボか、ゴーギだな、と呟いてみる。何度か呟いているうちに、久しぶりに幸せな気分で年が越せそうな気がしてきた。

《ゴーギなこった》

大きな声でいってみると、不意に、どこかで耳にしたことのある文句が思いだされた。

「疲れたら休め、彼らもそう遠くへゆくまいから」

そうだ、疲れたら休もう。そして仕切場の人たちのようにゆっくり歩けばいいのだ。ゆっくり歩いたからといって、誰がいったい遠くへ行ってしまうというのだ。

《オセイボか、ゴーギなこった》

ぼくはもう一度、大晦日の冷たい夜に呟いていた。

鼠《ねずみ》たちの祭

1

《花火みたいなもんでしたわ》
ひとりが少しばかり苦い味のしそうな笑いを浮かべて、そういった。長い沈黙のあとで、やっと出てきた言葉だった。
ぼくは、大阪・阿波《あわ》座にある穀物取引所の近くで、五人の男と食事を共にしていた。彼らは寡黙《かもく》だった。
彼らは「場立ち」だった。場立ちとは取引所で店の指令を受けて商いをする最前線にいる者たちである。つまり、売りと買いの手を振る者と思えばよい。
会う前に、「投資日報」の鏑木繁《かぶらぎ》からこういわれていた。
《彼らは実に直感の鋭い男たちだが、自分自身の言葉は持っていない。手古摺《てこず》りますよ》
しかし、彼らが寡黙なのは、ぼくの質問がある意味で無礼だったからだ。ぼくは、彼らの闘い敗れたプロセスを語って欲しいと頼んだのだ。

彼らは「阿波座のアパッチ」と呼ばれていた。二十代から三十代にかけての場立ちである彼らが、二年前、五十億からの金を儲《もう》け、一時は相場の世界を動かした、という噂《うわさ》をきいたのは最近のことだった。一介の場立ちにすぎぬ彼らが、一枚、二枚の玉《ぎょく》からはじめて、ついには五千、六千の玉を楽に動かすようになった。場立ちという、相場の動きが的確に見える位置にあって、何人かが集団的に連合して、相場の天下を握ろうとした。だが、夢は破れ、いまは莫大《ばくだい》な借財をかかえて苦しんでいる。噂はそういうものだった。

ぼくは彼らに会いたいと思った。

明らかに、彼らは三日天下であった。しかし、現代においてまだ二十代、三十代の男が天下を狙《ねら》える世界があるということは感動的なことだった。しかも、高校を出ただけの親の威光も財産もない者たちが、である。

「アパッチ」という名の名づけ親である鏑木を介して、やっと彼らに会うことができた。

しかし、ほとんど彼らは喋《しゃべ》らない。どんな質問をぶつけても生返事しか返ってこないのだ。ぼくはインタビュアーとしての自分にかなり自信を持っていたが、正直いうと途方に暮れた。

テーブルの重箱に、黙々と箸《はし》をつけている。ひとりが海老《えび》フライを口にした。

《食べてもいいんですか?》

ぼくが訊《たず》ねると、一瞬、五人はきょとんとした。

《フライ、天麩羅《てんぷら》、揚げた物》

ぼくの言う意味がわかると、五人は声を挙げて笑った。

《わたしら、今、売っとりませんもん》

勝負の世界はどこもそうだが、相場の世界もまた縁起をかつぐ。相場というものが人知では計り知れないと思えば思うほど、些細《ささい》なことが気になってくる。あの呑《の》み屋はゲンがいい。このネクタイの時、ガラがきたからもうしない。その程度なら軽症のうちで、相場で売っている時はどんな階段ものぼらないという人もいる。昇るは上がるに通じるからという。

フライ、天麩羅もその伝なのだ。揚げるは上がるに通じる。売り方は相場が下がるのを望んでいるわけだから、上がるものはフライといえど嫌う。逆に買い方は好んで食べる。名古屋のある相場師は、買い方に回ると、相場の情勢がわからなくなるたびに深夜、台所へ行き、一人で天麩羅を揚げるという。食べる者もいないのに、何時間でも揚げつづける。山のような天麩羅を見て少し安心する。

彼らへの質問は、そういう意味を含んだ戯《ざ》れ言だったのだ。

《売りもしてなし、買いもできず……》

少し空気が和やかになった。そして、やっとひとりが、花火という台詞《せりふ》を口にしたのだ。
《こないだの晩、天神さんの日ですわ。空にポンポン威勢よう打ち上げられる花火を見てましてな、ポンと上がってパッと消えてまう、まるでわたしらと一緒やなあ思いましてん》
もう一人が、あとを引き取った。
《ちょうど二年前の今日でした。八月六日、忘れませんな。突然、ガラが来た。一年近く買うてきて、やっと一万八千を越えたところで、崩れてもうた。たった一週間でっせ、一週間ですべてが吹っ飛んでまった》
《小豆ですね》
《四十八年の下げ相場でやられた》
《みなさん一緒に、全滅したわけですか》
《そう、アパッチ族の滅亡です》
自虐《じぎやく》の口調はなかった。
彼らが独立した場立ちからゆるやかな連合を組んでひとつの勢力になった契機は、その中核になる三人が、共に京都方面から大阪に国電で通っていたという小さなことからであった。いつも顔を合わせているうちに、どうしても話は相場のことに向かう。情報を互いに交換しているうちに、行動は似通ってくる。売れば売り、買えば買う。そこに親しい何人かが加わってきた。

《みんなピンバリから始めて金を作ったんです》

ピンバリ、つまり一枚張りだ。一枚というのは、商品相場の最低取引単位である。四十七年頃までにある程度の資金を作った彼らは、十月になって小豆を一気に買い進んだ。安すぎた。それに、世界的な天候異変が続いていたこともあって、その年、豊作であったのにもかかわらず、彼らは強気だった。四十八年になると、ジャーナリズムに食糧危機がはやされて、一俵八千円だった小豆が一万八千円を超えるまでになっていた。

彼らの建て玉は飛躍的に増えていった。机の上の儲けは気が遠くなるような額になった。彼らの動向が相場を動かすひとつのファクターになった。

アパッチの某が昨日、北で百万ほどの豪遊をした。何某は前場《ぜんば》が終わるとすぐトルコに行って、それから後場《ごば》の手を振る。そんな噂が地場雀《すずめ》の口々にささやかれはじめた。

八月の天候相場になって、少しずつ大衆は弱気になりはじめた。意外に北海道の天気が崩れなかったのだ。彼らも少しは不安になった。だが、まだまだと思った。相場の格言に「まだはもうなり、もうはまだなり」というのがあるが、まさにこの「まだ」は「もう」だった。

八月六日、ほとんど豊作が決定的と見た売り物が市場に殺到した。八日間、連続のストップ安を続け下げに下げた。

《売るに売れないんです。買手がつかない。もう止まるだろう、もう止まるだろう、そう思ってるうちに儲けはすべて消えたんです》
《儲けどころのはなしじゃない、足を出してしまった》
《ションベンがコーヒー色になりましてな》
　彼らに好意的に玉を張らせていた乙部商店の社長によれば、彼らは場に立っていて我が児《こ》が殺されるのを見させられている親のようなものだったはずだ、という。
　彼らは何といっても場立ちである。彼の属している店の指令通りに手を振らなくてはならない。店にも売り物が殺到している。売りの手を振る。そのたびにどんどん値が下がっていく。それは、彼らが苦労して育てた上げ相場、買い玉の首をしめることになる。自分で児を殺しているともいえる。手を振るたびに眼をおおいたかったろう、と乙部はいうのだ。
《でも一年近くは楽しい思いをしたんだから、いいじゃないですか》
《いや、そうじゃないんです。ガラの来た八日間の長かったことに比べれば、そんなもんアッちゅう間でした》
《そんなに?》
《死のうか思いました》
　冗談をいっているわけではなかった。

《この世界から足を洗おうかとも思ったけど、洗って何ができるわけじゃなし、学歴もなにもないわたしらができるのは土方くらい、この世界にしがみついているよりしゃあない》
《借金をこさえてもうて、この借金、相場以外でどうやって返せますねん。それに好きですしな、やはり》
以前どこかで、彼らのこの言葉と似たものを、きいたことがあった。誰からだったろう……。
《わたしらは影でなくてはいかんかった。それがいつの間にか頭を出し姿を出してしまった。アパッチなんぞといわれるようになったのが失敗だった。この相場にしても主役は別におった。その影で満足せなんだのが曲がった原因だ。影は影でなくては……》
《主役って誰です》
《板さんです》
《板崎喜内人？》
《そうです、板さんだから一緒に買わせてもらったんです》
《並の仕手だったら、わしらきっと向かってましたわ》
それまで一言も喋らなかったひとりが、
《そやな、板さんだから……》

と呟《つぶや》いた。

2

ぼくが板崎喜内人と知り合ったのは、ひとつの新聞記事が直接の契機であった。

二年前のある日、というより狂乱物価という名のもとに、凄《すさ》まじいインフレーションが昂進《こうしん》していた時期のある日、朝日新聞に「相場荒し」というタイトルの記事が五段抜きで出た。

本来この記事のテーマは物価の高騰《こうとう》についての究明であったはずだが、しかし結果的には相場で破格の金を儲けた相場師を一方的に断罪するという効果を持ってしまった。

「相場の異常な過熱から取引所の立会い停止にまで追込まれた毛糸、毛糸に続いて、こんどは綿糸に火がつき、激しい投機合戦がはじまっているが、そんな大荒れのなかで愛知、三重県の一にぎりの投資家・相場師の動きが注目されている。これらの投資家は名古屋、東京、大阪の取引所に介入、相場の過熱に拍車をかけたともいわれている。こんども毛糸相場で三十億円をもうけたという一人は『当然値上りするものを買っただけ。公明正大にもうけたものだ』と開き直っているが、これら一部投資家によってあおられた相場の高騰は消費者にはね返ってくる」

その中でもひとり集中砲火を浴びたのが、毛糸相場で三十億も儲けたのに公明正大だなどと開き直っている板崎喜内人であった。

毛糸ではもうけたといわれているがという記者の問いに、三十億、その他を合わせて五十億ぐらいもうけたと答え、板崎はさらにこういっている。

《この道十八年間、あらゆるものを手がけ苦労してきたが、上向いたのは四十四年の小豆からだ。大口で買う人は自分の身上をかけて、上がるメドがあって買う。それが男の道というものだ》

ぼくがこの記事を読んだ時の感想は、記者のスケープ・ゴート作りの意図にもかかわらず、この社会にまだこのようなことが可能なのか、という激しい驚きであった。

かつて、ロジェ・カイヨワは遊びを四つにパターン化した。そのうちのひとつ「アゴーン」への人々の強い愛着を説明して、アゴーンのように一定のルールのもとにハンデもなく闘えるものは実生活においては何もないからだといっている。確かに、現実はアン・フェアーでハンデがいく通りにも課せられている。

人ばかりでなく企業だって変わらない。小さい会社はバタバタつぶれているのに、大証券会社が傾くと国が手助けする。資本主義においては、企業利潤の正当性はひとつに危険負担の対価という発想で説明される。あらゆる企業はリスクを減らそうとするが、しかしどうしても残るリスクがある。だからこそ、企業家精神というものが称揚され利潤が認められる。リスク背負わざるもの、儲けるべからず。だが、巨大だというだけの理由でその僅《わず》かの危険も取り除かれるとしたら、資本主義における企業家精神の死を意味する。

リスクのない社会は確かに安定した社会である。しかし同時に息苦しい社会でもある。「我々青年を囲繞《いにょう》する空気は、今やもう少しも流動しなくなった」(「時代閉塞《へいそく》の現状」)と書いたのは六十年以上前の石川啄木《たくぼく》である。もっとも「時代閉塞」でなかった時代が果していつあったのか、というシニカルな反問もなり立つのだが、少なくともリスクのない安定した社会では、「囲繞する空気」が流動しないことだけは確実だ。空気はよどみ、深いニヒリズムが、ガスのようにひろがる。

そのような時代に、徒手空拳《くうけん》から五十億をつくり出す大勝負ができたということは、ひとつの奇跡である。この社会でまだそのようなことが可能なのだ!

《それが男の道なのだ》とは実に味のある言葉だった。この台詞の中には、大衆文学も顔を赤らめるような素裸のロマンがある。少なくともその匂《にお》いは嗅《か》ぎとれる。この匂いにアレルギーをおこした「週刊新潮」は「五十億円もうけた相場師(37歳)が堂々説く〝男の道〟とプライバシー」なる記事を載せた。

しかし、とぼくは思った。「男の道」というのは、このような形で揶揄《やゆ》さるべきものなのだろうか。

それから何日かして、ぼくは桑名《くわな》に向かった。板崎は桑名に住んでいると聞いたからだ。板崎に会おうと思ったのは相場のメッカである日本橋蠣殻町《かきがら》を歩き、何人かの相場師と会ううちに、相場というもの、板崎という人物に強く魅《ひ》かれ始めたからだった。それは「ルポライター」としての職業的興味以上に、「流動せざる空気」の中にあって自分は何もしていないのではないかという怯《おび》えを持つ「青年」としての個人的意志から発していたかもしれない。

業界きっての理論家として知られる東京穀物取引所の企画室長・森川直司に会うと、彼は板崎をこう評した。

《実は私も彼のことを注目しているんです。相場師というものは、相場に仕えるもので、動きを「読む」が「作り出そう」としてはならない。かつての相場師はそうではなかった。「スクイズ」だの「玉締《ぎよくじ》め」だのプロレスの場外乱闘みたいにフェアーでなかったところが板崎さんは、すくなくともいままでは綺麗《きれい》な勝負をしてきた》

森川には、無数の投機意欲によって相場が適正になるべきだという、いわばアダム・スミス流の「見えざる手」による自動調節機能への信仰がある。

《相場は神聖であって、人為によって動かすなどもってのほか》

板崎は、その考え通り相場の大勢に逆らわず、読みの的確さで成功してきたというのである。悪どい儲けをした相場荒しという新聞の論調とはかなり違った板崎像だった。

《毛糸じゃね、板さんに売り向かって一億円くらい損しちゃったよ》
やはり場立ちから成功し、若手相場師として登録されつつある小松夏男はそういって笑い飛ばした。小松は川村商事という仲買店の専務で、川村は板崎の東京での玉を扱っている。相場の世界では味方と敵はわからないくらい錯綜《さくそう》している。
《でもね、板さんっていい奴《やつ》だよ。男だよ》
ぼくが板崎のいう「男の道」という言葉をいくらかでも理解できたのは、実は、ひとりの老相場師と会ってからのことだったかもしれない。鈴木四郎という、取引所の理事長もかつてし、明治物産の会長である彼と、素人《しろうと》と玄人《くろうと》の差について話していた時だった。
《私たちはね、相場が真っ赤に燃え上がる寸前にそれが見えるんですよ。そしてね、炎が巨《おお》きく天に届きそうに燃えさかるころには、私らは真っ白に燃えつきた灰になっていなければ、駄目なんです》
板崎は、桑名のひとつ先、近鉄の益生という町に住んでいた。益生はのんびりした、ただ陽が照っているだけの町だった。
《どういうわけか、この辺を離れることが、できませんねん》
初めて会った時、板崎はそういって笑った。笑い顔のいい男だった。長身で浅黒く、髪は短く刈り込んである。痩《や》せすぎているためか精悍《せいかん》という印象でもない。しかし、喋り始めると関西なまりの強い伊勢弁は歯切れがいい。

《相場には、そら勝ちたかった。何遍も失敗して女房と逃げ回らなならんかった。そんなんもうごめんです。でも三十億、五十億というのは枝葉のことです。自分が使い切れん金をいくら持っとっても同じです。紙切れもいっしょです。相場を張るのは好きやから、それだけですわ》

まさしく、それはカッコつきではない男の道であるに違いなかった。

3

晩秋であった。

桑名から大阪に向けて、ポンコツ車を走らせている夫婦者がいた。親類、知人、親兄弟、いたるところの借金で首のまわらなくなった彼らにとって、残された唯一《ゆいいつ》の財産がこの車だった。

男はその何年か前、弱冠二十六歳にして二億円の大金を握ったこともあった。だが一年間ですべてを失ない、逆に千五百万円の債務を背負った。挽回《ばんかい》しようとしては失敗し、さらに深みへはまった。

男は相場師だった。

小豆や毛糸の商品相場に注ぎ込む資金は、もう誰も貸してくれない。夫婦は大阪に行ってうどん屋でもしようと思っていたのだ。屋台でも何でもいい。とにかく、まず食わなくてはならなかった。

ポンコツ車で名神ハイウエーを抜け、大阪に入った。しかし高速道路を降りたとたん、道に迷ってしまった。右往左往しているうちにヒョッコリ見慣れた街に出た。建物を見ると「大阪穀物商品取引所」ではないか。夫婦は顔を見合わせた。男が二億儲けたのも、千五百万円の借金を作ったのも、すべてこの阿波座にある商品取引所の相場によってだった。相場から逃げだそうという矢先に、なんと取引所の前へ迷い込んでくるとは……。

妻は男にいった。

《おとうちゃん、あんたにはもう相場しかないのやで、きっと。……ええから、好きなようにやりいな》

もう一遍だけやり直してみよう、と男は決心した。すぐ桑名に取って返して、ひとりの高利貸を訪ねた。他に借りられそうなところはなかった。

《担保は?》

何もなかったが、駄目で元々と腹を決めてあることないこと喋った。

《ほならハンコだけでよろしいわ》

僥倖《ぎようこう》に近かったがとにかくやっとのことで十万円を手にすることができた。おそらくこれが最後のチャンスに違いない。考えに考えた。

その時、小豆が眼に止まった。

十月、十一月と一俵九千五百円から八千五百円台にまで下がってきている。安すぎた。十万円すべてを注ぎ込んで一気に買いに入った。十一月四日のことである。狙《ねら》いは的中した。少しずつ値上がりしはじめたのだ。利を喰っては買い乗せし、さらに買い続けた。十二月二十八日の大納会に値洗い損益の計算をしたら、なんと二百万。その金でさらに相場師生命を賭《か》けた相場を張ることにした。

正月は三重の津に住む両親の元に戻って作戦を練った。男は独自の相場観を組み立てる努力をする一方で、村に散在する神社にすべてお参りした。水垢離《ごり》もとった。

一月四日、大発会、乾坤一擲《けんこんいってき》、寄り付き第一節に小豆八十枚の買いを入れた。とたん、相場はガラガラと崩れ始めた。

一枚は四十俵、一俵は六十キロ。八十枚といえば、三千二百俵ということになる。小豆の場合、相場の価格は俵につきいくらと表示されるから、一枚持っていれば十円の変化が四百円となる。八十枚なら三万二千円。

一月四日、この日、第一節から二節、三節と下がりつづけ、一挙に百五十円も値崩れした。

男は三時間で約五十万円を損したことになる。だが、男はさらに百二十枚を買い乗せした。

た。値は戻らない。男は真っ青になった。冷酒を浴びるように呑《の》んでもいっこうに酔わない。その晩、仲買店から通告があった。

《明日もし百円下げるようやったら、あんたはんの玉《ぎょく》は切らしてもらいまっさ》

無理もなかった。

商品相場の魅力のひとつは、少ない元金で大きく張れるということである。一俵一万円の時、一枚は四十万円である。しかし、それを売買するには一割、四万円の証拠金を積みさえすればいいのである。逆にいえば、一俵一万円の時に一枚買ったものが、九千円になったとすれば四万円の損失である。証拠金は簡単に吹っ飛んでしまう。その場合には、「追い証」といってさらに証拠金を積ませられる。

もし百円下がったら……男がそういわれたのは、損失が証拠金を上回りそうだったからである。仲買店も男がさらに「追い証」を出せる状態にあるかどうかは知っていた。「追い証」が入らなければ、男の損失は店の損になる。「玉を切る」とは、その前に男の買った小豆を売り戻し、お互いの損失を少なくするということなのだ。

仲買店の通告を受けたあとで、男は布団《ふとん》を被《かぶ》って横になった。が、なかなか寝つかれない。ああ、俺はついに相場師として浮かび上がれないのか……自分の相場観は誤っていたのか？

翌日、男は最後の審判が下るのを待っていた。潔《いさぎよ》く玉を切ろう。ところが、意外や第一節にポーンと高く寄ってきた。男は、はじめオヤッと思い、次にシメタッと叫んだ。相場はジリジリと上がり、揚げ足を速めた。男は買いに買いまくった。そして二月、過熱した相場は解け合いということになった。買い方の勝利であった。

男が調べてみると、金はなんと三千万円に膨《ふく》れあがっていた。夜逃げ同然に大阪へ向かい、引き返して、高利貸に十万円の借金をしてからほんの二カ月余りしかたっていなかった。それこそが七年前の板崎喜内人の姿だった。

4

相場師というのは、やはり一種の狂人である。ぼくらの思いもよらぬところに狂気を秘めている。そして、その狂気こそが、相場に敗れても敗れてもしがみつくエネルギーかもしれない。

板崎は阿波座の場立ちだった。ほとんど偶然によってこの世界に入った。証券不況のために岡三証券から兄弟会社の岡藤商事に回されたのだ。そこに伊藤忠雄がいた。

場立ちをしばらくするうちに「手張り」を覚える。そして、調子にのって玉を増しているうちに大金の穴をあけてしまった。何とか親に尻《しり》ぬぐいをしてもらい、故郷の津で支店勤めをした。だが相場を張りたくて仕方ない。その時、友人の高橋暁が、親元の株券を二百万ほど無断で持ってきて、これで一丁やらないかと誘った。

板崎の相場師としての出発は、まず伊藤忠雄を完全に模倣《もほう》することからはじまった。伊藤は、当時、山崎種二、吉川太兵衛の二大相場師がいなくなったあとの商品相場界では、大阪に伊藤忠雄ありといわれるまでになっていた。「買占め魔」だった。《身内から欺《あざむ》け》が彼のモットーだったと伝えられている。

たとえば、いかにも伊藤が買い出動したかのような玉をまず建てる。オトリの玉だ。そこにワッとチョーチンがつく。大衆投機家がおこぼれにあずかろうと買いに殺到する。しかし、伊藤は別の店で、彼の買いにチョーチンをつけた大衆に向かって、売りまくる。売りと買い、両の「手の内」が見え、資金豊富な伊藤は、その方法で何度も勝った。

あるいは、秘《ひそ》かに一限月だけ買占める。他の限月が一万円なのに、その限月だけが一万五千円などという異常な相場を作り出す。これは誰が見ても高すぎる。大量の売りが出る。それをさらに買い乗せていく。現物も引きとる。それによってカラ売りをしている相手を窮地に陥れ、踏み上げさせるのである。つまり高値で買い戻させるのだ。すでに手を上げた相手に対して冷酷なくらい徹底的に痛めつけた。

前者を「スクイズ」といい、後者を「玉締め」という。板崎は、この伊藤の手口がいち早くキャッチできれば、自分たちも儲けられると判断した。二人は必死に彼の手口を研究した。幸い伊藤のいる岡藤商事の動きは津にいてもわかる。伊藤の買占めに便乗して、買えば買い、売れば売る。伊藤が失敗しないかぎり、絶対にもうけられるはずだった。板崎はまず伊藤忠雄という人間を売買したのだ。

昭和三十三年から五年にかけて、伊藤は連続的に買占めを図った。小豆ばかりでなく、黒糖、人絹、ゴムなど約十回。ことごとく成功した。二人もそのあとからついていった。彼らの作戦も大成功だった。気がつくと、二百万円の元手が三千万円に膨れ上がっていた。

高橋はもうやめたがっていた。しかし、板崎は金以上に、相場そのものが面白くてならなかった。強引に説き伏せて張りつづけた。

三十六年一月。板崎ははじめて伊藤忠雄の手を離れて、自分の相場を張った。「教則本」から解き放たれて一人立ちしたかったのだろう。彼には自信があった。

小豆が一俵五千円から六千円台で低迷していた。安すぎる、と彼は思っていた。そこへ中国の小豆が不作だというニュースが入ってきた。たったこれだけの材料で、やっと数年間で作った金を全部注ぎこむ大勝負に出た。

相場師の話を聴いていると、そんな無茶なと声をあげたくなるような時がある。この場合にも《無茶な》ともいえるし《度胸があるな》ともいえる。しかし、当人は格別、無茶とも度胸がいるとも思っていないのだ。彼には他の材料が眼に入らなかったのだ。中国小豆不作という材料だけに心は占領されてしまったのだ。

ぼくがある仲買店の社長と話していたときのことだ。彼は相場の世界とは無縁な人物で、納まりがいいという理由でスカウトされてきた、いわば傭《やと》われ社長だった。彼によれば、ひとつの店に、相場師は一人で充分だという。理由を訊《たず》ねると、さもうんざりしたように答えたものだ。

《だって、気狂《きちが》いはひとりで沢山ですからね》

常人にとって相場師が気狂いに見えるとすれば、それは売りか買いかを決める材料があまりに偏しすぎているからだ。A、B、C、D、E、F……条件はこれだけあるのに、なぜ、Cだけに執着するのか。だが、結果がでてみて、なるほどCだけが重要だった、と常人は納得する。もちろん、ある場合には、《ほら見たことか》といわれるかもしれない。しかし、相場師の魅力とは、人の知らない材料を探り当てる能力ではなく、誰もが知っている材料から特定のどれかにいかに偏った執着を持続できるかということである。

板崎は五千八百円になった時、買いに入った。いつもは「売り屋」の三晶実業が買っているのも自信をつけてくれた。しかし、買えば買うほど下がってくる。一時は五千二百円まで下がり、もう駄目かと思ったこともある。ジッと我慢するうちに、ジリジリ上げはじめ、六千円の大台をついに突破した。勢いを得て戦線を拡大したが、六千二百円でドッと売り物が出た。みるみる下がっていく。高橋はブルってしまった。

ていった。

《あと三百万くれたら、俺はもう完全に手引くわ。あとは好きにしいな》

岡藤商事も損が店にかぶるのを恐れて、玉を整理しろという。板崎は半ばヤケになっていった。

《わしの連れはな、ギョーサン金を持っとるんや》

その時「連れ」はもういなかった。

ハッタリをかまして踏みとどまった。さらに買い進むと、板崎の買いは伊藤の買いやないか、という噂《うわさ》がいつのまにか流れ始めた。彼には幸運だった。大衆筋の買いがドッとついて、五千八百円から七千円まで一気に駆け登った。だが伊藤は秘かに売っていた。

豊商事の罫線《けいせん》集には、この年の相場について、こう注釈してある。

「三十六年五月、中共小豆の不作を買われ続騰《ぞくとう》したが産地・消費地の在庫が戦後最高を記録したため崩落した」

崩落寸前に板崎は見事に売り逃げた。その時、彼は伊藤忠雄に呼ばれた。伊藤はこの相場で板崎に手痛い負けを喫していた。

《あまり生意気をするんじゃないで》

静かな口調だった。しかしその時、板崎にはその静かな口調の恐ろしさがまだよくわかっていなかった。

《津から大阪へ近鉄の特急に乗りながら、思うんですわ。ずっと車内を見渡して、二十六歳で俺みたいなもんが、どこにいるかと思って得意で得意で。二億持っとることもそうやけど、相場が自分の思った通りなって、自分が勝ったというんが嬉《うれ》しくてたまらん。ちょうどその頃、伊藤忠雄さんが岡藤でいづらくなって出ていくことになりましてん。私は腹が立ちましてね、岡藤がこれまでになったんのは全《すべ》て伊藤さんのおかげやないか、それを追い出すなんて……というわけで、私も伊藤さんと行動を共にしましてね。三共商事という伊藤さんの作った店に入りました。金がないのやからと思うて、儲けた二億を使うて下さいと渡したんですわ。そんなら日歩五銭で借りましょ、いうてね……。私はその頃、伊藤忠雄さんのこと神さんと同じように思っておったから、役に立つのが嬉しゅうてね。早く伊藤さんみたいになりたい思うてました》

この頃のある晩、伊藤忠雄家に強盗が入った。二階でねていた彼と妻は強盗にしばりあげられ、さるぐつわを噛《か》まされた。強盗が物色している間に手を動かすと、簡単にはずれた。とりおさえようと思えばいくらでもチャンスがあったが伊藤は強盗のするがままにさせておいた。しばらくすると、階上の物音に眼をさました書生が、飛びこみ取り押えた。ナワがはずれているのにどうして？　という質問に彼は《なんでも潮時というものがある。待っていたのだ》とケムに巻き、ＮＨＫのテレビではしぶい着流しで登場し《いい宣伝になりました》と豪快に笑いとばした。

そのニュースを見て、現在は押しも押されもせぬ大相場師になっている霜村《しもむら》昇平は、早くあんな大相場師になりたいものだと夢にみたという。

《素敵な着物でゾロッと出てきて、凄《すご》かったな》

この時期に相場に関わった人で、伊藤の存在を何らかの形で意識せずに相場をはることはできなかった、と霜村はいう。

板崎は伊藤の写真を枕元《まくらもと》において、毎晩ねる前には手を合わせていた。早く伊藤さんみたいになりたい、というのが願いだった。彼は、次に自分の手で伊藤忠雄がやるような「玉締め」をしたいと思うようになった。とにかく、彼は伊藤と同じレベルに早く到達したかった。

三十六年八月、毛糸の「締め上げ」に手をつけた。毛糸はよく知らなかったが、その年の四月に平松商店がやはり「締め上げ」に成功し、その前は近藤紡が成功している。《八月は盆休みで、紡績工場の女工がいなくなるので生産量がガクンと減る》という話を聞いて、八月一限月の「締め上げ」を決意したのだ。しかも、かつて三千五百円までいった毛糸が棒下げに下げ、千四百円前後になっている。毛糸は安すぎるという判断もあった。

買いまくった。八千枚ほどの玉をたてた。千枚ほどの現物を受けた。最後の段階になれば煎《い》れをとればいいし、伊藤に借りればいいと目算をたてた。

玉を建てるには、単に代金の一、二割の保証金だけでいい。しかし現物を受けるためには丸代金が必要である。たとえばキロ千五百円の毛糸を現受けするためにはいくら必要か。毛糸一枚は三百キロ。千枚は三百トン。つまり四億以上の金が必要になる。だから「玉締め」にはかなりの資金がいるのだ。金がなくなり、伊藤に借りにいった。行くやいなや一喝された。

《アホ、そんなもん、女工に一晩徹夜させれば五千や一万枚の玉はすぐでける。玉締めなんぞできるかいの。損の少ない今のうちにやめとけや。現物は俺が肩代りして売ってやるからの》

自分の無知と伊藤の親切に恥じ入りながら帰ってきた。ところがその千枚がなかなか売りに出ない。相場はジリジリ上がっていく。不思議だなと思っていると、伊藤忠雄が板崎に代って「玉締め」をしているというニュースが入った。だまされたと気がついた時は遅かった。伊藤は彼の玉を武器に「締め上げ」を成功させていた。

カッとした板崎は、それなら俺は九月をやったる、と九月を「買い占め」にかかった。ところが、現物は伊藤に渡っている。板崎が買うところに狙いを定めて、その玉をぶつけてきた。圧倒的に売り方が有利だった。千五百円からまたたくまに千四百円を割ってしまった。

それが命とりだった。千三百五十円で全面降伏ともいうべき「投げ」をした。手元に残ったのはわずか数千万。

復讐《ふくしゅう》しないでおくものかと思ったが、することなすこと失敗つづき。大手亡《おおてぼう》が五千円から七千円に動いたとき、現物筋が買いに入るという情報が流れてくる。買いに入ると、伊藤が徹底的に売ってくる。ここでも敗れる。いくつかの相場で完膚《かんぷ》なきまでに伊藤に打ちのめされた。「静かに叱《しか》られた」ことの意味はこういうことだった。

とうとう二千万の借金を作ってしまった。伊藤に懲戒免職をいい渡され、代りにその年結婚した妻を働きにこさせろと命じられた。この混乱の中で、生まれたばかりの子どもを失《なく》し、二人は津の山奥に逃げていった。伊藤は人をやって執拗《しつよう》に二人のあとを追わせたという。

伊藤の、この相場師としての冷酷さは、確かに相場師というもののひとつの極をいくものであった。この冷酷さは狂気に近い。しかし、子を喪《うしな》い、山奥に逃げ込みながら、まだ相場にしがみつづけようとした板崎にも、それに似たものがあったのではないか。

その伊藤忠雄は、いま引退した相場師として生駒《いこま》に住んでいる。

訪ねると応接間にひとつの大きなトロフィーがある。三十八年に持馬がオークスをとった記念だという。

《競馬が好きでなあ、そやけど近頃はよう走る馬が出えへん》

馬の話になると相好を崩した。彼にはどの相場より、このオークスをとった事の方が嬉しいらしい。相場の話はあまりしたがらない。

《昔か？……そうやな、私が買うやろ、ほしたら大衆の皆さんが一緒に買うてしまう。危ないからやめてくれて皆さんにお頼みするんやけど、いや伊藤さんと心中するんやったら本望や、いうてくれはりましてな。そやから、私も大衆のみなさんに損させせんような相場をはっとった……》

それ以上多くを語らなかった。だが、《身内から欺け》の伊藤にしては「善人ぶり」が、彼の老いを証しているのかもしれなかった。

《板崎？　ああ、えろうなったな。ああ、ええ奴《やつ》や、女房もえらいし、ええ男じゃ。相場なんちゅうもんは教えてわかるもんとちゃう。そやけど、板崎はちゃんと私の相場を勉強した。えらい奴や……》

無惨《むざん》な、とぼくは思った。老いとはかくも無惨なものなのか……。

5

商品相場は、ある意味で丁半博奕《ばくち》に似たところがある。株とは異なり、一方が得すれば、他方に必ず損した者がいる。だが、丁半博奕と決定的にちがうのは、丁半の敗北は運に帰することができるが、相場の敗北は必ずしも運だけでない何かが残る。悲劇的なのは、その「何か」が彼の全存在にかかわってくることがしばしばあるという点である。

相場の悲劇性は額の問題ではない。十億損したから悲劇的なのではない。そうではなく、十万損しても悲劇的な相場というのはありうるのだ。

博多に正田じいさんで通っている穀物問屋の隠居がいる。商売柄、現物を扱う必要上、相場に手を染めた。八十歳をとうに過ぎているのに、小豆相場が唯一《ゆいいつ》の道楽だった。正田のじいさんはケチでも名を売り、風呂《ふろ》の中にも胴巻を持って入るという伝説の持ち主だった。このケチの精神によって数億の財産を作ったのだと噂されていた。

四年前、正田のじいさんは一生一回の大相場を張った。四年前、つまり四十六年の小豆は、低温と霜害懸念《そうがいけねん》で空前の高値を更新しつづけた。一俵一万二千円が、五月には一万五千円の壁を突き破り、九月には一万七千円台に達してしまった。

正田のじいさんは、こんなことはありえない、と思った。自分の八十余年の全生涯のどこを叩《たた》いてもこんなことがあっていいという答えは出てこない。高すぎる、こんな高くていいわけがない。正田のじいさんは売ることにした。売りまくった。だが相場はじりじりと上げていく。こんなことは経験から見てありえない。彼は売りに売った。しかし、相場はついに二万円を突破してしまった。いつか大暴落する。するはずだ。その日、その瞬間を夢見ながら、売った。

しかし、彼は《こんなことはあっていいもんじゃねえ》と呟《つぶや》きながら、ついに降伏せざるをえなかった。損害は再起不能といわれるほど莫大《ばくだい》だった。

巨額の損失をかかえたことはともかく、悲劇的だったのは、彼がいわば八十何年間の全生涯をかけて《こんなことはありえない》と信じながら売った相場に敗れたことである。この敗北は、相場を愉《たの》しみに生きて来たひとりの老人にとって、「運」では片付けられぬ傷を与えたはずである。

そして、より悲劇的だったのは、これ以上傷を深くしないようにと手を上げた、まさにその直後に、中国・広州交易会で小豆の大量成約があったことによって、小豆相場が大暴落したことであった……。

ヘミングウェイに『男だけの世界』という短編集がある。その冒頭に、「敗れざる男」“The Undefeated”が載っている。物語は、盛りをすぎた闘牛士が興行師に闘牛をやらせてくれと頼みにくるというところから始まる。自分自身に幻想と同じだけの不安を、彼は持っている。だが闘牛士は闘牛をつづけるから闘牛士なのだ。やっと前座試合をやらせてもらうことになった主人公は、しかし闘いの終盤に無惨にも牛によって腹を突き破られる。病院に運ばれる直前に、横たえられた彼は相棒にいう。

《すべてうまくいってた、そうだろ?》

この短編集の原題を“Man Without Woman”という。「男だけの世界」と訳すより、もっと直截《ちよくせつ》に「女なし」あるいは「女無用」とでも訳したいような気がする。「敗れざる男」はまさに“Man Without Woman”の世界である。なぜ「女なし」なのか、その感じを伝えるのは難しい。ただ、こうはいえる。宿命的な敗北に女は無用なのである。というより、本質的に関与できないのだ。

この正田のじいさんに対して、買っていた大手のひとりは増山という品川のやはり穀物問屋の主人だった。増山は買うに当って二人の男と、どんなことがあっても逃げないという誓約をかわした。血盟だったともいう。

《増山さんは素人《しろうと》なんですよ》

と業界ではささやかれているが、彼は他の二人への約束を忠実に守り買いつづけた。そこへ大暴落、気がついてみるとその二人は見事に売り逃げていた。

大阪の「投資日報」代表の鏑木繁は、そんな折、増山から招待を受けた。色々と世話になったからお礼をしたいというのだ。東京・赤坂に行ってみると、増山の玉を扱った仲買店の関係者などかなりの人数が招待されていた。そしてそれ以上の赤坂芸者。夜を徹しての遊びに、なるほどこれが東京の遊びかと驚いた。

翌日、増山は正式に玉砕した。大阪に戻って、その道の通人に、あの夜の遊びの金はどのくらいかかっているだろうと訊ねると、五百万は下るまいといわれた。彼に余分な金は一銭もないはずであり、それからのことを考えれば、その金は惜しいはずであった。

だが、増山にとってもその敗北は再起可能な敗北ではなかったのだ。

生糸相場で見事に五十億儲《もう》け、その直後に六十一億損した栗田嘉記という相場師がいる。静岡に住んでいるところから、板崎の「桑名筋」に対して、「静岡筋」の名で呼ばれることが多い。

ぼくは、彼が豪快に沈没して間もない頃、静岡を訪れた。

金がない時だろうと思えるのに、「待月」という静かな料亭に招いてくれ、自分がなぜ敗れたかを淡々と解説してくれた。この世界には珍しい感情の起伏の少ない、理性的な話し方だった。

馴染《なじ》みの仲居なのだろう、料理の膳《ぜん》を運ぶ合い間に栗田を冷やかした。

《五十億もうかったときにやめときゃ、いいのに》

栗田はにこにこしながら、

《そうだな、うまくすればそこからまた三百億くらい手に入ったろうからな……》

といい、さらにこう続けた。

《でも、そういうことじゃないんだな》

仲居はあいまいな笑いを浮かべながら、部屋を出ていった。

彼女には、そういうことじゃない、という栗田の言葉がまったく了解できなかったのだ。

いくらがんばっても芽がでない苦境の底で、板崎はひとりの老相場師にめぐり会う。名を大石吉六といった。

6

大石は大垣の相場師で、戦前は米相場で財を築き、戦後は大石商事、大石証券を作り上げた。経営の実権はすでに息子たちに譲り渡し、会長に納まっていたが、相場に対する情熱は薄らいでいなかった。

ぼくが大石に会ったとき、これがあの大石かと驚くほど、躰《からだ》の小さな朴訥《ぼくとつ》な喋《しゃべ》り方をする老人だった。しかし、八十歳に手が届くとは思えない明快さも持っていた。

《昔は、この世界にも仁義はあって、一見《いちげん》の客は取らんかったもんでの、だから証拠金もいらん。それくらいお互いが信用しあっておった。相場師は昔でいやあ侠客《きようかく》ですな。素人衆を騙《だま》すなんて、下の下でないかの。この世界はな、取られるのはせいぜい自分の財産、取るのは日本中の銭、これほど面白いのはないんですわ》

土曜日の午後、社員のいなくなった大垣の店で、煙草《たばこ》をゆっくりくゆらせながら、愉しそうに昔話をしてくれたものだ。

《わしは、ほかに愉しみもなし、こればっかで果てたんですわ》

その大石が板崎を見込んだのだ。薄敷《うすじき》、無敷《むじき》で、何度も大石商事で相場を張らせた。倒れては助けられ、玉砕してはまた救われた。

板崎が大石から教えこまれたものはふたつある。

そのひとつは相場観である。

それまで伊藤忠雄の見よう見まねで体得してきた相場観を根底的に変えられた。人の裏をかき騙しながら相場をしていてはいつか自分がつぶれる。相場を決定する要因は「需要と供給」という単純な関係をいかに見極めるかだ。

《足るか、余るか、それだけ考えとったらええ》

大石は口を酸《す》っぱくして板崎にいいきかせた。その発想は、強引な仕手による相場操作の否定でもある。

《相場を動かそうなんちゅう、大それたことを考えたらあかん》

大石が板崎の面倒を見ようとしたのは、この需給関係を見るいい眼を持っていたからだ。そして何より相場の張り方が気持よかった。だが、パッと二、三千万の金をつかむと、すぐスッてしまう。大石は、まるで『あしたのジョー』の丹下段平のように、板崎を大きな相場師に仕立てあげようとした。

大石が教え込んだもうひとつは「人間教育」とでもいうべきものであった。

《どうして、儲けてもすぐなくなるんですのやろう》

するとと大石はいつもこう答えた。

《お前に金がたまらんのは、人間ができてないで金が住みにくいんじゃ。金を作るより、まず人間を作れや》

四十三年、前年が小豆の大豊作のうえに、天気も好天続きで豊作が予想された。珍しく大石も弱気で、こんなんは売っとればいいのや、という。しかし板崎は納得できなかった。いくら豊作といっても一俵七千円は安すぎる。採算を計算していけば、どうしても一万円の値がつかなくては農民は馬鹿《ばか》ばかしくて小豆など作るまい。豊作は六千円、七千円でいいという感覚は、農民の事情をまったく無視した古いものではないか。とすれば、豊作に七千円は売りでなく、買いではないか。

大石に教えられた通りに思考をすすめていくと、少しばかり大石と異なる結論になった。しかし、彼にはまだ自信がなかった。不安だった。会長さんがいうんやから……と売った。

八月十五日に農林省の作付面積の発表があり、それが予想外に少なかった。農民もいや気がさしたのだ。相場は一気に七千円から一万円を突破した。板崎は沈没した。しかし、そのとき彼は今までの常識では計れない価格革命の進行を見てとれた、と思った。が、ともかく玉砕。借金はかさむ一方だった。

大石は、相場の金は相場で取り戻せばいいといって、証拠金の代りに手形を置いて張らせてくれた。しかし、限度というものがある。どんなことをしても相場の世界にむしゃぶりついている。そう決心していても、度重なる敗戦に、ふと逃げ出したくなることもあった。

しかし、四十四年に、やっと十万の借金から三千万を生み出すことができた。彼の生涯で最高の相場だった。

さらに七千円台から買いつづけたものを、四十六年の二万円相場まで買いつづけた。正田のじいさんが売りつづけたあの相場である。一時は近藤紡の売りでガタッと崩れかかったときがある。

少し動揺して相談に行くと、大石はいった。

《明日はストップ安だろうが、投げるでねえぞ。まだ充分に店の利益もあるし、少々の損はかまわねえ》

そしてすぐ大阪物産の社長に電話した。

《板崎のために一緒に買ってくれんかの》

一億円程度なら応援するとの返事。相場が急騰《きゅうとう》したのは、その直後からだった。一段落してみると、彼は五億の金をつかんでいた。

見込む、という。大石は板崎を見込んだ。

この世界には依然として不可知な何物かが支配する部分が大きい。そのぶんだけ人は人を「見込み」そして「見込まれる」ことが多いといえる。それは、大石と板崎の関係ばかりではない。

明治物産の鈴木四郎と栗田嘉記にもそれに近い関係があった。

ある日、鈴木の会社へひとりの男が立ち寄った。そして鈴木に返してほしいと何十万か置いて帰っていった。借金だという。あとで報告をきいた鈴木は、それが栗田嘉記であるのがわかった。栗田は、かつて明治物産の支店で外務員をしていた。「手張り」をして会社に穴をあけたので、やめさせられていたのである。金は弁済しなくてもいいから、と鈴木はいっておいた。——それを十何年もして持ってくるとは。鈴木は感動した。この社会でもめったにないことだった。

《今に見ておれ、あいつは今に偉いことするような男になる》

鈴木は社員たちにそういった。それと前後して、栗田は生糸相場で、個人仕手としては空前のスケールで登場してきた。

綿密な理論から割り出して、七千円の相場が一万五千円まで上がると予言し、買い進んだ。みるみる暴騰した。買いチョーチンもついた。たちまち五十億近くを儲けた。

だが、誰の眼からも見ても、栗田の資力では戦線が拡《ひろ》がりすぎたことは明らかだった。

秋に入って栗田から鈴木のところへ電話が入った。

《相談したいことがあるんですが……》

鈴木にはピンときた。資金がつまっているのだろう。その翌日から、彼は自分の財産を会社の金庫に移しかえ、いつ来ても渡せるようにしておいた。用意はした。が、栗田はついにやってこなかった。

そして、やがて栗田は十月限の現物を受け切れず、すべてを投げ出さなくてはならなかった。五十億円の儲けが、十一億円の借金に変わった。

そのとき、なぜ栗田は金を借りにこなかったのだろう。彼には、相場には勝っても勝負には負けることが明らかだったからだ。金が目的ならもっとアガクべきかもしれない。だが、栗田には相場は金以外の何かだった。

《金だったら、ぼくなんか会社組織にすればもっと税金も少なくなる。でも、そんなことはどうでもいいことなんです。大事なのは、自分がいったいどこまで登りつめられるかという、何だかわけのわからないものに自分の身を任せちゃう……そういうものなんだ、という気がする》

彼は敗れたが、彼の生糸相場の予測は見事に的中した。四十八年にはキロ一万五千円を突き抜けたのだ。栗田は「相場観は間違っていなかった」ことを認められ、「負け方が綺麗《きれい》だった」と賞讃《しょうさん》され、再起への援助がさしのべられた。しかも、それぞれ数億の迷惑をかけられた債権者自身から、である。

もちろん、その中に明治物産も入っていた。そして二年。彼は見事に復活した。得意の乾繭《かんけん》で四十九年、数十億といわれる利益を挙げ現在、大手《おおて》亡豆《ぼうまめ》で戦後最大といわれる仕手戦の買い方として再登場した。勝敗はわからぬが、今のところ買い方がやや優勢といわれている。

7

運、鈍、根という。

ぼくにも、この言葉を古めかしく思う気持がないわけでもないが、たとえば、吉行淳之介のような人が、かつての同人誌仲間の某が職業作家たりえなかったのは才能ではなく、鈍なる部分がなかったためだろう、などと書いているのを眼にすると、なにやらもう一度眼を大きく開いて見直してしまったりする。

相場の世界も運、鈍、根である。そして、もうひとつ「勘」をつけ加えるべきかもしれない。相場と幽霊は人のいないところに出る、という言葉がこの世界にある。普通これは相場というものが大衆と付和雷同していてはだめで、人の裏を行くべきだと解されるが、ぼくには、結局相場というものはわからぬものだという悲鳴のように聞こえる。その、あたかも幽霊相場を幽霊のように得体の知れぬものといっているように思える。

のようなものを自分の手でつかまえようとするとき、相場師は、「勘」というものを信じようとする。

現在、栗田嘉記と大手亡豆で死闘を繰り広げている売り大手の霜村昇平は、「勘」について明瞭《めいりょう》な信仰を持っている。

《それは夢だ》

と霜村はいう。

《私は度胸がいいと自分でも思う。決心したら、火の中でも飛び込んでしまうだろう。けど、いつも大事なところでは夢を見る。五年前にも、小豆をどんどん売ってたが、ある夜、夢を見たんだ。ボーボーと音立てて燃えてんだ。そうか、これはすごい相場になるということだ。翌朝からドテン買いですよ。買って買って、買いまくった》

霜村は穀物相場界の中で、もっとも持続している仕手のひとりである。

霜村は山梨の出身である。中学を出て働き始めた。伝説によれば、彼が相場の世界と関わる契機を持ったのは、彼がキャンディー屋をしている時だったという。国分寺でチリンチリンとキャンディーを売っていた。ある日、不思議なことに気がついた。ある場所に三時過ぎに行くとよく売れるのだ。そこは証券会社の支店であり、後場が終わると一息つくためにキャンディーが売れることに気がついた。それから毎日、午後三時頃からその店の前に自転車を止めたままにしておいた。しばらくすると店の外に出ている株価の黒板に興味を持ち出した。

小金を少しためた霜村は、その店で株を僅《わず》かだが手に入れた。売ったり買ったりしているうちに、逆に支店長が興味を持ち出した。実にいい勘をしていたからだ。いつの間にか門前のキャンディー屋は、相場を覚えていたのだ。支店長は彼を外交員にスカウトした。

しばらく証券会社の外交員をしているうちに、もうひとつの相場があることを知った。商品相場、とりわけ値動きの激しい小豆が、やはり気性のきつい彼をとらえた。やがて「不敗のショッペイ」といわれるまでに大成し、山梨商事を作った。

彼は社員が麻雀《マージャン》をするのを嫌う。

《相場という天下公認の博奕《ばくち》があるのに、なんでそんな小博奕をしなきゃならんのだ》

彼は相場が好きなのだ。

しかし、その彼も大きな仕手戦になるとよく眠れないことがある、という。

売り方で苦戦していたある年の仕手戦でのこと。心配でどうしても眠れない、少しウトウトしたがすぐ眼が覚めてしまった。まだ朝の五時だ。彼は、家に居たたまれず会社に行くことにした。会社に着くとまだ六時になっていない。ビルの出入口のシャッターはしまったままだ。七時を過ぎなければ開かない。

――早朝出勤をしてきた社員は、そのシャッターの前でただ呆然《ぼうぜん》と佇《たたず》んでいる社長を見つけて驚いた、という。

あの小柄で向こうっ気の強い霜村が、迷子のように自分の会社の前で佇んでいたというのは、物哀《ものがな》しくも滑稽《こっけい》である。しかし、その二つのものこそ、闘いつづけていく男が纏《まと》わざるをえない、ささやかな衣裳《いしょう》であるのかも知れない。


美人コンクールと相場はよく似ている。そういったのは多分、経済学者でもあり相場師でもあり婦人も好きだったJ・M・ケインズである。どちらも判断の基準が自分の好みより、大衆の好みが優先するというのだ。つまり、ふつうならこうであろう、こうなるであろうと予測して一票を投ずる、というのだ。

しかし、美人コンクールではみんなが一時に投票するが、相場はそうもいかない。スピードが必要になる。そこに「見切る」という意味での勘が必要となる。

たとえば、板崎がマスコミにもみくちゃにされた原因であった毛糸の場合、買いに入ったのは四十七年の二月だ。

彼はかねてから毛糸を買いたいと思っていた。何よりも安すぎる。一時はキロ千八百円近くまでいった相場が、四十六年十月には買い大手の近藤紡が買い控えたことや経済不安などが重なって、八百円台にまで落ち込んでいた。

ある日、呑《の》み屋にいくとおかみが包帯をしている。聞けば着物に簡単に火が燃え移ったという。

《純毛なら平気なのに化繊はいやね》

彼はその時、もしこの女が新聞社にでも投書したら化繊業界は大打撃を受けるかもしれない、と思った。しかも天然繊維への欲求はなるほど強そうだ。そう思って周りを見るとパンタロン姿の女性が多い。みな毛製品だ。買いかな？　と思っていた。しかし、その時はまだ小豆にかかり切りで毛糸へ出ていく余力がなかった。

しばらくして新聞の豆記事が眼に止まった。伊藤忠商事の談として毛糸の情報が載っていた。オーストラリアでは、ポンド百五十セントという安値にいや気がさし羊がどんどんつぶされている。来年は減産になるだろう。これだけのニュースだった。買いや！

彼は千百円で買いに入った。小豆を手仕舞《てじま》うと全財産に当る三億円をこの買いに注ぎこんだ。一目散に走り始めたのだ。ある意味で、この買い方は非難されるだろう。無謀だからだ。せっかくもうけた三千万からようやく三億の動かせる金を作ったのに、その金をすべて吐き出し、しかも巨額の借金をつくってしまうかもしれない買い方だからだ。

しかし、相場は見事に板崎の予測通りになった。五月に千二百五十円をつけ、九月に千五百円を突破し、十二月には二千円の大台を軽く超えた。そして翌年の二月には二千五百円をも突破した。

買い大手の一方は伊藤忠商事だった。強引に買い進んだ。相場コントロールに板崎が邪魔になりはじめると、伊藤忠は大量の売り玉を板崎にぶつけてきた。現物を受けさせてパンクさせておいてからさらに相場を上げて、自社の利を厚くしようとしたのだ。しかし、暴騰する相場の大勢は、伊藤忠ですら変えることはできなかった。板崎も豪胆に受け切った。伊藤忠の潰《つぶ》し作戦は失敗した。

板崎は二千五百円まで耐え、超えたとき潔《いさぎよ》く手仕舞った。これ以上いっては危険だし、行きすぎだと判断したからだ。利益は三十億円を超えた。

「勘」が最も劇的に発揮されるのが、この手仕舞いである。一瞬の差で利が損になり、あるいはより以上の利をとり逃がす。

素人《しろうと》と玄人《くろうと》のどこが違うのか。板崎はこういう。

《不思議なんですけど、人は損には耐えられるんですわ。相場が下がると、もう少し下がれば上がる、もう少し、とよう握って離さん。ところが十円上がるとすぐ利喰っちゃう。利の方が我慢でききん。玄人と素人との差なんて大してない。十回相場張って一、二回あたればよろし。それはどちらも同じような確率なんです。違うとすれば、その一度の当りでどこまで利が乗ったときに耐えられるかということですな。百円で利喰うか、千円まで待てるか。それが人間の器量なんですわ。どこで「見切る」か、だけです》

利の恐怖に耐えられるのが玄人だ、と彼はいうのだ。

人間は、ある頂点を息も切らせず走っていると、人の見えないものが、不意に鮮明に見えてくるのかもしれない。

8

栗田も板崎も、会うと、不思議と日本の暗い終末の光景を喋《しゃべ》っていたものだ。

《相場をずいぶん長いことやってきたけど、もうこれからどうなるやらわからん。いや、私はもうパンクはしない。けど、その前に日本がパンクするわ……。その前に人類がだめになる。食糧危機ひとつとっても、もう絶望的なんですわ。みんなよく平気で……あなたも笑ってますね、でもいつか、板崎がもう地球はおしまいやいうてたな、と思い出すことがありますわ。私にはもうアカン、アカンというのがよくわかります。金をもうけたって何にもならん。何にもならんけどな、けど、相場以外にやることは、何もないんですわ》

不思議な終末観だった。

板崎喜内人が名古屋の呑み屋で話した内容は、これからはすさまじい世の中になるだろうという栗田以上にペシミスティックだった。彼の酒は陽気だったが、内容はそれと正反対の方向に進んでいく。

《なあ、思うんですけど、自民党はんがどないにがんばっても、共産党でも、物の値段が上がるのを止めることはできません。そら、無理ですわ。世界ではこれから人口が増えて、食糧がどうやっても足らんいう時代に入るんですよ。南洋の土人がヤシの葉っぱやめてパンツいっちょうはくだけで綿布は足りなくなるんです。どうして物の値段が下がります？　これからの世の中はひどいことになる、天候や環境がガタガタになって、人口がもう増えて、食糧難に必ずなりますやろ。これから十五年先の地球にどんないいことがありますか。……破滅だけですわ。子供が可哀《かわい》そうですよ。あんたも、結婚したら子供を作っちゃだめ、可哀そうだ、子供が。一人以上絶対作っちゃダメですよ！》

おかしくなって少し笑うと、板崎はもっと暗い調子になった。

《あんたは笑っているけど、信じてくれなくてもいいですけど、ちゃんと計算していけば、何年もたたんうちにホントに食い物が足らなくなるんですわ。二〇〇〇年にならなくとも人口は倍になるし……南洋の土人のパンツと同じで、パン一切れが世界の危機を引き起こすのに、みんな自分は大丈夫と思って平気なんですな。もう人類なんちゅうもんはのうなるのに……ほんとうはもう私がなにをいうても遅いんやけど……》

彼はこの危機感の命じるままに相場を張っていたのかもしれない。

《こんな時代に、豊作だからといって叩《たた》いて売り崩し、百姓からものを作る気力を奪うのは、そら悪ですわ。もっと沢山作ってもらわないかん時代でしょうが》

だから彼は常に買い大手だった。

「商品取引所=体温計」論というのがある。つまり、商品取引所の相場は、社会という身を物価という体温によって計り、健康か否《いな》かを判断する機能を持つ、というのだ。だから、熱があるといって体温計が悪いわけではない。「人体」にこそ原因はある。

昨今の商品相場の高騰による商取所無用論に対して、関係者は必ずそう反論する。もし、商品取引所が体温計なら、相場師は、いわばその水銀の役目を果す。いち早く外界の変化をキャッチして自らの行動の中にそれを組み込んでいく。鋭敏であることが相場師の条件であり、鋭敏な部分だけ常人とちがうのかもしれない。

社会が危機的になればなるほど、相場師は危険に対する警告者となる。それは一見「気狂《きちが》い」なのかもしれない。あるいはこういい換えてもいい。相場師は「タイタニック号のネズミ」だと。——突如、危険を察知して「船内」を暴れ回り、そして知らないうちにスッと消えて海に没していく。そのようにしていったいどのくらいの「ネズミ」が海に没し去ったことだろう。

《いくら儲《もう》けても、百億儲けても千億儲けても、子供に渡すわけにはいかんのですからね……もう、地球がおしまいになるちゅうに、薄い紙っぺら持って何になりますねん》

最後に会った時、別れ際《ぎわ》にこういった。

《でも、相場は張りますよ、これは。仕方がない。走りつづけるより仕方ない、走りつ

づけますよ。……ずっとね》

9

ぼくが、相場師を訪ね歩き、彼らの宿命の吐息のようなものを聴くことができたと思えたときから、二年がすぎた。昨年は一年間ユーラシア大陸をとぼとぼ歩いていた。アフガニスタンの砂漠を走っているオンボロバスに乗っていたりする時だ。遠くを歩いている羊の群れから、突如、ひとつの獣がこちらに疾走してくる。よく見ると羊追いの犬なのだ。走っているバスに向かって、突進するかのような走り方だ。彼は、このバスを羊を襲う敵と見なしたに違いないのだ。そしてしばらく吠《ほ》えながら並走し、自分の数百倍もある怪物にまさに跳びかからんとする時、群れから、《ホーイ》というような声がかかる。羊追いの男からだ。すると、羊追いの犬は大きく弧をえがいて戻っていく。感動的だったのは、ほとんど、どのような犬でもバスに突進してきたことだった。

バスに乗っているぼくらに向かって吠えたてる犬を見つめながら、よくひとりごとを呟《つぶや》いた。回りはアフガン人だけだ。日本語がわかる者はいない。

《畜生！》

それはいつも自分に向かっていっていたのだ。感動し、それを表現するにその言葉しかなかった。

相場師に対して、ぼくはいつも《畜生！》と呟いていたような気がする。ユーラシアの旅から帰り、再び相場師を訪ね歩いて、やはり《畜生！》と呟きながら、どこかかつてのストレートさが失《う》せ、もう少し複雑な声調になっているのが、自分でもわかった。どうしてだろう。二年間という月日が、彼らへのスポットの光を多様に当てる役割りを果してくれたからか。

蠣殼町で初めて会った相場師は小松夏男だった。

場立ちから、ついに「人絹の川村佐助」と謳《うた》われた名相場師の店の権利を買い受けるまでになった。二年前、店を訪れたとき、活気に満ちた声がとびかっていたものだ。店の中には、穀物取引所内にある立会場から、場立ちの情報がラインで流れてくる。それを二人が受けて店中にきこえるように復唱する。その前の机にずらりと腰かけた営業マンは、電話を肩に客の要望とよく照らし合わせて、素早く売買の指示を与える。

《山商百枚買い、川村五十枚買い、カネツ……》

再び訪れた川村商事も活気に満ちていた。しかし、小松はいなかった。ことごとく相場に曲がり、店の権利を手放さなくてはならなかったという。

あの男らしくさっぱりした口調がなつかしく、市川の彼の家に電話した。どこかで酒でも呑みたかったのだ。二年前はよくおごられたが、今度はぼくの番だ。

電話口に小さな女の子が出た。お父さんは、と訊《き》くと、自信のない口調でいないという。お母さんは？　いる、という。奥さんが出てきた。名前をいい、要件を告げると、少しお待ち下さいと電話口を離れた。小松はいるのだ。もしかしたら、少女は父の不在を告げるよう教えられているのかもしれない。ありうることだ。……そう気がついたとき、この電話がどんなに残酷なものであったかに、やっと気がついた。

長かった。きっと夫婦で話し合っているのだろう。あるいは言い争っているかもしれない。やがて奥さんがいいにくそうに告げた。

《躰《からだ》の具合が悪くて、出られないそうです》

そ、う、で、す……というのが辛《つら》そうに聞こえた。電話を切ったあとも後悔だけが残った。

蠣殻町には大小無数の仕手が現われては消えた。

たとえば赤いダイヤの山崎種二と吉川太兵衛。山種と一代の大勝負をした吉川太兵衛の行方を蠣殻町の誰もが知らなかった。やっと探し当てた家に吉川太兵衛は不在だった。

夫人がいう。

《いま貿易関係の仕事をしていて、ちょうど外国に旅行中なんです》

吉川はあの「赤いダイヤ」の仕手戦を、いまどのように思っているのか。それが知りたかった。

《さあ……どうですか、若気の至り、とでも思っているのかもしれませんわね》
業界での吉川太兵衛の評判はすこぶるよかった。かつて吉川に近く働いた人の辛らつな吉川評に比べると、異様なくらい評判がいい。きれいな、サッパリした勝負師だった、と。不思議に思って、ある人に訊《たず》ねた。答えはこうだった。
《死人に悪口はいわないもんさ》
吉川はまだ健在である。——その時、吉川の現在に対する蠣殻町の無関心が、実は死者への優しい思いやりであることに気がついた。相場の世界を去った者は、彼らにとっては死人なのだ、ということにやっと気がついた。
だが、生者たちもまた思いもよらぬ変化をしていた。
たとえば板崎。彼はアパッチが全滅した際に、儲けの大半を失なってしまった。以後、することなすこと失敗が続いた。かつて、桑名筋が介入したというだけで、ピンと相場がはね上がったという力は失せた。そして、どう思ったのか、残った金がなくならないうちに彼は仲買店の権利を買いうけた。彼は、彼こそは、金がたった十万円になっても「ピンバリ」で相場にしがみついていく相場バカかと思ったが、意外に分別があった。「意外に」というのは、ある悔しさを込めて使っている。博奕はどんなにやっても永久にやっていれば、いつかは胴元のところに金はいってしまう。だから彼も仲買店を買いとった。

それを知った時、彼に裏切られたような気がした。
《私はね、伊藤忠雄さんと同じ二黒の火星なんですわ。この星は人の上に立ったらいかんというもんらしいですわ》
相場師としての宿命を、肯定的に語りながらそういったものだ。あの板崎はどこに行ったのか。終末論を語りながら、しかし死ぬまで相場を張りつづけるといっていた、あの板崎は……。現在、彼の会社の副社長をしている中西によれば、あまり大きな相場を張ってもらうのは困るので、ゴルフに精出してもらってまっさ、という。それで板崎は満足しているのだろうか。
店は小松の持っていた川村商事を買い受けた。
阿波座のアパッチたちは、ぼくとの別れ際に口々にこういったものだ。
《二カ月後を見ていてくださいよ、二カ月後……》
《何が起こるんですか》
《さあ、それはね……》
アパッチの理解者である乙部に意味を訊ねると、恐らく意味はないという。
《でも、そうでも考えな、やっていけんのでしょう》
二カ月後、二カ月後と念じながら、彼らは張りつづける。
板崎喜内人はどこに行ったのか。

相場という魔物に憑《つ》かれ、闘いつづけた男。敗れつづけ、敗れつづけ、しかし相場師であることを望んだ男。だからこそ、敗れざる男であった「板崎喜内人」はいったいどこに行ったのか。少なくとも、いま、阿波座には、いる。

不敬列伝

黒人作家のラルフ・エリソンに『見えない人間』という小説があるが、この題名を借りれば天皇への評言はぴたりと定まる。天皇こそ、この日本でもっとも見えにくい人間のひとりであるからだ。天皇は「見えない人間」である。「御真影」と、霞《かすみ》たなびく二重橋の向こうに現われる、白馬にうちまたがった馬上姿の「活動写真」しか眼に触れることのなかった戦前に比べれば、グラビヤ、テレビ、映画あるいは肉眼で天皇を見る頻《ひん》度《ど》は飛躍的に増大した。しかし、だからといって果してよりよく「見える」ようになったかどうかは疑問である。「金婚式を迎えられ、九人のお孫さんに囲まれる幸せな老御夫婦」という女性週刊誌のリード以上に、ぼくたちが知ることはそう多くはない。つまり人間天皇の「人間」の部分を理解できる手持ちのカードが、あまりにも少なすぎるのだ。そのために、天皇はますます不可視になっていく。

1

第一に不足しているのは天皇の「肉声」である。音声という点だけに限れば、国会や各種儀式の開会式などを見ればよい。天皇の声は聞ける。もっとも、これとても肉声とはいえず、日常的には例の甲高い独特のイントネーションではなく、バリトンのような若々しい低音で話すという。しかし、ここでとくに肉声というのは、生理的な生の声というのではなく、精神の内奥からの声といったものをさす。その意味では、天皇の肉声を聞くことができるのは、実に稀《まれ》な「偶然」といえる機会以外にありえない。

昭和四十七年六月二十三日。天皇はこの日で、歴代天皇の在位期間の記録をことごとく破り、最長記録の持ち主になった。それまでは明治天皇の一万六千百十八日の在位期間が最高であった。記録を意にとめたことなどなかったという天皇は、侍従を通じて次のような感想をもらした。

《一日一日を国のため、つとめとして送っているうちに今日に至ったことを思うと、過ぎ去った月日の流れをしみじみと感じている。そして国民と同様に喜びと悲しみの幾歳《いくとし》月《つき》であった》

この言葉の中には、戦後そう何度も発せられたことのない肉声のようなものが封じ込められている。喜びと悲しみの幾歳月、というあまりに常套《じようとう》的な用語からさえ「しみじみ」としたものを感じとれる。しかし、かすかに聞こえてくる肉声も、《国民の幸福を願い、人類社会が自然との調和の上に進歩、発展して世界が平和であるよう望んでいる》という空虚な結語によってかき消されてしまうのだ。

第二に不足しているのは天皇の「意志」である。実際に天皇が望んでいるのか、側近ならびにその外延に連なる者の意志なのか不分明なために、天皇の実像が結びにくくなってしまう。

たとえば、三重県志摩半島で御木本《みきもと》真珠工場を見学したとき、出迎えた御木本老は、緊張のあまり天皇に対して《あんた》と呼びかけてしまったという有名なエピソードがある。これに対して天皇も老に《あんた》と呼びかけたということをも含んで、これは心温まる情景であった。しかし、この録音が放送されようとしたとき、県当局は放送局に《あんた》という部分をカットしてくれと申し込んだ。これは宮内庁《くないちょう》の意を汲《く》んだ県の先走りだったが、ついに《あんた》という呼びかけは放送されなかったという。天皇をめぐるこの種の事例にはこと欠かない。徳島で阿波踊りを見物した折のこと、

〽踊る阿呆《あほう》に　見る阿呆

同じ阿呆なら　踊らにゃソンソン

という歌詞のうち「見る阿呆」は畏《おそ》れ多いということで削除されてしまった。北海道へ旅行したさい、宿泊予定の旅館では、出入り商人の全部が検便を受けさせられ、新聞にはアイロンまでかけて熱消毒するよう要求された。これらはすべて戦後のことである。

第三に不足しているのは国民が天皇にかかわれる「余地」である。会うこと、しゃべることはもちろん、知りたいと思う情報すら、国民の側からは手に入れることができない。写真と同じく「お貸下げ」のニュースしか流れない。国民の側からかかわる「余

地」は皆無といえる。

ジャーナリストのインタビューですら単独会見は許されていない。もっとも外人記者にはその不可能が可能である。日本の宮廷記者はよく腹を立てないものだが、古くは昭和二十年のF・クルックホーン（ニューヨーク・タイムズ）や二十三年のJ・C・ウォータース（メルボルン・サン）など、最近では訪米にさいしてのアメリカのマスコミ数社には単独会見が許されている。だが、少なくとも日本の国民が天皇に関与できる「余地」はない。

このように、「肉声」が聞こえず「意志」の所在がわからず関与できる「余地」のない天皇は、ますます「見えない人間」になっていく。

――昭和五十一年一月二日。快晴のもとで皇居の一般参賀は行なわれた。皇居前広場に並ぶ長い列に、ぼくもまたつき従っていた。

午前十一時にやっと皇居内へ入ることができた。やがて、六人の天皇家の人びとが、ガラスで隔てられたベランダに姿を現わす。左から、常陸宮《ひたちのみや》、皇太子、天皇、皇后、皇太子妃、常陸宮妃。日の丸の小旗が打ち振られ、各所から散発的に万歳が湧《わ》き上がる。時間のせいなのだろうか、二年前に来た時よりも旗の数が多いようだった。二年前は午後二時を過ぎていた。待ちに待ったという人はすでにいなかったのだろう、日の丸はわずかだった。それにしても、二年前と少しも変わっていないのは私服警官の数の膨大さだった。ジーンズの上下を着た参賀者は奇怪に見えるのか、ぼくの周りを五メートルから十メートルの距離に十人くらいの私服が取り囲んだ。バッグからカメラを取り出そうとすると、彼らは一様に緊張した。

この実に些細《ささい》な体験は、参賀者の数がいくら増えようと、ジーンズ姿や長髪の若者は依然として怪しまなくてはならない存在であるという一般参賀の「質」を教えてくれるとともに、天皇への「不敬」行為を公安当局がどれほど恐れているかも物語ってくれている。

だが、実に逆説的なことだが、不可視の天皇に対して瞬間的にでもぼくらの側から能動的に関与できるのは、唯一《ゆいいつ》、犯罪的な「不敬」行為をおいてほかにないのではないか。バッジと補聴器でそれとわかる私服に取り囲まれながら、その思いを強くした。戦後において「不敬」とは、天皇ならびに皇室への関与の意志であり、飢えたる者として、学生として、兵士の息子として、あるいは見捨てられた者の子孫としての《天皇よ、あなたはいったい誰なのか》という根源的な「問い」でもあった。

ぼくはこの参賀の日から一年の間にひとつの「旅」をした。空間的には北海道から沖縄まで、歴史的には戦後三十年。

プラカード不敬事件（昭和二十一年）、京大天皇事件（二十六年）、パレード投石事件（三十四年）、パチンコ狙撃《そげき》事件（四十四年）、皇居発煙筒事件（四十四年）、天皇面会未遂事件（四十五年）、皇居突入事件（四十六年）。かりにぼくがそう名づける、天皇をめぐる一連の事件の犯人たちと会うための「取材行」だった。

あなたにとって天皇とは何であったのか。天皇に対して、なぜ自分の心情を「犯罪的」な行為でしか表現できなかったのか。そしてその行為は、天皇とあなたに何をもたらしたか。

その問いだけをもって、歩き、訪ねた。ある人は口をつぐんだ。ある人は口ごもり、ある人は熱っぽく語り、ある人は扉をはさんで向かい合ったまま、ついに顔を見ることさえできなかった。「旅」の一応の終わりを迎えて、深い疲労感とひとつの疑問が残った。

「不敬罪」はほんとうに消滅したのだろうか。

宮廷記者として著名であった藤樫《ふじかし》準二の『皇室事典』には、次のように記されている。

「不敬罪（ふけいざい）……戦前の刑法規定では天皇、皇后、皇太后、皇太子、皇太孫、皇族、神宮、皇陵に対して、不敬の行為をなすことによって成立した罪をいう。不敬行為の重軽にもよるが、懲役二月以上無期および死刑という厳罰だった。太平洋戦争中の三年間（昭和十七―二十年）内務省警保局で取り扱った全国的の不敬罪件数は二百九十件に達した」

そして、

「今日の法規にはこれに該当する罪名はない」

とある。確かに六法全書で刑法の頁《ページ》を繰ってみればわかる。第一編「総則」、第二編「罪」。その第二編の冒頭に存在していた不敬罪の条文は削除されている。

第二編「罪」

第一章　削除〔皇室に対する罪に関する規定〕(昭和二二法一二四号)

第七三条乃至《ないし》第七六条　削除（昭和二二法一二四号）

現行の刑法上で「不敬」の文字が見えるのは、第一八八条「礼拝所不敬・説教等妨害」の一カ所だけである。神祠《しんし》、仏堂、墓所などに「不敬ノ行為アリタル者」は六月以下の懲役・禁錮《きんこ》または五十円以下の罰金に処す、というのだ。

昭和五十年七月、海洋博開会式のために沖縄を訪れていた皇太子夫妻は、ひめゆりの塔近くで火炎ビンと爆竹を投げつけられた。とりわけ火炎ビンは五メートルという至近距離からのものであり、当らなかったことが奇跡的といわれるほどのものだった。夫妻の二メートル横で炎上。投擲者《とうてきしゃ》は沖縄解放同盟の二人の男だった。ところで、検察庁はこの二人を起訴するにあたって、かなり悩んだといわれる。結局、罪名は一八八条「礼拝所不敬」罪にすることで一致した。一説によれば、かりに殺人、傷害未遂や暴行罪で起訴すると、被告側から「皇太子夫妻をなぜ召喚しないのか」と責めたてられるかもしれないので、およそ犯罪の本質とずれた、しかし累《るい》が決して皇太子夫妻に及ばない一八八条を選んだといわれる。不敬罪がなくなったための苦肉の不敬罪というわけだ。

確かに、法律上は不敬罪がなくなった。しかし、戦後の天皇をめぐる事件史の主人公と会いすすむにしたがって、それは果してほんとうなのだろうかという疑問が芽ばえてきた。もし消滅しきっているのなら、彼らが背負わねばならなかった異様な荷の重さを、どう解釈したらよいのかわからなくなったのだ。

この旅は二年前にも企てられたが、途中で挫折《ざせつ》していた。ぼく自身に粘り強さがなかったためもあるが、より大きな原因はなぜこの旅をつづけるのかという心情的な強い支えがなかったことによる。たとえば大江健三郎は「戦後世代のイメージ」というエッセイを、まず天皇について語るところから始めている。しかし、ぼくら、少なくともぼくは「戦無派のイメージ」を天皇から語り始めるわけにはいかなかった。戦無派などという言葉には何の実体もないが、かりに存在するとしてもそれは天皇との位置で特徴づけられるものでないことは確かだった。「不敬列伝」は、職業的興味以上のものではなかったのだ。しかし、二年前、この企てを放棄したことを知ると、ふだんは仕事のことに決して口をはさまぬ母親が《それは、ほんとうによかったわ》といった。冗談や慰めでいっているのではなかった。心から安堵《あんど》しているようだった。戦争ですべてを失ない、幼い姉たちを抱えて戦火の中を逃げまどったであろう母親に、仕事の中絶を《よかったわね》といわせるのは、いったい何なのか。

そのときはじめて、「天皇」に立ち向かい、その結果「天皇」に追われた人々を訪ねる旅に強い執着を覚えるようになった。そして再び、横浜、京都、伊那《いな》、神戸、高崎、宇部、沖縄……と歩き始めたのだ。

2

飯米獲得人民大会—「食糧メーデー」は雨あがりさつき晴れの十九日宮城前広場でおこなはれた。……アカハタの歌を高唱しつつ続々つめかけた勤労組織大衆、そのなかにまじる未組織の大衆、赤ちゃんを背負ひ、子供の手をひいた母親の姿も目立って多い。都立四中、都立三高女生徒等五十名ぐらゐの一団が教師の指揮棒でメーデー歌を絶叫する姿もある。

（朝日新聞 21・5・20）

国鉄横浜駅のひとつ手前、東神奈川で下車して五分ほど歩くと、キャバレーの真裏に日本共産党の看板が見えてくる。

真裏といっても、その語から受ける「ウラサビレタ」印象はまるでない。「躍進」共産党にふさわしく、地上四階建ての新築ビルに日本共産党神奈川地区委員会はある。「食糧メーデー」に一枚のプラカードを書き、それが不敬罪に問われた、その主人公、松島松太郎《まつしままつたろう》は、三十年を隔てた今、意外にも日本共産党の神奈川地区委員長をしていた。

約束の時間に行くと、代々木の委員会に出ているとかで一時間半ほど待たされた。そして代々木から戻ってきた松島松太郎は型どおりのあいさつがすむと、突然、彼のほうから口を切った。

《話をするのはやめておきます》

三十年前は戦闘的な労働組合のオルグだったというが、今、ぼくの前には白髪の多い静かな表情の学究肌の人物がいた。

《あなたの取材には応じないことにします》

松島はそう繰り返した。どうしたというのだろう。電話で連絡をとったときには、

《何も恥ずかしいことをしたのではないから、広く知ってもらうのは構わない》

といっていたのだ。この態度の急変は、代々木で何らかのクレームがつけられたためとしか考えられなかった。

《あなたの説明によると、私のやった行為が天皇にパチンコ玉をぶつけたり石を投げたりしたことと同じレベルに並べられるようだ。ミソもクソもいっしょにされてはたまらない。断わります》

ぼくには「ミソもクソも」という表現がどうしても納得できなかった。食糧メーデーに関する取材はあきらめたが、彼の拒絶の論理をもう少し聞くことにした。

《要するに、ああいうトロツキストのようなハネ上がった行為とわれわれの行動とが、同じだと見られるのが困るんです》

　この硬直した公式的な物の見方には、彼が三十年前に書いた「詔書」のパロディー精神が無惨《むざん》にも死に絶えていた。ひとつの組織で三十年も生きるということの意味は、そういうことなのかもしれなかった。

　戦前の不敬騒動は大きく二つに分類できる。虎《とら》ノ門《もん》事件の難波大助《なんばだいすけ》のような「直接行動」と、天皇機関説の美濃部《みのべ》達吉に代表される「筆禍」である。前者が能動的な確信犯だとすれば、後者は思いもかけず巻き込まれてしまったという場合が多い。この二分法は戦後においても有効なようだ。昭和三十五年に発表された深沢七郎「風流夢譚《むたん》」（中央公論）、三十六年戸田光典「御璽《ぎょじ》」（教育評論）、同じく大江健三郎「政治少年死す」（文學界）などは明らかに「筆禍」をこうむっている。「筆禍」事件が戦前と変化した点は、かつて社会科学関係の論文が多く血祭りにあげられていたのが、戦後はほとんど小説だということである。変わらないのはその祭司が常に民間右翼だということだ。

　このレポートで取り上げる事件は、すべて戦後におきた「直接行動」事件だが、しかし戦後天皇事件史の第一頁を飾るプラカード不敬事件の松島松太郎を、そのどちらに分類するかはきわめてむずかしい。食糧メーデーという一大示威行動へ参加しているという意味では「直接行動」だが、罪に問われたのがプラカードの字句だったという意味では「筆禍」に近い。しかし、いずれにしてもこの事件によって、戦後の社会に不敬罪は存続しえないということが確認されたことは事実である。もちろん、法律上は、ということだったが。

昭和二十一年五月。三月ごろから悪化しつつあった食糧事情が、戦災と四十年来の大凶作に挟撃《きょうげき》されて最悪となり、五月はそのピークに達した感があった。

五月十二日「米よこせ世田谷区民大会」の名のもとに集まった数百人が宮内省にデモをかけ、前代未聞《みもん》のことだったが赤旗と共に皇居内に入り込んだ。そして《天皇の台所を一切公開しろ、宮廷内の食糧を人民管理に移せ》と迫った。

参加者の主力は、戦災者住宅の住人であり、当時、その住宅の周辺にはカエル一匹棲《す》んでいないといわれるほど悲惨な生活を送っていた。百人余りが、「天皇の台所」に入った。そこには彼らが日常的に決して口にできない種類の食糧があった。宮内省職員用百二十人分の麦飯が皿に盛られていたが、天皇の残飯とかんちがいした人々が群がり、争うように食べた。台所の黒板には、翌日の皇族会の夕食献立表が書いてあった。

「お通しもの─平貝、キウリ、ノリ、酢の物

おでん—種物、ハンペン、ツミイレ、大根
さしみ—マグロ、わさび
からあげ—ヒラメ
御煮つけ—竹の子、ふき
みそおでん—ねぎ、さといも
　他二品」

「サンデー毎日」に連載された「戦後民衆史の現場をゆく」によれば、この黒板を見て台所に入った二人のオカミさんが言い合っていた、という。
《配給ですかね、これ》
《もちろん、ヤミですよ》
《だって天皇陛下がヤミをなさるはずありませんでしょう》
　この日は、十四日に天皇の返事をもらうことを約して引き揚げるが、その十四日に天皇の回答は得られない。そして十九日。飯米獲得人民大会=食糧メーデーが開かれた。代表のひとりが《いまこそ街頭の闘争から革命は始まった!》とアジる。四谷の小学生、橋本実らと共に、世田谷区民大会に参加した婦人が壇上に立った。
　当時、シカゴ・サン紙の特派員として日本に来ていたマーク・ゲインは『ニッポン日記』の中で、この永野《ながの》アヤメを「やせた平凡な女で、明瞭《めいりよう》に栄養不足だった」と書いている。

「永野アヤメさんが赤ちゃんを背負った黒のモンペ姿でマイクの前に立つ。『おかゆをすすり、野草の団子を食べてもお乳は出ない。これ以上の苦しみを誰に聞かせたらいいのか』と語り出すと背中の赤ちゃんが火のついたように泣き出した。アヤメさんは一層声をはりあげて語をつぐ。『私たちは天皇のために父や夫を喪《うしな》った。私たちの親である天皇に私たちの窮状を聞いて頂くために宮城に行った。私たちは裏切られた……』このあたり満場水を打ったように静まりかえる」

これは翌日の朝日新聞の描写だ。地の文章の妙に芝居がかったところが気になるが、語られている内容にはかなりの真実があったはずだ。だからこそ、松島松太郎の書いたプラカードはある共感をもって迎え入れられたのだ。

「詔書
国体はゴジされたぞ
朕《ちん》はタラフク
食ってるぞ
ナンジ人民
飢えて死ね
ギョメイギョジ」

当時、二十九歳の松島松太郎は港区にある田中精機工業という航空機部品メーカーに勤める事務員だった。昭和二十一年一月に共産党に入党している。関東労協のオルグとして、さらには関東食糧民主協議会の中心メンバーとして、軍が隠匿《いんとく》していた食糧、衣服などを、自らの言葉によれば《野良犬の如《ごと》く嗅《か》ぎつけては》押収していたりした。メーデーの前日、戦災で焼け残った襖《ふすま》を半分にして、その裏や表にいろいろなメッセージを書きなぐった。「詔書」はその中の一枚だった。しかし、書き終わったあとも、それを人が持って歩いたときも、「縦二尺五寸横三尺七寸」のそれが、あとで何らかの問題になるとは夢にも思わなかった。そのプラカードを持ってデモに加わった浦部竹代は、現在、名古屋に在住する主婦だが、こう回想する。

《いまからみるとちょっとひどすぎる表現ですが、あのときはデモする人も見る人も、同じなのはただ空腹の恨み。不思議なことにすごく自然な表現だったと思うんです。クスクス笑いがおきたり、あるいは拍手されてましたから》

問題の「詔書」の裏面にはこう書かれてあった。

「働いても働いても
何故《なぜ》私たちは飢えているのか
天皇ヒロヒト答えよ」

その答えは「不敬罪」だった。これらのプラカードの文句が新聞やラジオによって広がり、全国的な流行語になっていくのを、政府は放置しておけなかった。後にレッド・パージで勇名をはせ、公安調査庁長官になった吉河光貞検事が、不敬罪を死守すべく「悲愴な覚悟」で起訴する。一審の裁判長は五十嵐太仲。彼は後に弁護士に転身し、東京弁護士会の会長をすることになる人物だ。

その彼を有楽町のオフィスに訪ねると、

《もう三十年も前のことだが、よく覚えている。それに忘れようにも忘れられん。毎日あの建物を見ておったらな》

そういって第一生命のビルを指さした。かつてGHQがあった所だ。この裁判は、GHQのきびしい監視下に始められた。

《なにしろプラカードという言葉すらみんな知らない時代でね。裁判所では「宣伝用携行式看板」と但《ただ》し書きをつけていたよ》

五十嵐には、ポツダム宣言とマッカーサー声明によって、不敬罪の客観的条件は消滅したと考えられた。だが、間もなく発表されるであろう日本国憲法には「天皇は象徴」とある。この精神を先取りしていくと、「名誉毀損《きそん》罪」がふさわしいと考えられた。親告罪だが天皇が直接告発できない以上、検事をその代理人と見なしてもよかろう。

《私は、この裁判を通して象徴天皇制というものを、先取りし定着させようとしたんだ》

だから、マッカーサーが、《あんな裁判はアメリカなら一回で終わりだ》と圧力をかけてきたにもかかわらず、何回も公判を重ねたのだという。十一月、判決は検察側の「不敬罪」と弁護側の「正当な政治批判・無罪」という両主張を退け、「名誉毀損罪」による懲役八月と下された。双方とも満足せず、さらに上級審で争われたが、大赦による「免訴」という被告側に不本意な形で終幕を迎えた。

この裁判を通して不敬罪は消えていくが、象徴天皇制下の天皇批判に一定の歯止めをかけることに成功する。政府は、この裁判の経験から、名誉毀損罪のような親告罪でも、天皇に限っては内閣総理大臣が代理人として告発できるように法律を改変していく。「免訴」という終幕によって松島松太郎はニュースの表舞台からは姿を消すが、この事件を踏み台に日本共産党内の階段をひとつひとつ登っていった。彼はこの事件で「負債」を背負わなかったばかりでなく、ある意味では「財産」を残したといえよう。普通であればマイナス札でしかないものをプラスに転化できたのは、戦後の「不敬」史の中で松島が唯一《ゆいいつ》の例外である。神奈川県地区委員会副委員長から委員長へ、そして中央委員会准《じゅん》委員から中央委員へと組織の階段を登りつめていった。共産党の全区立候補の神奈川要員として、国会議員に何度か立候補したこともある。彼は、実に、三十年もの間、「党」に忠実でありつづけたのだ……。

松島松太郎は、他の事件の主人公たちと「ミソもクソも」同じに扱われるのがいやだ、といった。いったいどこが違うというのか。ぼくは少し強い調子で反論した。松島は物わかりの悪い奴《やつ》だというような苦笑いを浮かべて、こう答えた。

《トロツキストのはね上がった行為は、警察権力を強大にするばかりです》

それは、パチンコ狙撃《そげき》事件でもプラカード不敬事件でも同じことではないか。

《いいですか。階級闘争は進歩勢力が強くなれば反動側も強くなる。これは古今の法則です。確かに、私たちの食糧メーデーで反動も強まった。しかし、それ以上にわれわれの陣営は伸びたんです。パチンコ玉は漫画だが、私たちは歴史の発展法則にかなった側に立ち、先を見通す洞察力があった》

松島は、すべては階級闘争への貢献度で計られるといった。では、天皇に対する個人的な「思い」はどうなるのか。もし天皇への「不敬」が、何らかの意味で人びとに突き刺さり問いかける力を持つとしたら、それはまずその「思い」の鮮烈さによるのではないか。

《思いとやらも結構。でもね、天皇をコンチキショウと思ってボコボコやれば、敵に利用されるだけですよ。……そういう人たちの未熟で幼稚な方法と意志を、私たちの手で伸ばして組織に結集し導いてあげればいいと思っています。そうすることによって彼らも正しく生きられる》

啞然《あぜん》としたのは、彼が心の底からそう信じているようだったからだ。

坂口安吾は昭和二十三年に書いた「天皇陛下に捧ぐる言葉」という随想の中で、このプラカードが有名になったのは、天皇が依然として、「朕」という奇妙な言葉を使っているからだと述べた。確かに、プラカードが「私はタラフク食っている」なら、あれほど人口に膾炙《かいしゃ》しなかったろう。しかし問題は、その奇妙な語感を誰もが鋭敏に把《とら》えられるわけではない、ということだ。かつて松島松太郎は見事に把え、天皇という巨大な存在を茶化し、だから一片のプラカードによって批評することができた。……しかし今、その松島は「偉大なる党」を礼賛し拝跪《はいき》してやまなかった。

《私などもオッチョコチョイなところがあるが、幸い正しい見通しを持った組織があったおかげで、ここまできた》

松島は「負債」を背負わなかったが、もっと大事なものをどこかに担保としてとられていたのかもしれなかった。

3

関西巡幸中の天皇陛下は二日目十二日午前九時大宮御所を御出門……同一時廿分京都大学をご訪問になった。陛下が京大にお着きになると校内に群がっていた約三千の学生が、一せいになだれ打って本館表玄関に殺到、約数名が〝平和を守れ〟の歌やインターを高唱「大山郁夫を迎えよ」などのプラカードを立てて気勢をあげた。

（毎日新聞　26・11・12）

かりに、京大天皇事件を少しばかり荒っぽく裁断すれば、重要なポイントは二つの点にしぼられる。「公開質問状」と「平和の歌」だ。そのそれぞれに大きな役割りを果したのが、理学部学生だった中岡哲郎《なかおかてつろう》（神戸外語大講師）と経済学部学生だった米田豊昭（桃山学院大講師）である。

中岡哲郎とは京都で会うことになっていた。京都の国際会議場で、フランスの社会主義者G・マルチネを迎えてのパネル・ディスカッションが開かれていた。そこに中岡も日本側のパネラーのひとりとして出席していたのだ。

会が終わって、中岡を探した。やっとつかまえた彼の顔には、疲労の色が濃くあった。矢つぎばやに質問すると、しばらくじっと考えこんでから、

《勘弁してくれますか》

といった。

京大天皇事件とはどのような性格の「不敬」事件であったのか。天皇が京大に来なければ何も起こらなかった。こちらから天皇に向かっていったのではない。あの事件は天皇のアクションに対する、単なるリアクションにすぎないんですよ》

当時一回生だった大島渚《なぎさ》（映画監督）はそう理解している。

アクションに対するリアクションといえば、ある意味では、戦後の「不敬」事件はほとんどがそのようにして起きている。横田耕一（九大助教授）によれば、戦後の象徴天皇制は四つの時期に分けて考えられるという。第一期は「天皇制」の動揺と「象徴天皇制」の成立（敗戦から新憲法の制定まで）。第二期は象徴天皇制の定着期（憲法施行から一九五二年の講和条約発効まで）。第三期は象徴天皇制の開花（独立から安保闘争まで）。第四期は象徴天皇制の再編（安保闘争以後）。いささか「学者の好きな語呂《ごろ》合わせ」といった趣もないではないが、戦後の皇室の歴史を参照してみると、確かに、それぞれの時期にエポック・メーキングな出来事が生起している。

一、人間宣言（昭和二十一年）
二、地方巡幸（二十一年—七年）
三、皇太子結婚（三十四年）
四、新宮殿造営・落成（四十三年）

天皇・皇后訪欧（四十六年）

これらはすべて皇室とその周辺が、戦後の象徴天皇制に順応しようとした努力の結果である。しかし、皇室にとって不運であったのは、この行為に対して常に予想外の事件が伴ったことだ。強烈なリアクションがあった。人間宣言は食糧メーデーに武器を与えることになったし、皇太子の結婚は投石事件を生み、新宮殿の落成はパチンコ狙撃事件や皇居発煙筒事件を誘発し、訪欧は皇居突入事件や汚物投棄事件をひき起こした。

京大天皇事件は、地方巡幸という戦後の皇室のもっとも大きなイベントに対する、ひとつのリアクションだった。だからといって、まったく偶発的な出来事だったというのではない。

昭和二十六年は、前年のレッド・パージ反対闘争と翌年の火炎ビン闘争にはさまれた、大学における学生運動の「冬の季節」だった。反戦運動すらままならない米占領軍の圧迫、そして「逆コース」、レッド・パージ。当時の学生運動家は心理的に鬱屈《うっくつ》させられていた。京大でも例外ではなかった。そこへ天皇の巡幸がふってわいた。いや、ふってわいたわけではない。年中行事化していた巡幸が、その年、京都、奈良を中心に行なわれることになっただけなのだが、しかし、それは講和問題がらみの政治的な選択ととれないこともなかった。巡幸は、講和・安保の両条約の国会審議中に行なわれ、条約の天皇による認証が、途中の奈良でなされるように仕組まれてあった。

「御巡幸」される側のうち、大学当局は天皇の通路の分だけ壁を白く塗り変えたり、舗装したりして待ち構えていた。一方、京大の学生自治組織である同学会は、それらに反発するとともに、大学側の《学生たちはきっと何かひきおこすだろう》という思い込みにしばられる。《歓迎はしない》という程度だったものが、《何かやらなければならない》ところに追い込まれてしまった、という。同学会の戦術会議は遅々として進まず、やっと天皇来学の数日前に公開質問状を天皇に対して出すことが決まる。

そのころ、単に反戦ビラをまいたかどで占領軍の軍事裁判にかけられ、重労働三年、罰金千ドルを宣告されていた学生がいた。京大同学会準機関紙「平和の戦士」で常に救援を呼びかけられていた、学生運動家の中のシンボル的存在だった、その小野信爾（花園大教授）に訊《たず》ねると、彼はこういった。

《私は刑務所に入っていたので、事件の当日のことはよく知らないんです。だけど、京大天皇事件の実質というのは、結局あの名文ひとつだったんですよ》

この章の冒頭に掲げた新聞記事は一行も触れていないが、京大天皇事件の重要な意味はこの「名文」、つまり公開質問状にあった。これを起草したのが当時理学部学生だった中岡哲郎だったのである。

「私達は一個の人間として貴方《あなた》をみる時、同情に耐えません。例えば、貴方は本部の美しい廊下を歩きながらその白壁の裏側は法経教室のひびわれた壁であることを知ろうとはされない……」

という書き出しで始まる質問状は、質問というよりむしろ要求だった。天皇よ、貴方が人間ならば、人間になったのなら、いついかなる時にも「人間としての道理」を忘れないでほしい。道具としてでなく、人間として生きてほしい……。通常のアジビラと異なる低いトーンで書かれたこの文章は、「わだつみ世代」の天皇観のひとつの見事な典型であった。

当日、同学会代表は質問状のとりつぎを要望したが、服部学長は《学生は子供だ。大切なお客様に会わせるわけにはゆかぬ》と断わった。

天皇はやって来、出て行った。

ただ天皇の車が、両側に学生のいる細い道を通って玄関に到着したとき、学生の間から「平和の歌」の合唱が不意におこった、そのことがひとつの事件だったにすぎない。それも、学生たちで事前に決められていたことではなかった。外にいた毎日新聞のニュース・カーが「君が代」をがなるように流したことに対する、自然発生的な抗議の歌声だった。しかし、それを直接の契機として、警備の警官たちが大量に介入してきたことによって、歌声は一層高まることになった。その最前線に同学会委員をしていた米田豊昭がいた。天皇の空車を学生は取り囲んだ。警官と学生がもみ合う形になった。

同学会の委員たちは学生と警官との衝突を避けるため、《学生諸君さがってください、警官諸君さがってください》と叫んだ。米田豊昭もまた、これ以上になると大事件になるかもしれないという不安で、《ひかせろ、ひかせろ》と双方に向かって怒鳴りつづけた。

《あとで新聞に天皇の車の上に土足で乗ったと書かれて迷惑しましたが、勢いに押されてバンパーの上に乗ったんですよ。そうして、同学会、さがってください、と叫んだんです》

衝突はおきなかったが、会議室での教授による「御進講」中も歌声はやまなかった。天皇は、警官の守るなかを、「平和の歌」に送られて去っていった。出て行くとき、気勢をあげる学生に向かって、天皇は機嫌よくソフトを振っていたという。

正門で何かあったらしいというので、吉田分校から出かけてみるともうその騒ぎは終わっていた。まさか、それが京大をゆるがす大問題になろうとは夢にも思えなかった。のちに京大から放学処分にあい、さらに『日本人にとって天皇とは何であったか』を書くことになる松浦玲《れい》（歴史学者）はそういう。それは守衛室の屋根にのぼって成り行きをながめていた小松左京（作家）も、《お願い》と大書されたプラカードの傍《そば》にいた大島渚も同じだった。

この一連の出来事を、「不敬」事件に仕立てあげ、大きな政治問題としたのは、まず新聞だった。その急先鋒《きゅうせんぽう》は京都新聞だったといわれる。「革新の灯」であるはずの蜷川《にながわ》新京都府知事のコメントは、《私の母校である京大生にそんなアホな学生がいるとは思わぬ》というものだった。政府が動き、国会で問題にされた。この程度の事件が大問題化したのは、山本明（同志社大教授）のいうように《利用された》からである。大学に介入する格好な種だったのだ。「暴力学生」キャンペーンに追いつめられた大学側は、当日、五日後に同学会中央執行委員八人を無差別、無期の停学処分にした。その中には、当日、獄中にいた者まで含まれていた。やがて、同学会が解散に追い込まれる。ところがいつの間にか学生側の闘いの方向は《大学の自治を守れ、服部学長を守れ》というぐあいにそれていく。中岡はそれに失望し、しかし一方で米田は再建同学会の委員長になっていく……。

京都国際会議場で中岡哲郎から話をきこうとすると、《勘弁してくれますか》といった。

中岡は疲労しているようだった。この会に来る前に大学で部落問題について討議していたのだという。単に肉体的な疲労ばかりでなく、これからさらに天皇についてしゃべるのが《辛《つら》すぎる》ともいった。そういうと黙り込んでしまった。

《じゃあ、ひとつだけきかせてください。今、中岡さんは天皇をどう思っています》

仕方なく、直截的《ちよくせつ》なあまり上手でない問いを投げかけた。中岡はしばらく考え込んだ。

そして口を開いた。あれを読んでくれましたか。あそこに私の天皇への思いは尽きているんです。しゃべるとよく伝わらない気がするんです。勘弁してくれますか、とまたいった。

中岡が「あれ」といったのは「朝日ジャーナル」に連載された戦後の学生運動を証言するエッセイ群の中の一篇である。そこで、彼は二つの「敗北」について語っている。ひとつは戦前の小学生時代。彼が友人と天皇のうわさ話をしていたときのことだ。ひとりの友人が幼い彼に訊《たず》ねる。

《あのなあ、天皇陛下でも×××しはるやろか》

彼は答える。

《きまってるやないか。そんなら何で皇太子殿下が生まれはったんや》

彼の精一杯の「合理主義」の表現だった。いつもは従順で、御真影を盗み見ることすらしなかった彼が、そのような「合理主義」に駆られたのは早熟で大人っぽい友人に笑われないためだった。

《うわあ、ものすごいこといいよる》

ところが、真っ先にはやし立てたのはその友人だった。彼は恐ろしくなって、家に逃げ帰ってしまう。事情をきいた母親は神棚にロウソクをつけ、

《さあ神様に、ぼくは悪いことをしましたといって、おがみなさい》

といった。母親のいう通りおがむと、つきものがおちたように恐怖心がなくなった。これが彼にとって「理性の徹底への試み」の最初の敗北だった、という。二番目が京大事件だった。天皇という理性の貫徹を許さない一角がこの日本に存在し、それに人びとも大学も屈してしまった。いや学生すら「学生の自治を守る」という形で敗北していったのだ。

以後、中岡は、火炎ビン時代の激しい学生運動をくぐり抜けたあとで、さまざまな職業を転々とする。夜間高校の教師にもなり、民間会社にも勤めた。そして現在、大学の講師となっていた。

今、天皇をどう思うのか。——長い沈黙のままついにその答えはえられなかった。だが、その沈黙にこそ、彼がこだわりつづけたそのこだわり方が物語られもしていた。四半世紀を過ぎた今も、天皇は自己の内部の敗北と密接に絡《から》みあった、話すのが「辛いんですよ」という存在でありつづけたのだ。

一方、再建同学会の委員長になった米田豊昭は、現在、京都に数十人を擁する都市計画事務所を開いて、その所長になっていた。経団連の理事、桃山学院大の講師もしている。東京にも事務所を持っている彼とは、赤坂の喫茶店で待ち合わせた。

《私は中学三年までこの戦争に勝てると思っていました。アジアの解放のためにという戦争の理念に感動していたんです。戦争が終わってがっくりしたと同時に、空襲に怯《おび》えず電燈を自由につけることができるようになって、はじめて自由というもののありがたさと生命感をひしひしと覚えたものです。しかし、戦争が終わってかなりの時が過ぎるまでは、天皇の写真が載っている古新聞をどうしても燃やすことができなかった。

朝鮮戦争が始まって、あの戦争直後の自由の感覚は二度と失ないたくないと思いました。とても強くね。天皇が来ることになった時、私たち学生の態度は、歓迎もしないが拒否もせずということでしたが、ひとつの偶然が事件を作ってしまった。結局、大学を抑えつける材料として権力側に利用されたということだと思います。事件後、私は大学の自治を守ることが優先すると思いました。だから服部学長を守れという考えに賛成したのでした。

その当時、天皇はあの自由の感覚を失なわせる象徴でした。少なくとも私にはそう思えました。天皇に対する抗議の行動が誤っていたとは思えない。今の私でも、同じ状況なら同じ行動をとると思います。しかし、天皇に対しては、今では少し違う考えを持つようになりました。仕事の関係から農村地帯で、土地改良をやろうとすることがあるんですよ。すると、実にやりにくいんです。困ってしまう。それはたぶん、地主勢力がいなくなったために、リーダーシップをとる中心的な担《にな》い手が村に存在しなくなったためと思えるんです。名家層というか、篤農家《とくのうか》という家々が、実は、水利とかの土地利用計画に大きな影響力があったのです。必ずしもすべての部分が否定さるべき存在ではない。

集落の中には、外から見て非合理とみえてもそれなりに有効な民主主義があったわけですよ。そんな例にぶつかると、一概に天皇の存在を否定できないような気がするんです。ふだんは必要ないが、あるとき、急に必要に迫られるときがくる存在というものがあってもいいような気がする。タブーの必要性のようなものを感じてならないんですよ……》

同じ昭和二十六年十一月十二日の京大正門から歩み始めて、二人はかなり遠くへ隔たってしまったようだった。

だが、この二人のいずれもが京大天皇事件を支えた核の二つの典型だったことに違いはない。

二人はまったく異なる道程を経て、同じ大学講師という職に辿《たど》りついた。しかし、聞けば、退学停学になった同学会中執たちも、《可哀《かわい》そうだ》という教授連の同情もあって、就職その他ではほとんど困らなかったという。

「世間」に負けて処分を発した京都大学自体がひとつの壁となって彼らを守ってくれたといえる。

《あの事件は京大でなければおこらなかった。京大だから天皇が来たのだし、京大だから世間に非難されたのだと思う。処分された人たちが、他の事件の主人公とちがって、みな一定の地位を得ているとすれば、それはやはり京大だったから、というよりほかな

いでしょうね》

と大島渚がいう。京大天皇事件が、戦後学生運動史の一頁《ページ》という以上の衝撃力を、いま持っていないとすれば、原因はそのあたりにあるのかもしれなかった。

4

十日午後二時三十六分、二重橋から出て祝田橋《いわいだばし》方面に向う皇太子ご夫妻の馬車に投石、さらにかけよってのり込もうとした少年は、暴行現行犯として丸ノ内署の調べを受けているが、同夜は身柄を留置された。この少年は、およそ十メートル離れたところから、馬車をめがけてコブシ大の石一個を投げたので、妃殿下ははっと驚き皇太子さまといっしょに座席の右側に体をすくめられた。

（朝日新聞　34・4・11）

それぞれの事件の主役で、会いたいと思い懸命に探しもしたが、なかなか行方がつかめなかった人物が二人いる。ひとりは、後に述べる皇居発煙筒事件の金井康信であり、他のひとりは、この事件の「少年」中山建設《なかやまけんせつ》であった。「不敬」事件を起こした結果、その主役に待っていたのは、何であったのか。少数の例外を除けば、行動を起こす以前には思いもよらなかった性質の「困難」だった。

たとえば食糧メーデーの当日、永野アヤメらと共にトラックの上に登り《米がないので学校に弁当を持っていけない。給食してください》と語っただけの、いわば事件の脇《わき》役《やく》である四谷小学校の五年生、橋本実すら多くの苦難を強いられている。彼はすでに四谷に住んでいなかったが、彼の行方を探す過程で知り合いから聞こえてきた《あのアカの先生にそそのかされたアカの子ね》という言葉の中に、彼がそれ以後こうむらなければならなかった苦難の質が透けて見える。同じように、食糧メーデーの、必ずしも主役ではなかった永野アヤメもまた事件以後、想像を絶する悪戦苦闘を強いられた。

彼女が食糧メーデーに参加し、発言したのは、戦前に教師をしていたことと無関係ではない。

別府高女を出たあと教師の資格を得て、彼女は大分県下でしばらく教鞭《きょうべん》をとった。上京し、戦時中は荒川区の青年学級に勤めた。昼間、大企業で働き、夜、学ぶという若者たちが生徒だった。女生徒の家庭科を担当したが、ときに男生徒の国史、公民科も教えた。生徒たちに「皇国のために働け」と教え込んだ。その生徒たちは戦地に赴き、そして死んだ。戦争が終わって、彼女は自分自身が戦犯になったような気がして衝撃を受けたという。夫と死別し、幼い娘を女手ひとつで育てなければならなかったが、どうしても再び教師になる勇気は湧《わ》いてこなかった。なるべきではないと思えた。その《陛下さまは、何でもいいから「けじめ」をつけてほしかった。そのころうわさのあころうわさのあった、一カ月どこかのお寺にこもられる、そんなことでもよかったから……。でも天皇はなさらなかった》

だから食糧メーデーで《天皇に裏切られた》と叫んだのだ。しかし食糧メーデーのあともいっこうに食糧事情はよくならなかった。仕方なく実家のある別府に戻った。就職しようとしたがすべて断わられた。《あんなことをした女は傭《やと》えない》というのだった。《アカだ》ともいわれた。勧めることを断念し、細々と洋裁を始めた。戦前に教えていた女生徒が《これを食べて》と持ってくる野菜などで、やっと一息つくという日々がしばらくつづいた。だが、故郷はやはり居づらかった。何年かして再び東京に出た。このころになってやっと「アカ」という言葉が向けられなくなった。

現在、六十歳。娘を嫁がせ、一人暮らしをしている。築地《つきじ》の魚河岸《うおがし》で魚介類販売の仕事に従事している。周りにはもう昔のことを知る人はいない。やっと落ち着いた生活ができるようになった。《まだまだ働かなくちゃ》といって彼女は笑ったが、笑うと若々しい顔に似合わぬ深いシワが目立った。

永野アヤメはようやく「天皇」から逃れることができたが、いつまでたっても追われつづけた者もいる。「投石少年」の中山建設だ。

パレード投石事件の事件そのものは単純で明瞭《めいりよう》なものだった。

昭和三十四年四月十日、「皇太子御成婚パレード」が、皇居二重橋を渡り祝田橋のほうへ大きく曲がった直後、女性週刊誌によれば「運命の午後二時三十七分」、灰色の背広を着た若者がコブシくらいの石をつづけて二つ投げた。ひとつは皇太子、妃の乗っている馬車の、菊の紋に命中した。その馬車の右後部に立っていた飛田善之助（元宮内庁《くないちよう》掌車係）は、てっきり手榴弾《しゆりゆうだん》が飛んできたかと思った。若者は馬車めがけて突進して来た。馬車によじのぼり美智子妃に手をのばそうとしたとき、追いついた警官にひきずり降ろされた。同時に、彼を捕えようと群衆の中から飛び出してきた私服二人も、仲間と間違えられて逮捕された。その若者が当時十九歳の中山建設だった。身柄は丸ノ内署に置かれ、拘留は五十日の長期に及んだ。精神鑑定の結果、精神分裂症ということになった。中山が後に語ったところによると《分裂症と認めればすぐ出してやる》といわれてサインしたという。二年間の保護観察処分つきで、長野の実家に戻ることが許された。

なぜ彼がこのような挙に出たのかについて、マスコミ各社はほとんど同じような解説を加えた。

「彼は昨年三月長野県伊那北高校を卒業、クリスチャンにあこがれて同志社大学を受験したが失敗、そのまま新宿にあるNガソリン・スタンドに就職した。ところが『わずか十六人しかいない店でも労働争議の権利はある。組合を作るべきだ』と主張、入社した翌日からアジビラを作るなど、目に余る行為がたたって同年八月クビになった。このころから彼の挙動は極端に変ってきたという。……こうした過激な息子を持つ母親は絶えず心配して、『どんな苦労があっても、父の遺志をついで大学だけは出てくれ』とさとし続け、彼も早大と中大を受験したが、結局、両方とも失敗し、最近は予備校もサボってブラブラしていた」(「週刊新潮」34・4・27)

マスコミは、地方から出てきた受験生が、受験失敗の腹いせにやったと印象づけようとしていた。世間もそれで納得した。――事件の概略と結果はそれがすべてである。すべてであるはずだった。しかし、彼の故郷が伊那郡長谷村という古い農村にあったことから悲劇的な事態が生じた。

中山家は、建設の父、金吾の時代に村長をつとめ、畑も山林もある村の名家だった。金吾は次男が生まれたとき、大東亜建設にちなんでその子に建設という名をつけた。建設と書いてそのままケンセツと読ませる。金吾はすでに亡《な》かったが、このような家だったからこそ、建設の行動による衝撃は激しかった。

まず、事件前に決まっていた姉の縁談が、先方からの強い申し出によって破談となってしまった。小学校の教員をしていた兄は、辞職した。教育委員会からの要求はなかったといわれるが、真面目《まじめ》な性格の彼には辞めざるをえない雰囲気《ふんいき》ができてしまっていた。

母に伴われて長い拘留を解かれ故郷に帰って来た日の夕方、兄は建設を連れて一軒ずつ歩いて回り、村中の人々に謝罪した。村の名誉を汚したからというのだ。兄が必死に頭を下げているのに、彼はどこ吹く風だった。村人は少し反感を覚えた、という。しかも、その二日後、長野市に出て、講演会へやって来ていた石原慎太郎に《四月十日にあれをやったのはぼくなんです。だれかにぼくの気持を聞いてほしかった》と会いに行った。それを知った村人は《保護観察中でありながら》とまた反発した。

当時、村の駐在所にいて保護観察中の中山建設の「受け持ちさん」だった松尾正己によれば、《少しばかり英雄気取りんとこがあったな》ということになる。事件から一年後の成人式でのことだった。やはり恥ずかしくて来られないかなと思っていると、式の終わりごろに現われて、あたかもスターであるかのようにさっと村長などの前に行き自分から酌をしてまわっている。それを見てそう感じた。

《でも、建設があれをやったのも、ひとつは、自分の高校の伊那北高校が火事で焼けてしまったのに、国はロクに金も出してくれねえで、父兄が苦心して集めなくてはならなかったということがあるのさ。それなのに何十億もかけて御殿を作ったり、パレードやったりというのが我慢できなかったそうなんだ。それで村の衆もいくらかは、「あれの気持もわからないでもない」というふうに思ってたよ。天皇制とかなんとかむずかしいことは抜きにしてな。でも、村の衆から見ると、あれだけの騒ぎを起こして、あまり反

省してないように見えたのではないかな》

しかし、成人式での彼の態度を「スター気取り」と受け取ることもできるが、別様に解釈することも可能だろう。もしかしたら、それは若者の一種の照れ隠しだったのかもしれない。そのときの二次会で、中山建設は盛んに《わかってほしい、わかってほしい》と松尾にいいつづけたという。

中山建設にとって不運だったのは、十九歳の若者の行為に対して外界から向かって来る鋭い「世間の視線」を共にはね返してくれる存在がいなかったことだ。彼の周りのすべての人が、世間に「恐れ入って」しまった。やがて彼は故郷を離れていかざるをえなくなる。

たとえば、第二の投石事件とでもいうべき日光駅頭事件のS・Aと比べてみると、中山の不運という意味が明らかになるだろう。

日光駅頭事件というのは、昭和四十七年一月、皇太子夫妻が冬季国体へ出席するため日光を訪れたさいに起こった。夫妻を乗せた車が東武日光駅に到着し、まず美智子妃が降り立ったとき、群衆の中からひとりの少年が、凄《すさ》まじい勢いで突進してきた。ほとんど美智子妃がはね飛ばされる寸前に、側衛員の警部によって少年は押え込まれた。現場近くには爆竹が散乱していたという。少年は足利《あしかが》市に住む定時制三年の十八歳。中山建設とほぼ同じ年ごろの事件だった。彼は二年間の保護観察をいい渡されるが、やがて一年に短縮される。現在、少年は家からサンダル工場に通っているが、彼が家や故郷から離れずにすんだのは、たぶんに父親のおかげがあった。足利市で洋服修繕業を営む父親は、息子の事件で、決して世間に「恐れ入ら」なかった。足利市に少年を訪ねると、父親がまずこういったものだ。

《息子は以前からレーニンだとか毛沢東だとかの本を読みあさっていた。それらしい人物がよく訪ねてきては、長い時間、政治問題について話し込んでいたもんです。あるいはそういった連中にそそのかされたのかもしれません。しかし、たとえそうであっても、人様に迷惑をかけたとしても、最後に自分の信念で行動したのならそれもいい。政治がこれだけ腐敗して、正直者ばかりが損するような社会に対して、どうにかして反抗したいというのはむしろ自然なのではないかと思っております。若者ならばね。それが行動になって現われるかどうかです。

事件のあと、毎日毎日、寒い中を躰《からだ》の不自由な私も警察に通わされました。こういう事件が起きて辛い思いをするのは、本人よりも家族なんですよ。二年間くらいは地元の刑事たちが家の周辺を嗅《か》ぎ回っていた。そのたんびに表に跳び出して、あの人らに叫んだもんです。おかしいと思うなら、納得いくまで調べてくれてかまわん、出るところにはどこにでも出ていくぞ、ってね》

もちろん中山建設とＳ・Ａの違いは、父親だけが理由ではないだろう。二つの事件には十三年という年月の開きがある。そして、何よりもパレード投石事件は有名すぎた。日本人の過半が、テレビ中継によって目撃してしまったのだ。中山建設という名は知らなくても、「投石少年」というだけで、多くの人が事件を思い出してしまう。その頃小学生にすぎなかったぼくにも、テレビに映ったあのシーンはきわめて印象的だった。不意の出来事が起きたにもかかわらず、アナウンサーがそれを無視し、決められた予定原稿を読み上げていった奇妙さとともに、強く記憶に残っている。

この事件は、個人が個人の想念によって個人で皇室に対して行動を起こしたという意味において、戦後「不敬」史の画期をなしている。彼は、皇室に対する嫌悪《けんお》を犯罪的な行動でしか表現できなかった。そして、個人的な行為であった分だけ、個人がむき出しにされた。組織や仲間に守られることがなかった。

中山は、常に二つのものから追われつづけた。警察とマスコミだ。正月といえば刑事が現われ、職が変わったといえばまたやってきた。英国女王エリザベスが来るといっては、十五年も過ぎているのに警察から《どうしてる》と電話される。もちろん、これは彼だけのことではない。「不敬」犯のすべてが警察の執拗《しつよう》なマークに音をあげ、困惑していた。しかし、中山の場合、それにマスコミが加わった。

「その後の投石少年をたずねて」

これは昭和三十六年の女性週刊誌の題名だが、このような記事が周期的に繰り返される。故郷を離れても追われつづける。彼が決定的に世間から痛めつけられたのも、これらの記事が増幅する「投石少年」像が大きな役割りを果していたと思われる。いつからか彼と出版社とのトラブルが伝えられるようになった。取材に来た記者に灰皿を放り投げたというのから、勝手に記事にしたと会社に怒鳴り込んで来る、というのまでさまざまだった。中には金でトラブルを解決しようとした出版社もあった、という。それが、彼に可能な「追う者」への唯一《ゆいいつ》の反撃だったのだろう。

いくつかの職業と土地を転々としたあげく「東京」と「水商売」に落ち着く。しかし今ではその「水商売」をやめ、何か他の職業へ変わった。しかし自分の行為は今でも後悔していない。

《信じるままに、やったことだ》

ただ事件を知らぬ故郷の姪《めい》や甥《おい》に迷惑をかけたくないと思っている。――いくつかの週刊誌を総合すると、そういうことだった。職を変えるたびに警官が職場に顔を出す。すると周囲の人の視線がガラリと変わる。その繰り返しだったともいう。

会うべきかどうか迷いに迷ったすえに、彼の行方を探してみようと決心した。彼の「思いのたけ」をできるだけ忠実にこのレポートにうつしたいと願ったからだ。

伊那に行った。彼の住所を訊《き》きたかったのだが、扉を固く閉ざして応じてくれなかった。会うには会ってくれたのだが、家族のだれもがわずかしか口を開かなかった。東京に戻り、探したがやはりわからなかった。あきらめかけたとき、ほんのちょっとしたきっかけで住所がわかった。新宿に近い私鉄沿線のアパートに住んでいたのだ。

二度ほど訪ねたが留守だった。三度目に戸の横に手紙を置いて来た。取材の意図、自分のこの事件に対する考え方などを書いて、毎晩でも来るからタイミングの合ったときでいい、会って話してくれないだろうか。そして、今まで自分が書いてきたルポルタージュを同封した。ぼくが書こうとしているものを少しでも理解してもらおうとしたためだが、その底には週刊誌の興味本位の記事とは違うんだぞという「奢《おご》り」があったかもしれない。だが、彼にとっては、たぶん、同じことだったのだ。

次の日、訪ねたがいなかった。その翌日、夜八時ごろ行くと二階の彼の部屋に電気がついている。「わかってくれたのかな」と喜び勇んで、アパートの中に入り、彼の部屋の扉をノックした。

《誰だ!》

中から苛《いら》立《だ》った声がした。一昨日手紙を置いていった者であること、話を聞かせてほしいということなどを、扉の外から口ばやに喋《しゃべ》った。しばらく間があって、

《今日は駄目だ》

と返事があった。いつならいいのか。ぼくは少し喰い下がった。長い間があって、中

からは、一層苛立った声が返ってきた。
《いつでも駄目だ！》
いつでも駄目だという彼の言葉には、強烈な憎しみが込められているような気がした。それも無理はないと思えた。こちらがいくら取材のための「条理をつくした」と考えていても、それは甘えにすぎないといえる。彼にとっては十把《じっぱ》ひとからげのマスコミの一員なのだ。おそらく、彼はジャーナリズムに載ることで、ただの一度も得はしていまい。彼の言葉に込められた憎悪は、ぼくとその背後にある「追う者」すべてに向けられていたにちがいない。
そのあとは、いくら声をかけても返事はなかった。部屋の中からは、ナイター中継のアナウンサーが熱狂して叫んでいる声だけが流れてきた。

5

新年の一般参賀でにぎわった皇居で二日、ベランダにお立ちになった天皇陛下めがけてパチンコ玉をとばした男が皇居警察護衛官に逮捕された……。午前十時、両陛下が初めて長和殿ベランダにお立ちになった時、「万歳」の声にまじって「ピシッ」というもの音がするので、

皇居警察護衛官が人ごみの中を探すと、ゴムパチンコを持った中年の
男が「四発うった」と名乗り出た。
(朝日新聞 44・1・3)

新聞の記事ではほとんど何の意味もわからない。正確には、その男、奥崎謙三《おくざきけんぞう》は一般参賀の群衆の中から、天皇に向かって四発のパチンコ玉を撃ったのだ。そのとき、数回、
《おい山崎! 天皇をピストルで撃て!》
と叫んだ。事件の真実はこれがすべてである。だが、その「パチンコ玉」と「叫び声」の間に隠されたもうひとつの真実が明らかにされたのは、その年も十二月になってからだった。

事件の直後、まず一月十三日号の「女性自身」は、「〝おれがやった〟と名乗りでた犯人」と題して、偏執的妄想《もうそう》狂の犯行という視点から新聞よりやや詳しい第一報を流した。しかし、それから一年後の十二月二十七日号になると、「〝天皇御一家に対する暴行犯〟との獄中会見記」と題して、なぜ彼、奥崎謙三が天皇をパチンコで狙《ねら》ったかについての詳細な事実を再度フォローし直した。これはある意味で女性週刊誌だからこそできた、いわば「ストリート・ジャーナリズム」の栄光をになっている。この「シリーズ・人間」という企画によって、はじめて皇軍兵士による天皇狙撃《そげき》という視点が提出されたか

らだ。投石事件の場合と比較すると、いかに「ストリート・ジャーナリズム」が両刃《もろは》の剣《つるぎ》になりうるかの、例証にもなっている。

この報道以後、事件に深い興味をいだいた作家・井出孫六の何回かにわたる論述によって、しだいに奥崎謙三の思想と行動の重さが明らかになる。やがてその井出や、三一書房の編集者・石田明などの努力によって『ヤマザキ、天皇を撃て！――皇居パチンコ事件陳述書――』が上梓《じょうし》される。

これを読んで、同じ出身地、同じ生年であった丸山邦男（評論家）は「奥崎兵士の戦前戦後の生き方と自分との落差に打ちのめされ」てしまった、とまで述べなければならなかった。

奥崎謙三の存在が衝撃的だったとすれば、それはまず、彼が皇軍の元兵士であり、しかもニューギニアの暗い密林を無惨《むざん》な姿で敗走しながらほとんど奇跡的に生還した人物だった、ということである。

奥崎は大正九年、兵庫県の明石《あかし》市に生まれた。小学校を出ると大阪の口入屋の世話で木綿問屋に小僧として住み込んだ。それから数年間、さまざまの商店を転々としたあと、十七、八歳から貨物船の見習い水夫となる。昭和十六年に岡山工兵隊へ入隊し、その年には、中国大陸で戦闘に参加せざるをえなかった。しかし、この時代に、すでに彼の基本的な考え方は固まっている。たとえば、内務班で無意味に殴られることがある。

「私は殴られながら、『何故《なぜ》このように殴られなければならないのか？』と疑問を持ち、進級できなくても殴られない方がよいと思い、殴られている途中に立ち上がり、だまって炊事場の方へ出ていきました。そして、もうこれから先は誰にも殴らせないと固く決心しました」

奥崎は決心し、部隊の恥を外部に出したくないという上官の発想の逆手をとってそれを通すことに成功する。やがて中国大陸から東ニューギニアへ向かわされる。

「私たちは敵が圧倒的に優勢になった昭和十八年の四月初めにニューギニアのハンサに上陸してから毎日、爆弾、銃撃、雨、泥、飢餓、疲労の連続でした」

敗走する過程で次々と仲間は傷つき、病に冒され、落伍《らくご》していく。発狂した者もいる。奥崎もマラリアにかかり、熱っぽい躰《からだ》をひきずりながら逃げていたが、ついに敵に遭遇し、手と大腿部《だいたいぶ》に被弾し、指はちぎれそうになった。

「私は、自分の生命があと何日もないと考え、日本に続く海まで行って塩水を呑《の》み、見晴らしのよい場所で死を待とうと決心しました」

しかし、「幸運なこと」に彼は敵の捕虜となる。敗戦後、日本に送還されるが、彼は少しも嬉《うれ》しくなかった。日本で貧しい生活を強いられた彼にとって、生涯で最も物質的に恵まれたのが、俘虜《ふりょ》として病院に入れられたときの生活だったからだ。離れ離れになった戦友たちは死んだ。落伍した同期兵を探しに行った優しい山崎上等兵も死んだ。みんな死んでしまった。だが、奥崎謙三上等兵は生還する。

「私は、日本に生きて帰ることに、背中に何か目に見えない重荷をいっぱい背負わされたような重苦しい感じがしました。……その罪悪感から少しでも解放されるためには、何か得心のいく、人間的な行為をいつかする必要があるような気がしつづけていました。それが何であるのかは、はっきりと自分にもわかりませんでした……」

そして、それが天皇を撃つことだと理解できるまでに二十年以上かかることになる。

奥崎の存在が衝撃的だったのは、その行動においてパチンコを用いたことにもあった。彼がパチンコを選択したのはほぼ偶然といってよいが、パチンコ玉のもっている象徴性が、考えようによってはピストルの弾丸より人々に衝撃を与えた。敗戦後四半世紀にしてはじめて登場してきた、確固たる信念と憎悪をもって「天皇を撃つ」者に、パチンコは充分ふさわしかった。

なぜ彼は天皇を撃ったのか。

南の島と海に虚《むな》しく死んでいった戦友たちの慟哭《どうこく》と怨念《おんねん》を背負って、二十五年目の慰霊祭を靖国《やすくに》神社ではなく、皇居でそして天皇を撃つという行為で行ないたかったのだ——というひとつの理解の仕方がある。しかし、それはあまりに美しすぎる。そしてあまりに理解しやすすぎる。間違ってはいないが、ほんの少し奥崎謙三の実像とは喰い違っている。何度となく奥崎と会い、話しているうちにそう思うようになった。

彼は、神戸駅近くでバッテリーを商っている。タクシーの運転手に行先を告げると、

《ああ、あの、ガラス戸に妙なことをたんと書いてある店だっしゃろ》

と答えたりする。彼の店には、確かに、ガラスといわず窓といわず達筆な筆文字でさまざまな文章が書き込まれている。いわば、これは彼の「悟り」を記した経文なのだ。

「権力に対する服従は神に対する反抗である」

この文句は「神軍」と大書された彼のライトバンに掲げられているものだ。

彼の風貌《ふうぼう》は、どこか彼の著書の表紙に描かれた幽鬼のような皇軍兵士と似ている。水と食糧を求めさまよう兵士の姿に、である。瘦《や》せて頰がこけ眼が落ち窪《くぼ》んでいる。眼は一点から動かず、話しているとその落ち窪んだ眼の中に吸い込まれてしまうのではないかという恐怖心を覚えることもある。あるいは、水でなく食糧でなく、得体のしれぬものを求めつづける幽鬼なのではないか、と思えることもあった。彼は話すことに飽かなかった。一晩中話しつづけてもまだ話し足りないようだった。

《死んだらアカン。生きて帰りィ》

と出征するときにいった彼の母親は、よくこう呟《つぶや》いていたという。

《お前という子は、よくしてくれた人にはひどくよくするけれど、悪くした人にはひどく悪くする》

彼の行動は、この母親の息子に対する理解の仕方で、よりよく納得できる部分が多い。彼がことを起こそうとしたのは、常に「悪くした人」に対してであった。

ニューギニアで捕虜になる。そこからの引揚げ船の中で、日本人船長が食糧の横領をしているのを見つけ、ハサミで船長の腹を刺してしまう。また、内地に帰り商売を始めた彼に不正を働いた不動産屋を、ナイフで刺し、死に到《いた》らせてしまう。彼は常に我慢をし、忠告もし、一度は耐えるが、何度目かに行動を起こす。ひとたび動くと、それは徹底しすぎるほどのものになる。母親のいう「ひどく」ということになってしまう。このことにはさまざまな判断が人によってあるだろう。あるいは、彼らの行為に対して過大すぎる制裁という人もいるだろう。

奥崎は、不動産屋殺しの罪で、昭和三十一年から十年間の刑期を務める。そして、その十年間こそが彼の初めて持つことのできた、静かな思索の時だった。

「私は、復員前から捜し求めていた、民衆の本当の敵の正体は……人間性に反した天皇や天皇的なるものによって象徴される現在の社会構造であることを、殺人後にようやく突きとめることができました」

天皇こそが、すべての「悪くした人」の背後にいる、もっとも憎むべき存在と思い込むようになったのだ。天皇と天皇的なるものを根絶するということが、行動のすべての基準になった。「天皇的なるもの」とはあいまいないい方だが、彼にとっては、不幸・

不和・不自由を生み、再生産しつづける「仕組み」そのものなのである。獄中で、彼は真剣に「天皇と天皇的なるものを根絶した理想社会とはどういうものか」について考えた。やがて、その結果、彼はひとつの「悟り」を開く。

《あなたは信じるかどうかわからないが、私は釈迦《しやか》やキリストやマルクスが決して理解しなかった真理を獲得した。信じないのは構わないが、世界でだれも知らなかった真実を私がつかんだという事実は変わらない》

しかし、ぼくには彼が必死に説明してくれる「理想社会」がどうしてもよく呑み込めなかった。奥崎は酒も煙草《たばこ》ものまない。交通事故に遭《あ》ったりすると《昨日、成人映画なんかを見たりしたからだ》と感じるような異様にストイックな人物である。彼の構想する「理想社会」もなぜか彼に似て禁欲的で、しかも彼がもっとも嫌っているはずの画一主義で満たされているような気がした。彼が一度「理想社会」について話し出すと憑《つ》かれたようになかなかやめようとしなかった。聞いていることに疲れて《オレはとてもじゃないがそんな社会に住めやしない》などと放心したように考えていると、不意に《もういやそうだから、話すのをやめようか》といったりしてギクリとさせる。彼はきわめて細心で敏感だった。その敏感さが一点にギリギリと集中されてしまうと、これはまさに「強圧的」になる。

奥崎の妻しずみは、彼が獄中にいる十年間にひとつの信仰をもっていたが、刑を終えて出てくると、彼はその信仰を持ちつづけることを許さなかった。天皇にパチンコを撃つ直前、彼女の持っていた仏壇と彼自身の両親の位牌《いはい》を焼き捨てた。両親への最高の供《く》養《よう》は、天皇ならびに天皇的なるものを廃絶することなのだ、と信じたからである。

「私は天皇の名によって行なわれた戦争のために死んでいった戦友たちや、何百万人もの無辜《むこ》の人々のことを考えますと、天皇の犯した罪は万死に値するものと確信しておりましたから、天皇を殺すことによって、天皇や天皇的なるものがなくなり、すべての人物が恒久的な真の平和、自由、幸福が得られるとしたならば、私は死刑になっても喜んで天皇を殺したいと思っていました。しかし、天皇は悪因の現在の社会のシンボルであると同時に、最高の悪果でありますから、いくら私が死刑を覚悟して殺しても、その悪因である現在の社会があるかぎり、また天皇や天皇的なものが、次から次へと現われてくることを知るかぎり、ニューギニアから拾って帰ってから、人を殺してなお生かされている償却ずみの私の生命ではあっても、そんなむなしいことにむざむざと生命を捨てる気には毛頭なれませんでした」

　彼が撃とうとしたのは、まず第一に彼が「悟った」真理を人々に伝えたかったからだ。彼は「天皇の息子が結婚をした日」に、その馬車に投石をした少年が出たことを、獄中で知る。天皇に対する殺意を失なった彼は、石を投げるか、おもちゃのピストルを射つか、発煙筒を焚《た》くか、カンシャク玉を鳴らすか、爆竹をはぜさせるかして、世間にアピールし、それを足がかりにして自分の考えを人々に問うことにした。

出所後、天皇が初めて一般参賀の国民に直接応《こた》えることになったのが、昭和四十四年の正月だった。それまで新宮殿造営のためにバルコニーに立つことが数年の間中止されていた。奥崎は正月の一日に新幹線で東京に着き、ホテルで一泊したあと、二日の朝、皇居へ向かった。天皇がバルコニーに姿を現わしたとき、パチンコ玉を一回に三個、つづいて一個発射した。周囲の人が自分の行為に気がつかなかったので、彼は大声で叫んだ。

《おい山崎！　天皇をピストルで撃て！》

山崎上等兵は彼と同じく岡山から入隊して共に初年兵教育を受けた同期兵だった。彼もまたジャングルの中でどのように死んだかわからない。「山崎」とは天皇に捨てられた無数の無名戦士の代名詞でもあった……。

確かに、彼は無辜の戦友を慰霊するために天皇を撃ったかもしれない。しかし、それ以上に、彼は彼自身の「理想社会」の伝道師だったのである。彼は、前者の要素を強調されることで広く知られるようになったのだが、それは現在の奥崎謙三を腹立たしくさせているものでもある。《私は世界の真実を理解した》と語ると、彼に会いに来た新左翼の学生や進歩派の人物は当惑する。南の島から生還した一兵士の、天皇制への「怨念」を聞きに来た若者たちは、呆《あき》れて帰ってしまう。

《このあいだもHとかいう有名らしい人が来て私にいいましたよ。元兵士としての奥崎謙三は理解しようと努力するが、理想社会だの、世界の真理だのという奥崎は理解する気がしない。私は別に理解されなくても構いませんがね》

彼は、パチンコを撃ったということだけに「感動したがる」インテリを激しく軽蔑《けいべつ》しているようだった。彼にとって、もっとも重要なことはその次のステップにあった。「感動したがる」インテリは、要するに、奥崎を理解したいようにしか理解しようとしなかったのかもしれない。

しかし、彼がどのように難解で、大方の人々には「馬鹿《ばか》ばかしいだけ」の概念を振り回したとしても、彼の著書に描かれている、兵士として、生活人としての記録の価値は少しも減殺されるものではない。一人の市井人《しせいじん》が、天皇という存在に対してどこまで透徹した認識を持つことができたかの、稀《まれ》な記録であることに変わりない。

奥崎はいつ訪ねて行っても決していやな顔をしなかった。土曜日の昼、店に坐《すわ》り込んでストーブにあたりながら話していると、得意先から電話がかかる。配達に行くバンの助手席にぼくを乗せてまたしゃべった。得意先での奥崎は物静かな、予想以上にすぐれた商人だった。奇妙な車に、奇妙な店、主人の奇妙な行動。にもかかわらず、このように商売が充分にできているのは彼の人徳なのかもしれない。そういえば、石田明がこんな話をしてくれたことがある。石田は、『ヤマザキ、天皇を撃て！』を出すために尽力した編集者だが、三一書房をやめて二月社という小さな出版社をやろうとしていた。その石田に、奥崎はポンと百万円を渡し、著書の版権まで与えてくれた。彼の著書はベストセラーにはならなかったが、持続的に売れていくタイプの本だった。しかも百万円という金は奥崎のような商人にとって決して少ない額ではない。「よくしてくれた人にはひどくよく」という彼の行動原理がいまだ生きつづけているのだろう。

そのとき、奥崎は石田にこういった。

《あんたは、商売というものがよくわかっていないのではないかと思うが、頭を下げるときにはしっかり下げなくては駄目ですよ》

この、生活人としてのしたたかさ、バランス感覚、そして優しさと、彼の行動者としての想念の激しさ、独特さと、どう折り合いをつけていいのか、奥崎と話しながら、しばしば迷った。

だが、この二つを合わせ持っているからこそ、「不敬」を働いた主人公の中で唯一《ゆいいつ》といっていいほど、持続的に「天皇ならびに天皇的なるもの」と闘いつづけられるのだともいえる。今でもなお、奥崎は、正月になると自分のバンを駆って参賀の人波の前に立つ。そして彼は静かな熱を込めて話す。

《天皇的なるものから解き放たれよ……》

と。

6

午後零時十七分ごろ、両陛下がお立ちになっている時、若い男が参賀会場後方で長さ約二十センチの発煙筒をたいた。近くにいた人たちが驚いて逃げたところ、男はもう一本の発煙筒に火をつけ逃げた。
（朝日新聞　44・1・3）

《……はじめは、爆弾を用意していたんですよ》
男がやっと重い口を開いた。一時間あまりもしゃべったあとで、といっても一方的にぼくが質問し、彼が《ええ》とか《いいえ》とか返事をしていたにすぎないのだが、そのあとで初めて彼のほうから語りかけてきた。
ぼくは高崎市の郊外にあるアパートの一室で、彼、金井《かない》康信《やすのぶ》と向かい合っていた。彼の母親がいれてくれた茶をすすりながら、どうしても話は跡切《とぎ》れがちになった。隣りの部屋で、息を殺して聞き耳を立てているだろう母親の気配が、ひしひしと伝わってくるからだった。何年間も無事でそっと暮らしてこられたのに何で今ごろ、という困惑の表情が、用件を伝えたときの母親の顔からうかがえた。にこやかに応対してくれたが、口元に怯《おび》えのようなものが走ることがあった。
《なぜ爆弾の計画を放棄したんです》
《計画段階で大島さんがブルってしまってね。そんなのは危険すぎるといって。年寄りだから無理もなかったんですけど……》
金井は淡々とそういった。

昭和四十四年一月二日のことである。当時二十三歳の金井康信は、一般参賀にきた国民に応えて新宮殿ベランダに立った天皇に向けて、発煙筒に火をつけた。黄色発煙筒からは勢いよく煙が噴出したが、他の一本には点火しなかった。共同者は六十三歳になる大島英三郎《おおしまえいざぶろう》という老アナキストだった。二人はその場に次のようなビラをのこし、そのまま逃走した。ビラには「黒色戦線」の署名を入れた。

「……今みんな暮らしに悩むとき、人民の血税を搾《しぼ》って建てた豪華な新宮殿に君臨するヒロヒトさんは太平洋戦争の大罪悪の責任者として良心の痛みはないのでしょうか」

この日は新宮殿造営のために中止していた数年振りの一般参賀の日であり、また別の時間に奥崎謙三がパチンコを撃ったときでもある。翌日の朝刊には「陛下へゴムパチンコ、アナキスト？　の発煙筒騒ぎも」という見出しで四段の記事が出た。これを読んだ井出孫六は、二つの事件のうちパチンコ事件に異様なほどの興味、というより衝撃を受けたが、発煙筒事件にはほとんど関心がなかった、という。なぜならパチンコ事件には、一個人の深い内面的な営為と見てとれる部分が多いのに対し、発煙筒事件には、グループによるアジ宣伝という気配が濃厚だったからだ。

しかし、井出孫六に単なるアジ宣伝と思わせた発煙筒事件も、よく調べてみるとそれだけのものとしては収まり切れない不思議な点がいくつか存在した。

この発煙筒男つまり金井康信は、前橋市の自宅付近で九日に逮捕されている。その直後に大島英三郎も伊勢崎市の自宅で逮捕された。まず不思議だったのは二十三歳と六十三歳という年齢の結びつきである。左翼の活動にこのような二人組が現われてくること自体、奇妙だった。しかも、金井逮捕の記事にはその末尾に、四日朝、睡眠薬自殺をはかっているとさりげなくつけ加えられている。なぜ自殺する必要があったのだろうか。

他の事件に先立って取材を始めたが、なかなか金井康信の行方はわからなかった。

一方、大島英三郎に会うのは簡単だった。大島は伊勢崎在住の農民である。と同時に戦前からのアナキストとしてその方面ではかなり知られていたからだ。昭和三年には、反動内閣の倒壊、治安維持法などの悪法の廃止を求めて、日比谷公園近くで天皇に直訴したこともある。このときは、請願令違反に問われて懲役七月を言い渡されている。現在、七十歳になるが、日本アナキズム研究センター発行のパンフレット誌「リベーロ」

などにも、無政府主義文献の読書会を主宰していることが記載されている。出版活動も精力的で、古田大次郎、金子ふみ子、マラテスタ、クロポトキンの作品や、アナキズム関係のパンフレットの出版に力を注いでいる。連続企業爆破事件に対しては、「東アジア反日武装戦線の武闘は人類歴史の偉大な記録であり、アナキズムのおのずからの噴出であります。斎藤君らはアナキスト革命の可能性と正当性を、身命を投げ捨てて証明してくれたのです」

という七十歳とは思えぬラジカルなパンフレットをばらまいたりしていた。

読書会の会場に当てている東京でのアジトで、大島と会った。片眼が不自由なために、文字を見るためには二、三センチまで顔に接近させなくてはいけない。そのときの様子がある種の凄味《すごみ》を感じさせるほかは、平凡などこにでもいる農家の老人というような人物だった。菜っ葉服を着て、決して正座した腰をくずさず、低いしゃがれ声で話した。

《金井君とはその一年前に知り合いました。前橋市内の左翼関係の出版物をかなり置いてある本屋で知り合った。うちにも遊びに来てアナキズムの本なんかを借りていったりした。その頃、彼は工業高校を出たあと電鉄会社で組合活動なんかをしていたけど、しだいにアナキズムに魅《ひ》かれ始めたらしい。二人でアナキズムの活動をしようということになって、はじめて黒色戦線という名をつけたんです》

大島も共同者を得てうれしかったにちがいない。はじめての、しかも「弟子」という色彩の強い相手だったからだ。だが、金井は一人歩きを始めてしまう。東京のアナキストと付き合うようになり、やがて直接行動をしたいと思いつめるようになった。目標は天皇に絞られてきた。

《金井君のお父さんは、彼がまだお腹にいる六カ月目のときに出征して、シベリアからとうとう帰らなかった。もちろん、互いに一目も見ていないわけだし、お母さんは女手ひとつで苦労したらしい。そんなときに新宮殿の落成がありましてね。彼はどうしても天皇を許せない、と考えたようでした。彼は爆弾を使うといった。でもとめたんです。爆弾は危ないからやめたほうがいい》

爆弾が危ないというアナキストの言葉は滑稽《こっけい》に聞こえるが、大島は真面目《まじめ》だった。十九世紀の一発主義的な行動を是とするアナキズムと異なり、二十世紀のそれは人民の総蜂起《ほうき》にむけて不断の努力をつづける啓蒙《けいもう》主義が必要と考えていたからだ。連続企業爆破支援のパンフレットの中にも、自分はその手段を現段階でとることはできない、と前置きしてある。大島が発煙筒にするよう説得したのは、せっかく得た共同者を爆弾犯人にしてしまうことで失なうことを恐れたためだろうし、その日彼といっしょに行くことにしたのは、軽蔑《けいべつ》されることで、逆の意味から彼を失なうことを恐れたためであろう。

《天皇がベランダに出てきたとき、爆弾をやるといっていた金井君の方が狼狽《ろうばい》してしまい、予定の行動を満足にできないまま逃げなくてはならなかった。発煙筒を点火してすぐ足元に置けば、立ち昇る煙の中でだれともわからずビラをまけたのに、高く揚げてしまったからすぐ顔がわかってしまった。しかも、家に帰って自殺未遂をおこしてしまう。恐くなったんでしょう。私が、あれくらいなら犯罪にはならないといっていたのが、新聞に大きく報じられてしまって。逮捕されて取り調べられるに従って、私が主犯ということになってしまった。私が彼を使嗾《しそう》したというんです。警察は彼のお母さんをつかって脅かしたりなだめたりしたんでしょう。母一人、子一人ですからね。弱かったんでしょう。ついには裁判まで分離してしまった》

建造物侵入、火薬取締法違反で起訴され、大島英三郎は懲役四月、金井康信は懲役三月（執行猶予三年）と判決された。

大島が逮捕されて東京の拘置所に入っているとき、東大安田講堂の攻防戦で大勢の学生が入ってきた。その彼らに、皇居で発煙筒をたいたというと、いつもナンセンスと馬鹿にされたそうだ。現在も、彼が主宰する読書会に若い人がかなりやって来るが、やがて《こんなことをしていても仕方がない》とか、《武器を持って闘わなくては》といっては去ってしまう。大島は寂しそうにそういっていた。

《金井さんはどうしたんです？》

《彼は、結局、天皇制に敗北したんですね。事件を起こしたことを忘れようとして、それにみんなの眼から逃げようとして、なんでも、養子に入って女の姓に変えて、引っ越していってしまった。今どうしているか。さあ、知りませんね。調べればわかるかもしれないが、向こうが隠したがっているんだから……》

彼を探す過程の中で、天皇に対して事件を起こすということが、現代の日本においてもなおどれほどの重い荷を背負うものか、改めて知らされた。

事件後、金井母子は親戚《しんせき》中から絶縁された。婚約者がいたが破談になった。電鉄会社を馘首《かくしゅ》され、いくつかの会社の試験を受けたが採用されなかった。そこで彼は住所を転転と変えた。さらに住む都市も変えた。そして名前も変えた。名ではなく姓を変えたのだ。配偶者の死後、妻は旧姓に戻ることが法律的に許される。母と子が、シベリアで戦死した父の死後二十五年目にしてその法律を利用したのだ。大島が養子に入ったといっていたのは誤りだった。彼はまだ独身で母親と二人でひっそり暮らしていた。

線路づたいの暗い夜道を通って、何軒かのアパートを訪ね、やっと彼の部屋を見つけた。驚いたようすだったが、思ったより明るい表情で招き入れてくれた。訪ねた先々で、内向的で孤独な性癖だったという話を聞いたが、眼の前の金井康信は陽に焼けた精悍《せいかん》そうな顔立ちと、そしてやはり赤銅《しやくどう》色の太い腕が印象的な、笑い顔のいい青年だった。自動車の整備士をしているという。

当りさわりのない話のあとで、正月はどうです、と訊《き》いてみた。彼にはそれだけです ぐ理解できた。

《駄目です。どこにも行かれません》
　警察がマークしているためだ。何年たとうと常に警察は監視の眼をゆるめないが、とりわけ正月は強力にマークしてくる。……とにかく、この話から金井の口が少しずつほぐれてきた。断片的にだが爆弾のことまで出てくるようになった。
《父親はシベリアのどこで死んだのか、今もってわからないんですよ。……少年時代は貧しくて、やっぱり暗かったですね》
　思想的には東京の若いアナキストに影響されたこと、裁判を分離したのは大島を人間的にどうしても許せないことがひとつ起きたこと、それだけ訊き出すともう訊くことはなくなっていた。なぜ自殺しようとしたのか、それは善良そうで神経の細そうな母親と、彼のこまやかな心づかいを見ているうちに、わかるような気がした。彼は、法廷でかなり激越な天皇批判を行なおうとした。準備もし、文章にもした。しかし、結局それは発表されることがなかった。彼はそれを少し恥じているようだった。理由を訊きかけると、視線を襖《ふすま》の向こうの母親の方に向けた。《やっぱり？》というと、《そう、やっぱり》と彼もいった。自殺未遂の折の遺書には、母親にすまないと書いてあったらしい。
　アナキスト運動の理解者ということで、大島の証人に立った作家・埴谷《はにや》雄高《ゆたか》は、この遺書について戦前の転向と比較しつつ次のように語っている。
《ある行動を起こすということは、必ず、その人がある一定の理論的な方向をもって行動を起こすわけでありますが、その理論的な把握《はあく》が弱ければ理論的な把握以前に彼の魂を支配していたある種の権威、社会でも天皇制でも、父でも、母でも、いいんですが、それに、ある瞬間負けてしまって元へ戻るということはあると思います。Kさんの場合はわかりませんが、大いなる天皇制というものが胸の中に支配的であったのではないかと思います。これは、想像にすぎませんけれども》

確かに、大島英三郎は金井康信のような敗北はしなかった。大島に二度目に会いに伊勢崎に行ったとき、乗り合わせた車の運転手は、

《あのじいさんは有名さ。この村からちょっと出るのにも、おまわりが車で迎えにくるらしい。いろんなところから若え人が訪ねてくると飯を喰わせて小遣いまでやるそうだ。自分にはくれねえでって、ばあさんはこぼしてるそうだが》

といっていた。大島は知れ渡ることを恐れない豪胆さを持っていた。その日、大島は不在だったが、長男の嫁が愚痴まじりに話してくれた。二町歩弱の田を持っていたが、うち八反は大島が売り払った。だが、まだかなりの田持ちといえる。これをほとんど彼女とばあちゃんでやりくりしながら手入れをする。

《じいちゃんに、家の者はいい感じ持っちゃいない。自分は少しも働かないで、家長だからといってそのあがりだけ持っていって使っちまう。これだけの田んぼがあれば、よそじゃもっといい暮らしをしてるさ。じいちゃんは好きなことしてるからいいだろうけ

ど。ばあちゃんといつも喧嘩《けんか》してる。でも、酒も煙草《たばこ》も呑《の》むわけじゃなし、アレがなくなったら腑抜《ふぬ》けになっちゃうかもしれないけどね》

アレとはアナキズム運動を指しているわけだが《道楽と思えば仕方がない》といって彼女は苦笑した。出版その他の活動資金はすべてここから出ているらしかった。搾取《さくしゅ》に抗するべく闘っている老アナキストが、家庭内における搾取によって運動をつづけているという皮肉な状況がそこにあった。大島が、金井のように「天皇制に敗北」しなくてすんだのも、内部にミニチュアの天皇制を抱え込んでいたからだといえなくもない。

金井康信を訪ねた晩、最後に訊いてみた。その日、天皇の姿を見たか。

《はじめて見たんだけど、何の感慨もなかった。怒りとか憎悪《ぞうお》とかも湧《わ》いてこなかった》

何の気なしに仕事のことを訊くと、顔が綻《ほころ》んだ。

《やっと技術が身につけられて……整備士としての腕には自信があるんです》

現在の彼の明るさは、自前で生きていけるようになったというその自信にあったのかもしれない。

工場には昔のことを知っている人もいるが、別に平気だといった。やっと、「不敬罪」の追跡から逃れられるようになったらしい。……帰りがけに、ふと思いついて《結婚は？》と訊《たず》ねた。《ええ》といって、彼は少し照れた。《決まりかけているんですよ》それならば当然のことと思って《彼女はもちろんあのことを知ってるんですね》とぼくはいった。彼は眼を落とした。

《いえ、薄々は知っているかもしれませんが……》

まだ、らしかった。

昭和四十四年を境に、一般参賀に天皇一家が応じる長和殿ベランダには、防弾ガラスが取りつけられた。金井康信の点火した発煙筒は、天皇とその一家をガラスの向こうに追いやることができた。しかし、決定的に追放されたのは、彼自身ではなかったのか……。

7

十八歳の少年が香港《ほんこん》から中国へ泳いで密入国、四十一日間抑留のかたちで〝滞在〟したが、送り返され、十七日午後、羽田着のノースウェスト機でもどってきた。少年は中学校時代から中国にあこがれ、中国語の勉強をし貯金をためたうえでの「日本脱出」だったが、中国兵に帰国を説得され、若い冒険は果たせなかった。空港署、入国管理事務所とも、思想的な背景や、これといった法律違反は見当たらないとして簡単に事情を聞いて横浜の下宿先へ帰らせた。

（読売新聞　45・1・18）

戦後、不敬罪は消滅した。確かに法律的には不敬罪は消滅した。しかし、ある人々にとっては今もなお「不敬罪のようなもの」がこの現代の日本に存在している、といえるのだ。理由は二つある。

第一に、皇室に対して罪をおかした者への、人々の「視線」である。投石事件の中山建設も、発煙筒事件の金井康信も、故郷を離れて転々としなくてはならなかった原因は、人々の彼らに対する独特な視線だった。彼らのような確信犯でなくとも、たとえば林市太郎という人物が体験した小さな出来事によっても、その視線の独特さは理解できる。

昭和四十四年一月、当時いわき市に住んでいた林市太郎は、日曜を利用して調布に住む友人を訪ねた。酒を呑み、帰りの切符を買うために新宿駅に行った。すると人が大勢いる。皇太子夫妻が通るからだと改札口の駅員が教えてくれた。《あんたも見たらどうだい》という言葉にうながされて、夫妻が通るというホームに上がった。売店で買ったキャラメルを三箱にぎりしめていた。無性に皇太子にプレゼントしたくなったのだ。皇太子がやって来たとき、彼は二、三歩前に出て、キャラメルを渡そうと手を差し出した。

皇太子もそれを受け取ろうとして手を伸ばしかけた。——ここまでの話は、ぼくなどには暖か味のあるユーモラスなお伽話《とぎばなし》のように思える。しかし、その結末はかなり残酷なものだった。手を出すや否《いな》や、前後から数人の男が飛びかかり、着ていたオーバーが引きはがされるほどの勢いで叩《たた》き伏せられた。警察に連行され、新聞にも皇太子夫妻一行への闖入者《ちんにゅうしゃ》として報じられてしまった。すぐ釈放されたが、以後、なにかと警察にマークされる。

《どうして日本の警察はああしつこいんだろう。要するに暇なんだな。しょっちゅう三人ぐらいで来る。駐在は駐在で、オレがどこかへ行くたびに行く先をきくんだ》

彼もまた故郷には住んでいなかった。彼の行方を訪ねて、いわき市に行くと、名をいっただけで何人もの人が思い出した。

《あっ、あのヘンな……》

役場の女子職員は《あのフーテンおじさん》といって、行先を調べてくれた。彼は川越で夜警をしていた。

林市太郎がたぶん浴びなくてはならなかったであろう《あっ、あの……》という「視線」こそ、戦前の不敬犯を家族ぐるみで苦しめたものだった。

第二に、量刑の過重があげられる。かりに天皇以外の人物に、パチンコ玉をぶつけようとして、はたして奥崎謙三のように懲役一年六月の罪になるだろうか。しかも命中していないのだ。大島英三郎の場合も発煙筒をたいた罪で懲役四月が科せられている。これは過重すぎないのだろうか。もし、天皇、皇室ゆえの特別の量刑があるとすれば、形をかえた不敬罪ということになる。

たとえば徳丸《とくまる》修の場合でもそうだ。彼の行為に一年間の中等少年院送りは果して妥当だったのだろうか。

昭和四十五年五月十六日夜、彼は皇居の濠《ほり》を泳ぎ渡り石垣をよじのぼって、皇居に侵入した。彼は天皇に会うつもりだったのだ。会って、中国人に詫《わ》びよう、自分といっしょに土下座しよう、というつもりだった。吹上《ふきあげ》御所が見えるあたりまで忍び込んだが、ついに発見されてしまう。皇宮警察で調べられたあと、裁判にかけられる。そして岡山中等少年院に入れられることになってしまう。

この事件は新聞に一行も報じられなかった。この事件を知っているかと宮廷記者に訊《たず》ねると、《知らない。というのは春先になるとそういう輩《やから》が多く出る。だから、頭が変ではない連中も、「春先」ということで皇宮警察が隠密裡《おんみつり》に処理してしまうこともある。彼の件もその口で、表に出さなかったのだろう》という答えが返ってきた。徳丸修の場合ばかりでなく「表に出さない」ことが皇宮警察の第一方針なのだ。奥崎謙三がパチンコを撃ったさいも、逮捕するや警察詰所ではなく内部の奥深くへ連れていこうとしたので、とっさに逮捕に協力した宮廷記者までが《変じゃないか、どこへ連れて行く》と詰めよる一幕もあったといわれる。

徳丸修がなぜ皇居に侵入し、天皇に会おうとしたのか。それは彼の歩んできた十数年の人生の軌跡と密接に絡《から》み合っている。

彼は昭和二十六年に山口県宇部市で生まれた。父は宮崎の農村出身だったが、次男に分けてもらえる田畑もなく仕事を求めて宇部に流れつき、そこに住みついたのだ。大東亜戦争では志願兵として戦争に行き、南洋の島々を転戦した。戦争から帰ってきてからの父親はかなり狂暴な性格に変わっていた。やがて彼や弟たちが生まれるが、生活の貧しさから、父母はケンカばかりしていた。彼はそのケンカを見聞きしたくなかったが、狭い家だ、そんなときは仕方なくきつく眼をつぶり耳を抑えて時を過ごした。父親を殺したいほど憎く思った。そして家を早く出たいと願った。中学を出て船員になったが、希望はなかった。できることといえば実現不能な夢を持つことくらいだった。十七歳の時に《都会でデカイことをやりたい》と思って横浜に出て、日本鋼管の下請会社の臨時工になった。そのころからひとつの夢を実行しようと思うようになる。彼は中国に行きたかった。中国に行けば《一旗あげられる》ような気がした。彼にとって「一旗」とは、学歴も財産も家柄も関係なく働けるということだった。中国に行きさえすれば……。中国に行こう。当時、佐藤政権下の日中関係を考えれば、とても中国へは行けない。しかも移住など普通の人なら考えもしないだろう。だが、彼は香港から密入国しようと決心した。自分の気持を説明すればわかってくれ、住まわせてくれると思った。二十万円の金を貯《た》め、十一月、日本を離れた。所持品は「中国語会話」、雑誌「世界」「軍事研究」「国防」、トレパン、運動靴など。ここにも十八歳の少年らしい誤解がある。「軍事研究」などを持っていけば、つかまったときに、《小者じゃないんだぞ》という証明になるような気がしたという。また、中国に行けばと思った理由のひとつに《中国人はまだ商売の感覚が資本主義国の人間にかなわないから、自分がいけば成功できる》と思えたというのだ。

香港の上水《シャンスイ》から、ある夜、深圳《サムチュン》河を泳ぎ切って中国へ渡ることに成功した。自分から人民解放軍の兵舎らしきものに飛び込み《日本から来た》と告げた。予想に反して、彼はホテルのような所で軟禁されることになった。退屈していると「毛語録」を読めと通訳が持ってくる。《自分の目的と「毛語録」は関係ない》と彼は突っぱねる。何日かが過ぎて、このままではどうなるでもない、ひょっとしたら日本に送り返されてしまうかもしれないという不安に襲われて、そこからの脱出を決意する。夜、便所の窓からようやくのことで抜け出し、二百キロ先の広州へ向かって歩き出した。ところが不運にも道は反対の香港へつづいていた。再びつかまり、またひき戻される。

《逃げようとしたと受けとられたのがマズかった》というが、広州に向かっていたとしても事態はさほど変わらなかったろう。すっかり観念した彼は、いわれるままに与えられる「毛語録」や「毛全集」、あるいは「人民中国」などを読みふけった。そしてはじめて日本と中国との間にどのような歴史があったのか、決して中学校では教えてもらえなかった近代史が理解できるようになった。少なくとも、彼には新鮮な知識だった。年が明けた元旦《がんたん》、通訳やホテルの人、あるいは解放軍兵士らと庭で記念写真をとった。ひとりが《君は男前だな》といって他の人と笑い合う。みんななごやかでいい人たちだった。それは、今までの人生になかったほど和やかで楽しいひとときだった、と彼はいう。このひとことに、彼の歩んできた人生がいい表わされているともいえよう。しかし二十回にわたる取り調べの結果、強制送還されることになった。《本日より、本国を立ち去ってほしい》といわれたとき、泣きたくなるほど哀《かな》しかった。わずか四十日間の「移住」だった。日本に帰っても新聞の社会面に出ただけで、別に罰せられることはなかった。

それからの彼は、新聞の拡張員や肉体労働をしながら、少しずついろいろな本を読む生活をつづけた。とくになつかしさもあって中国関係の本を多く読んだ。その結果、彼にはどう考えても日本は中国に対して非道なことをしてきたと思えてならなかった。そしてその発見は自分自身をもチクリと刺す毒を持っていた。自分はほとんど何の考えもなく中国人より日本人のほうが優秀だと思っていなかったか。だからこそ、捕えられたとき《お前の通訳はへただ》とか《メシを持ってきてくれ》とか傲慢《ごうまん》に振るまったのではなかったか。日本軍が残虐《ざんぎゃく》行為をしている写真を見たりすると、恥ずかしさと怒りで涙が出そうになった。なぜ日本人は中国人に素直にあやまらないのだろう。天皇は中国人にあやまったことがあるのだろうか。「天皇陛下のために」という言葉が、少なくとも人を殺す理由として使われたとするなら、どうして詫《わ》びないのか。単純だが彼にとっては強烈な発見だった。天皇について考えていくともうひとつのことに気がついた。戦争に行ってすさんでしまった父親も、いちばん大事な青春の時を戦争だけで過ごさなくてはいけなかった。その空白が父親をあんなふうにしてしまったのではないか。そう気がつくと、どうしても天皇に会いたくなった。会って、あやまらせたかった。中国に向かって土下座をしてもらいたかった。そのときは自分もいっしょに土下座をするつもりだった。自分が中国から罰せられもせず帰ってこられたのも、そういう形で戦争責任を問わせようという、運命的な力が働いたのかもしれない、とも思った。

天皇誕生日に皇居へ行くと、天皇が手を振っていた。何と感情のこもらない手の振り方だろう、まるでいやいやではないか。

五月十六日、ナップザックを背負って夜の濠に飛び込んだ。ザックの中には、「毛語録」、登山ナイフ、ロープ、レボルバー式オモチャのピストル、笛、日記帳、図書館でうつした天皇に関するメモ、ブレザーコート、ネクタイ、北ベトナム国旗など。一見、支離滅裂だが彼にはみな意味があった。ピストルは、もしどうしても拒絶したらつきつけるつもりだった、という。

吹上御苑《ぎょえん》の近くまで来たが、あまりの警備の厳重さに、どうしても進めない。サーチライトに照らされ、警官が常に往来している。《天皇はまるで刑務所に入っているようだ》と思えた。

あとでわかったことだが、足元にはピアノ線のような糸が張りめぐらされていた。活路を見いだして動いたとたん、即座に十数人に取り囲まれ逮捕された。

山口に送られ、家庭裁判所で審判を受けた。少年調査官が《おまえの行動力はほんとに恐ろしい！》といったことが記憶に残っている。岡山の人里はなれたところにある中等少年院へ送られた。決定を不満として抗告したが却下された。少年院の院生たちは、中国密航のことは知っていたが、皇居侵入の件はだれも知らなかった。知らせないようにしていたのだ。

少年院で徳丸修がもっとも尊敬していたという教官のKに会おうとし、岡山まで訪ねたことがあったが断わられた。《退院した者について語ることはきびしく禁じられている》といった。そのとき、ひとつだけ《徳丸君の少年院送りは過重すぎなかったか》と訊ねると、《自分は過重だとは思わない》という答えが返ってきた。しかし、理由をただすと沈黙した。

四カ月後、徳丸は単独で脱走するが検問でつかまる。周囲の視線がつらかったが一年は辛抱しなくてはならなかった。一年後に「退院」し、宇部で暮らした。《ときどき、あんなことをしなければよかった》と思うこともあった。そのことを隠したいとも思った。

しかし、ある日、パチンコ狙撃《そげき》事件の奥崎謙三を訪ねていって、初めて納得することがあった。自動車や、店にまで天皇批判を書き連ねていた。別にだれにも隠していない。それがとてもラクそうに見えた。隠せば隠すほど周囲が気になるが、一度みんなに知らせたら、もっと自分の行為に対しいじけず自信が持てるのではないか。行為自体は少しも悪いことだとは思っていないのだから。

彼は「天皇よ、あやまれ！」という手記を書いた。それが「終末から」という雑誌に掲載されたのは四十八年のことだった。

徳丸修は、現在、東京大田区に住んでいる。彼と会ったのは、夏に長野の農家で働き、帰ってきて職を探している時期だった。

《夏休みだったんで東京を離れられたんですよ。はじめて農業をやって、朝五時から夕方七時ごろまでという大変な仕事だったけど、とても素晴らしかった》

夏休み？　と問い返すと、今、定時制の高校に通っているといった。二十四歳になってしまったが大学に行ってみたくなったのだともいう。

手記を書いたあとで父に会うと、ボイラーマンの父は《すまない気持でいっぱいだ》といったそうだ。《だれに対して?》と訊《き》くと、《みんなの人に》と答えた。それが彼にはうれしかった。

《テレビで天皇を見ることがあると、どうしても平静ではいられないんですよ、許せないっ》

話している時、天皇という言葉を口にすると、彼は少し興奮して拳《こぶし》を握りしめた。そのキラキラと動く彼の眼を見ながら、彼によく似た人物に会ったことがあるのを思い出した。横須賀《よこすか》で自衛官を取材した時のことだ。

《殺したいほど憎んでいる人はいるか、だれか。この人のためなら死んでもいいと思うほど愛している人はいるか、だれか》といういささかトリッキーな質問に、たったひとり、こう答えた少年がいた。

《いる、野坂参三。いる、天皇陛下》

冗談でないことは顔つきから理解できた。実に澄んだ美しい眼をしていたのでよく覚えている。一士、二士のいい加減な様子の自衛官の中では、とび抜けて優れたものを持っていそうな少年だった。そして、この答えは現在の自衛隊の中では異分子扱いされる態のものだったこともつけ加えておかなくてはならない。その少年と徳丸はよく似ていた。それを話すと、彼は笑った。

《でも、このあいだ右翼の人に、君の行動力は右翼のものだっていわれました。それに、ぼくは左翼の人があまり好きじゃない》

確かに、アメリカ訪問の前にまずアジアの戦地を訪れよ、中国・東南アジア・南洋群島を巡礼し死者に頭を下げよ、まず「天皇よ、あやまれ」と右翼の側から迫る人物が現われても、不思議ではない。

とにかく、彼はある一点で踏みとどまった。「不敬」を犯した者は、逃げれば逃げるほど追いつめられる。しかし一度踏みとどまると今度は追われなくなるのだ。彼の発見はそういうことだったかもしれない。

8

二十五日正午ごろ、東京・千代田区の皇居内、宮内庁に過激派学生とみられる四人がレンタカーで乗りつけ、発煙筒を投げるなどしたが、警護していた皇宮警察本部の警官に建造物侵入、傷害などの現行犯で間もなくつかまった。過激派学生が皇居内に侵入して発煙筒を投げたのは、はじめて。

(朝日新聞 46・9・25)

昭和四十六年の九月二十五日というのがどのような日だったか。それがこの事件を説明する上で重要なファクターになる。天皇はこの年の秋、皇后と共に、かつて訪れたことのあるヨーロッパへ「センチメンタル・ジャーニー」とでもいうべき旅行をしたが、九月二十五日とは、その出発の前日だったのである。この突入には、訪欧への抗議ないしは阻止の主張が含まれていた。

その日の午後、中核派全学連委員長・松尾《まつお》真と沖縄青年委員会代表・山城《やましろ》幸松は記者会見し、

《皇居内に突入した四人はわれわれの同志であり、これを突破口に戦犯天皇を徹底的に糾弾するたたかいを展開していく》

と声明した。突入したのは四人であること、そのすべてが沖縄出身者であることなどを明らかにした。そして、さらにこうつけ加えた。

《訪欧によって天皇の政治的権威を復活し、その後天皇の沖縄訪問、自衛隊の沖縄上陸というのが支配階級のねらいであり、われわれはあくまでもこれに対決していく》

この事件で皇宮警察の五人が処分され、当時の後藤田警察庁長官は国家公安委員長から口頭注意を受けた。

皇居に突入した四人は、ただ無意味に乱入したわけではなく、手に「糾弾状」を持っていた。新聞などでは触れられていないが、天皇が見捨て空《むな》しく死んでいった沖縄の人人のその子供として、天皇を糾弾したかったのだ。京大天皇事件の時の質問状、パチンコ狙撃事件の奥崎の叫びなど、マスコミ、とりわけ大新聞は、天皇の「不敬」事件に限って事件の概要以外のものを無視しようとする。「五W一H」とは小学生が新聞記事に必須のものとして習う原則だが、「不敬」事件に関しては常に「なぜ」を欠いている。この事件のときもそうだった。

四人は沖縄青年委員会に属していた。

彼らに会うために八方手をつくしたが連絡することができない。余儀なく前進社に電話した。記者会見に中核系全学連の委員長が同席したように、沖縄の新左翼組織の中でも、沖青委は中核系と見なされていたからである。電話に出た応対の人物は、

《彼らに会うのはまず無理だ》

と断定的な口調で答えた。そのくらいの短いやりとりの間にも、ピーピーピーと割り込み電話が入り、情報を受け、指令を発しているようだった。電話口から聞こえてくる物音から想像すると、まるで臨戦中の司令室のようだった。

最後の望みをI・Iに託した。彼は評論家として、沖青委主催の連続講座「沖縄と天

皇制」などに関係していたからだ。

《どうかな、彼らは革マルと戦争中だからなあ……》

そういいながらも連絡をとってくれることを約してくれた。確かにあの電話口は「内ゲバ」どころではなく、「戦争」の司令室だった。I・Iが懸念《けねん》したのは、単に中核対革マル戦争というばかりでなく、「沖青委・皇居突入裁判闘争被告団」が、革マル派に対して独自の宣戦布告を発していたことにもよっていた。

「我々被告団と沖青委は、カクマル反革命による四・二高田馬場武装襲撃を満腔《まんこう》の怒りをもって弾劾《だんがい》し、カクマルせん滅の完全成就《じょうじゅ》をここに宣言する。……陸続と燃えあがる沖縄―本土人民の闘いに、打ちのめされた彼らカクマルは、わが沖縄人民の闘いを最も尖鋭《せんえい》に示した富村氏に対し《売春のすすめをしている》と帝国主義者でさえ言ったことのない差別暴言を吐き、我々の九・二五皇居突入闘争に対しては『四人のピエロ』等と悪罵《あくば》を投げかけてくる……」

ここで「富村氏」とは、東京タワーの展望台で、いわゆる「タワー・ジャック」を起こした富村順一《とみむらじゅんいち》である。昭和四十五年、彼は一本の包丁で、米人宣教師などを人質として、特別展望台を乗っ取った。富村は沖縄の国頭《くにがみ》郡に生まれ、小学校を中退し、以後はシャバと刑務所を往復することで生きてきた。その彼が、東京タワーを乗っ取ったのは、《日本人よ沖縄のことに口を出すな》《アメリカは沖縄から出ていけ》《天皇裕仁《ひろひと》を絞首刑にせよ》という叫びを広く訴えたかったからである。「朝鮮人民と二十歳以下の者を降ろした」あとで、間もなく逮捕される。しかし、差別糾弾をスローガンとする新左翼各派にとって、富村のような存在は格好のシンボルだった。事実、「文字もろくに書けず、文章も書いたことはありませんでした」という彼の、発言や文章は、それだけに異様な迫力があった。

「日本に悪いやつが居ると言いましても、天皇や皇族より悪いやつが居りませんざあ有りませんか」

私の生まれは沖縄ですという意味の『わんがうまりあ沖縄』という手記には、皇族のすべてに中国や朝鮮や沖縄の人々が味わった屈辱・拷問《ごうもん》・暴行を味わわせたいといった、激しい夢や想念で満たされている。この富村に対して、争奪戦に敗れた党派は、利用価値のあったまさにその部分をさして悪罵を投げ始めることになる。富村は中核派、だから皇居突入の四人が属する沖青委に「奪われ」ていたのだ。しかし、その発言や発想の持つ衝迫力において、皇居突入の四人は、同じ「沖縄」に根ざしながら富村にははるかに及ばない。天皇に対する憎しみが、骨身に沁《し》みる度合いが決定的に異なっている。富村は天皇との関わりでいえばやはり「一世」であるが、四人は「二世」になっている。一世の持つ愛憎こもごもの天皇への執着が、二世には稀薄《きはく》になっている。その二世を天皇への行為に駆ったのは、ある意味で「大義名分」論からだったと思われる。

しかし、新左翼にとって「皇居突入」という闘争パターンは実にユニークなものだった。それまで天皇制について批判、論評しても、皇室に対して具体的な行動を起こすことは、ほとんど考えもしなかったことだからだ。五十年の夏以降頻発《ひんぱつ》している「テロ」の色彩を帯びた皇室への集団による直接行動の原型は、ここにある。

彼ら四人からの連絡を待っていると、何日かして電話がかかってきた。自分たちが指定する喫茶店で会うならいい、そこに来てくれないかというのだ。その店に行くと、四人を代表してM・Mが来ていた。彼は入口の扉の開閉がよく見え、人の出入りがよくわかるところに坐《すわ》っていた。話している最中にも、絶え間なく視線を配る。

《そんなに危ないの》

思わず、ぼくは訊いてしまった。彼は黙って頷《うなず》いた。

《生きるとか、死ぬとかっていうくらい危険なんですか》

《まあ、そういうことですね》

四人はその日、白いレンタカーで坂下門まで乗りつけた。皇宮警察官にそこで下車を命ぜられた。四人はスキを見て、門内に向かって走り出した。二人は門外で取り押えられたが、残りの二人は門の内を二、三百メートル疾走した。宮内《くない》庁の正面玄関まで辿《たど》りつき、火炎ビンを投げた。そこに警視庁第二機動隊員が駆けつけ格闘となった。二人は角材を持って応戦したが、しばらくして逮捕されてしまう。彼らは「戦犯天皇ヒロヒトを糾弾する」という、一通の封書を持っていた。

《決行する直前まですごく恐ろしかった。というのは、生きて帰れないかもしれないと思ったからだ。突入すれば皇宮警察の連中が発砲してくるのではないかと思った。射殺されてもきっと闇《やみ》から闇《やみ》に葬《ほうむ》られる。そういう恐ろしさだった。死ぬことではなく、自分たちの行動が人民に伝えられることもなくもみ消されることを、いちばん恐れていた》

彼らに訊きたかったことのひとつは、事件を起こしたあと、家族やその周囲の人たちの反応はどうだったかということだ。

M・Mの母親はこのニュースを村の駐在から知らされると、村人が多く集まる雑貨屋に走った。大勢に、自分の息子が加わっているといわずこんな事件があったそうだがどう思う、と訊いて回った。ひとわたり意見を訊いたあとで、

《実はその犯人は私の息子だが、私はちっとも悪いとは思わない》

といった。村人も悪くいう人はいなかった。みんなが心配したのは《そのことで沖縄出身者が本土で辛《つら》く当られないか》ということだった。

『沖縄の思想』などの著者である新里金福《あらざときんぷく》の母親は、タワー・ジャック事件で富村が《天皇は戦犯である》と叫んだのを知って、

《アガイ、ウリドゥ、テンヌクイ、カンヌワザダラ》と膝《ひざ》を打って歓声を発したという。《おう！　これこそ天の声》というのだ。新里のこの母親と、Ｍ・Ｍの母親とには、天皇に対して相通ずる独特の感性がある。天皇訪欧にさいして、沖縄の各新聞社は政治部長が集まり、いっさい報道しないことを決議したが、彼女たちの感性こそがこの決定を促し支えたのであろう。昨秋の天皇訪米にさいしても同様の措置が取られたものと思われる。取材で沖縄を歩いている間、それは天皇訪米の最中だったが、新聞の紙面にはまったくといっていいほど天皇記事がなかった。この沖縄では、少なくとも伊那で中山家がこうむらなければならなかった「不幸」は、避けられるようだった。

Ｍ・Ｍと二度目に会ったのはホテルのロビーだった。やはり彼の指定だった。そこで、公判闘争関係のパンフレットを受け取る約束になっていた。Ｍ・Ｍは数号の「天皇糾弾・皇居突入裁判闘争を支援する会通信」を持って来てくれた。それに眼を通しながら、奇妙なことに気がついた。

「こうした闘いの中にあって、われわれは、沖青委三戦士の、戦犯天皇糾弾！　訪欧実力阻止！　皇居突入闘争とその裁判闘争の切り拓《ひら》いた管制高地に踏まえ、さらにこれを戦略的拠点として打ち確めなければならない」

内容が理解しにくいのは仕方ないが、奇妙なのは文中の「三戦士」という言葉だった。

この事件は四人で決行されているはずだ。当初の「四戦士」からいつの間にか「三戦士」に変化していた。どうしてなのか。

《Aというヤツがいて、権力に利用される存在になってしまった。それだけのことです》

M・Mは、彼について触れるのがいかにもいやそうに語った。何人からか得た話を総合するとこういうことだった。坂下門へは四人が突入した。ところが、もっとも思想的に堅固だと見られていたAが、逮捕され裁判に持ち込まれる過程で不安定になってきた。四人の中ではただひとり両親ともと本土で暮らしていたため、しだいに父親によって「裏切らされて」しまう。昔、戦前派のマルキストを転向させるにたけていた弁護士が起用され、Aは「落とされ」てしまったのだ。刑を軽くするため裁判闘争を放棄し、裁判を分離してしまった。したがって、今は「裏切り者」でしかないAを、突入闘争の人数には加えない、ということだった。

ここにもまたひとつの挫折《ざせつ》があった。その挫折したAに会おうと努力した。彼にこそ、天皇との闘いのもっとも深刻な、葛藤《かっとう》があったにちがいないと思ったからだ。彼には彼の「思い」があったはずだからだ。しかし、とうとう会えなかった。

戦後の皇室事件史の主人公たちに会う旅をつづける中で、やはりいくつかの小さい転向を見てきた。ここでぼくは、転向という語に何ら価値判断を付与してはいない。

発煙筒事件の金井康信は《やれといわれれば、今だって天皇をやる気はあります》という。だが、そのあとで《しかし……》という言葉がつづいてしまう。しかし、といって母親のほうへ無意識に視線をやる。それを強がりだというのは残酷すぎる。人にいわれずとも、彼は、それを自分で知っているからだ。京大事件の米田豊昭も《天皇が必ずしも不要の存在ではない》という現在の自分の考えは、昔の友人から見れば《非難されるべきものかもしれませんね》ということを理解していた。だが、判断の基準を組織に預けているとき、その転向は自身に気づかれることなく、また歯止めもない。

プラカード事件の松島松太郎に現在の彼自身の天皇観を訊《たず》ねたときのことだった。共産党はある時点から「天皇制打倒」をいわなくなったが、あなたに不満はないのだろうか。

《いや、そんなことはありませんよ。共産党は闘っていますよ。国会の開会式でのお言葉問題など、私たちがいい出したおかげで、反動側は大打撃ですよ。石コロやパチンコ玉の比ではない》

それはただ《また共産党がいちゃもんをつけている》という程度で、日本人の根深いところにある天皇への愛憎こもごもの感情には、何の衝撃も与えられないのではないか。

《ああ、そんなこと構わない。信仰としての天皇を崇拝するのはまったく問題ない。共産党は思想、宗教の自由をいちばん認める政党ですからね。信仰なら天皇でもイワシの頭でも構わない。問題は政治制度としての天皇です》

これは宮本顕治が、かつて『世界』のインタビューに答え《「天皇宗」は信教の自由でこれには干渉しない》といったものと、寸分たがわぬ意見だった。

皇居突入事件のAはなぜ闘いを放棄したのだろう。あるいはこういうことだったかもしれない。奥崎謙三や富村順一のように骨身に喰い込んだ「憎悪《ぞうお》」でないかぎり、時間の風化に「大義名分」論は耐えられない。頭の中の「怒り」などいつか消えてしまう……。

M・Mと話している中で、戯《ざ》れ言のように、

《天皇と革マルとどっちが憎い？》

と訊いてみた。問題にならぬという調子でM・Mは答えた。

《そりゃ、カクマルだよ！》

少なくとも、彼らにとって革マル派の人間は「骨身に喰い込んだ」憎悪の対象だった。彼らにとっては、天皇より革マルのほうがより鮮明な敵だったわけだ。もしかしたら、対革マルとの闘いであったなら、Aも脱落しないですんだのかもしれない……。

9

戦後三十年を経て、さまざまな記録、回想録が争うように出版されているが、決して発表されないものとして「天皇自身の戦後三十年」がある。天皇にとってもこの三十年はどのように映ったか。それを知るすべはない。わずかに可能なことは「推し測る」ことである。

昭和二十年一月
風さむきしもよの月に世を祈る
ひろまへ清くうめかをるなり

昭和五十年一月
我が庭の宮居に祭る神々に
世の平らぎをいのる朝々

この二首は、共にその年の歌会始に作られた「御歌」である。偶然だが、どちらも「祈る」が使われている。前者が孤独な緊張感に満ちた祈りだとすれば、後者の祈りにはゆったりした安らぎがある。天皇にとっての三十年とは、「祈り」の歌がこのように変化していく過程だったのかもしれない。

しかし、天皇自身の「安らぎ」を尻目《しりめ》に、そして「世の平らぎ」への祈りを嘲笑《ちようしよう》するかのように、天皇訪米をひかえた五十年夏から秋にかけて、皇室にとって衝撃的な事件が続発した。

六月二十五日。沖縄市の米軍基地ゲート付近で、皇太子夫妻が沖縄海洋博の開会式に来るのに反対し、ひとりの男が、焼身自殺した。

七月十二日。三人の男と一人の女が、「皇太子訪沖阻止」というハチマキを赤ヘルメットにしばりつけ、皇居坂下門内に突入した。

七月十七日。沖縄を訪れた皇太子夫妻は、ひめゆりの塔で火炎ビンを投げつけられた。

九月四日。東京港区の東宮御所前で、三菱重工ビル爆破に使われたものの二倍という超大型時限爆弾を乗用車に隠し持っていた、二人の男が逮捕された。

九月十五日。伊勢神宮内宮にある別宮の門が火炎ビンを投げられ半焼した。また葉山の御用邸にも火炎ビンが投げられ、原宿の皇室用ホームには発煙筒が投げ込まれた。

九月十九日。連続企業爆破の「狼《おおかみ》」グループは、三菱重工ビルを爆破する前に、天皇の特別列車を爆破する計画を立て、昨年八月に実行したが失敗に終わったことが明らかになった。

しかし、これら戦後の「難波大助」たちには、これから彼らが背負わなければならない重い荷が、はたして見えていたのだろうか。

戦前、難波大助はステッキ銃で摂政《せっしょう》裕仁を狙撃《そげき》した。一発の弾丸は車の窓ガラスを四散させただけだったが、実は、無数に飛び散ったガラスの破片は難波をはじめ思いもよらぬ人にまで突き刺さっていたのだ。代議士をしていた大助の父、作之進はそれ以後ずっと家に引きこもり、大助の部屋にとじこもったまま絶食状態で自殺に近い死を遂げた。難波家は廃絶、一家は離散した。それぞれが他家の姓を名乗り、難波姓は文字通りに死に絶えた。

戦後の「難波大助」たちも、投げた石やパチンコ玉は確実に彼らにはね返っている。投石事件を評して「石はブーメランのように少年のもとに飛んできた」と書いた週刊誌があったが、まさにはね返り、彼らを襲った。

不敬罪は形を変えて存続しているのではないか、天皇に対する犯罪にあまりにも過重な罰が加えられすぎていないか。そう問うと、三笠宮宜仁《みかさのみやよしひと》はこう答えた。彼は、自身の言葉によると「ヒゲの親王」として有名な兄・寛仁《ともひと》とちがい、現在の皇室のあり方にそのまま賛成ではない。しかし、というのだ。

《イギリスにもいろいろな人がいるんですね。中には、女王陛下の行列に向かって、野卑なことをいう人も出てくる。かりにそんな人が「馬鹿《ばか》野郎！」と叫んだとしますね。するとイギリス人はかなりきつく罰します。理由は、彼はいくらでも「馬鹿野郎！」と叫びつづけられるけど、パレードの中から女王陛下が「馬鹿野郎！」といい返すことは

絶対できないじゃありませんか。フェアーじゃない、というのです》

この意見には、かなりの真実が含まれていそうに思えるが、それをそのまま日本に置きかえることはむずかしい。日本においては、おそらく彼の想像以上の「きつい罰」が現実に襲いかかっているのだ。

発煙筒事件の金井康信を訪ねた夜のことだ。家を辞してアパートの前でタクシーを待っていると、彼の母親がアパートの階段を降りて来た。用もないのにぼくの傍《そば》に立ちつくし、早くタクシーが来ればいいのにね、といったりした。呼んだタクシーがなかなか来ないので、母親は一度は部屋に戻ったのだが、再び出て来て立ちつくした。何かいいたそうだった。

しかし、ぼくがタクシーに乗るまで遂《つい》に切り出せないでいるようだった。タクシーの座席に坐りながら、おそらく息子のことには触れないでくれといいたかったのではないかと思い到った。どこか不安気で哀《かな》し気なところのある彼女の姿を思い起こすと、金井康信について書くのがためらわれた。しかし書いた。金井康信——この名前がこのレポート唯一《ゆいいつ》の仮名であることを、どうか許していただきたい。

「見えない人間」である天皇に、唯一、かかわれる方法が「不敬」行為をおこすことではなかったか、とこのレポートの冒頭に書いた。しかし、本当の意味で関与することは、やはり不可能なのだ。戦後の「難波大助」たちの行為を、天皇はどう受け止めたのか。

そんな些細《ささい》なことすら、ぼくらには知るすべがない。

天皇にとっては、頻発するテロよりも、それと同じ時期に流れたひとつの外電のほうが、より衝撃が深かったかもしれない。エチオピア皇帝ハイレ・セラシェが死去したという報だ。

UPI電によれば、首都のアジスアベバ市民は平静で、かつ冷ややかだったという。皇帝の地位を追われ宮殿に軟禁状態だった八十三歳の死に、ある青年はこう語ったともいう。

《彼は老人だから、いつかは死ぬだろうさ》

この外電を読んで天皇はどう思ったか。しかし、これすらも知ることは不可能なのだ。

ぼくらにとって、天皇は依然として「見えない人間」である。

鏡の調書

1

九月八日の午後四時頃だった。国鉄浜松駅の近くにある富士旅行社にひとりの老女が入ってきた。手には小さな風呂敷《ふろしき》包みと紺《こん》色の日傘を持ち、絣《かすり》の着物をきちんと着ていた。小柄な色白の老女だった。

机に向かって周遊券の事務をしていた佐藤利夫に《どこか宿を世話していただけませんか》と張りのある、はっきりとした口調で呼びかけた。顔を上げた佐藤には一メートル二十センチほどのカウンター越しに辛うじて老女の顔が見えた。

予算はどのくらいかと訊《たず》ねると、

《金はいくらでもいい》

という返事がかえってきた。少し迷った末、佐藤は市内の比較的静かな場所にある井筒屋旅館に連絡を取った。

老女は《神戸から東京に行く途中だ》と訊ねもしないのに語りかけてきた。どうして浜松で下車したのだろう、新幹線なら一本なのにと不思議に思ったが佐藤は別に訊《き》こうとはしなかった。旅館のクーポン券を切る僅かの時間、店頭にある少し古くなったソファーに腰をかけて待っていてくれるように勧めると、何度も《御親切さま》を繰り返した。名を訊ねると一呼吸おいて、

《滝本《たきもと》キヨ》

といった。

代金は三千五百円だった。胸から紙入れを出すと皺《しわ》のない五千円札を出した。千五百円のつりを出すと、つりはいらないよと受け取ろうとしない。しかし、旅行代理店としては、だからといって受け取るわけにはいかない。佐藤が無理矢理に老女の手に押しこむと、しばらく揉《も》み合った末に、あっさりと受け取った。せっかくの好意を無にして気分を害したかなと佐藤は心配したが、老女はそんな風もなく呟《つぶや》いた。

《あんたは親切な人だ。どこに住んでいる、今度お礼に行きたい》

礼をされる筋合もなかったが、熱心に請われるままに住所を書いた。老女は《浜松には親切な人ばかりいる》と何度もいって、富士旅行社を出て行った。

それから十日程して、夜七時過ぎ、老女は不意に佐藤の家を訪れた。お礼に来た、というのだが、別に何か持ってきているわけでもなかった。妙な気はしたが、せっかく来てくれたと思うと無下《むげ》には帰せなかった。しかし座敷にあげ、茶をいれ、世間話をしばらくしているうちに、佐藤夫妻はいつしか老女の話に惹《ひ》き込まれていた。老女の話は、

佐藤夫妻には想像もつかないような大きな数字で満たされていた。

——わたしは銀座のど真ん中に二十一坪ちょっとの土地を持っていた。そこで煙草屋《たばこや》をしていたが、九十四と年も年なのでいわれるままに売ることにした。坪四百五十万で、二十一坪のところを買い手が隣りなので、長い付合いのよしみに二十二坪で計算してくれ、一億からの金が入った。どうせ独り身、銀行利子だけで暮らしていけるので、信託銀行に預けっ放しにしてある。

老女は億という単位の金をこともなげに語った。なるほどこの老女の品のよさはそういうところからくるのか、と佐藤は納得した。やがて老女は風呂に入り、食事をし、また話した。

——わたしは結婚をしていないので、近親の者が誰もいない。死んだら金はどこぞに寄付でもしてもらおうと思っている。生きている間はせいぜいあちらこちらに行って愉《たの》しもうと決めているんだ。

この老女は、金はあるのだろうが孤独な人なのだ、と佐藤夫妻は同情した。その夜はかなり遅くまで話し込み、老女は礼をいって帰って行った。帰ったあとも、夫妻は《人生とはいろいろなものだ》とさらに遅くまで話をした。だから、それから三日ほどして、菓子折を持って訪ねてきた老女が、銀行が閉っていたものだからといって二万円借りて帰った時も、疑うなど思いもよらぬことだった。

九月二十四日の朝、佐藤利夫はいつものように食事をしながら新聞を読んでいた。時間が余りないので後のページからザッと眼を通し、急いで家を出た。しかし、その日一日、旅行社でチケットの処理などをしながら、佐藤はどこか胸がつかえるような気がしてならなかった。原因はどうしてもわからない。気持の悪い思いをしばらく続けたが、そのうち忘れてしまった。それが、次の日の夜、老女が《御免なさい》と玄関に入って来た時、一挙に思い出されたのだ。慌《あわ》てて前日の新聞を引っ張り出して社会面を見た。やはりあった。そこには岡山で十何人もの相手から六百万円もの詐欺《さぎ》を働いていた八十三歳の老女の、指名手配の記事があったのだ。片桐《かたぎり》つるえという名だったが、銀座の大金持ちと称して変名に「滝本キヨ」も使うという。

それがちらと眼に入り、どこかで聞いた名だと自分でもわからずに気に懸っていたのだ。年齢が十以上も違っていたが、あまりにもすべてが似ているので気味が悪くなり警察に通報した。急行した静岡県警菊川署の署員が任意同行を求めたところ老女は素直に応じ、短時間の取調べで犯行を全面的に認めた。

調べに対して《佐藤さんの一家はみんな親切だった。渡る世間に鬼はないというが、本当なんだよなあ》などといっていたが、過去のことになるとほとんど沈黙した。静岡から岡山への護送を前に、非常な高齢のため健康状態を心配した静岡県警菊川署では、異例の健康診断を受けさせた。が、まったく異常はなかった。

新幹線で岡山駅に着くと、「八十三歳の天才詐欺師」を取材しようと何人かのジャーナリストが待ちかまえていた。カメラマンが正面に向かって写真を撮り始めると、

《記者が写真を撮るのは当然だ。おれは悪いことをしたんだから。しかし前を邪魔して下さるな、人が歩きおるんじゃから》

と日傘で前を払った。モーニング・ショーのインタビュアーがいきなりマイクを突き出すと、

《歩きながらものを訊ねるとは失礼だな。あんたは誰かな？　名をなのらんのかな？　卑怯者《ひきようもの》じゃな》

といった。

2

ここ数年来、まったくぼく自身の愉しみのために、『詐欺師の楽園』といった題を持つ文章を書いてみたいと思いつづけてきた。それは、何年か前に読んだ『信じようと信じまいと』という、イギリスのベストセラーの影響であることは自分にもわかっていた。

たとえば、それには、

「英国では、結婚六カ月後に生まれる赤ん坊がいちばん多い」

「一九七〇年の英国では三〇四人の男と一人の女が強姦罪《ごうかん》を犯していた」

「朕《ちん》は、世界最高の独占的な言葉である。天皇しか用いることのできない日本語の第一人称だ」

といった、およそ正統的な学問を身につけようとする人にはまったく無縁の、しかし憎らしいほど小粋《こいき》な文章が、豊富に盛られている。これを雑誌の抄訳で読んで以来、いつか自分も書いてみたいと思うようになっていた。しかし、これほど各領域にまたがる膨大な雑学は一生かかっても持てそうにない。そうしたある時、これを詐欺に限って書いてみたらどうだろう、と思いついた。古今東西の詐欺師の事蹟《じせき》をかたっぱしから集め、これを三、四行で語っていく。タイトルは『詐欺師の楽園』とし、この題も他の作家から寸借させていただきました、と末尾に但《ただ》し書きをつける。まず、その思いつきにぼくは熱中してしまった。

ところが、ことはさほど簡単ではなかった。「古今東西」の資料のうち、最も問題ないと思っていた現代日本の詐欺事件でまず躓《つまず》いてしまったのだ。ただ新聞の切り抜きさえ集めればそれを数行に圧縮するくらいわけはない、と思っていた。しかし、それがどんな困難なことか、最近五年間の数千件に及ぶ事件のコピーを取って、初めてわかった。新聞記事には、騙《だま》されたという事実が載っているだけで、人がなぜ人に騙されるのかという、いわば詐欺事件の核心には少しも触れていなかったのだ。それを知るためには、もう一度自分の手で調べ直さなくてはならない。それは絶望的な作業だった。

しかし、かりに『詐欺師の楽園』を諦《あきら》めるにしても、それぞれの事件の切り抜きは捨て去るには惜しいものばかりだった。「事件の核心」が知りたい、と思わせるようなものが多くあった。

たとえば、こんな事件があった。

「総合商社の万年ヒラ社員が、課長になりたいばかりに大手電機メーカーの発注書などを偽造、売れもしない機械部品を大量に輸入する課を新設させ、まんまと課長の椅子《いす》を手に入れた。だが、輸入した部品は売り先が見つからないまま倉庫に山積みになるばかり。僅《わず》か十カ月で課長の座を追われ、会社を首になったうえ、会社から背任、私文書偽造、同行使の疑いで警視庁捜査二課に告訴された。同二課は二十二日からこの元課長を呼んで調べに入る……」

いっそのこと、事件を単独に、丹念に調べてみたらどうだろう。あるいはその方が数多く集めたものとはちがう面白さが出るかもしれないし、それに簡単そうだ。しかし、それはルポルタージュを書く、という経験の少なさからくる錯覚にすぎなかった。詐欺事件は殺人事件よりむしろ難しかったのだ。

まず「十カ月の課長」事件でいえば、一方の当事者である商社は何も語ってくれない。仕方がないので元「十カ月の課長」の住所を探す。いくつかの廻り道のあとで、やっと相模湖畔《さがみこはん》の住所がわかる。しかし訪ねてみるともうそこにはいないのだ。住民登録はそこから動かしてない。駅前で道を訊ねた時、酒屋の主人が呟いた《あの、例の》という言葉に象徴される世間の眼に、彼は耐えられなかったのだ。そこで万策が尽き果てる。

　仕方なく、また考えた。同じ詐欺事件でも、ある種の悲惨さがつきまとうものは、やめよう。

「十カ月の課長」のように、いくら現代の鋭い断面を映し出しているものでも、断念するとしよう。そうではなく、騙した方も騙された方も、あとで笑い飛ばせるような愉しいものはないだろうか。その両者の笑い話の中から「詐欺事件の核心」が現われてくる、といったようなものはないだろうか。

　そう思って眺めていると、膨大な量のコピーから、ひとつの記事が眼に止まった。

「静岡県警菊川署は二十五日夕、岡山県警岡山西署から指名手配中の東京都足立区生れ住所不定、無職、片桐つるえ（八三）を詐欺の疑いで逮捕、二十六日身柄を送検した。調べによると、昨年十二月二十五日午後、岡山市奉還町の飲食店で『東京から保証小切手を持ってきたいのだが、汽車賃とみやげ物がない。帰ったら倍にして返す』と現金五万円をだましとったほか、同市内の主婦、サラリーマン、商店主ら十数人から『金には不自由しないが身寄りがなくてさみしい。東京・銀座の土地を売れば二億円になる。借りた金は倍にして返す』と同情と欲とをからませた巧みな話術で六百万円をだましとっていた」

この記事のコピー一枚を手に、ある日ぼくは岡山へ向かった。しかし、これも予想外に取材が難航した。記事から受ける最初の印象は被害者たちが、《うまくやられてしまったなあ》と笑っているユーモラスな事件、というものだった。確かに、この事件の周辺には笑いが満ちていた。だがその中心部には、「十カ月の課長」とは別種の、もうひとつの悲惨があったようだった。

3

片桐つるえが奉還町にやってきたのは、暮も押しつまった十二月二十七日のことである。

なぜ岡山に来たのかという確たる理由はなかった。それまで住んでいた神戸では家賃が高くて暮らしにくかった。田舎に行けばもう少し暮らしやすいかもしれないという漠然とした期待はあった。それに冬の寒さが応《こた》えるようになっていた。少しでも南へ下がればそれだけ暖かいだろう。とすれば岡山でなくてもよかったはずだが、恐らくは独特の勘によって新幹線を岡山で下車した。

古くからの商店街がある西口に出て、駅の近くの「花月」という喫茶店に入った。きちんと結い上げた白髪、高級そうな和服、杖《つえ》という出立《いでた》ちの片桐は、十分もしないうちに主人の好奇心を惹きつけた。大店《おおだな》の隠居の気ままな散歩という印象だったからだ。話してみるとやはり金持ちの隠居のようだ。しかも、東京の銀座から来たという。片桐の歯切れのいい、上品な言葉遣いになるほどと思った。

「花月」の主人は、片桐つるえの《安い宿を紹介しておくれ》という申し出を奇妙な思いで聞いたが、臆《おく》する風もない様子に《気まぐれなんだろう》と了解して、近くの「旗屋」旅館へ連絡した。素泊まりで八百円の木賃宿である。

「旗屋」の女主人は、姿を現わした片桐つるえを見て、いくら「花月」の紹介とはいえ、あまりの高齢に不安を感じた。前金を要求すると紙入れを取り出し黙って支払った。その紙入れに百枚近い一万円札が分厚くつまっているのを、女主人は見た。滝本キヨ、と名乗り、九十四歳だといった。

その日から、片桐つるえの奉還町での生活が始まった。

片桐つるえは旅館から、毎日ぶらりぶらりと奉還町を散歩した。大アーケードをひと通り冷やかし、時には買物もした。毎日それを繰り返した。

片桐の「東京・銀座の大金持ち」になるための方法は見事だった。六百円の買物に千円札を出し、

《つりはいらないよ、とっといておくれ》

と小気味よく啖呵《たんか》を切る。一応は遠慮して断わっていた店も、やがて二度、三度となるうちに愛想笑いと共に受け取るようになる。あるいは客のあしらいが悪いといって癇《かん》癪《しゃく》をおこしてみせる。菓子屋のケースの上に「うっかり」財布を忘れてしまう。喧嘩《けんか》をし、すぐ謝り、

《金だけが頼りの天涯孤独な年寄りは精神がいびつになってしまうのかねえ》

と呟いたりする。

一カ月もすると奉還町一帯は、この大金を背負って迷い込んできた老女の噂《うわさ》でもちきりになった。噂は噂を呼び、「滝本キヨ」物語は勝手に増幅されていった。奉還町の人人、とりわけ商店街で信じられていた「滝本キヨ」に関する物語の最大公約数は、どういう形でか億という金を持っていること、身寄りがなく遺産相続人がいないこと、の二点だった。奉還町の商店街は「滝本キヨ」をめぐって、時ならぬ「小さな親切」合戦の主戦場となった。奇妙なことにすべての人が、この親切は九十四歳の「滝本キヨ」に対するもので、億万長者の「滝本キヨ」へではないと思い込んでいた。そう思うことであからさまな親切に自分が照れないようにしていたともいえるだろう。

二カ月ほど「旗屋」で暮らしたあと、「貸間あり」の札を自分で見つけ、奉還町に近接した寿《ことぶき》町にある宇津見朝子宅の四畳と四畳半の二間を間借りすることにした。月六千円、権利金が一万円だった。ここに移ってからも、片桐つるえの日課はほとんど変わ

らなかった。

金物屋の篠塚《しのづか》直の店に、その噂の主が釘《くぎ》や錠前を買いにくるようになったのは、彼女が宇津見宅へ越してからだった。やがて買物ではなく雑談をしに来るようになって、少しずつ身の上話を聞かされるようになった。親しさが増すにつれて「わたくし」が「おれ」になった。

――おれは戦後ずっと銀座のど真ん中で煙草屋をしていた。その土地がいつの間にか値上がりして、いつの間にか一億円になった。それを売っただけのことさ。それはいま銀行の定期に預けてある。

しかし、そのような人がどうして岡山なぞに住みつくのだろう。ある日、篠塚は素朴に訊いてみた。

《どうして岡山に来たんなら?》

《東京は人が多すぎるのさ。余り長くもない余生をゆっくり送りたくてね。おれは親族もないし、独り身だし、これから先いろいろ頼むこともあるだろうが、よろしく願いますよ》

そうやって頭を下げられた篠塚は「私の親と思い親切にしてあげよう」と決心する。ある夜、棚をつけたり、戸を直したり、電話で呼び出されるたびに宇津見宅へ出かけた。片桐つるえがしんみりといった。

《あんたはよくおれの面倒を見てくれる。来年の三月二十九日に五千万の定期がおりる。あんたも商売をしている身だ、いつ金がいるかわからない。いつでもそういってくれよ。払いは催促なしのある時払い、おれが死んだらもう払う必要はない》

片桐つるえはほぼ五カ月間なにひとつ詐欺行為を犯していない。むしろ逆に人への「施し」をしている。知り合った人々に、千円で買った刺身を三舟くらいに分け、それぞれの家に置いてくるなどということを、ほとんど三日おきにしている。そうしているうちに「億万長者の孤老」という評判は定着し切った。

4

篠塚直に片桐つるえが金の話を切り出したのは、彼女がこの奉還町に姿を現わしてから、ちょうど一年後の十二月のことだった。片桐から電話で呼び出された。また部屋のどこかを直すのだろうと思い、行ったところ、

《手持ちの金がなくなっちまったんだ。家賃を払う金もないので二万円ほど貸してくれないかい。定期がおりたら利子をつけて払うからさ。あ、それに、定期がおりるまで、これからも時どき借りることもあろうけど、貸してくれないかね》

篠塚は急いで家に戻り、二万円を用意すると喜々として片桐のところへ向かった。そ

れをきっかけにして、一カ月の間に七回二十四万八千円を借りられてしまった。電話があって、家政婦会に払う金の七万円がないので貸してくれ、といって来た時には、さすがの篠塚も困り果てた。
《こうチョクチョク何度も金を出していると、家の者に色女でもいると思われるけん、おばあさん、もうこらえてくれ》
しかし《あと一度助けておくれ、定期がおりたら倍にするから》という頼みに、《もうこれが最後で、渡されんで》といって七万円を用立てた。
《絶対この恩は忘れないよ》
と片桐はいった。ところが、しばらくするとまた電話がかかり、電気コンロの台が高いので五センチほど切ってほしいという。ノコギリを持って出かけ、仕事が終わり、炬《こ》燵《たつ》で雑談していると、片桐はケロッとした顔で一万円貸してくれと頼み込んできた。
《おばあさん、もうないで》
と断わると、千円でも二千円でもいいからという。老人にそこまで頼まれればいやとはいえない。篠塚は、手持ちの金から三千円を出した。
建具商を営む藤田弘の店には、一週間か十日に一度くらい世間話をするために寄った。知り合って二年ほどしたある日、倉庫で仕事をしていると、片桐が入ってきた。
《小遣いを貸しておくれでないかい》

藤田がズボンの後ポケットから三千円を取り出して渡すと、とても足りないという顔をしていった。

《もっと大きいのを貸しなよ》

奥から一万円札を取ってくると、もう一枚貸しなよ、という。藤田は慌ててもう一万円取りに行った。

だが、片桐が自分から人に接近していったとばかりはいえないところがある。たとえば吉原スミ子の場合がそうだ。

片桐の間借りしている宇津見宅には、階上に尾形町子という中年の女性が暮らしていたが、彼女は「滝本キヨ」に関する噂を近所から仕入れると、職場の皆にアナウンスしてあげた。

《うちの住んどる一階には、凄《すご》いおばあさんがいるんよ。年は九十四じゃけど、頭は切れるし、億の金は持ってるし、ひとりで淋《さび》しいだろうがシャンと生きているもんね》

吉原は尾形の勤めている農拓会館で住み込みの管理人をしていた。尾形の話を何度も聞くうちに、一度そのおばあさんに会ってみたいものだと思うようになった。

ある日、尾形が、会館の前を歩いている片桐つるえを見つけた。

《おばあさん、お茶でも呑《の》んでいかれえ》

吉原は、その時はじめて、片桐に紹介される。数日して、片桐は《この前のお茶のお礼だ》と菓子を持ってくる。それ以来、日曜日になると、片桐は管理人室へ遊びに来るようになった。吉原も六十五歳になってはいたが、それより高齢の片桐に親切にしようとした。片桐は性格があっさりして付合いやすかった。吉原が忙しい時は、折角来ても《忙しいか、それなら今日は帰る》といって気をきかせてくれる。身の上話をすることもあれば政治や経済の話をすることもあった。現代のことについても、よほど吉原より知っている。「赤軍」についても熱心に喋《しゃべ》った。片桐がただ単に金持ちというだけでなく、翡翠《ひすい》の鑑定免許とかいうものを持っているのも、手に職のない吉原には素晴らしいことに思えた。遊びに来る時は煙草《たばこ》をよく持ってきた。「菊水」という銀座の煙草屋の株があるので、銀座から送らせているといった。

知り合って一年経《た》った頃だった。

《木村のふとん屋に支払う金が足りないので、三万ほど貸してくれないか》

朝やってきて、そういった。吉原は喜んで三万円を貸した。するとその翌日またやって来て、神戸に行くので二万貸してくれ、昨日の三万に合わせて五万の方が勘定がいい、といった。その三日後に五万円、さらに三日後に五万円、その一週間後に十万円、そのさらに九日後に五万円……という具合に、吉原はひとつの熱狂の中に没入したように金を貸していく。

しかし吉原も《湯水が湧《わ》くように金を持っていたわけではなかった》ので、次第に手持ちの金が底をつくようになってきた。貸す余裕がなくなってきたのだ。その時、吉原がとった態度は冷静な眼で見れば、かなり異常なものだった。返済を求めるのではなく、片桐に出会わないように吉原の方から身を避けたのである。片桐に出会うことが恐かったのだ。無心を断わることで、片桐の気持を損うことを怖れたのだ。

それでも顔を合わせてしまうことがどうしてもある。そのような時、片桐は、このあいだ東京から何百万ほど来たんで誰それにあげたよ、などとさりげなくいい、

《あんたにも世話になったから、五百万ほどあげようと思ってるんだ》

といったりもした。吉原が、そんなつもりで用立てたわけではない、その金さえ戻ってくればいいんです、と一応辞退すると、片桐は、

《やるといったらやるんだ》

と怒ってみせた。

5

しかし、どうしてこのように見事に騙《だま》されつづけてきたのだろう。被害総額六百万余、という数字には別に驚くほどのことは見当らない。現代日本の詐欺《さぎ》事件では、一千万とか二千万とかでさえ、数のうちに入らない。

「詐取した金は一億円――未亡人・ハイミス食い物・競輪狂の男」

「三兆円エサに大型詐欺・六十業者から一億円以上」

こういった事件が日常的に起きているのだ。片桐つるえをめぐる詐欺事件で驚くべきことは、その六百万に対する百二十一件という犯行回数の多さであろうか。あるいは被害者が二十人近くにも及ぶということであろうか。いや、それらをも含めて、真に驚くべきなのは、三年近くにもわたって、ほとんど集団催眠に近い完璧《かんぺき》さで、ひとつの「町」が騙されつづけてきたことである。その状態を維持するために、片桐つるえは経験から身につけた優れた心理学を見事に実地に応用してみせた。

町の人が「金持ちの孤老」という虚構にいともたやすく乗せられてしまった最大の理由は、彼女の品のよさや布石の打ち方の巧みさなどを理解するより、まず「東京・銀座の煙草屋」という意表をつく役柄の設定にあったと考えるべきである。商店に関係する人が多い奉還町では、実にリアリティーがあった。彼らも土地を巡る運命の激変を多く見ているからだ。しかも「東京・銀座の煙草屋」という役柄は眼新しさと馴染《なじ》み深さが適度に混じり合った、不審を抱かせない格好の設定だった。

彼女はその小道具に外国製煙草を使った。どんな家を訪ねる時にも、必ず外国製煙草を手土産に持っていった。そのために、銀座「菊水」から包装紙のついたものを送ってもらっていた。それが「菊水」の株主にもなっているという証拠にも使われた。しかし、ともかく、老女と、銀座と、煙草屋と、舶来煙草はひとつの完璧な円環を形づくった。彼女は十歳以上もサバを読んで人々に年齢を伝えている。若くではなく、年寄りに、である。それは警戒心を解かせるためであり、余命いくばくもないと思わせるためであったかもしれない。

初期の頃は、金を貸したすべての者がむしろ喜んでさえいた。金を貸すことは「金持ちの孤老」との関係がそれだけ強固になることのように思えたからだ。例えば「亀《かめ》ノ湯」の場合のように、一度貸した者が、二度、三度、ついには三十七回、百六十三万一千円までも貸しつづけた背後には、断わることでこの親密な関係を崩したくないという思いがあった。貸した金が戻ってくるかどうかなどほんの僅《わず》かでも顧慮する者はいなかった。彼らにはその小さな種子がどのように巨大な夢の花を咲かせるかが問題だった。

もちろん、回が重なり、約束が一度ならず破られると、ふと不安になることもあったようだ。本当にあの金は戻ってくるのだろうか、と考える者も中には出てくる。しかし、片桐はその為《ため》の対応策を充分に施してあった。そのひとつは自分が借りていることを他人に口外させなかったこと。

《おれが借金をしているのはおまえだけなんだから、そんなことをいってくれるなよ》

三十七回も借りた相手の「亀ノ湯」の妻には、そう念を押している。

もうひとつは貸し手同士を反目させておくことだった。あいつはおれをひとり占めにしようとしている、などという呟《つぶや》きは絶妙の効果を持った。

だが、それでも不安が増してくる者も出てくる。それを察知すると、今度は途方もない相手をひきずり込んで信用を回復した。

天麩羅《てんぷら》屋を営む森下教美の妻春子は、四回二十七万五千円借りられているが、風呂《ふろ》を付けるからといって借りたのに付けられた様子もなく、返すといった日が次々と延ばされる。これは変だぞ、と思い始めた。その矢先、朝早く片桐つるえがやってきて、

《一千万ほど県に寄付しようと思う。県知事に会うので一緒についてきてくれないか》

といい出した。夫妻は驚いた。仕事着に着換えていた夫は、《それは凄《すご》い、名誉なことだ》といいながら、背広を着た。県庁に二人で行くと、秘書課長が応対した。片桐はその課長に堂々と一千万の寄付を約束する。これで天麩羅屋に漂っていた疑念は霧散した。もっとも、帰りのタクシーの中で、そういえば寄付することは決めたが日にちも場所も決めなかったねと森下がいうと、聞こえているのにわざと聞こえないふりをした。

森下教美は片桐が詐欺師であることが露見してからそのことを思い出した。

もちろん寄付の話は少しも具体化しなかった。秘書課長が担当の課長を連れて挨拶《あいさつ》に来た時には、寿司《すし》屋から特上千円を二人前とってもてなしたが、その後、やがてしびれを切らした課長が手続きはいっさいこちらでやるので取引き銀行を教えてもらえないかと電話すると、片桐は待ってましたとばかりに啖呵《たんか》を切った。

《どうして、あんたに取引き銀行をいわなきゃならない義理があるんだい。ええ？　もうやめたよ、あたしゃ面白くないよ、寄付はやめだ》

相手は官庁ばかりではなかった。銀行もまた、例外ではない。彼女の「羊たち」の信用が大きい対象ほど、利用する価値があった。吉原スミ子が片桐を心から信じ込んだひとつの理由に、《おばあちゃんのところには、銀行の偉い人がよく来ている》という尾形の話があった。

雑貨屋の君島スエは、東京にある一億円の預金を岡山に預けようと思うから、ということで片桐に銀行を紹介させられている。君島が取引きしている中国銀行と岡山相互信用金庫の、それぞれ奉還町支店へ連れて行ったこともある。片桐はこれらの支店を巧みにあしらうことで効果を上げた。

彼女の持っている「大金」に不安を抱き始めた人物を部屋に呼び、いきなり銀行の支店長に電話する。一億の半分もお前のところに移し換えるか、というと例外なく支店長自身がすっ飛んで来た。ひきつるようなお世辞笑いを浮かべて頭を低くした。二、三十分も相手して、細かいことは今度決めようと鷹揚《おうよう》にいえば、深追いはしてこなかった。支店長が帰り、再び安心して「観客」が帰ったあとで、もう一度銀行に電話し、《気が変わった。やはり、動かすのはやめたよ》

といえばすべてが終わりだった。

官庁であれ、銀行であれ、およそ孤立した老人がその前で立ちすくみ背中を丸めてしまいそうな巨大組織の前でも、片桐つるえは昂然《こうぜん》としてほとんど変わることがなかった。

6

片桐が初めて岡山に来たのは十二月もかなり押しつまった頃だったが、その年を第一年目と数えれば、彼女が最初に人から金を借りたのは、二年目の五月ということになる。その相手が店員をしていた白城《しらき》忍である。三年目の十二月まで二十九回二百三十万五千円借り出している。農拓会館の吉原スミ子は三年目の六月から八月まで十一回五十五万円、「亀ノ湯」の難波喜美子は三年目の十月から四年目の七月まで三十七回百六十三万一千円。この三人が最大の被害者になってしまった。難波喜美子は四十代の主婦だが、他の二人はひとり暮らしの六十代の女性である。これからの心細い人生の、杖《つえ》ともすべき大事な金だった。

片桐は四年目の三月、「左膝関節捻挫《ひざかんせつねんざ》」ということで吉田医院に入院している。その後も神経痛などのために、リヤカーを傭《やと》って通院している。

躰《からだ》だけでなく種々の状況も少しずつ悪化していった。定期預金が満期になるまでという理由は、もう三年もの間に何百回も使ったため使用不能になった。財産の管理人がうんといわないのでという弁解も、そう何度も使える方法ではない。何よりの敵は疫病《えきびょう》のように蔓延《まんえん》しはじめた「疑惑」である。もしかしたら自分は騙されているのではないか。それを突き崩すための手段としては、県庁も銀行ももはや使い尽してしまった。

そこで片桐はまたひとつの方法を考える。彼らを東京に連れて行き、《おれがどんな人と付き合っているか》を見せれば、納得するのではないかと思ったのだ。

四年目の六月上旬、片桐は梅木時計店の梅木定雄を連れて東京に行く。名目は《銀座の菊水がビルを新築するので、おれの金を三菱銀行に取りに行く。ひとりで行ったのでは危ないので、一緒に行ってくれ》ということだった。その「菊水」で店員たちが丁重に扱うのを外で見させて、この時は信用回復に成功する。

しかし、その直後、六月中旬に、今度は八百屋の窪田信次を連れて行ったことで、かえって状況は悪くなってしまった。三月二十九日に満期になるはずの片桐の預金が少しずつ延びて、貸していた十八万が戻ってこなくなって以来、窪田には強い不審が芽ばえつつあった。その上、彼は梅木ほど遠慮深くなかった。東京での宿が「人眠荘」という汚い木賃宿であるのに決定的な不審を持った窪田は、「菊水」に入る片桐について一緒に入って行った。確かに店員は馴染みのように扱ってはいたが、かわされる話は客と店員としてのもの以上ではなかった。

金の催促が誰からも厳しくなった。七月七日天麩羅屋の森下を呼んで何通もの借用証を代筆してもらった。

「 借用証書

一金　　万円也

右、正に借用いたしました

七月七日

岡山市奉還町

滝本キヨ 」

この頃、寿町の宇津見宅が取り壊しになるので、片桐は奉還町の「亀ノ湯」の難波方に引き取られていた。引き取られたといっても、後に難波は《押しかけられた》といい、片桐は《連れ込まれた》という。ただ、まだこの時期は難波夫妻が片桐に積極的に金を貸しつづけている、まさにその時期だったことは確かだ。

この借用証は何人かに配られる時、次のような但《ただ》し書きが付せられた。

「右、返済期限は八月一日とし、御返済に際しては金壱百万円を寸志として差し上げます」

中には、この「寸志」という言葉に、またグラリときた人もいたという。

しかし、もう奉還町には、彼女の新しい「羊」はいなくなっていた。

八月二十日、津倉町の日蓮宗寺院、「妙泉寺」では、住職が恒例の会で説教をしていた。妻の大野節子が応接間にいると、説教の座から抜け出して、片桐が勝手に入ってきた。初対面だったが、十分もしないうちに、

《一億九千万の金があるが、これは県庁や学校に寄付する。老後は信仰の道に入って過ごしたいのでお寺にも一億ほど寄付したいと思っている。それでここに来た》

と喋《しゃべ》り出した。

大野節子は僅かに疑問を感じたが、こんな年寄りがわざわざいいに来てくれたのだから嘘《うそ》のはずがないのだ、と思い込んだ。その日は、泊まっている「亀ノ湯」が自分を独占しようとして人に会わせないようなことをしているので泊めてくれといい、一泊した。

《東京へ一億九千万をとりに行くので、奥さんも付いてきてほしい。明日、東京までの切符を買いに行くので三万円ほど貸してください》

ところが翌日になると、切符が買えないので行かない、という電話が入った。そこで、また疑念がぶり返した。その翌日、今度は買えたので駅まで来てくれ、といわれた時、「待てよ」と思った。嘘なのか実《まこと》なのか。迷った大野節子は、いつもの伝で「おがみ屋さん」を頼むことにした。僧侶《そうりょ》の妻と祈禱師《きとうし》というのは妙な取り合せだが、彼女は「おがみ屋さん」が一番当ると信じていた。出かけておがんでもらうと、

《その人にはお金がない。東京に行ってはならない》

と答えが出た。しかし、もし本当だったら一億円がフイになってしまう。少し未練を感じていると、家から電話がかかってきた。おばあさんから電話で、駅ではなく「亀ノ湯」に来てほしい、といってきた、というのである。ともかく市内のことなので、タクシーに乗って駆けつけた。

そこでは、駅でウロウロしているのが見つかったため逃亡すると受け取られた片桐が、奉還町に連れ戻され、五、六人に囲まれて吊《つる》し上げを喰っていた。口々に、みんな嘘だろう、「菊水」にも連絡したが嘘だそうじゃないか、金なんかないんだろう、土地なんかあったのか、と責めていた。おばあちゃん、嘘なんでしょ！　怺《こら》えられなくなった片桐つるえは、ついに開き直った。

《みんな嘘です。全部デタラメ、これでいいかい》

みんなが一瞬息を呑《の》んだ時、片桐つるえは、大時代な啖呵を切った。

《騒ぐんじゃないよ、ただしお金はある、だけどそれは全部、密輪で稼《かせ》いだものなんだ！》

馴れない大野は足がすくんだが、奉還町の連中はすぐ嘘を見破った。すると、片桐は、今度は大野に向かって五十万を貸してくれ、といった。そのお金をどうするかと訊ねると、

《みんなに、勘弁料として払うんだ》

と答えた。みんなもさすがに声も出なかった。ひとりがやっと《そんなもんで済むと思ってるんかい》といったが、結着はもうついたも同然だった。

片桐つるえが、誰にも気づかれないようにそっと岡山を出たのは、その翌日である。

7

それにしても、片桐つるえはなぜもっと以前に逃げ出さなかったのか。六百万の全額は不可能にしても、ほどほどのものを貯《た》めて、危険がくる前に逃げてしまえばよかったのではないか。彼女が浜松で捕まった時、所持金はほとんどなかったという。新しい土地で、新しい生活を始めるための軍資金を、なぜ残しておかなかったのか。

その疑問を解くには、彼女が騙し取った金でどのような生活をしていたか、どのような物を買っていたかを見ることが必要かもしれない。片桐は逮捕され調書を取られる段階で、六百万円の使途を厳しく追及されている。そして、その辛うじて思い出された、極めて変則的な「家計簿」を見てみると、ひとつの意外なことに気がつく。

洋服地、白桃、煙草、ライター、商品券、お布施といったものはもとより、魚代、肉代、天麩羅代、ビール、ウイスキーといったものまで、そのすべては他人にあげるためのものばかりなのである。毎日のようにいくつもの包みにわけてソーザイを配って歩いた。実に彼女は「奪う者」ではなく「与える者」なのだ。被害者たちはもとより、それ以外の何人かにも、必ず中元と歳暮を贈り、あるいは他の老女に座布団《ざぶとん》をあつらえて贈り、自分の病気がよくなったといえば、見舞に来てくれた人や看護婦たちには「天満屋」の二千円の商品券を贈ったりする。院長には六千円の鯛《たい》を贈った。

それらのすべてが詐欺するための布石だったとは考えにくい。ではなぜなのか。おそらく、この膨大な贈物は「金持ちの素晴らしいおばあさん」という役割りを演じつづけるために、どうしても必要だったのだ。

初めて姿を現わしてから半年の間、彼女は誰からも騙し取っていない。多分、手持ちの金が尽き果てた頃、それがちょうど五月だったのだろう、寸借を始めている。それまでの贈物が、結果としてそれだけ騙しやすい条件を作っていたにしても、決して騙すことだけが目的ではなかった。

騙し取った六百万円余のうち、自分のために使ったのは、たった八万八千円だけだったという。

「久留米絣《くるめがすり》　八万円　西条屋

ショール止　八千円　梅木時計店」

この二つが、彼女にとって唯一《ゆいいつ》の浪費として認識されている。それ以外は、日々の生活費と贈物にすべて費やされたという。

詐欺《さぎ》の報酬がたった「久留米絣」と十八金の「ショール止」一個だったということは、極めて印象的なことである。詐欺をすることで贅沢《ぜいたく》をするつもりは初めからなかった。彼女は自分が演じている役柄が、とても気に入っていた。後に《おれは悪いよ、でもみんなだって欲の皮かぶりだよ》と述べているように、もちろん自分の役柄への冷ややかな視線は持っているにしても、である。

逃げるチャンスはいくつもあった。金がまとまって入っていた時期もあった。それなのになぜ逃げなかったのか。理由はひとつ、彼女はできるだけ長くこの奉還町に居つづけたかったのだ。

《その頃、わたくしは、銀座の億万長者ということで、この一帯でたいそうな評判でございました》

彼女を中心にして町が動き、背中に熱い視線を感じる。その中で、全く新しい自分の役を生き生きと演じつづけることが最上の張り合いとなっていた。金が、少なくともこの時点では目的でなくなっていた。

だから、詐欺は彼女にとって一種の自転車操業だった。金持ちのおばあさんでありつづけるために、贈物をし、それが結果として詐欺をしやすくし、金がなくなるので詐欺をする。そしてその金は再び贈物に化けて循環していく。

だが、もちろん、すべての贈物がそのように律し切れるというものでもない。

二年目の暮のことだ。天理教の布教師が、駅でぼんやりしている片桐を見つけて、近くの分教会に連れて行った。分教会長の半藤正英が話を聞くと、片桐はまた銀座の土地の話をしはじめた。その晩は遅かったので泊めてあげることにしたが、分教会長の半藤には金のことばかりいっている困った老女だ、と受け取れた。そこで、彼は、
《金ばかりが幸福をつかむ方法ではありませんよ》
とさとした。そんなことはすでに充分わかっていたと思える片桐が、憤然として、
《いや、金がすべてだ》
と応酬したという。それ以後、一度も足を踏み入れなかったが、この分教会に毎月十四日になると、魚屋から大皿の刺身が届くようになった。贈主は片桐であり、十四日は泊まった晩の日付けである。

8

岡山署でも、取調べは難航した。詐欺事件については素直に喋ったが、過去の経歴になると黙秘する。
《前に悪いことはしとるんかの》と係官が訊《たず》ねると《いいや》と答える。《前科は五つあるじゃろが》というと《知っとるなら、それでよかろうが》と悪態をついた。しかし、

少しずつ口が軽くなっていくようだった。喋らないでいるのが退屈なのかもしれない、と係官のひとりは思った。供述調書に係官のペンが滑り始めた。

片桐つるえの人生は、ある意味で辣韮《らっきょう》の皮のようなものだといえなくもない。

天麩羅屋の森下夫妻は、「滝本キヨ」が本名でないことを知っていた、奉還町の例外的存在であった。それは文学好きの主人と話をしている時に、自分は島崎藤村の弟子だったといったあとで、うっかり「滝本キヨ」は本名でなくペンネームなのだといってしまったからなのだ。本名はと訊ねられ「片桐鳳声《ほうせい》」と答えている。つまり、彼女はいくらむいても本名には行きつかない、辣韮のような存在なのだ。しかし、結局は辣韮の皮のすべてが辣韮であるように、どの名前も彼女自身であるのだろう。神戸に住んでいた頃に、岡山での予行演習というくらいよく似た事件を起こしているが、そこでは「滝本キヨ」の犯罪をカムフラージュするために、「片桐つる」が登場して来たりする。もちろん同一人物なのだが、彼女はいくつもの名前を自由に行き来する。

彼女が奉還町の人々に語った「滝本キヨ」の人生の軌跡は、いくつかのバリエーションがあるが、それを整理してみると、

「第一に、億以上の金がある

第二に、亭主が共産党員で出獄後に死んでいる

第三に、素晴らしい貰《もら》い子がいた

第四に、文学にたずさわってきた」

という四点を核にいろいろ組み合わされているにすぎないことがわかる。しかし、この四点は、逆に「片桐つるえ」の人生で満たされなかったものを、的確に表現することになっている。

「片桐つるえ」の人生とはどのようなものだったか。

彼女は長野県の下伊那《いな》郡に生まれ育っている。生家は造り酒屋で「幾久」という酒を出していて富裕だったが、父親が県会議員選挙に出て落選してからは、次第に家運が傾いた。彼女は東京で女学校に通うが、そこで慶応の学生と知り合い、結婚を約束する。その彼が理由は定かではないが慶応から北大に転じ、一方、彼女も故郷に戻り、小学校で裁縫を教えた。俸給が八円の時、七円を学費のために北海道へ送った。ところが、北大を卒業すると、彼は樺太《からふと》に渡り、支庁の上司の娘と結婚してしまった。彼女は「強い怒りを覚え」親の金を盗んで樺太に渡った。

そこで偶然、写真館のショーウインドに置かれている二人の結婚記念写真を見てしまう。「自暴自棄な気分になり」着物を二枚盗んで、懲役三月、執行猶予《ゆうよ》三年がつく。それ以後「太く、短く、破れかぶれ」の生活をするようになる。内地に戻り、さらに前科をかさねていく。

ある医師の家に住み込んだが、その医師が、金を出してくれ学校に行かせてくれたパトロンの娘と結婚せず、別の有力者の娘と結婚しそうになったことに、人ごとながら腹を立て、当時の金で千円を騙《だま》し取って、懲役一年六月を喰らってしまう。

最後の、昭和五年の第五犯目の刑を済ませてからは、教誨師《きょうかいし》のいいつけ通りまともに生きていこうと考えた。内外製鋼所という会社の飯炊《た》き婦として、戦争が終わるまで無事に過ごすことができた。しかし終戦と共に、軍需工場だった会社は閉鎖になってしまった。この時、彼女はすでに五十五歳である。故郷の戸籍からは前科がついた時にはずされていた。千住にたったひとりの戸籍を立てた。結婚はついにしなかった。

彼女は子供を持ったことがないが、一度だけ、終戦間際《まぎわ》に、「アッツ島で戦死した山崎部隊長」の息子を三年間だけ世話している。それから数十年が過ぎても、彼がどこに住んでいるかはわからないが、勤め先だけは知っていたらしい。誰かが替りに電話をかけてあげると《あの親切なおばさんに会いたい》といってくれたらしいが、彼女はついに会おうとしなかった。

戦後、銀座の店舗の軒先を借りて、リンゴ箱の上で煙草《たばこ》を売ったことがある。この頃、彼女は「菊水」から煙草を分けてもらっていた。やがてその店舗が移転するのに伴い、彼女は、「銀座の青空煙草店」を三年ほどで失なった。

その後は山谷でその日その日を暮らし、大阪の地下鉄で切符売りをし、釜《かま》ヶ崎《さき》で「最低の最低」の生活をした。そして昭和四十五年、八十歳を過ぎた彼女は、よりよい土地を求めて、神戸から岡山にやってきた……。

彼女が、自分の人生について述べる、その語り口は極めて男性的であり、愚痴に近いことは一言もいっていない。ただ一カ所、初めての男に裏切られたことに触れて、それでも、

《もし、その恋人と添うことができたら、また別の人生があったかもしれない》

と述べている程度である。

奉還町の人々に語った「滝本キヨ」の人生の断片は、あるいは片桐つるえにあり得たかもしれない「また別の人生」への夢であったのだろう。

だが、彼女は湿った声音で後悔などしてはいない。恐らく前科の五つを含めて、自らの人生を「すべてよし」と判断しているようなのだ。

法廷に連れ出された片桐つるえは、

《被告は、悪事をはたらく前にどうして生活保護などを受けようとしなかったのですか》

と裁判長に問われて、こう答えているのだ。

《私は、気位を高く生きてきました》

この事件の救いは、片桐の、世界の主人公は私だという強い意志に支えられたバイタリティーと、被害者の側にある種の余裕が残っているということである。

たとえば八百屋《やおや》の窪田信次は、自分の申し立てた被害額と片桐つるえの《もっと少なかった》という主張の間に入って困惑している係官に、こういっている。

《間違いないものと思いますが、どうせこれは無い金ですから、おばあちゃんのいう額にしてあげて下さい》

この事件には悲惨さが感じられない。しかし、それはもし、この人物、白城忍への犯行がなかったなら、といい添えなくてはならないのだ。片桐はこの白城だけには不思議なほど残酷に接している。

9

白城と片桐が初めて会ったのは「亀ノ湯」の中だった。そこで片桐はどこかにいい出物があれば店を借りたいと思っている、と洩《も》らした。白城の家は繁華な道に面しているが、別に店舗にもせず遊ばせている。そこを利用したらどうか。特別に勧めたわけではないが、その足で見に行こうということになった。白城の家に上がった片桐は、仏壇を見て嘆声を発した。

《あんたも日蓮宗かな、わたしも日蓮宗だよ。わたしの知っている人はみんな日蓮宗で、あんたとこうして会ったことも、これは人間わざとは思えない。日蓮様のおひき合せだ》

白城はすでに片桐の噂《うわさ》を聞いていた。会ってみたいものだとは思っていた。その片桐に「人間わざ」ではないといわれると、白城にもそう思えてきそうな心持になった。

白城もまたひとりで暮らしていた。夫が戦死し、義母が死に、息子が出ていくと、彼女はひとりだけになった。ひとり暮らしの者同士、互いに慰め合っていけということなのだろう、と彼女は理解した。しかし、三十も上の片桐は、自分以上に元気だった。快活そうで、自由だった。白城にはそれがうらやましくてならなかった。計り知れないほど金があるからだろうか。義母と荒物屋を守り、義母の死によって店をたたみ漬物屋の店員になった。それがやっとひとつの解放だった。それに比べると、片桐の自由さは何と素晴らしいのか。金の心配から自由になれ、家を守るということから自由になれている。暗澹《あんたん》たる老後しか空想できない自分の未来に比べ、片桐には現在と変わらぬ愉《たの》しそうな未来が待っている。これから先、いくら年をとってもあのように小ぎれいな身なりをしつづけるだろう。同じ女として、どこがちがうのだろう……。

結局、店舗の話は立ち消えになったが、これを契機に二人は親密に往《ゆ》き来した。白城には片桐のようになってみたい、という願望が生まれてくる。

白城の生涯の夢は、土地を買うことだった。彼女は建物だけを昭和四十年に買っているが、土地は借地のままだった。その借地契約が昭和五十年で切れてしまう。それまでに買ってしまいたかった。今、彼女に残されたものは、この家しかなかったからだ。しかし、店員としての彼女が少しずつ金を貯めていくスピードよりも、土地の値上がりの方がはるかに早かった。天の助けでもない限り、彼女は永久に土地を買えそうもなかった。どこかで「天の助け」を待っていたのかもしれない。

白城の内部には、片桐へ一気に傾斜していく要件があまりにも揃《そろ》いすぎていた。知り合った直後、この白城には例外的にすぐ借金をしている。五月三十一日、片桐が白城の家を訪れ、ある人に三十万渡さなくてはならないのだが、三万ほど足りない、貸してもらえないだろうか。そういって二十七万を取り出し、その場で数えてみせた。白城は喜んで三万を提供している。

この日から白城のメモ帳には、片桐へ融通した金額と日付けが次々と書き込まれていく。この何でもない一覧表から、一時の熱い希望がいかに深い絶望に換っていったかの異様な痕跡《こんせき》を認めることができる。

五月三十一日　三万
六月一日　一万五千
二日　三万五千

　　三日　五万
　　五日　二十万
　　七日　二十五万
　　〃　　一万
　　十五日　二十万
七月十四日　二十五万
八月十九日　二十万
十一月二十五日　二十五万

…………………

この莫大《ばくだい》な出資は、この何十年かにわたってこつこつ貯《た》めてきた小金によって購《あがな》われている。

やがて、白城の土地への執着を知ると、それをタネにさらに金を絞り取る。

おまえが買えんのなら、おれが買ってやろうかな、とほのめかし、白城をして、

《滝本さんは沢山のお金を持っているし、一旦《いったん》は滝本さんがお金を出しても、いずれ私に譲ってくれるものと思っていたのです》

と錯覚させるような言動をとる。そうしては、登記料だ手数料だといって金を出させる。

しかし、事態は一向に変わらない。次第に白城は不安になる。金を出すのはやめようと思う。その白城に、翡翠《ひすい》で指輪を作ってやるからプラチナ代を出せ、ネックレスを作ってやるから金を出せといっては、さらに追い打ちをかける。白城も魅入られたように金を出してしまう。

片桐の、白城に対するこの徹底的な残酷さは、他の犯行の透明性と比較する時、いっそう際立ってくる。もうこれは、悪意に近い。悪意——もしかしたら、片桐は白城に対して激しい嫌悪《けんお》を抱いていたのかもしれない。

家から動こうともせず、じっと「僥倖《ぎょうこう》」を待ちつづけ、猫のように「僥倖」に身をすりよせてくる。つまり、そのような「女」に、片桐は耐えられなかったのかもしれない。

10

裁判は僅《わず》か三回で結審した。

第一回公判ではベランメエ口調で啖呵《たんか》を切り、生いたちから、自叙伝出版の希望までとうとうと喋《しゃべ》ったが、二回目以降から静かになってしまった。国選弁護人の伊藤真一郎から《わがままなことをやってると結果は知らんぞ》とおどかされたからだ。伊藤は下手に裁判長の訴訟指揮を手古摺《てこず》らせれば、取れる執行猶予もフイになると思ったのだ。

被告人、片桐つるえの最終陳述は、僅かに、
《悪うございました、申し訳ありません、よろしくお願い致します》
だけだった。その我慢が功を奏し、福寿園という老人ホームに行くことを条件に、執行猶予となった。
《社会的信頼関係を裏切ったことは許しがたいが、高齢で生活もつつましやかだった。気位の高いところを捨て、老人ホームの人とも仲よくし、もてあまし者にならないように望む》
これが裁判長の言葉だった。おとなしく頭を垂れて聞いていた片桐つるえは、公判廷を出たとたんに、ひとりで勝手に外へ行こうとした。弁護士と民生委員が慌《あわ》てて止めた。福寿園の職員の方が迎えに来ている、というと、絶対にそんなところへは行かないと頑張りはじめた。
《死んだ方がましだ》
そんなわがままをいうと執行猶予が取り消されるぞ、と脅かすと、しぶしぶ福寿園に行くことを認めた。
福寿園に入ってからの彼女の生活はどういうものだったか。
衣食住の心配はなく、同じような境遇の老人もいる。以前よりましな、安定したゆったりとした余生が送れるはずだった。しかし、彼女にはどうしても耐えられないものだ

ったらしい。何度も脱走を試み、一度は九割方まで成功した。駅で年下の老人を見つけ、名古屋まで連れて行ってもらう約束ができ、切符を買って列車に乗ろうとする寸前に捕まってしまった。岡山では彼女の顔は余りにも知られすぎていたのだ。

老人ホームに入った片桐つるえは、急速に衰えた。眼と耳が駄目になり、頭もそれ以前までの回転がなくなった。老人ホームは彼女の鋭敏な何かを奪っていくようだった。唯一《ゆいいつ》のこったのは相変わらずの弁舌の爽《さわ》やかさだけだったという。

彼女の噂《うわさ》を聞いて、東京から「名老婆役者」として有名な女優が、雑誌のレポートを書くためにやってきた。

次にその頃、老人たちの物語を書きつづけていた詩人がやってきた。彼女は詩人に、

《わたくしには、憎んでも憎みたりない女がいます》

と訴えた。それは女優が自分のことを雑誌に書いて百万も儲《もう》けたから、というのだった。そして、その計算の根拠は、

《一枚四十字の原稿用紙が三千円だから……》

というのだった。

このレポートを書くための取材で、会いたいと思う何人かの人に会えなかった。どうしても会いたかった白城忍についに会えなかった。昼間なのに雨戸を閉め、あるいは夜

なのにほとんど電燈もつけず、テレビだけを相手にすごしているようだった。

《そのことは、もう話すまいと決めてしまったのですよ》

会えはしたのだが、ついに話をきけるほど長時間は玄関の戸を開けてくれなかった。穏やかな顔だったが暗かった。

しかし、会えなかったのは、白城だけではなかった。ぼくは片桐つるえに、ついに会えなかった。

彼女はすでに死んでいたのだ。

福寿園に来て、はじめての正月のことだった。雑煮の餅《もち》をノドにつまらせ、その翌日に死んでしまったのだ。殺してさえも何度も生き返りそうな片桐が、餅で死んでいるとは……。まことに詐欺《さぎ》に会ったような気分だった。

だが、地検でこの事件に関する二千頁《ページ》に及ぶ調書を読み進めていくうちに、彼女の肉声が聞こえてくるような瞬間があった。

暗い部屋の中で調書を読み、ふと顔を上げると、透明なガラスに薄く調書が映っていた。ガラスがいびつな分だけ歪《ゆが》んで見えたが、恐らくはこの報告文も、ガラス戸にうっすらと映った調書のように歪んでいるに違いない。ぼくの内部の「恣意《しい》」という名の鏡に映し出されて……。

片桐つるえのたったひとりの戸籍は彼女の死によって昭和五十年一月二十四日、消滅した。

「戸主 片桐霍夛《つるえ》 明治弐拾参年参月弐拾九日 出生」

伊那の戸籍係が書き間違えたため、一生、彼女について離れなかった「霍夛」という不思議な姿をした名前と共に。

あとがき

砂漠を歩いていると、地平線の彼方にまでつづいているかのような白いまっすぐな道の傍《かたわら》に、ただ石を無雑作に積み上げただけの墓を見ることがあった。往《い》きに死んだ者と還《かえ》りに再び会えるかどうかも知れず、しかし遊牧民は石を積むのだ。

アルベール・カミュはその最後の作品集を『追放と王国』と名づけた。晩年の暗い日日を反映してか、そこに収められた作品はどれも不思議なほどの陰鬱《いんうつ》さで満たされている。主題は追放だった。追放されてしまった人間の悲哀を、カミュは多様な方法で描き分けようとした。しかし、その表題にもかかわらず、追放の果ての王国はついに見えてこない。

なんと砂漠の静まり返っていることか。

すでに夜。私はひとりきりだ。

作中人物の口を借りて、やはり彼は彼自身の悲哀を語っていただけなのかもしれない。彼もまた追放され、王国を求めてさまよいながら、最後までそこへ到《いた》ることがなかったひとりだった。しかし、追放されているのは彼ばかりではない。おそらく、人は誰しも無垢《むく》の楽園から追放され、「人の砂漠」を漂流しなくてはならないのだ。

人の砂漠を歩きながら、ぼくはそこで無数の地の漂流者たちに遭遇した。あてもなくさまよう者がいた。追放の重荷に押し潰《つぶ》されそうな者もいた。王国を求めながらその門すら見つけることができず、砂漠にひとり死んでゆく者の姿を見かけたこともある。遊牧民が広大な砂漠にほとんど無意味な墓標を作るように、ぼくもまた彼らのために石を積みたいと思うことがあった。

かりに風に吹き曝《さら》され、無惨《むざん》に崩れ落ちているだけのものであったとしても、人の砂漠に点在するそれらの墓標をもういちど辿《たど》り返してみたいとぼくが望んだのは、やがて二十代というひとつの時代が終わろうとしていることと無関係ではなかった。その個人的な欲求を契機としたこの旅に、快く同行してくれたのは新潮社の初見國興氏だった。「おばあさんが死んだ」から「鏡の調書」にいたる八篇は、ぼくにとっての「追放と王国」の物語である。果して『人の砂漠』の彼方《かなた》に王国はその姿をあらわすだろうか。声あるなら地よひくく語れ。

（昭和五十二年十月）

解説

駒田信二

沢木さんには、『人の砂漠』というこの作品集よりもさきに『敗れざる者たち』と題したノン・フィクションの傑作がある。スポーツの世界の、敗れていく者たちの姿を描いた作品なのだが、作者はそれを「敗れざる者たち」と題しているのである。私はそれぞれの作品とともに、その標題にも心をうたれたことをおぼえている。「敗れていく者たち」を「敗れざる者たち」と見る思弁の深さが、主人公たちの「敗れていく」姿を、一つの事実としてではなく、真実としてとらえていたからである。

いま、この『人の砂漠』を読みおえたあなたも、おそらくは私が『敗れざる者たち』に感じたのと同じような感動をうけられたであろう。それは「人の砂漠」という標題が、うごかすことのできないものとして、これらの作品とともにあなたの心のなかに残るだろう、ということである。

「おばあさんが死んだ」の佐藤千代の姿を、もういちど思いうかべていただきたい。このような人がもし現実にあなたの身ぢかにいたならば、あなたは遠ざかろうとするだろう。いや、そんなことはしないとおっしゃるならば、あなたということばを私に置きかえよう。私は身ぢかにいることに耐えられない。できるかぎり遠ざかりたい。この作品のなかの千代につながる縁者たちと同じように、である。しかし作者はその遠ざかりたい人たちや遠ざかっている人たちに対して、あらゆる努力をして近づこうとする。そうすることによって千代に肉迫しようと努める。なぜだろうか。それはノン・フィクションの作者だからというわけではない。問題は千代のような人に対して、ということであるから。

そこが「人の砂漠」という思弁につながるのである。作者は千代をではなく「人の砂漠」の漂流者を引き寄せようとする。漂流者を見るときの作者の、あたたかくやさしい眼にあなたは気づかれたであろうか。あたたかさとかやさしさとかいうことばがふさわしくないと思われるならば、かなしさといいかえてもよい。その眼は、状況はちがうけれども『敗れざる者たち』において、敗れていく者たちにそそぐ作者の眼とも通じる。

だが、やさしくあたたかい眼で見さえすれば漂流者の姿がとらえられるというわけではない。作者が千代という「人の砂漠」の漂流者の姿をあざやかにとらえることができたのは、「人の砂漠」そのものに、その砂漠の漂流者に、やさしくあたたかい、あるいはかなしい眼をそそぐ自らに対して、つめたいといってよいほどのきびしさを課しているからにほかならない。その、自分に課したつめたさのゆえに近づくことができ、そのきびしさのゆえに千代という女の実像をつくりあげることができたのである。「おばあさんが死んだ」は小説（フィクション）ではなくてノン・フィクションである。しかも「つくりあげる」ことができたといったのは、フィクションで書けば実像ではなくなってしまうものを、ノン・フィクションという手法によって実像としてとらえた、ということがいいたかったからである。フィクションでも、千代をモデルにして「人の砂漠」を書くことはできるであろう。しかし、作者が書きたかったのは、「人の砂漠」の漂流者としての千代の実像なのである。千代の実像を通して「人の砂漠」が書きたかったのであって、千代をモデルにして「人の砂漠」が書きたかったのではない。そのことをやりとげたのが、「おばあさんが死んだ」という作品なのである。

「鏡の調書」の片岡つるえの場合は、「おばあさんが死んだ」の千代にくらべると、その砂漠にはいくらかのうるおいが見える。この老女には、まんまとだますことのできた十幾人もの人たちがいたからである。しかし、それをうるおいということにあなたは反対されるかもしれない。この老女にとっての砂漠はまた彼らだったのではないかと。そして、金のために老女に金をだまし取られつづける彼らもまた、砂漠のなかを漂流しているのではないかと。そういわれるならばそのとおりであろう。作者の彼らに向ける眼は、老女に向ける眼と同じくやさしくあたたかいから。作者がそういう眼を向けるのは漂流者に対してだけであるから。そこがフィクションとノン・フィクションとのちがう点なのかもしれないが、そのことはくりかえしになるのでやめよう。ただ、実像としての漂流者たちに対する作者のやさしさは、「おばあさんが死んだ」の場合も「鏡の調書」の場合も、作者にとっては、それを作品化するということは墓標を建てることにひとしかったのかもしれないのである。作者は「あとがき」に次のようにしるしている。

〈砂漠を歩いていると、地平線の彼方にまでつづいているかのような白いまっすぐな道の傍《かたわら》に、ただ石を無雑作に積み上げただけの墓を見ることがあった。往きに死んだ者と還りに再び会えるかどうかも知れず、しかし遊牧民は石を積むのだ〉

〈人の砂漠を歩きながら、ぼくはそこで無数の地の漂流者たちに遭遇した。あてもなくさまよう者がいた。追放の重荷に押し潰されそうな者もいた。王国を求めながらその門すら見つけることができず、砂漠にひとり死んでゆく者の姿を見かけたこともある。遊牧民が広大な砂漠にほとんど無意味な墓標を作るように、ぼくもまた彼らのために石を積みたいと思うことがあった〉

この二つの作品のあいだに、六篇の作品が挟《はさ》まれているのである。

〈「おばあさんが死んだ」から「鏡の調書」にいたる八篇は、ぼくにとっての「追放と王国」の物語である。果して『人の砂漠』の彼方に王国はその姿をあらわすだろうか〉

『追放と王国』はアルベール・カミュの最後の作品集の標題であって、追放されてしまった人間の悲哀を多様な方法で描き分けようとしたものだということを、作者は同じ「あとがき」のなかで述べている。二つの作品のあいだに挟まれている六篇もまた、「人の砂漠」の漂流者たちをさまざまな方法で描いたものであるということを作者は語っているると見てよかろう。

二つの作品に近いやさしさ、あたたかさ、あるいはかなしさで描かれているのは、もと売春婦だった人たちの養護施設のなかでのくらしを描いた「棄《す》てられた女たちのユートピア」であり、都会という砂漠の果ての砂漠の仕切場へ流れてくる人たちを描いた「屑《くず》の世界」であった。

二つの作品を書いたときの作者自身のきびしさとはちがうけれども、その姿勢に似たところが見えるのは、戦後、天皇に対する「事件」をおこした人たちのその後のことを描いた「不敬列伝」であり、また「人の砂漠」のなかで相場にとりつかれてたたかいつづけている男たちを描いた「鼠《ねずみ》たちの祭」であった。

他の二篇、「ロシアを望む岬」と「視《み》えない共和国」とはルポルタージュとして書かれている。ともに最果ての地という「人の砂漠」で漂流している人たちの姿をとらえて、作者の眼はやさしいけれども、やはりその心はきびしい。

「事実は小説よりも奇なり」ということばがある。しかしまた、事実が伝えるものはあくまでも一つの事実でしかなく、その事実をもとにして普遍的な真実を表現するのが小説（フィクション）である、ともいわれる。沢木さんのこれらの作品は、それでは、なんだろう。文芸のジャンルとしてはルポルタージュでありノン・フィクションである。しかも、これらの作品が、小説を読むよりもはるかに強い感動を読者にあたえるのはなぜだろう。沢木さんはおそらく「事実は小説よりも強し」と信じているにちがいない。その事実を、いわゆる実話として語るのではなく、すでに再三述べたようにきびしさとやさしさとを以《もっ》て、事実をゆがめることなく、しかも作品化しているのである。これらの作品が小説よりも読者の心をうつ所以《ゆえん》はその点にあると断言してよかろう。

（昭和五十五年十一月、小説家、中国文学者）

この作品は昭和五十二年十一月新潮社より刊行された。

新潮文庫最新刊

三川みり著
龍ノ国幻想1
神欺く皇子
皇位を目指す皇子は、実は女！　一方、その身を偽り生き抜く者たち――命懸けの「嘘」で建国に挑む、男女逆転宮廷ファンタジー。

津野海太郎著
最後の読書
読売文学賞受賞
目はよわり、記憶はおとろえ、蔵書は家を圧迫する。でも実は、老人読書はこんなに楽しい！　稀代の読書人が軽やかに綴る現状報告。

石井千湖著
文豪たちの友情
文学史にその名の轟く文豪たち。彼らの人間関係は友情に留まらぬ濃厚な魅力に満ちていた。文庫化に際し新章を加え改稿した完全版。

野村　進著
出雲世界紀行
―生きているアジア、神々の祝祭―
出雲・石見・境港。そこは「心の根っこ」につながっていた！　歩くほどに見えてくる、アジアにつながる多層世界。感動の発見旅。

高山正之著
変見自在
習近平は日本語で脅す
尖閣領有を画策し、日本併合をも謀る習近平。ところが赤い皇帝の喋る中国語の70％以上は日本語だった！　世間の欺瞞を暴くコラム。

永野健二著
経営者
―日本経済生き残りをかけた闘い―
中内㓛、小倉昌男、鈴木敏文、出井伸之、柳井正、孫正義――。日本経済を語るうえで欠かせない、18人のリーダーの葛藤と決断。

人《ひと》の砂《さ》漠《ばく》

新潮文庫 さ - 7 - 1

昭和五十五年十二月二十五日 発 行
平成十四年九月二十日 三十五刷改版
令和 三 年八月二十五日 四 十 八 刷

著 者 沢《さわ》木《き》耕《こう》太《た》郎《ろう》

発行者 佐 藤 隆 信

発行所 株式会社 新 潮 社

郵便番号 一六二―八七一一
東京都新宿区矢来町七一
電話 編集部(〇三)三二六六―五四四〇
読者係(〇三)三二六六―五一一一
http://www.shinchosha.co.jp

価格はカバーに表示してあります。

乱丁・落丁本は、ご面倒ですが小社読者係宛ご送付ください。送料小社負担にてお取替えいたします。

印刷・株式会社光邦 製本・株式会社植木製本所

ISBN978-4-10-123501-1 C0195